KB096456

이순신의 7년
7

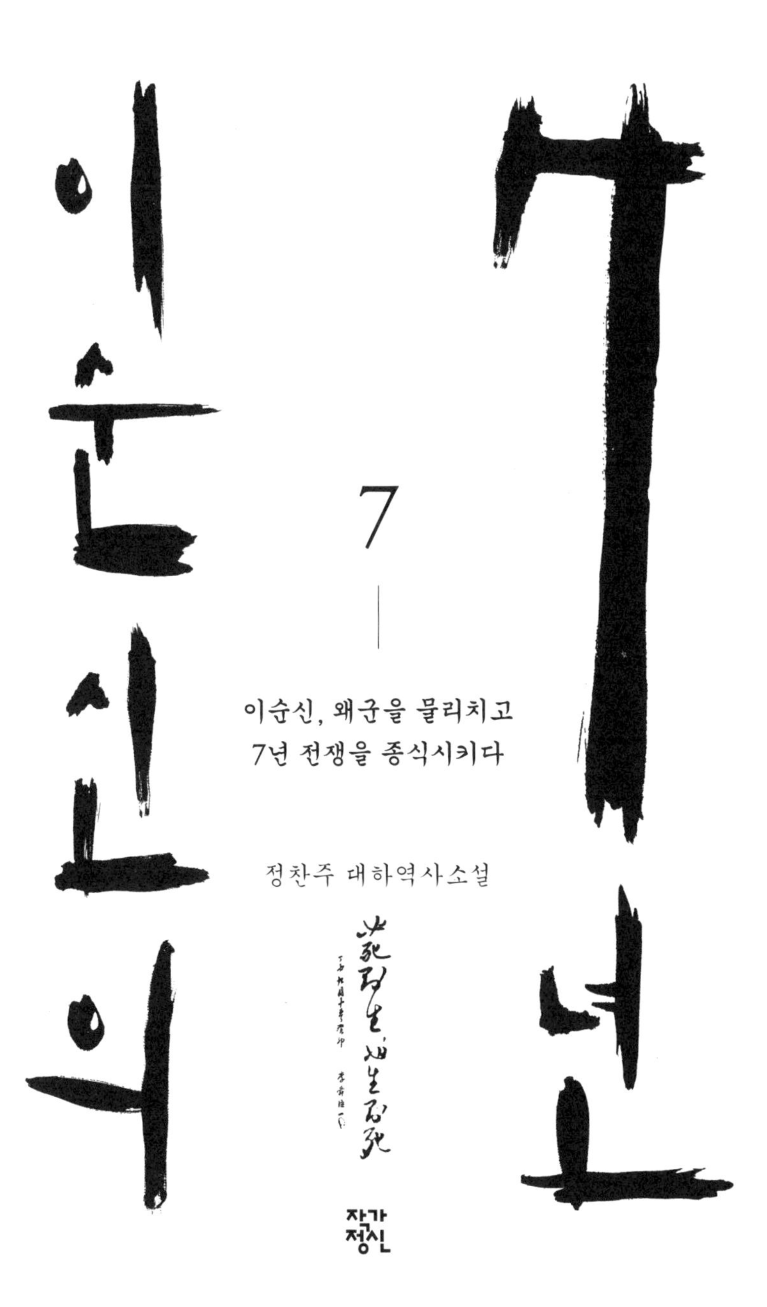

7

이순신, 왜군을 물리치고
7년 전쟁을 종식시키다

정찬주 대하역사소설

작가정신

차례

7권

이순신,
왜군을 물리치고
7년 전쟁을
종식시키다

압송 7
하옥 21
추국 33
구명 45
출옥 57
짧은 하루 69
백성의 마음 81
아! 어머니시여 92
모친상 104
유정의 예감 116
도원수를 찾아 128
권율과 이원익 141
취할 때 부르는 노래 153
초계에서 듣는 비보 165

삼도수군통제사 재임명 177

조양창 군량미 189

아직 열두 척이 있사옵니다 201

명량으로 향하다 214

명량 해전 1 227

명량 해전 2 242

통곡 255

보화도(고하도) 수군 재건 267

고금도 조명연합 수군 282

절이도(거금도) 해전 294

광양만 노량해전 310

작품 해설
역사소설의 재현과 방언 343
홍기삼(문학평론가, 전 동국대 총장)

압송

한산도 통제영과 여수 본영을 오가는 탐후선이 들어왔다. 탐후선은 돛폭이 찢어져 있었다. 남해 먼바다를 지나면서 돌풍을 만나 좌초될 뻔했던 것이다. 바다에 회오리바람 같은 돌풍이 기습하면 배는 제멋대로 표류했다. 초봄의 바다라고 해서 항해가 안전한 것만은 아니었다. 갑자기 돌풍이 불어닥치면 격군들은 사투를 벌였다. 돌풍이 수직으로 솟구치며 흩뿌리는 바닷물에 눈도 뜰 수 없었다. 이번에도 격군들은 돌풍을 만나 사력을 다해 이겨냈다. 돌풍에 휘말린 배가 암초 쪽으로 쏠렸을 때였다. 격군들이 너도나도 격렬하게 노를 젓는 한편 돛폭을 찢고서야 가까스로 위험한 지점을 벗어났던 것이다.

이순신의 아들 회와 울도 노를 저었다. 본영의 여종 덕이도 격군들과 한 몸이 되어 노를 잡았다. 손바닥에 물집이 생기고 피가 날 만큼 힘을 보탰다. 격군이 아닌 사람도 모두가 달라붙어 노잡

이가 돼야 했다. 탐후선이 한산도 진에 돌아왔을 때 배에 탔던 모든 사람들은 바닷물에 흠씬 젖어 상거지꼴을 하고 있었다. 흡사 비루먹은 개처럼 궁상맞고 초라해 보였다. 격군뿐만 아니라 회와 울의 모습도 마찬가지였다. 노질에 서툰 회는 노를 다루다가 이마가 찢겼고, 울은 갑판에 나동그라져 얼굴에 퍼런 멍이 들어 있었다. 성한 사람은 허드렛일에 능한 여종 덕이뿐이었다.

회와 울, 덕이가 한산도로 돌아온 까닭은 이순신의 부름이 있어서였다. 세 사람은 선창에 내려 곧바로 통제영인 제승당으로 갔다. 세 사람이 제승당 문 앞에 이르자 낯선 나졸들이 막았다. 깔때기 모자에 까치등거리를 입은 나졸들 중에 한 명이 다가와 말했다.

"누구를 찾아왔소?"

"나는 본영 소속 수군인디 통제사 나리를 뵈러 왔시유."

"수군 복장을 하고 다녀야지 당신을 누가 수군이라고 믿겠소?"

"당신덜은 도대체 워디서 왔시유? 나는 통제사 아들이구먼유."

"우리들은 의금부에서 내려왔소."

그때 옆구리에 칼을 찬 금부도사 이사빈이 걸어왔다. 위로 치켜 올라간 눈초리 탓에 눈매가 날카롭고 매서웠다. 차가운 눈매만큼은 한양의 좌측 방어 부대인 용양위에서 부호군을 지냈던 그의 아버지와 닮은꼴이었다. 5품의 벼슬아치가 뒷짐을 진 채 당상관이라도 된 양 헛기침을 하면서 말했다.

"흠흠, 무슨 일로 소란스러운가?"

"거지 같은 놈이 나타나서 통제사 아들이라고 우기고 있습니다요."

"그대의 말이 사실인가?"

"나는 이회라구 하는디 아버님을 뵈러 왔시유."

"그러면 들어가보슈."

이사빈이 대수롭지 않다는 듯 고개를 끄덕거리며 허락했다. 회는 통제영인 제승당으로 잰걸음을 했다. 나졸들이 제승당 출입자를 검문하고 있는 것을 보니 무언가 급박하고 심상찮았다. 제승당 마루에는 낯익은 선전관이 서성거리고 있었다. 회가 먼저 아는 체를 했다.

"오랜만이구먼유."

"좋은 일로 내려와야 하는데 내 처지가 그렇지 못하오."

"통제사 나리의 일루 왔구먼유."

"어명을 가지고 내려왔소. 여기 내려온 지 벌써 보름이 지났소."

"아버님두 한양으루 올라가시유?"

"금부도사까지 내려와 있소. 어명이니 별수 있겠소."

선전관이 심드렁한 얼굴로 말했다. 어명을 가지고 왔으나 보름이 지났는데도 완수하지 못해 지루하고 따분하다는 말투였다. 선전관은 회에게 충고하듯 말했다.

"통제사께서 군관들과 중대한 회의를 하고 있으니 저녁에나 만날 수 있을 것이오."

"그렇다믄 내아에 가서 지달리지유."

그제야 회는 자신의 몰골을 찬찬히 뜯어봤다. 누가 보아도 부초처럼 떠다니는 유랑민이라고 여길 만했다. 바닷물에 젖은 바지저고리 하며 노 끝에 찢긴 이마는 피딱지가 맺혀 있었다. 통증이 이마를 따끔따끔 후벼 팠다. 동생 울과 여종 덕이의 몰골도 말이 아니었다. 회는 울과 함께 제승당 옆에 있는 내아로 갔다. 내아에는 아버지 이순신이 자는 큰 방과 손님이 묵는 작은 방 두 개가 있었다. 골방은 부엌데기 여종들이 차지했다.

회는 어금니를 꽉 물었다. 아버지를 파직시키려고 한다는 소문을 들은 뒤부터 긴가민가했는데, 한산도에 와서 보니 어이없게도 사실이었다. 통제영 분위기는 무겁고 침통했다. 금부도사는 나졸들을 거느리고 통제영 출입자를 검문했으며, 통제영 안에서는 선전관이 아버지 이순신의 행동을 감시하는 것 같았다. 회와 울은 울분을 토해냈다.

'죄가 있다믄 나라를 지키신 죄밖에 읎는 겨.'

'아버님이 한양으루 가신다니 억울혀.'

회와 울은 내아 작은 방으로 들어가 한숨을 쉬었다. 울의 눈에는 눈물이 그렁그렁했다. 덕이는 부엌 아궁이 앞에 쭈그리고 앉아서 흐느꼈다. 내아 부엌 밖의 뜰에는 매화꽃이 화사하게 피어 있었다. 매실을 따 매실주를 담기 위해 덕이가 본영에서 가져와 심은 매화나무였다. 덕이는 매화나무가 원망스러웠다.

'나리, 한양으로 가시믄 매실주를 담가분들 은제 잡수시겄습니까요.'

덕이뿐만 아니었다. 통제영을 지키는 수졸들과 내아 구실아치들 모두가 하나같이 어두운 얼굴로 드나들었다. 마치 초상집처럼 침울하고 안타까운 공기가 감돌았다. 이순신은 저녁이 돼서야 내아로 왔다. 군관들과 하루 종일 회의를 하느라고 지쳐 있었다. 회와 울은 큰 방으로 불리어 갔다. 이순신이 회와 울에게 큰절을 받고 나자마자 물었다.

"할머님은 안강하신 겨?"

"소식이라두 거르지 않구 잘 드셔유."

"다행이여. 가족 모두가 할머님을 잘 모셔야 혀."

"예, 아버님."

이순신이 아산이 있는 북쪽을 쳐다보며 말했다.

"아산 선영두 자주 찾아보구 말여, 가족은 물론 친지까정 항상 잘 보살펴야 혀."

"걱정 마셔유."

"니덜 성제찌리 무신 변고가 닥쳐두 화목해야 써."

"아버님두 안강하셔야 해유."

"나는 임금님께서 부르시니께 가는 겨. 공연히 이것저것 복잡하게 생각허지 말으야 써."

"금부도사가 와서 저렇게 설치구 댕기는디 워치게 걱정하지 않겄시유."

이순신은 마음이 심란하여 잠시 눈을 감았다. 그런 뒤 무언가를 작정한 듯한 얼굴로 말했다. 이순신이 손을 들어 가리킨 쪽은 작은 서가였다. 서가에는 여러 권의 서책들이 반듯하게 놓여 있었다.

"울아, 오른쪽에 있는 책덜을 보거라."

"무신 서책이어유?"

"진중에서 쓴 일긴디 말여, 오른쪽에 있는 것이 병신년과 올해 정유년에 쓴 일기니라."

"내려올까유?"

"그려."

울이 병신년과 정유년에 쓴 일기를 가져오자, 이순신은 그중에서 두어 권만 뽑은 뒤 말했다.

"회야, 병신년 10월 12일부터 정유년 2월 23일까정 쓴 일기만 추린 것이니께 한양으루 올라가 유 대감께 전해라."

"예, 아버님."

"나머지는 니덜이 아산 집에다 잘 보관혀."

"유 대감님께 전하구 나서는 워쩐대유."

"다 보시구 나믄 정탁 대감에게 전해주시라구 혀."

"이원익 대감님은유?"

"체찰사 대감은 진중에서 나와 자주 얘기하구 가끔 함께했으니께 일기까정 볼 필요는 읎을 겨. 진중에서 내 처지를 이해하는 분은 오직 이원익 대감이니께."

"아버님, 워째서 일기를 전해준대유?"

회는 일기가 아버지의 억울한 누명을 씻어줄지도 모른다고 판단했지만 고지식한 울은 미처 거기까지는 생각하지 못하고 있었다.

"임금님께서 나를 오해하구 겨시니께 그려. 유 대감이 내 일기를 보믄 오해가 풀릴 겨."

"아버님, 하루라두 빨리 유 대감님께 전하는 것이 상책일 거 같습니다유."

"니덜두 알으야 혀. 임금님 명을 어기구 내가 청정을 막지 못해 적이 바다를 건넌 거라구 허는디 그건 아녀. 요시라는 청정이 온다는 정보를 일부러 아주 늦게 준 겨. 바루 다음 날 청정의 군사는 서생포에 왔으니께 말여. 그래두 나는 출전의 장계를 올리구 나서 부산포 앞바다루 나갔던 겨."

"아버님, 지두 압니다유. 청정을 쫓아 치지 아니하여 나라를 등진 죄를 졌다구 허는디 그건 대신덜이 아버님께 누명을 씌운 거지유."

울도 한마디 했다.

"원균의 공을 가로채구 원균을 모함했다구 하는디 이것두 천부당만부당한 억지이지유. 옥포에서 싸운 수군은 아버님 군사지유. 그런디두 워째서 원균의 공을 가로챘다구 허는지 모르겄구먼유. 모함을 받구 있는 사람은 아버님이지 원균이 아니지유."

그밖에도 이순신은 '조정을 속이고 업신여겼다는 죄'와 '벼슬이 오르자 오만방자해졌다는 죄'를 범했다고 탄핵을 받아 한양으로 압송될 날만 기다리고 있는 처지였다.

"원균이 한산도에 오믄 나는 바루 한양으루 갈 겨. 그래두 걱정하지 말으야 써. 유 대감이나 정 대감이 내 일기를 보구 나를 변호해줄 거니께 말여."

이순신은 회와 울에게 유성룡에게 보낼 일기와 아산으로 가지고 가 보관할 일기를 구분해준 뒤, 덕이를 불렀다. 덕이가 퉁퉁 부은 눈을 하고 들어왔다. 이순신이 혀를 차며 말했다.

"울 거 읎다."

"나리, 메칠 전에 꾼 꿈 땜시 눈물이 더 나옵니다요."

"무신 꿈을 꾸었다는 것이냐?"

"악몽이라서 말씸드리지 못허겄습니다요."

"허허. 말하거라."

자신을 쳐다보는 회의 차가운 시선이 부담스러운 듯 덕이가 기어드는 목소리로 말했다.

"나리께서 캄캄헌 바다에 몇날 메칠을 빠져 있었습니다요. 그러다가 거짓깔멩키로 바다 우로 나오시더니 웃음시롱 선창을 향해 걸어오셨습니다요."

"덕이의 꿈이 뭣인지 회가 말해보거라."

"아버님께서 캄캄한 바다에 빠져 겨셨다니께 불길해유."

"울이 너두 고렇게 생각허는 겨?"

"개꿈이구먼유."

회와 울은 덕이의 꿈을 해몽하고 싶지 않았다. 천한 여종이 꾼 꿈을 해몽한다는 것 자체가 께름칙했다. 그러나 이순신은 덕이를 아들들 생각과 달리 대했다. 본영에서 한산도로 진을 옮긴 뒤부터 풍습증으로 고생할 때 밤낮으로 간병해준 종이 덕이였으므로 항상 식구 같은 느낌이 들었던 것이다. 여종 중에서 유일하게 이순신의 침실을 드나드는 여종은 덕이뿐이었다. 그러다 보니 자연스럽게 덕이와 이런저런 사담을 나누기도 했던 것이다.

“꿈은 해몽이 중요한 겨.”

“아버님, 덕이 꿈속에 희소식이라두 있시유?”

“바다에 몇날 메칠 빠졌다는 것은 내가 일시 죽는다는 꿈이구, 바다를 나와 웃는다는 꿈은 내가 산다는 꿈인 겨.”

“듣구 보니 그렇네유. 아버님.”

“다만, 캄캄한 바다에 빠져 있는 몇날 메칠이란 내가 붙잡혀 감옥에 있는 기간일 것인디 말여, 고 기간이 을매나 될지는 나두 물러.”

감옥이란 말이 나오자 방 안 분위기는 다시 무거워졌다. 이순신이 덕이에게 말했다.

“니는 여기 있는 내 옷가지를 전부 본영으루 가지구 갔다가 인편이 생기거든 아산으루 보내거라.”

“예. 나리.”

“원균은 은제 온대유?”

“내 생각은 모레쯤이여. 도강 병영성에서 출발했다는 공문이 왔으니께 말여.”

덕이가 나간 뒤 이순신이 말했다.

“오늘 선전관이 원 병사에게 인계할 공문을 보더니 놀라더구먼.”

“아버님 성격대루 완벽하게 정리하셨겄지유.”

“내 자리를 탐내서 여기루 오는 원 병사에게 할 말은 많지만 말여, 인수인계는 정확해야 혀.”

이순신이 원균에게 인계해야 할 배는 새로 건조한 판옥선만 해도 사십여 척이었다. 홍양 목수 수십 명을 한산도 진으로 불러와 만든 판옥선들이었다. 전라 좌우수영과 경상 좌우수영에서 보유한 배까지 합치면 이백여 척이 넘었다. 또한 진중 화약고에 보관한 화약은 사천 근이나 되었다. 그리고 군창의 군량미를 장부와 대조해보니 구천구백열네 석이 정확하게 비축돼 있었다. 군기고에 든 총통은 삼백 문이었다. 거북선과 판옥선에 거치한 총통의 개수까지 합치면 그 숫자는 훨씬 더 늘어났다. 원균에게 인계할 통제영의 전력은 누가 보더라도 가토와 고니시의 왜 수군을 압도했다.

한편, 이때 원균은 도강현 병영성을 떠나 보성 읍성에 들러 안중홍을 만나고 있었다. 안중홍에게 특별한 용무가 있었다기보다는 자신이 삼도수군통제사가 됐다는 사실을 과시하고 싶어서였다. 일찍이 의병장으로 나섰던 안방준의 숙부인 안중홍은 원균과 서로 인사한 적이 있었다. 안중홍의 처가 원주 원元씨로 친족이었던 것이다. 말에서 내린 원균이 안중홍을 보자마자 큰 소리로 말했다.

"동암 공, 저는 통제사란 직책이 영광스러운 것이 아닙니다. 오직 이순신에게 치욕을 갚는다고 생각하니 통쾌할 뿐입니다."

안중홍은 원균보다 아홉 살이 많았다. 그의 성격은 벼슬에 연연하지 않고 은거하며 사는 처사답게 호탕했다. 안중홍이 원균을 나무라듯 말했다.

"공이 적을 격파하는 디다 맴을 다해서 공업功業이 이순신보다 두드러져분다믄야 치욕을 씨쳐부렀다고 헐 수 있겄지요. 허지만 한갓 이순신을 갈아치운 것으로 통쾌하다고 여겨분다믄 어찌케 치욕을 씨쳐부렀다고 헐 수 있겄소?"

안중홍의 바른 말에 원균은 반박을 못 하고 뜨악한 표정을 지었다. 그러더니 화제를 바꾸어 말했다.

"저는 적을 만나 싸울 때 거리가 멀면 편전을 쓰고, 가까우면 장전을 쓰며, 육박전이 벌어지면 칼을 쓰고, 칼이 부러지면 기름칠한 몽둥이로 싸우니 이기지 못할 리가 없습니다."

안중홍이 듣기에는 장수의 병법이라기보다는 일개 군관 수준의 말로 들렸다. 안중홍은 원균의 면전에서 쓴웃음을 지었다.

"대장이 칼과 몽뎅이를 휘두르는 디까정 이르러서야 어찌케 대장이라 허겄소?"

원균은 안중홍과 인사를 하고 곧 헤어졌다. 안중홍의 직설에 기분이 좀 상하기도 했지만 처음부터 보성 읍성에서 오래 지체할 생각은 없었던 것이다. 전라 좌수영 본영으로 갔다가 탐후선을 타고 바로 한산도로 들어가 이순신과 삼도수군통제사 임무 교대를 하기로 돼 있었기 때문이었다. 안중홍은 원균이 처갓집과 가까운 친족이었지만 그가 떠난 뒤, 조카 안방준을 불러놓고 탄식했다.

"원균을 시방 다시 봉께 큰일을 허기는 글러분 거 같어야. 큰소리만 치던 조괄趙括과 기겁騎劫도 필시 이와 같지는 않았을 것이여."

"원 병사가 작은아부지헌티 고로코롬 얘기했다니 기가 막혀 부요."

숙부에게 원균의 이야기를 다 듣고 난 안방준도 소매를 걷어붙이고는 분통을 터뜨렸다. 안방준 역시 원균을 허세 부리기 좋아했던 전국시대의 장수 조괄이나 기겁과 같은 사람으로 여길 수밖에 없었던 것이다. 『사기史記』에 나오는 이야기였다. 조괄은 조나라 사람으로 사奢의 아들이었다. 조괄은 젊어서부터 병법을 배워 병사兵事에 대해 이야기하면서 '천하가 나를 당해낼 수 없을 것이다' 하니 아버지 사 역시 아들을 두둔하기를 '조나라 군대를 깨부술 자는 필시 괄일 것이다'라고 말했다. 그러나 뒷날 염파廉頗를 대신하여 출전했는데 진나라 장수 백기白起가 기병奇兵(기습하는 병사)을 푸는 바람에 크게 패했고 괄은 화살에 맞아 죽고 말았음이었다. 연나라 장수 기겁도 역시 마찬가지였다. 장수 악의樂毅를 대신하여 큰소리치며 출전했으나 제나라 장수 전단田單에게 크게 패퇴했던 것이다.

2월 26일.

원균은 탐후선을 타고 한산도 진에 도착했다. 선전관 입회하에 통제영의 군사, 전선과 군량미, 총통 등 무기의 장부 인수인계는 신속하게 끝났다. 원균은 장부를 보는 둥 마는 둥 고개만 끄덕거렸다. 이따금 얼굴에 알 듯 모를 듯한 미소를 띠었다. 인수인계가 끝나자 선전관이 임금에게 받아온 신표와 밀부를 원균에게 주었다. 이제 이순신의 신분은 삼도수군통제사가 아닌 죄인으로 바뀌었다. 이순신은 전복을 벗고 금부도사 이사빈 앞에서 목을 내밀었다. 이사빈이 눈짓을 하자 나졸들이 이순신의 목에 항쇄項鎖(칼)를 씌웠다.

그때 전라 좌수영 우후 이몽구가 소리쳤다.

"금부도사! 나는 통제사 나리와 생사고락을 함께해온 부하요. 나보다 통제사 나리를 더 잘 아는 사람은 없을 끼요. 우리 나리께서 무슨 잘못이 있다꼬 전복을 벗기는교. 전복을 다시 입도록 선처해주이소."

녹도 만호 송여종과 보성 군수 안홍국, 사도 첨사 황세득, 흥양 현감 최희량도 나섰다.

"항쇄를 벗겨부씨요."

"통제사 나리를 잡아가느니 나 황세득을 잡아가부씨요."

"나, 흥양 현감 최희량이 대신 항쇄를 써불라요."

가리포 첨사 이영남은 아무 말도 하지 않더니 한쪽으로 가서 고개를 숙인 채 통곡했다. 순천 부사 우치적도 나서서 큰 소리로 말했다.

"금부도사! 한산도에서 메칠 보냈으니께 우덜 나리께서 워떤 분인지 알았을 거유. 그러니께 선처해주셔야 혀유."

전라 좌수영 장수들만 나서는 것이 아니었다. 경상 우수영의 수사 이운룡과 안골포 만호 우수, 거제 현령 안위 등이 일어서자 원균은 이맛살을 찌푸리며 통제영 방 안으로 들어가버렸다. 잠시 후 이사빈이 통제영 방을 한번 흘겨보고는 나졸들에게 지시했다.

"한산도에서는 죄인 이순신에게 전복을 입히고 항쇄를 벗겨라."

"나는 어명을 어긴 죄인이지유. 그러니께 전복을 벗고 항쇄를 받는 것은 당연한 거지유."

이순신이 이사빈의 배려를 거절했다. 그러면서 여러 부하 장수들을 보면서 타일렀다.

"이것은 금부도사 뜻이 아녀. 임금님 명이란 말여. 소란을 피우는 것은 어명을 거역하는 거니께 물러들 가 있게나."

"좋소. 부하들이 보는 한산도에서는 항쇄를 씌우지 않겠소. 다만, 나라의 은혜를 저버린 죄인이니 전복은 어쩔 수 없이 벗기겠소."

이순신은 항쇄를 벗은 채 무명 바지저고리 차림으로 선창까지 느릿느릿 걸어갔다. 이순신이 움직일 때마다 나졸들이 이순신을 에워쌌다. 이순신은 대기하고 있던 협선에 바로 탔다. 이순신이 경강선을 띄우는 바닷길로 올라갈지, 죄인이 타는 수레 함거轞車에 실려 육로를 따라 압송될지는 아무도 몰랐다. 다만, 이순신이 떠난 선창은 울음바다로 바뀌었다. 회와 울은 물론 이순신의 부하 장졸들 모두가 하염없이 눈물을 흘렸다. 덕이는 협선이 멀어지는 것을 보다가 혼절해버렸다.

하옥

가랑비가 오는 둥 마는 둥 했다. 사헌부 앞마당의 물오른 능수버들과 의금부 뜰의 회화나무 가지들이 비를 맞아 더욱 푸르스름했다. 연둣빛 여린 잎들이 일제히 피어나고 있었다. 빗방울은 굵어졌다가도 시나브로 가늘어지곤 했다. 그러나 하늘이 뻔히 트일 것 같지는 않았다. 무명천 같은 비구름이 삼각산, 인왕산 산허리에 기다랗게 걸려 있었다. 수천 명의 양민들은 어제처럼 육조 거리와 의금부 앞에 빼곡하게 들어차 북적거렸다. 양민들은 대부분 무명 바지저고리 차림이었는데, 더러는 지체 높은 양반인 듯 왕골 도롱이를 걸친 사람도 있었다.

이순신이 3월 4일 의금부에 하옥된 이후 며칠째 계속되고 있는 소요 사태였다. 누군가가 나서서 큰 소리로 외칠 때마다 양민들은 크게 술렁거렸다.

"공이 많은 통제사 이순신은 충용장忠勇將 김덕령처럼 아무런 죄가 없는데도 죽고 말 것이다."

"이 통제사의 충의를 받아주지 못하는 조선은 소국이다."

"이 통제사가 없는 바다는 왜추倭酋 청정이나 행장의 차지가 될 것이다."

웅성거리는 양민들 사이에는 변복을 한 홍문관 수찬 정사신鄭士信도 있었다. 며칠 전 이순신이 한양으로 압송돼 온다는 소식을 듣고 편지를 써서 급히 지중추부사 정탁에게 보냈던 벼슬아치였다. 자신의 편지를 집안의 족장族長인 정탁에게 맡겨놓으면 이순신에게 전할 수 있을 것이라고 믿었으므로 그랬다. 정사신이 쓴 편지는 짧았지만 절절했다.

'조종의 명령이 엄중하여 구속되어 오는 도중이라니 놀랍고도 의혹스럽기 형용할 길이 없습니다. 조그만 왜놈(요시라) 하나의 간휼한 말이 능히 하늘을 가리는 구름이란 말입니까. 하늘에 해가 밝으니 반드시 억울한 사정을 비칠 것이므로 원통함을 씻고 누명을 벗게 될 것은 걱정하지 않사옵니다. 다만 이로부터 국경 방비가 잘못되어 흉악한 적이 더욱 왕성해지면 하늘과 땅에 누가 능히 중심을 바로 세우며 창생들이 어디를 믿고 목숨을 부지하겠습니까.

그러므로 엎어지고 자빠지고 화복을 입는 것이 어찌 사또 한 몸에 상관되는 것뿐이겠습니까. 나라 일을 생각하니 그저 울고만 싶습니다. 물에 빠진 사람을 건지는 것은 사람의 상정常情이거니와 더구나 조정에 바른 의론議論이 없어지지 않았다면 어찌 공로와 높은 절개를 지킨 이가 끝내 캄캄한 구렁텅이에 떨어지

기야 하겠습니까. 다만 공손히 바른 처분이 있기만 기다릴 수밖에 다른 길은 없는 것 같습니다.'

정사신의 편지는 선조와 김응서, 윤두수 등이 시치다유(요시라)의 반간계에 놀아나 원통하지만 그렇지 않은 관원도 조정에 있다는 방증이었다. 정사신은 편지에서 보는 바와 같이 시치다유가 김응서에게 준 정보를 '조그만 왜놈 하나의 간휼한 말'이라고 통박했던 것이다.

양민들 틈에는 평복을 하고 있는 영광 출신의 벼슬아치도 있었다. 작년까지 형조 좌랑을 지내다가 병가를 내고 고향으로 가 있던 중에 상소를 올리기 위해서 상경한 강항姜沆이었다. 전라도 출신의 관원들 대부분은 이순신과 원균의 됨됨이를 직접 보거나 전해 들어서 잘 알고 있었던 것이다. 강항이 올린 상소의 요지는 이러했다.

'이순신은 바다의 장성長城인데 그 죄상이 아직 드러나지 않았거늘 갑자기 관리들의 의견에 따라 잡아들이고 원균을 대임시킴은 불가하옵니다.'

이순신을 '바다의 장성'이라 함은 남해 바다를 긴 성처럼 철통같이 막았기 때문이었다. 서른한 살의 젊은 관원인 강항은 양민들과 함께 한탄하며 분노했다.

"간신들이 모함해서 이 통제사가 붙잡혀 왔소!"

"임금님이 대신들 의견만 믿고 이 통제사를 죽일라고 그러그만요!"

이윽고 가랑비가 굵어졌다. 분통을 터뜨리는 양민들의 얼굴이 빗물에 번들거렸다. 빗발이 장대비처럼 쏟아질 기세로 변하자, 아침 일찍부터 모여들었던 양민들이 하나둘 흩어졌다. 육조 거리 옆의 건물들 처마 밑으로 피하기도 했다. 그러나 빗발은 더욱 거세져 건물 처마 밑까지 파고들었다. 산허리에 걸려 있던 비구름이 광화문 쪽으로 내려와 뿌려대는 비였다. 변복 차림의 정사신과 강항도 잰걸음으로 비를 피했다.

잠시 후, 양민들이 사라진 육조 거리는 막대기와 거적때기만 굴러다녔다. 광화문 앞에 꼿꼿하게 앉은 한 무리의 사람들만 비를 맞고 있을 뿐이었다. 육조 거리 도랑에는 어느새 빗물이 콸콸 소리치며 흘렀다. 한 무리의 사람들이란 이순신의 부하들이었다. 정경달, 황대중, 송희립, 이순신의 외척인 변정수 등이었다. 물론 고성에서부터 한양까지 수레 함거를 뒤따라 온 이순신의 아들 회와 울도 함께하고 있었다. 광화문 앞에 앉아서 궁을 출입하는 대신들에게 이순신의 억울함을 호소한 지 벌써 며칠이나 되었다. 정경달이 얼굴에 흐르는 빗물을 훔치며 말했다.

"오늘 아칙에 세수 한번 잘해부렀네. 하하하."

"성님은 시방 웃음이 나와분갑소잉."

송희립이 퉁명스럽게 대꾸하며 정경달을 쳐다보았다. 그러자 정경달이 불끈하는 송희립을 다독였다.

"희립이 동상, 요런 일을 할라믄 느긋해부러야 되는 것이여."

"우리 통제사께서 시방 죽게 돼부렀는디 어찌케 느긋헐 수 있겄소?"

"느긋해야 이길 수 있는 것이란 마시."

"성님 말씀이 맞습니다요. 이런 일이 하루 이틀에 해결될랍디여."

황대중이 절룩거리며 정경달 옆으로 다가와 말했다. 황대중 역시 비 맞은 꼴이 물웅덩이에 빠졌다가 기어 나온 사람 같았다. 변정수가 말했다.

"금부에 면회를 갔는디 말이요, 느긋하기로야 따진다믄 단연 이 공입디다. 담담허기 짝이 읎드랑께요. 나랑 면회를 함께 헌 으떤 사람이 말허기를 '임금의 노여움이 극에 달했고 또 조정의 중론도 엄중하여 사태를 알 수 없으니 어찌 하면 좋겠소?' 하니 이 공께서 말씀허시기를 '죽구 사는 것이야 운명이지유. 죽어야 한다믄 죽어야지유'라고 헙니다."

황대중이 정경달에게 물었다.

"성님, 유 대감을 만난 일은 어찌케 돼야부렀소?"

정경달이 이순신을 구명하기 위해 어젯밤에 영의정 유성룡과 병조판서 이항복의 집을 찾아갔던 것이다. 정경달이 빗물이 뚝뚝 떨어지는 수염을 추스르며 말했다.

"유 대감이나 이 판서가 똑같이 묻더랑께. '그대가 남쪽에서 왔으니 원균과 이순신의 옳고 그름에 대해 말해줄 수 없는가?' 하고 말이시. 그래서 내가 '누가 옳고 그른가를 말로써 해명할 필요는 읎어부요. 다만 내가 봉께 이 공이 붙잡혀가자 모든 군사덜과 백성덜이 울부짖어붐시롱, 이 공이 죄를 입었으니 인자 우리덜은 어찌케 살꼬, 할 뿐이었소. 이것을 보믄 시비를 알 수 있을 것이오'라고 말해부렀네."

"성님, 비가 계속 내려불 모냥이요. 그렁께 광화문 처마 밑으로 가붑시다요."

"통제사 나리께서 억울하게도 금부 철창에 겨신디 우리덜이 시방 비 쪼깐 맞는다고 먼 탈이 나겄는가?"

황대중의 말에 정경달이 축축한 땅바닥에 양반 자세로 앉은 채 말했다.

"그뿐인가. 여그 올라오기 전에 내가 진주로 가서 이원익 체찰사 대감을 만나 말했네. '왜적이 겁내는 것은 이 공뿐인디 일이 이 지경에 이르렀응께 이제 이 나라도 어찌케 헐 길이 읎게 돼야부렀소'라고 말이시. 그럼시롱 나도 그래부렀고 변홍주도 체찰사 대감에게 장계를 쓰도록 해서 보냈는디 조정에서 묵어주지 않은 모냥이네."

"소국은 충신을 받아주지 않는다는 말이 맞는갑소."

"체찰사 대감의 상소도 심을 못 쓰는디 내 상소가 먼 심이 있겄는가?"

정경달은 자신이 쓴 상소를 올리기 전에 송희립에게 보여준 적이 있었다. 그런데 올린 상소에 대한 답은 아직까지 없었다. 승정원에서 아예 정경달의 상소를 선조에게 올리지 않고 무시해버렸을 수도 있었다. 아니면 선조가 승지로부터 받은 정경달의 상소를 보지 않고 밀쳐버렸는지도 몰랐다. 정경달의 상소는 다음과 같았다.

'나라를 위하는 정성과 적을 막는 재주는 옛날에도 이순신과 짝을 이룰 자가 없었사옵니다. 싸우지 않고 진중에 머물러 있는 것도 또 하나의 병법이옵니다. 어찌 기회를 보고 형세를 살피면서 방황하여 싸우지 않는다고 하여 죄가 되겠사옵니까? 전하께서 이 사람을 죽여 사직이 망하게 되면 어찌하시겠사옵니까.'

쓰시마까지 온 가토 군사가 재침할 것이라는 정보를 주었는데도 바다의 길목을 지키지 못했다는 누명을 씌워 이순신에게 무거운 죄를 주려 하자, 정경달이 다급하게 올린 상소였다. 적을 쳐부술 기회를 보고, 모든 형세를 살펴 나가지 않음은 병법을 아는 장수의 행동이기도 하니 죄가 되지 않는다는 정경달의 항변이었다.

"그라믄 인자 아무런 방도가 읎다는 말이요? 성님!"

송희립이 또 욱하며 소리쳤다. 송희립은 광화문 앞에 자리를 잡고 앉은 순간부터 통곡을 해 목이 잔뜩 쉬어 있었다. 정경달이 송희립을 달랬다.

"동상, 몸이 상허믄 안돼야. 그렁께 느긋해야 헌단 말이시. 울은 일이 어찌케 되었는가?"

정경달이 울에게 물은 일이란 이순신의 일기를 들고 유성룡에게 간 것을 두고 한 말이었다.

"유 대감님께 아버님 일기를 전했습니다유."

"직접 전했는가?"

"예."

"그랬더니 뭣이라고 말씸허든가?"

"임금님께 사직하고자 두 번이나 청한 처지라 대감님 자신은 큰 심이 되지 못헐 거라구 했습니다유."

"고런 이유 말고도 유 대감은 이 공을 천거한 사람인께 뒤에서 도와주는 것은 몰라도 앞장서서 구명허지는 못헐 처지네."

"그래서 지가 정탁 대감께두 일기를 전해달라구 부탁했지유."

"고건 잘한 일이네. 정탁 대감이라믄 그래도 임금님이 신임하고 중용을 지키는 입장에서 말씀허실 분이네."

"근디 성님, 추국이 있을 것이라는 소문이 무성헌디 금부는 으째서 조용헐께라우?"

"날마다 백성덜이 육조 거리로 쏟아져 나와분께 임금님도 놀란 모냥이네. 대신덜도 겁을 묵었는지 추관을 서로 맡지 않을라고 헌다는 소문이 도네."

이순신을 죽이겠다는 선조의 의지는 확고부동했다. 다만 추국을 늦추고 있는 까닭은 빌미를 더 만들어 백성들의 불만을 줄이기 위해서였다. 이순신을 하옥시킨 뒤 성균관 사성司成 남이신을 한산도로 내려보내 조사해 오도록 명을 내린 것도 그 일환이었다. 한산도로 내려가는 남이신이 선조의 의중을 모를 리 없었다. 그는 전라도를 지나면서 군사와 백성들이 길을 가로막고 '사또는 아무런 잘못이 읎소!' '통제사 나리가 읎다믄 우리덜은 어찌케 살라는 말이오!' 라고 울면서 하소연했지만 모른 체했다. 또한 남이신은 한산도를 다녀와서는 선조에게 거짓 보고를 했다.

"사람들에게 들으니 청정이 바다를 건너오다가 섬에 걸려서 칠 일간이나 꼼짝 못하였다고 하옵니다. 만약 우리 군사가 가기만 했더라면 잡을 수도 있었는데, 이순신이 머뭇거리기만 할 뿐 나가서 잡지 않았다고 하옵니다."

가토 군사가 칠 일 동안 섬에 머물렀다는 것은 이순신을 모함하기 위해 지어낸 이야기였다. 시치다유가 정보를 흘린 다음 날 제1진 군사는 쓰시마에서 순풍을 타고 하루 만에 서생포에 상륙했고, 그다음 날 출진한 가토가 거느린 제2진 군사는 북동풍을 만나 가덕도로 떠밀렸다가 예정한 날보다 늦게 다대포에 상륙했던 것이다. 그러니까 칠 일 동안 섬에 있었다는 것은 모함하기 위해 만들어낸 말이었다. 오직, 도원수를 지낸 백전노장 김명원만이 '왜적들은 배를 부리는 기술이 익숙한데 칠 일간이나 배가 섬에 걸렸다는 것은 믿기가 어렵다'고 남이신의 보고를 의심했다. 더구나 김명원은 이순신이 바람과 바다의 형세를 보고 서둘러 부산포로 나아가지 않았다는 것을 이해했다. 통제사가 된 원균이 이순신과 달리 무조건 부산포 앞의 절영도로 나가 수군을 주둔시키려고 하자, 선조에게 다음과 같이 반대했던 것이다.

"절영도에는 배를 숨겨 닻을 내릴 곳이 없으므로 하루 이틀도 아닌 오랜 기간을 머물러 있게 할 수는 없사옵니다. 또 적의 배가 나오는 것은 순풍을 이용하게 되고 우리나라에서 적을 맞받아치는 것은 역풍을 이용하기 때문에 아무리 빈틈없는 태세를 갖춘다 하더라도 당해내기가 어렵사옵니다."

대신들 중에서 해전의 조건 중에 바람이 중요하다는 것을 처음으로 꺼냈던 육군 장수 김명원이었다. 이순신이 거센 동풍과 파고가 높은 바다의 기세를 보아 한 달 가까이 기다리다가 부산포 앞바다로 출진한 사실을 두고 모두가 어명을 어긴 중죄인이라고만 몰아갈 때 그만이 이순신의 전술을 알아주었던 것이다.

장대비같이 퍼붓던 비는 어느새 순해졌다. 가랑비가 되어 오락가락했다. 파랗게 뚫린 삼각산 한쪽 하늘이 깊은 우물처럼 보였다. 흩어져버린 양민들은 다시 모이지는 않았다. 육조 거리가 텅 비자, 정릉골에서도 정경달, 황대중, 송희립의 무리가 보였다. 정경달은 대궐을 출입하는 대신들을 볼 때마다 잰걸음으로 다가가 붙들고 사정했다. 정경달 역시 문과급제한 이후 선산 부사까지 지낸 경력이 있었으므로 낯익은 대신들이 더러 있었던 것이다. 정경달이 대신들에게 사정하는 것은 오직 하나였다. 임금을 알현하여 이순신의 누명을 벗기고 싶다는 것뿐이었다.

때마침 병조판서 이항복이 보이자 철퍽거리며 쫓아갔다.

"대감, 전하를 꼭 알현케 해주씨요. 한마디만 하고잡소."

"정 공, 조금만 기다리시오."

"궐문 앞에 주저앉아분 지 메칠이 후딱 지나가부렀소."

"전하께서도 정 공이 왜 궐문 앞에 앉아 있는지 알고 있소. 곧 부르실 터이니 기다리시오."

"을매나 지달려야 한단 말이오. 여그서 몇 사람이 죽어나간 뒤 일이 성사된다믄 무신 소용이 있겄소."

병조판서가 최근에 이덕형에서 이항복으로 바뀐 것만도 다행이었다. 이항복은 이덕형보다 이순신의 전공을 인정해주는 데다 호의적이었던 것이다.

"정 공, 오늘은 반드시 전하께 말씀드리리다."

"백사 대감, 고맙소."

그러나 그날 선조는 우부승지 김홍미를 불러 비망기를 전하면서 대신들에게 이순신을 국문하는 것이 어떤지 의논하라고 지시했다. 비망기에는 이순신을 죽여야 한다는 내용이 들어 있어 김홍미는 잠시 걸음을 멈춘 채 도리질을 했다.

'이순신이 조정을 속임은 임금을 무시한 죄이고, 적을 놓아주고 치지 않음은 나라를 저버린 죄이고, 심지어 이순신은 남의 공을 가로채고 또 남을 모함하여 죄인으로 몰아붙인 죄까지 지었다. 이것들은 모두 제멋대로 거리낌 없이 행동한 죄이다. 이렇게 허다한 죄상이 있는 만큼 법으로 보아서 용서할 수 없는 것이니 율을 적용하여 죽여야 마땅하다. 신하로서 임금을 속인 자는 반드시 죽이고 용서하지 않는 것이므로 이제 끝까지 고문하여 잘못을 캐어내고, 어떻게 처리할 것인지를 대신들에게 물어보도록 하라.'

비망기를 받아든 김홍미는 심각한 표정으로 헛기침을 했다. 선조의 지시는 이순신을 추국推鞫하되 반드시 죽여야 한다고 미리 결론을 내려놓고 있었다. 그러니 아무리 이순신을 모함해온 대신이라 하더라도 추관推官이 되는 것을 꺼려할 것만 같았다. 죄인을 직접 심문하는 우두머리 추관인 위관委官은 삼정승 가운데 아무라도 맡는 것이 관례였다. 그러나 김홍미의 예상대로 삼정승 모두 이런저런 이유로 위관을 맡지 않았다.

영의정 유성룡은 이순신과 친분이 두텁고, 선조에게 사직을 청한 처지이므로 위관은 물론 추관에서 제외되었다. 또 좌의정 김응남은 칭병을 하며 피했고, 도체찰사로 진주에 내려가 있는 우의정 이원익은 위관을 맡을 수 없는 처지였다. 결국 선조는 자신의 복심처럼 처세를 해온 윤근수를 위관으로 임명했다. 윤근수는 서인의 영수이자 친형 윤두수 못지않게 이순신을 모함해온 대신이었다.

추국

의금부 안에 추국하는 국청鞫廳을 설치했다. 추推는 곤장으로 치는 것이며, 국鞫은 철저하게 심문하는 것을 뜻했다. 윤근수가 국청의 주벽 정면에 앉았다. 그리고 판의금부사는 동벽에, 승지는 서벽에, 사헌부와 사간원 대간들은 정면을 향한 남벽에 앉았다. 국청 마당은 좁고 밝지 못했다. 하늘에 비구름이 낀 탓인지 바람은 축축했다. 위관인 윤근수가 엄하게 명했다.

"죄인 이순신을 들라 하라."

"예, 위관 대감."

형리가 대답한 뒤 나졸에게 지시했다. 그러자 나졸이 의금부 옥에 든 이순신을 국청 마당으로 데려와 무릎을 꿇게 했다. 무표정하게 앉아 있던 윤근수가 손가락을 오도독 꺾었다. 추국을 시작하기 전에 무언가를 작심하고 있다는 자세였다. 나졸이 도포 소매를 잘라 만든 몽두蒙頭를 이순신의 머리에서 벗겨냈다. 이어서 문사낭청問事郎廳이 이순신의 나이와 이름을 묻는 등 본인임을 확인했다. 추국하기 전에 거치는 절차였다. 이윽고 윤근수가 이순신을 노려보면서 심문을 시작했다.

"나라의 은혜가 지중하거늘 어찌하여 두 마음을 품고 적장의 뇌물을 받아 챙긴 뒤 청정을 잡지 않고 놓쳤느냐?"

"왜추라 하믄 잡지 못해 한이 사무칠 뿐이구먼유. 적장에게 뇌물을 받았다니 소장을 모함하는 말이지유."

"청정을 잡지 않고 놓친 것은 천하가 다 아는 사실이 아닌가? 네가 부인해도 소용없는 일이니라."

"청정을 놓친 것이 아니지유. 청정을 잡으러 갔을 때 청정이 소장과 싸우기를 피해 나오지 않았으니께유."

이순신이 단호하게 반박하자 윤근수가 심문할 내용이 적힌 문서를 보면서 순서를 바꾸어 물었다. 윤근수의 나이는 이순신보다 여덟 살 많은 육십일 세였다. 그의 목소리는 늙은이답지 않게 날카로웠다.

"나졸들이 너를 잡으러 한산도에 내려갔을 때 부하들을 선동하여 금부도사를 겁박한 일이 있다는데 사실인가?"

"그런 사실이 없구먼유."

"함거에 실려 오는 동안 백성들을 불러내어 압송하는 나졸들의 공무를 방해했다고 하는데 이것도 부인할 것인가?"

"그런 사실도 없시유. 함거에 실린 소장이 워치게 백성덜을 불러낼 수 있겄시유. 백성덜이 스스로 나와 질을 막았지유."

"네가 저지른 모든 죄를 부정하는 것은 네 죄를 숨기고자 함일 것이다! 네 죄는 네가 더 잘 알고 있을 것이니라!"

이순신은 윤근수의 추국 태도에 기가 막혀 입을 다물었다. 죄를 부정하는 것은 죄를 숨기는 것이라고 다그치는 윤근수의 말에 더 이상 대답하고 싶지 않았다. 윤근수도 이순신의 녹록치 않은 결기에 죄인을 문초하는 것이 아니라, 논쟁하고 있다는 생각이 들어 심문을 잠시 멈추었다.

때마침 가랑비가 부슬부슬 내리기 시작하자 추국은 다음 날로 미루어졌다. 이순신은 의금부 옥으로 돌아와 고참 나졸의 묵인하에 추국하는 날인데도 면회를 했다. 전라 우수영 수사 이억기가 보낸 군관이었다. 군관이 고참 나졸 몰래 편지를 디밀었다. 이순신은 옥창으로 흘러드는 희미한 빛을 받아 편지를 읽었다. 나졸이 편지를 읽는 이순신을 보고도 못 본 체했다. 이순신은 이억기의 편지 내용 가운데 유독 한 구절에서 눈을 떼지 못했다.

'지금 통제사 원균의 방략을 보니 수군이 오래지 않아 반드시 패할 것 같습니다. 저희는 죽을 곳을 알지 못하겠습니다[今觀主帥元公之制置方略則 舟師不久必敗 我輩不知其死所矣].'

이억기의 군관이 말했다.

"수사 나리께서 병조판서 이항복 대감과 경림군 김명원 대감께도 통제사 나리를 구명하는 편지를 보냈그만요."

"고맙구먼. 허나 나를 찾아다니다가 대신덜 눈에 띄면 이 공에게 좋은 일이 읎을 겨. 나와 뜻을 함께했다는 누명을 쓰구서 이 공까정 다칠 수 있는 겨. 이 공은 살아남아서 헐 일이 많지 않는감. 이 공이 아니믄 누가 바다를 능히 지키겄는가 말여. 이 공은 반다시 살아남으야 혀."

"통제사 나리께서는 으째서 죽음을 말씀하십니까요."

"나를 죽이고자 이미 결정해놓구 문초한 거 같더구먼. 전하께서 나를 죽인다면 죽는 수밖에 별수 있겄는가."

군관이 흐느끼자 나졸이 주의를 주듯 헛기침을 했다. 이순신이 말했다.

"형조에서 순찰을 나올 것 같으니께 돌아가게."

"예, 통제사 나리."

윤근수가 심문한 내용을 적은 추안推案이 우부승지 김홍미를 통해 선조에게 전해졌다. 조급하게 기다리고 있던 선조가 추안을 보더니 홱 집어던지며 화를 냈다.

"죄인을 다루는 것이 틀렸소. 위관은 순신이 무슨 죄를 저질렀는지도 모르고 두서없이 문초한 것 같소!"

"순신이 고분고분하지 않으니 문초하기가 어려웠을 것이옵니다. 위관은 전하의 분부를 받들어 문초를 충실히 한 듯하옵니다."

"추안을 보니 실망하지 않을 수 없소."

"갑자기 비와 와서 문초가 여의치 않았던 것 같사옵니다."

김홍미가 윤근수 편에서 상황을 설명하자 선조가 가까스로 화를 삭였다.

"내일 어떻게 추국하는지 지켜보고 결정하겠소."

"전하, 무엇을 결정하시겠다는 것이옵니까?"

"위관을 교체해서라도 죄인에게 자백을 받아내야 하오."

"내일은 달라질 것이옵니다. 원래 순신은 위관이 심문하는 대로 선선히 자백할 위인이 아닌 듯하옵니다."

"고문을 해서라도 반드시 자백을 받아내야 순신을 쉽게 죽일 수 있을 것이오."

"전하, 너무 심려 마시옵소서."

별전을 나온 김홍미는 즉시 의금부로 달려갔다. 의금부는 광화문 바로 앞쪽에 있었다. 다행히 윤근수는 퇴청하지 않고 의금부 도사와 무언가를 협의하고 있었다.

"전하께서 또 비망기라도 내리셨소?"

"대감께 꼭 전할 말이 있어서 달려왔습니다."

"무슨 말이오?"

"순신이 지은 죄를 반드시 자백 받아야 합니다. 전하의 뜻이 확고합니다."

"내가 어찌 순신의 죄를 모르고서 심문했겠소?"

윤근수는 이순신에게 무엇을 자백받아야 하는지를 잘 알고 있었다. 선조가 지목한 이순신의 죄명은 세 가지였다. 첫째는 조정을 속여 임금을 업신여긴 죄, 즉 부산 왜군 진영 화재 작전을 거짓으로 보고했다는 것이고, 둘째는 적장 가토(청정)를 놓아주어 장수로서 나라의 은혜를 저버린 죄, 즉 선조의 명을 어기고 이순신의 수군이 부산으로 출진하여 재침하는 가토의 군사를 막지 않은 것이고, 셋째는 남의 공로를 빼앗고 모함한 죄, 즉 옥포해전에서 원균의 공을 가로채었으며 원균이 열두 살인 첩의 자식까지 공을 평가해주었다고 모함하는 장계를 올렸다는 죄명이었다.

"오늘 보니 앞으로도 순신은 지은 죄를 실토하지 않을 것 같소."

"내일은 고문을 해서라도 자백을 받아야 전하께서 크게 기뻐하실 것입니다."

다음 날.

이순신은 또다시 몽두를 쓴 채 국청 마당으로 불려 나왔다. 굳이 몽두를 쓸 필요가 없는데도 그랬다. 상투를 풀어버린 탓에 산발한 머리가 얼굴을 덮고 있었다. 비 갠 뒤였으므로 국청 마당은 빗물이 고여 질척였다. 몸집이 마른 윤근수가 허리를 곧추세우면서 말했다.

"밥은 먹었는가?"

"옥에서 나오는 밥알도 나라의 것이라구 생각허니께 차마 먹을 수 읎었시유."

"지은 죄를 반성하고 있다는 말인가? 밥알을 넘길 수 없을 만큼 부끄러웠다는 말로 들리는구나."

"전하의 신임을 받지 못하구 있으니께 신하로서 송구할 뿐이지유."

"전하를 기쁘게 하는 일은 오직 네 죄를 자백하는 것임을 오늘은 명심하라!"

윤근수가 어제와 달리 이순신을 꾸짖은 뒤 신문했다.

“죄인은 원균이 수차례나 간곡하게 불렀기 때문에 옥포로 가서 공을 세운 것이 아닌가? 옥포 싸움에서 왜 원균의 공을 가로챈 것인가? 어째서 원균과 함께 연명 장계를 쓰지 않고 혼자 올렸는가? 원균이 서자의 공을 올린 것을 두고 왜 모함을 했는가?”

“원균이 여러 번 구원을 요청했지만 겡상도 바다루 이십여 일 뒤늦게 나간 까닭은 두 가지였지유. 첫째는 전라 좌수영 전선덜이 다른 지역으루 이동할라믄 임금님의 허락을 받아야 했구, 두 번째는 부하 장졸덜 사기가 한 덩어리루 뭉칠라믄 시간이 필요했던 거지유. 또한 옥포 해전에서 싸운 군사는 소장의 장졸덜이었구, 원균은 무군지장無軍之將으루 싸울 군사와 배가 보잘것읎었지유. 그러니께 공을 논한다믄 소장의 장졸덜이 먼저지유. 원균이 연명 장계를 쓰자구 했을 때 지가 ‘천천히 하자’구 한 것은 통제사란 직책이 생기기 전에는 연명 장계가 읎었기 때문이지유. 그리구 소장이 원균을 모함했다구 허는디, 공을 올릴 때는 부하 장졸덜이 앞서야지유. 첩을 위해서 열두 살 서자까정 표창할라는 것은 장수로서 부끄러운 일이구먼유.”

이순신은 자신의 소신을 분명한 어조로 하나하나 밝혔다. 이순신을 쳐다보고 있던 윤근수가 적잖이 당황했다. 맞은편에 앉아 있던 대간들도 술렁거렸다. 윤근수는 무언가 잘못되고 있다는 기분이 들었지만 정색을 하고 또 물었다. 부산 왜군 진영에 불을 질러 왜군에게 타격을 준 일이 있었는데, 이를 두고 이순신과 이원익이 장계를 이중으로 올려 분란이 일었던 것이다. 이조 좌랑 김신국이 이원익 장계만 살핀 뒤 서면 보고하여 이순신은 또다시 선조에게 신뢰를 잃고 말았다.

'얼마 전 부산 왜적의 소굴을 불사른 경위에 대해서 통제사 이순신이 이미 장계를 올렸다고 하옵니다. (그런데 이원익이 올린 장계 내용은 이와 같습니다) 도체찰사 이원익이 데리고 있는 군관 정희현은 전에 조방장으로 오랫동안 밀양 등지에 있었고, 왜적들 속으로 드나드는 사람들은 대부분 정희현의 심복들이었다고 하옵니다. 왜적의 병영에 몰래 불을 놓은 것은 이원익이 전적으로 정희현을 시켜서 한 일이라고 하옵니다.'

그런데 이순신의 장계는 김신국의 서면 보고와는 아주 딴판이었다. 이순신 자신의 공을 인정해달라는 장계는 결코 아니었다. 부하 장졸들을 표창하여 앞으로도 더욱 충성할 수 있도록 격려해달라는 장계였다.

'……이달 12일 김란서 등은 밤중에 약속대로 시간을 기다리고 있었는데, 마침 서북풍이 크게 불었으므로 바람결을 따라 (부산 왜군 진영에) 불을 질렀습니다. 불길이 치솟아 오르면서 적들의 집 천여 호와 화약이 쌓여 있는 두 개의 창고, 무기와 여러 가지 물건과 군량 이만 육천여 섬이 탔으며, 왜인 서른네 명이 불에 타서 죽었습니다. 이야말로 하늘이 도운 것이었습니다. (중략) 안위, 김란서, 신명학 등이 성의껏 힘써 마침내 일을 성공시켰으니 더없이 기특한 일이옵니다. 앞으로도 은밀하게 해야 할 일이 한두 가지가 아니기에 특별히 표창하여 앞날의 일을 고무해야 할 것이옵니다.'

선조는 서로 다른 내용의 보고에 대해서 단 한 번의 감찰도 해보지 않고 김신국의 서면 보고만 믿었다. 그래야 이순신에게 거짓 보고를 하였다는 죄를 씌울 수 있었던 것이다. 우의정이자 도체찰사인 이원익이 올린 장계이니 더 믿을 수밖에 없다는 억지였다. 조정 대신들의 생각도 대부분 선조와 같았다. 윤근수가 이원익을 들먹였다.

"도체찰사 이원익 대감을 어떻게 생각하는가? 너와 함께 전라도를 시찰했던 사이로 알고 있다."

"소장을 위해 늘 지원해주셨던 대감이지유."

"부산 왜영 화재 사건에 대해서 이원익 대감이 올린 장계도 있는데 너는 어떻게 생각하는가?"

"무신 내용으루 썼는지 보지 못했구먼유."

"그러니 믿지 못하겠다는 건가? 도체찰사 장계인데도."

이원익이 이순신을 지원하고 옹호해온 것은 사실이었다. 이원익은 이순신과 원균이 다툴 때 항상 이순신 편에 서서 변호했던 것이다. 윤근수는 이순신이 대답을 못 하자 마치 약점이라도 잡은 듯 파고들었다.

"같은 사건을 두고 이원익 도체찰사와 네 장계가 내용이 다른데 어째서 그런가 말이다."

"설령 내용이 다르더라두 진실은 하나일 뿐이지유."

"이원익 도체찰사가 전하께 거짓 보고를 했다는 말인가? 아니면 네가 전하께 거짓 보고를 했다는 말인가?"

"체찰사 대감의 장계를 보지 못했으니께 말씸드릴 수 읎구먼유.”

“평소에 너를 변호하고 지원해준 이원익 대감을 불신한다는 것이 말이 되는가? 그건 사람의 도리가 아니니라.”

윤근수의 심문은 매서웠다. 왜소한 체구지만 국청을 울리는 그의 목소리는 쇳소리처럼 카랑카랑했다. 술렁거리던 대간들이 앉은 자세를 고쳐 잡았다. 그러나 이순신은 진실은 하나밖에 없으며 자신 편이라고 믿었다.

“체찰사 대감께서는 군관의 보고를 받구 장계를 썼을 거구먼유. 소장은 체찰사 대감을 존경하지만 군관이 워떤 사람인지는 모르겄구먼유.”

“감히 일개 군관이 체찰사를 속였다는 말인가?”

“불러와 조사를 해보믄 바루 알 수 있겄지유.”

“너는 왜 장계를 썼는가? 이중으로 장계가 올라와 조정에 혼란이 생긴 것이 아닌가.”

“거제 현령 안위의 공이 묻힐 거 같어서 썼구먼유.”

“네가 거짓말을 하는지는 하늘이 알고 땅이 알 것이다.”

윤근수는 주춤하는 이순신의 태도를 보고는 자신감을 얻은 듯 세 가지 죄 중에서 가장 큰 어명을 어긴 왕명 거역 죄를 문초했다.

“너는 어찌하여 청정이 건너오는 바다로 나아가지 않았는가? 임금의 명을 거역한 자는 반드시 죽이는 것이 군율이니라.”

“첫째는 요시라의 반간계를 의심했구, 두 번째는 출진하지 않은 것이 아니라 역풍이 잦아지기를 지달리구 있었시유. 어명을 거역하지 않았다는 증거가 있지유. 바람의 기세가 순해진 2월 10일에 부산포 앞바다루 출진해 삼 일 동안 작전을 하구 돌아왔으니께유."

"요시라는 조선에 이익이 되는 정보를 준 사람이 아니던가?"

"요시라의 말대루 출진했으믄 우덜 군사는 협공을 당했을 거구먼유. 요시라가 정보를 준 다음 날 청정의 군사는 이미 서생포에 상륙해 있었구, 행장의 군사는 부산포에 있었지유. 그러니께 요시라의 정보대루 우덜 군사가 청정이 온다는 바다루 나갔다믄 협공을 당할 수밖에 읎었겠지유."

"요시라가 틀린 정보를 주었다는 것인가?"

"청정이 왔으니께 틀린 정보는 아니지만 우덜 군사를 함정에 빠뜨리려는 요시라의 간계지유."

"장수는 목숨을 아끼지 않고 충성해야 하는데 너는 모든 것을 남 탓으로만 돌리는구나."

윤근수는 심문이 자신의 의도대로 진전되지 않자, 자신도 모르게 잠시 곤혹스러워했다. 그때 형리가 다가와 윤근수에게 귓속말을 했다.

"대감, 원래 추국은 고문을 하게 돼 있습니다."

"마지막 수단이 아닌가."

의금부 도사도 위관 자리까지 올라와 윤근수의 귀에 대고 말했다.

"무얼 망설이십니까요. 곤장을 치면 백이면 백 누구나 자백을 합니다요."

"그럴까?"

"법에도 추국할 때 곤장을 두 번 칠 수 있다고 나와 있습니다요."

"알았네."

윤근수는 형리에게 고문을 허락했다. 이순신에게 죄가 없을지도 모른다는 생각이 문득 들었지만 잡념을 쫓듯 고개를 저었다. 선조가 이미 이순신의 죄목을 정해버렸기 때문이었다. 윤근수는 몹시 피곤하여 눈을 감았다.

잠시 후, 이순신은 곤장을 치는 형구에 눕혀졌다. 형리의 지시를 받은 나졸이 형구에 눕혀진 이순신을 향해서 곤장을 치켜들었다. 윤근수가 고문을 시작해도 좋다는 듯 고개를 주억거리자 기다렸다는 듯이 넓죽한 곤장이 이순신의 하반신을 가격했다. 이순신의 입에서 신음 소리가 났다. 스무 대를 넘어서부터는 이순신의 바지에 붉은 피가 배어 나왔다. 이순신은 입을 다문 채 아무 말도 하지 않았다. 마흔 대쯤에는 입에서 피가 넘어왔다.

피를 몇 번 더 토하고 난 이순신은 맥없이 혼절해버렸다. 고개가 형구 밑으로 처져버렸던 것이다. 나졸이 물동이를 가져와 찬물을 끼얹었다. 그제야 이순신의 사지가 꼬무락거렸다. 나졸이 또다시 물동이를 들고 와 찬물을 쏟아붓자 고개를 쳐들고 눈을 떴다. 그러나 이순신은 자백을 강요하는 윤근수를 뚫어지게 바라볼 뿐 끝내 입을 열지 않았다.

구명

윤근수가 의금부 국청에서 이순신을 고문했다는 사실이 조정에 퍼졌다. 유성룡과 정탁은 눈앞이 캄캄했다. 판중추부사 정탁은 이순신을 추국하기 전에 고문만은 막아보려고 선조에게 다음과 같이 하소연했던 것이다.

"이순신은 명장이니 죽여서는 안 되옵니다. 군사상의 기밀에 있어서 이롭고 해로운 것은 멀리서는 추측키 어려운 것인바, 그가 나아가지 않음도 반드시 까닭이 없지 않을 것이니 너그러이 용서하고 다시 공로를 세우게 하시옵소서."

일흔두 살의 정탁이 이순신의 구명을 위해 선조에게 직언한 것은 나름대로 확신이 있었기 때문이었다. 이순신의 일기를 보고 난 뒤, 비로소 이순신에게 장수로서 잘못이 없음을 알았던 것이다. 유성룡이 성장기의 고우古友로서 이순신을 아꼈다면, 이원익은 진중에서 함께 생활한 뒤에야 이순신을 신뢰하게 됐고, 정탁은 곤경에 처한 이순신을 뒤늦게 이해한 원로대신이었다. 병조판서를 지냈던 이덕형도 윤두수, 이산해의 눈치를 보다가 이순신을 죽여서는 안 된다고 선조에게 호소했다.

이순신이 죽음에 이를 만큼 고문을 당했다는 소식을 들은 정탁은 충격을 받고 바로 몸져누웠다. 그렇지 않아도 정탁은 날마다 비변사에 나가 격무에 시달려온 데다 고뿔로 몸이 몹시 무거웠던 것이다. 선조가 어떤 사람인지 알고 있으므로 가능하면 입궐하려고 했지만 몸이 말을 듣지 않았다. 자신이 천거한 충용장 김덕령도 선조의 어명하에 죽어나간 전례가 있었던 것이다.

정탁은 쿨럭쿨럭 기침을 했다. 기침이 가까스로 멎자 셋째 아들 정윤목을 찾았다. 정윤목은 유성룡의 제자이기도 했다. 유성룡이 정윤목을 믿고 이순신의 일기를 정탁에게 은밀하게 보냈던 것도 그런 사제의 인연이 있어서였다.

"아버님, 부르셨습니까?"

"글을 쓸 기 있데이. 먹을 좀 갈그래이."

"아버님, 고뿔이 심하시니 쉬셔야 합니다."

"한시가 급하데이."

"무엇이 급하다는 말씀입니까?"

"이 공의 목심이 경각에 달려 있는 기라. 그러니 어서 시키는 대로 하그래이."

"예, 아버님."

정탁이 또다시 쿨럭쿨럭 기침을 토해냈다.

"입궐해서 말이다, 이 통제사가 아직 살아 있다카니 구명하면 얼마나 좋을 기가."

"아버님, 푹 주무시면서 쉬셔야 합니다."

"해평군(윤근수)이 또 고문을 한다카니 잠을 몬 자겠다."

"설마 2차 고문까지야 하겠습니까요."

"나는 전하의 의중을 알고 있는 기라. 참말로 확고하시데이."

김덕룡의 예를 보아서 알 수 있듯 선조가 고문을 지시한 것은 이순신을 죽이라는 말과 같았다. 그러니 윤근수가 2차 고문을 지시한다면 이순신은 반드시 목숨을 잃고 말 터였다.

"어서 종이와 먹을 가져오그래이."

"예, 아버님."

정윤목이 먹을 가는 동안 방 안에 묵향이 퍼졌다. 묵향을 맡듯 정탁이 큼큼거리더니 겨우 일어나 앉았다. 새벽에 오한이 잠시 멈추었을 때 구상해둔 바가 있었으므로 정탁은 먹물 묻힌 붓끝을 빠르게 움직였다.

'엎드려 아뢰나이다.

이순신은 큰 죄를 지어 죄명조차 엄중하지만 전하께서는 즉각 극형에 처하지 않으시고 너그러이 문초하다가 나중에 엄격하게 추궁하도록 허락하시니, 이는 다만 옥사를 다스리는 체통과 순서를 좇아 그러시는 것이 아니라, 사실은 전하께서 인자함을 행하시려는 일념으로 기어이 그 진상을 밝혀냄으로써 혹시나 살릴 수 있는 길을 찾아보려고 그렇게 하신 줄 아옵니다. 살리기를 좋아하시는 전하의 큰 덕이 죄를 범하여 죽을 자리에 놓여 있는 자에게까지 미치고 있사오니 이에 신은 감격함을 이길 길이 없

사옵니다.'

정탁은 선조에게 선처를 바라는 입장이기 때문에 먼저 인과 덕을 거론했다. 추국할 때 너그럽게 심문하다가 엄하게 추궁하는 인자함과 죄인을 죽이기보다 살리기를 좋아하는 덕이 있으매, 이에 감격한다는 내용으로 상소문 서두를 썼다. 서두는 선조에게 이순신을 죽이지 말라고 에둘러 호소하는 말이나 다름없었다. 옆에서 먹을 갈던 정윤목이 아버지의 진면목을 보고 새삼 놀랐다. 인자하고 덕이 있는 사람은 선조가 아니라 아버지 정탁인 것 같았기 때문이었다.

정탁이 다시 붓을 들었다. 그러나 기침이 크게 터져 나와 벼루에 붓을 놓고 수건으로 입을 막았다. 하인이 가지고 온 숭늉을 마시고는 겨우 기침을 진정했다. 그제야 정윤목이 상소문의 종이를 바로 놓았다.

'요즘 왜적들이 또다시 쳐들어왔는데 이순신이 미처 손을 쓰지 못한 것도 거기에는 필시 무슨 그럴 만한 사정이 있을 것이옵니다. 대개 변방의 장수들이 한번 움직이려고 하면 반드시 조정의 명령을 기다려야 하고, 장군 스스로는 제 맘대로 못 합니다. 그런데 왜적들이 바다를 건너오기 전에 조정에서 비밀히 내린 분부가 곧바로 이순신에게 전해졌는지 알 수 없는 일이며, 또 바닷바람의 사정이 좋았는지 어떠했는지, 그리고 뱃길도 편했는지 어떠했는지 알 수 없는 일이옵니다.

그리고 수군의 각자 담당에 어쩔 수 없는 사정이 있다는 것은 이미 도체찰사 이원익의 장계에서도 밝혀진 바이거니와, 군사들이 힘을 쓰지 못했던 것도 사정이 또한 그러했던 만큼 모든 책임을 단지 이순신에게만 돌릴 수는 없사옵니다.'

정탁은 가토 군사의 재침을 막지 못했다는 선조의 판단을 근거를 대며 반박했다. 이는 이순신의 일기를 보지 못했다면 불가능한 일이었다. 조정에서 내린 분부가 곧바로 한산도에 전해지지 않았을 것이며, 설사 분부를 받았을지라도 바람의 사정과 뱃길을 보고 이순신이 나아가지 않았을지 모른다고 한 것은 정탁의 예리한 분석이었다. 특히 전라좌우도와 경상좌우도의 수군 장수들이 많은데 이순신에게만 책임을 돌릴 수 없다는 정탁의 주장은 선조의 아집과 편견을 뒤흔드는 대목이었다. 정윤목은 이순신을 구명하려는 아버지의 논리를 수긍했다. 아버지가 이순신을 살리기 위해 혼신의 힘을 다하고 있다는 생각도 들었다. 실제로 정탁은 다시 오한이 드는지 상소문을 시작할 때와 달리 글을 끝맺으려고 하면서는 끙끙 앓는 소리를 내뱉었다.

'비옵건대 은혜로운 전교를 내리시어 문초를 덜어주시고, 그로 하여금 공로를 세워 스스로 보람 있게 하신다면 전하의 은혜를 천지 부모와 같이 받들어 목숨을 걸고 갚으려는 마음이 반드시 저 박명현만 못하지 않을 것이오니, 전하 앞에서 나라를 다시 일으켜 공신각에 초상이 걸릴 만한 일을 하는 신하들이 어찌 오늘의 죄수 가운데서 일어나지 않을 것이라 하오리까.

그러하오니 전하께서 장수를 거느리고 인재를 쓰는 길과, 공로와 재능을 헤아려 보는 법제와 허물을 고쳐 스스로 새로워지는 길을 열어주심이 일거에 이루어진다면 전하의 난리 평정하는

정치에 도움 됨이 어찌 적다고 하오리까.'

충청 방어사 박명헌은 국법을 어긴 일이 있으나 특별히 용서받아 병신년(1596) 이몽학 난 때 큰 공을 세운 인물이었다. 이순신도 박명헌처럼 공을 세울 수 있으니 방면해달라는, 이른바 신구차伸救箚라 불리는 정탁의 천이백아흔여덟 자로 된 상소문이었다.

정탁은 상소문의 먹이 마르기도 전에 자리에 누워버렸다. 오한이 들어 솜이불을 이마까지 덮었다. 정탁은 이불 속에서 신음소리를 냈다. 하인들이 약탕기에서 달인 약을 가지고 들어왔다. 그러나 정탁은 약을 마시지 못하고 그대로 깊은 잠에 빠졌다. 정윤목은 아버지를 간병하느라고 자리를 뜨지 못했다. 뿐만 아니라 상소문을 어떻게 처리할지 몰랐으므로 허둥댔다.

잠시 후, 정윤목의 중형仲兄이 달려왔다. 정윤위는 정탁의 차남이었다. 정윤위가 놀란 채 말했다.

"아버님이 어떠하신가?"

"형님, 지금은 주무시는 듯합니다."

"고뿔 약은 드셨는가?"

"어제까지 잘 드셨습니다. 저는 아버님이 쾌차하실 줄 알았습니다."

"저게 뭔가?"

"상소문입니다."

"상소문을 쓰시느라 너무 신경을 쓰신 것이군."

"고뿔이 심해져 입궐하지 못할 것 같으시니까 상소문을 쓰신 것 같습니다."

"연세가 있으시니 조심하셔야 하는데……."

"그나저나 형님, 이 통제사의 목숨이 경각에 달린 것 같은데 이 상소문은 어찌해야 합니까?"

"아버님 뜻이 확고하시니 반드시 전해야 하겠지."

"형님, 제가 서애 대감님께 부탁할까요?"

"아버님이 거동하시지 못할 형편이면 동생의 스승인 서애 대감께 부탁하는 것도 방법이겠지."

정탁과 유성룡은 퇴계 이황의 문인으로 평소에 가깝게 지내는 사이였다. 그러니 임금의 뜻에 거스르는 상소문이므로 위험한 일이기는 하지만 아버지 정탁의 상소문을 유성룡이 대신 전해줄 수 있을 것 같았던 것이다.

"동생, 우리가 이러쿵저러쿵 궁리하는 것보다 아버님이 일어나시면 여쭤보고 결정하는 것이 좋겠네."

"형님 말씀이 옳은 것 같습니다."

정윤목은 먹이 마른 상소문을 두루마리 종이로 쌌다.

"이 상소문이 다른 사람의 손에 들어가서는 안 되네. 누구라고 말할 것도 없네만 아버님과 서애 대감을 유독 경계하는 분도 있잖은가."

"예, 명심하겠습니다."

정탁의 두 아들은 아버지 정탁 곁에서 자리를 지켰다. 상소문을 쓰고 난 뒤여서 그런지 정탁은 편안하게 잠을 자고 있었다. 새벽에 잠시 눈을 떴을 때 아버지에게 상소문의 처리를 물어보고 싶었지만 참았다. 정탁의 이마에 진땀이 나 있어 마른 수건으로 닦았다. 오한이 다시 드는 듯 이불을 덮으라고 했다.

정윤목은 상소문을 보면서 조급해지는 마음을 숨기지 못했다. 이순신의 목숨이 경각에 달린 것 같아서였다. 정윤위도 마찬가지였다.

"믿을 수 있는 서애 대감 말고 또 누가 없을까?"

"형님, 이 통제사를 두고 조정이 둘로 갈라져 있으니 위험해요. 아버님이 직접 올리시는 것이 상책입니다. 하지만 병환이 깊어져 그렇게 할 수 없다면 아버님 뜻에 따라 전해야 해요."

"진실은 하나일 텐데 대신들의 생각이 둘로 갈라져 있다니 걱정이네."

결국 정윤위와 정윤목은 아버지의 상소문 처리는 뒤로 미루기로 했다. 선조의 마음이 이미 정해져 있고, 조정 대신들의 의견이 분분하니 위험했던 것이다.

한편 윤두수, 윤근수 형제가 두려워하는 것은 양민들의 민심이었다. 육조 거리와 의금부 앞에 날마다 수십 명에서 수천 명까지 모이는 양민들의 소요 사태가 멈추지 않았던 것이다. 성난 민심이 어디로 번질지 몰랐다. 윤두수 형제는 양민들의 중심에 정경달과 황대중, 송희립 등이 있다고 판단했다. 유성룡과 이항복이 그들을 방조하고 있다는 의심도 들었다. 윤두수가 말했다.

"동생, 정경달을 달래는 계책이 없을까? 그자가 광화문 앞에 앉아 있는 한 양민들이 흩어지지 않을 거 같아서 그래."

"그렇지 않아도 병조판서가 전하께 한번 알현시키면 어떠하겠느냐고 말한 적이 있습니다."

"조건을 걸어야지. 알현을 주선해주면 광화문에서 물러가겠다고 말이네."

"동생이 병조판서에게 그렇게 말해보게."

선조에게 가장 신임을 받는 대신이 있다면 바로 윤두수 형제였다. 그러니 그들이 임금을 알현하는 일을 주선하는 것쯤은 아주 간단한 일이었다.

"아니, 병조판서에게 부탁할 필요가 있겠습니까? 제가 직접 정경달을 만나 회유해보겠습니다."

"그렇다면 더욱 좋은 일이고."

그날로 입궐한 윤근수는 선조의 허락을 바로 받았다. 그런 뒤 내금위 군사들의 호위를 받으며 광화문 앞으로 나갔다. 다행히 그날따라 양민들이 수십여 명으로 적게 모여 있었다. 내금위장이 양민들을 향해 소리쳤다.

"여봐라, 물렀거라! 해평군 대감이시다!"

"백사(이항복)가 안 오고 으째서 저 늙은이가 온다요?"

"동상 말이 쩌그까정 들리겄네, 조심허게잉."

정경달이 황대중에게 주의를 준 뒤 윤근수에게 나아가 고개를 숙였다.

"대감께서 직접 오시다니 좋은 소식이 있는 것 같습니다요."

"희소식을 가지고 왔소. 전하께서 허락하시었소."

윤근수의 말을 듣자마자 송희립이 황대중의 손을 맞잡고 떨듯이 기뻐했다. 그러한 모습을 본 윤근수가 혀를 차면서 말했다.

"쯧쯧. 옷을 보니 상거지가 따로 없소."

"대감, 고맙그만이라우."

"단 조건이 있소. 전하를 알현한 뒤에는 바로 여기를 떠나야 하오. 그럴 수 있겠소?"

"우리덜 뜻을 전하께 주청할 수만 있다믄야 뭣을 더 바라겄습니까요. 고건 걱정하지 마씨요."

"좋소. 정 종사관을 내금위장이 데리러 올 것이오."

윤근수는 약속을 지켰다. 오후 미시가 되자 내금위장이 정경달을 입궐시키기 위해 왔다. 정경달은 입궐한 즉시 내금위청으로 들어가 샅샅이 검사를 받았다. 소지품을 모조리 꺼낸 뒤 입고 있던 퀴퀴한 바지저고리를 벗고는 깨끗한 임시 관복으로 갈아입었다. 아침 끼니를 거른 탓인지 배에서 자꾸 꼬르륵 소리가 났다.

"종사관은 부름이 있을 때까지 여기서 대기하시오."

"그래야지라우."

그런데 내금위장이 좀체 나타나지 않았다. 유시가 지나서야 승지 한 사람이 잰걸음으로 달려와 별전 앞까지 안내했다.

"전하께서 묻는 말씀에만 대답하시오."

"예."

"아무 말이나 전하께 함부로 여쭙지 마시오."

"걱정하지 마씨요."

"전하께서는 그대를 위해 별전으로 나오실 것이오. 오늘 별전에 입실할 대신은 아무도 없소. 광영으로 생각하시오."

과연 승지의 말대로 별전은 텅 비어 있었다. 일월도 앞에 임금이 앉는 의자 하나가 덩그러니 놓여 있을 뿐이었다. 정경달은 두려움이 들어 입실한 순간부터 몸이 오들오들 떨렸다. 가까스로 진정하며 버티고 있는데 선조가 들어와 의자에 앉았다. 정경달은 선조를 보자마자 엎드려 울음 섞인 목소리로 밑도 끝도 없이 아뢨다.

"전하, 이 통제사가 잡혀가고 원 통제사가 후임이 되니 장수든 군졸이든 모두가 통곡하고 있사옵니다. 사람덜의 마음이 이러하니 따지지 않아도 알 수 있사옵니다."

"너희들이 육조 거리에서 밤낮을 잊고 앉아 있다는데 사실인가?"

"전하, 저희덜은 이 통제사와 한 몸이옵니다. 그래서 육조 거리에 있는 것이옵니다."

"너희들이 백성들을 선동한다고 하는데 사실인가?"

"전하, 저희덜은 오직 이 통제사가 전하의 은혜를 입어 사면받기만을 바랄 뿐 백성들의 일은 모르옵니다."

"알았으니 돌아가거라."

"전하, 저희덜이 떠나믄 양민덜도 더는 나오지 않을 것이옵니다."

"이순신의 죄는 크지만 너희들의 마음이 가상하다. 과인이 참고할 터이니 지금 고향으로 돌아가 기다리고 있으라."

정경달은 선조의 말이 떨어지자마자 별전 마룻바닥에 이마를 대고 통곡했다. 선조의 선처가 머릿속으로 헤아려졌다. 고향으로 내려가 기다리라는 말은 이순신을 죽이지 않겠다는 말로 들렸다. 그렇다면 더 이상 육조 거리에 나와 앉아 있을 이유가 없었다. 따라서 양민들을 선동한다는 오해를 받지 않아도 되었다.

그날 밤 정경달은 유성룡을 찾아가 낮에 있었던 일을 말했다. 그러자 유성룡이 정경달을 쳐다보며 울었다.

"정 공이 우리가 못 한 일을 해냈소."

"아니지라우, 지중추부사 대감께서 심을 쓴 덕분이지라우."

정경달은 선조의 마음을 움직인 공을 정탁에게 돌렸다. 자리에 누운 정탁이 상소문을 써서 선조에게 올렸다는 소문을 들었기 때문이었다.

출옥

이순신은 선조에게 특별사면을 받았다. 왕명 거역 죄로 극형을 받아야 했지만 이순신은 백의종군하는 죄로 감면받았다. 도원수 권율 휘하에서 군졸처럼 흰 무명옷을 입고 싸우라는 처분을 받았던 것이다. 극형을 면해주겠으니 싸움에서 전공을 세워 나라에 보답하라는 것이 사면의 취지였다.

4월 1일.

이순신은 원문圓門을 나왔다. 원문이란 옥문의 다른 말이었다. 3월 4일 하옥됐으니 이십팔 일 만이었다. 의금부 앞 회화나무 이파리들이 짙푸르렀다. 한 달 전만 해도 가지에 물오르고 연둣빛 어린잎이었는데 벌써 녹음이 져 있었다. 어느새 조춘早春을 지나 완연한 봄으로 잰걸음하고 있었다. 이순신은 그동안 보지 못했던 해를 보려고 고개를 들었다. 그러나 곧 고개를 숙여 자신의 미투리를 보고 말았다. 강한 햇살이 동공을 찔러대니 두 눈이 멀어버릴 것만 같았던 것이다. 광화문 앞에 연좌하고 있다는 정경달, 황대중, 송희립은 보이지 않았다. 육조 거리를 삼삼오오 지나치는 관원들만 보일 뿐이었다.

잠시 후, 양민들이 몰려와 이순신을 에워쌌다. 그중에서 삼십대의 젊은 사람이 이순신 앞에 엎드려 말했다.

"사또 나리, 약을 받으십시오. 건삼 가루로 만든 환약입니다. 부디 몸을 보존하셔야 하옵니다."

"난 열이 많은 사람이여."

"저희 아버님 심부름입니다. 환약을 드시면 회복이 빠를 것이라고 했습니다요."

"아버님이 누구신가?"

"나중에 아버님께서 찾아뵌다고 했습니다요."

"만날 날이 있을 겨."

또 한 사람이 이순신 앞으로 보자기를 내밀었다. 보자기 속에 든 것은 무명 바지저고리였다.

"금부 나졸이옵니다. 옷을 마련해 가지고 왔으니 바꾸어 입으십시오."

"그대가 누구인지 알겄구먼."

"사또, 잘 모시지 못한 것을 용서해주십시오."

"면회할 때 일부러 비켜주었던 일을 기억하고 있지."

"맛있는 사식을 올렸어야 했는데 그러지 못해 후회스럽습니다요."

"괴안찮네."

금부 철창 복도에서 늘 보았던 낯익은 고참 나졸이었다. 이순신이 입고 있는 옷은 검붉은 핏자국으로 얼룩져 있었다. 바지의 엉덩이 부분은 숫제 핏자국 범벅이었다. 국청에서 곤장 고문을 받았던 흔적이었다. 양민들 십여 명이 이순신을 호위하듯 뒤따랐다. 남대문까지 따라오더니 험악하게 생긴 수문장이 손을 홰홰 휘젓자, 이순신을 향해 모두가 엎드려 절하고는 흩어졌다. 남대문 밖에는 먼 인척인 윤간의 집이 있었다. 윤간의 아내가 초계 변씨였던 것이다. 이순신은 윤간의 외거노비 집에 들어 옷을 갈아입었다. 외거노비 집에는 아산에서 올라온 조카 봉과 분, 아들 울과 군관 윤사행 등이 있었다. 아들과 조카, 그리고 윤사행이 이순신 앞으로 나와 큰절을 했다. 이순신이 어머니의 안부부터 물었다.

"할머님은 안강하신 겨?"

"아버님께서 의금부에 겨신다는 것을 알고는 배로 올라오구 있시유."

"놀라셨겠구먼."

"할머님께서 눈치를 채시구 자꾸 물으시길래 사실대루 말씀드리구 말았시유."

"누가?"

"성님이요."

"회가 말했구먼."

"여기 남문 밖에서 모다 함께 있다가, 성님이 할머님 건강을 걱정해서 곰천으루 내려갔시유.”

“선영과 식구덜은?”

“아무 일 읎시유.”

조카 봉과 분이 복창하듯 말했다. 윤사행도 이순신을 따라서 곰천의 송현 마을을 한 번 간 일이 있었으므로 옛 생각이 났다. 남의길과 함께 가서 이순신의 어머니 초계 변씨에게 인사를 올렸던 것이다.

이순신이 윤간의 외거노비 집에 있다는 소문이 나자, 장안의 여러 벼슬아치들이 이순신을 위로하고자 찾아왔다. 이순신을 위해 구명 운동을 했거나 그동안 울분을 토해냈던 사람들이었다. 이순신을 맨 먼저 찾아온 사람은 육십구 세의 지돈령부사 윤자신尹自新이었다. 수염은 물론 눈썹, 머리카락까지 백발이 된 대신이었다. 이순신은 윤자신이 와준 것만도 콧잔등이 시큰했다. 마음이 약해진 탓이었다.

“하늘이 이 공을 저버리지 않았소. 하늘의 뜻이라고 생각하오.”

“고맙구먼유.”

윤자신이 이순신의 손을 끌어 잡았다. 그것으로 두 사람은 마음속의 말을 주고받았다. 윤자신은 잠시 침묵한 뒤 위로의 말을 했다.

“이 공, 뜻있는 원로대신들이 함께하고 있다는 것을 위안 삼으시오.”

“워치게 잊겄습니까유?”

"내 바쁜 일이 있으니 저녁에 또 오리다."

윤자신이 나가자, 두 번째 손님으로 비변사 6품 낭청郎廳인 비변랑備邊郎 이순지가 찾아왔다. 이순지는 방답 첨사와 충청 수사, 평안도 우후, 압록강 고령진 첨사를 지내다가 지금은 유도방호대장留都防護大將 직을 맡아 한강에서 도성을 지키는 입부 이순신李純信의 형이었다. 또한, 이순지는 2차 진주성 싸움에서 순절한 충청 병사 황진과는 사돈 사이였다.

"저는 입부의 형입니다. 동생에게 얘기를 듣고는 사또 나리를 늘 흠모했습니다."

"나는 아직 죄인이유. 죄인을 흠모하지 마시유."

"동생은 나리야말로 조선 최고의 명장이라 했습니다. 동생은 늘 나리 수하에서 싸울 때가 호시절이라고 그랬습니다."

"입부는 타고난 용장이지유."

"동생은 지금 한강에서 놀고 있습니다."

"평안도 우후라구 들었는디."

"충청 수사에서 평안도 우후로, 또 압록강 고령진 첨사로 계속 좌천되더니 아예 사직하고 돌아와 있다가 비변사 추천을 받아 한강에 있습니다."

"입부는 해전에 능헌 사람인디 아깝구먼."

"성안에 있으면서 대신들을 찾아다니지만 별 희소식이 없습니다."

"지달리다 보믄 나와 함께 싸울 날이 있을지두 모르겄구먼."

이순지는 저녁 끼니때 전에 돌아갔다. 그는 입부 이순신의 넷째 형이었다. 다섯 형제인데 그의 부모가 인의예지신仁義禮智信 순으로 작명을 했던 것이다. 이순신은 그에게서 입부 이순신의 그림자가 어른거리는 것 같아 마음이 무거웠다. 바다에서 왜적과 싸워야 할 장수가 바다를 떠나 있다는 생각이 들자 가슴 언저리가 아팠다.

윤자신이나 이순지처럼 손님들은 저녁 끼니때를 피했다. 한 끼를 대접하기 어려운 전란 때이므로 알아서들 자리를 떴다. 남대문 밖은 저녁때가 되어도 연기 나는 집이 드물었다. 윤자신은 자신의 집으로 돌아가 저녁밥을 해결한 뒤 하인을 데리고 왔다. 윤자신의 집은 남산 쪽에 있었는데 하인이 작은 술동이를 들고 왔다.

"술만큼 마음을 위로해주는 것이 어디 있겠소? 어서 한잔 하시오."

"지사 대감께서 주시는 귀한 술이니께 마셔야지유."

이순신은 지돈령부사를 줄여 지사知事라고 호칭하며 술을 마셨다. 그러나 몸이 허약해진 탓에 술이 잘 받지를 않았다. 배 속이 쓰렸지만 마다하지 않고 마셨는데 몸이 거부하는 듯했다. 독주도 아닌데 몸에서 잘 받지를 않았다. 술이 식도를 넘어가는 순간 머리끝이 쭈뼛거리기도 했다. 윤자신이 몇 잔을 권하더니 도리질을 하면서 말했다.

"이 공, 억지로 마시지는 마오."

"지사께서 권하시는 술을 워치게 사양하겄시유."

윤자신의 아들 윤기헌도 찾아와 이순신을 위로했다. 윤기헌은 이순신과 나이가 엇비슷했는데, 부자가 함께 자리하고 있는 셈이었다. 윤기헌은 아버지가 있었으므로 술을 사양했다. 대신 아버지가 마음에 두고 있는 듯한 말을 거침없이 했다.

"수군이 원 통제사 장담과 달리 시원치 않소이다. 보름 전 이용순 경상 감사가 올린 보고에 의하면 원 통제사 수군이 왜적에게 첫 싸움에서 패했다고 합니다."

"이 공, 앞으로의 일이 더 걱정이오. 한 번 진 군사는 계속 지게 되는 법이오. 사변 초기에도 파죽지세로 지면서 힘 한번 써보지 못하고 밀렸어요."

윤자신이 원균의 앞날이 보이기라도 하듯 눈을 질끈 감으면서 말했다. 윤기헌이 이순신에게 큰 소리로 상세하게 말했다. 고성 유진장이 경상 감사에게 급보를 올린 내용이었다. 조응도 고성 현령이 원균의 지시로 판옥선에 사부와 격군 등 백사십여 명을 태우고 바다로 나가 안골포 만호 우수의 배, 거제 현령 안위, 원균 통제사의 배와 합류했는데, 거제도 조라포 옆의 고다포에서 왜적과 마주친 뒤 앞장서서 싸우다가 죽고 왜군은 고성 배를 빼앗아 타고 도망갔다는 전황 보고였다. 물론 왜군을 쫓아가 고성 배를 통째로 부숴버리고 조응도의 시신을 되찾아 왔지만 원균이 수군통제사가 된 이후 첫 해전이었다.

"민심이 동요하고 있는 것도 큰일이오. 친구인 비변랑에게 들은 얘기입니다. 백성들이 안착해 살려는 생각을 하지 않고 모두 흩어질 궁리만 한다고 합니다. 남쪽 삼도가 다 그러한데 특히 충청도가 심하다고 합니다. 망종 때가 가까웠는데도 보습을 잡은 사람이 매우 적다고 하오. 밭갈이도 하지 않고 씨도 뿌리지 않고서야 가을에 가서 무엇을 거두어들이겠습니까? 이것은 적이 오기 전에 망할 징조입니다."

이순신은 윤기헌의 말을 듣고는 놀랐다.

"또다시 백성덜이 흩어지려구 헌다니께 마음이 그려유."

"이 공이 하루라도 빨리 도원수영으로 가서 민심의 동요를 막아야겠소."

"지가 도움이 된다믄 그래야지유."

어느새 윤자신이 대취해 몸을 가누지 못했다. 그러자 아들인 윤기헌이 윤자신을 부축하고 나가서 하인을 불렀다. 고령이기도 하지만 윤자신은 원래 술이 약한 듯했다. 하인이 문밖에서 기다리고 있다가 달려와 윤자신을 업고 나갔다.

"아버님을 잘 모셔야겄구먼유."

"이 공께서 원문을 나오시니 아버님께서도 기분이 좋으셨던 것 같습니다."

이번에는 낮에 왔던 이순지의 동생인 입부 이순신이 술병을 옆구리에 차고 왔다. 입부 이순신은 전작이 있었던지 몸을 잘 가누지 못했다. 거듭 좌천을 당해 압록강 고령진까지 갔다가 사직하고 돌아와 비변사 추천으로 현재는 한강 나루터에서 유도방호대장을 맡고 있다는 말을 이순지에게 들었던바 이순신은 그를 보자마자 용기부터 주었다.

"입부, 반다시 때가 올 겨. 때가 입부를 지달리구 있으니께 말여."

"통제사 나리, 제가 바다로 나갈 날이 오겠습니까?"

"나라를 생각하는 마음이 지극하면 하늘이 기회를 줄 겨."

"허울만 유도방호대장이지 할 일이 없어 술이나 마시고 있습니다."

"미안혀. 입부가 좌천한 것두 내 탓인 겨."

"통제사 나리, 무슨 말씀을 그리 하십니까?"

"아녀. 내 부하덜만 곤욕을 치르구 있으니께 하는 말여."

이순신은 왜 유독 자신의 부하들에게만 어사를 보내 조사를 벌이는지 의아해했는데, 자신을 신뢰하지 않는 선조의 의중이 아닌가 싶었던 것이다. 유명을 달리한 광양 현감 어영담이나 흥양 현감을 지내다가 장흥 부사로 간 배흥립, 육지의 성과 진으로만 전전하는 입부 이순신이 그러했다. 입부 이순신의 경우는 더 심했다. 그가 충청 수사로 있을 때 조도어사 강첨이 내려와 군량미 이백 섬을 감추었다고 고발해 평안도 우후, 이어서 압록강 고령진 첨사로 강등당했던 것이다. 이순신은 입부 이순신이 대취하도록 내버려두었다. 주거니 받거니 같이 마시고 취해주는 것이 그를 위로하는 것이라고 생각했기 때문이었다. 입부 이순신이 혀 꼬부라진 소리로 말했다.

"나리, 이것이 임금님의 인자함입니까. 덕입니까?"

"뭣을 말하는 겨?"

"죄 없는 사람을 가두었다가 풀어주는 것을 두고 하는 말입니다."

"사면을 받았으니께 나라의 은혜를 입은 거라구 생각혀."

"나리, 백의종군은 사면이 아닙니다! 계급을 강등시키고 싸우라는 것이니 어찌 사면입니까!"

"목심을 살려주었으니께 그려."

입부 이순신이 봉과 분, 울이 있는 옆방에까지 들릴 정도로 큰 소리로 말했다.

"나리! 나리를 죽이려고 한 임금을 위해 싸우겠다는 마음이 진심입니까?"

"입부, 무신 소린가!"

"그렇다면 누구를 위해 싸우시겠다는 말씀입니까?"

"나는 일찍이 문신이 되어 임금님을 모시는 신하보다는 무신이 되어 백성의 신하가 되겄다구 맹세한 적이 있다, 말여."

"백성의 신하가 되시겠다니 더는 할 말이 없습니다."

입부 이순신이 자신의 항변이 통하지 않자 술잔에 남은 술을 단숨에 비웠다

"옥문을 나왔을 때 어느 양민이 내게 약을 준 겨. 또 금부 나졸이 깨깟이 빤 바지저고리 한 벌을 주었지. 나는 그들을 위해 싸울 겨."

입부 이순신은 술기운을 빌려 하고 싶었던 말을 다 쏟아냈다. 이순신은 그의 말을 자르지 않고 다 들어주었다.

"비변사에 있는 넷째 형님에게 들은 말입니다. 원 통제사는 참말로 엉망인 것 같습니다."

"원 공이 사고라두 쳤다는 말여?"

"기문포에서 나무하러 다니던 왜적 팔십여 명이 투항했다고

합니다. 원 통제사가 그들을 우리 배로 올라오게 해서 술을 먹여 돌려보냈다고 그럽니다. 그러나 그들이 왜선 두 척에 올라타고 돌아가려 할 때 원 통제사가 먼저 지자총통을 쏘고는 깃발을 휘두르고 나발을 불게 하자 우리의 여러 배들이 공격해서 왜적을 많이 죽였다고 합니다. 육지로 도망치려는 왜군의 목만 열여덟 개를 벴다고 합니다."

"조웅도가 죽구 우리 배가 깨진 것을 감추려구 항복해온 적에게 화포질한 겨."

"나리, 치졸하고 비겁한 일이 아닙니까?"

"입부는 그러지 않았을 겨."

"이보다 더 한심한 일이 무엇인지 아십니까?"

"뭣인 겨?"

"임금님이 나무꾼 왜적도 역시 적이니 용맹을 떨친 원 통제사에게 상을 내리라고 했다는 것입니다."

비변사에서 '원균이 바친 적의 머리가 만일 나무하러 다니는 왜인들의 것이라면 침입한 왜적을 죽인 것과는 차이가 있다'라고 건의했지만 소용없었다. 선조가 우승지 정광적에게 비망기로 다음과 같이 지시하였던 것이다.

'통제사 원균은 임명받자마자 곧바로 용맹을 떨쳐 적의 배 세 척을 붙잡고 적의 머리 마흔일곱 개를 바쳤으니 대단히 기특한 일이다. 원균과 공로를 세운 자들을 곧 표창하는 동시에 관리를 보내어 군사들을 한턱 잘 먹임으로써 장수와 군사들을 격려하는 문제를 의논하여 건의하도록 하라.'

이경이 되어서야 입부 이순신이 돌아갔다. 술에 취해 걸음걸이가 흐느적거렸다. 그제야 옆방에서 울이 아버지 이순신에게 자식이나 집사를 보내 문안한 사람들을 말했다. 영의정 유성룡, 판부사 정탁, 판서 심희수, 좌의정 김명원, 참판 이정형, 대사헌 노직, 동지 최원과 곽찬 등이었다.

유성룡과 정탁 대감은 이순신이 직접 찾아가 고마움을 표해야 할 대신이었다. 그들이 윤자신처럼 찾아와주었더라면 더 좋았을 것이지만 그래도 이순신은 그들에게 서운한 감정 같은 것은 없었다. 두 대감이 오지 않은 까닭은 이순신의 석방을 위해 구명 운동을 해왔다는 사실을 드러내지 않고자 그런지도 몰랐다. 선조의 의중을 알기 때문에 구설수에 오름을 경계해야 했던 것이다.

구름 낀 하늘은 캄캄했다. 초승달은 물론 별 하나 보이지 않았다. 축축한 바람이 검은 나뭇가지를 흔들었다. 이윽고 빗방울이 하나둘 나뭇잎을 때렸다.

짧은 하루

밖은 아직 컴컴했다. 이순신은 빗소리에 눈을 떴다. 잠자는 동안에 땀을 많이 흘려 옷이 흠뻑 젖어 있었다. 빗방울이 나뭇잎을 때리는 소리가 들려왔다. 마치 누군가가 자박자박 걸어오고 있는 것 같았다. 이순신은 한 손으로 방문을 연 뒤 귀를 기울였다. 빗소리가 좀 더 또렷하게 후드득 들렸다. 희끗거리는 빗방울이 보이는 듯 마는 듯했다. 방문 여는 소리를 들었는지 조카 봉이 옆방에서 나와 문안 인사를 했다.

"숙부님, 밤새 편히 주무셨시유?"

"니두 빗소리에 깬 겨."

"지는 잠을 한숨두 못 잤시유."

"밤잠이 읎는 겨?"

"아니어유. 숙부님께서 무사하시니께 다덜 밤새 이야기꽃을 피웠지유."

봉은 이순신의 둘째 형 이요신의 장남이었다. 그리고 분은 첫째 형 이희신의 차남이었다. 요절한 형님들의 자식인 조카들이었다. 이순신의 둘째 아들 울도 끼어 세 사람이 밤새 이야기하느라고 뜬눈으로 밤을 지새운 모양이었다. 사촌 간이지만 친형제처럼 우애가 좋았으므로 그럴 만도 했다. 분과 울도 나와 이순신에게 문안 인사를 했다.

"약주를 많이 드시는 것 같아서 걱정했시유."

"대취하지는 않았구먼."

"비가 오는디 행장을 꾸릴까유?"

"아산으루 가구 싶은디 말여, 비가 개야 헐 겨."

"아버님, 비가 계속 온다믄 여기서 그냥 하루 쉬셔야지유."

"숙부님, 무리허지 마셔유."

"날이 샐 때까정 하늘을 좀 보자."

이순신은 방 안으로 들어가지 않고 봉과 분 그리고 울과 함께 마루에 앉아 이런저런 이야기를 하였다. 어제 사람을 보내 위로해주었던 벼슬아치들이 화제에 올랐다.

"사람덜을 보낸 이가 누군 겨?"

"아버님, 아시는 분두 있구 모르시는 분두 있시유."

"방 안에서 지사 대감허구 얘기가 질어져서 만나지 못했던 겨."

"곽영 나리가 오셨시유."

곽영은 일찍이 전라 우수사, 경상도 병사, 평안도 병사를 역임했고 지금은 도성에서 행호군 직을 맡고 있는 무장이었다. 임란이 일어난 해에 전라 방어사였는데 삼도 근왕군에 가담하여 용인에서 패했고, 고경명 의병군을 지원했다가 1차 금산 전투에서 또다시 패하여 사헌부로부터 졸장이라는 탄핵을 받아 종2품에서 정4품으로 강등된 몹시 불운한 장수였다.

"분이 만난 사람은 누군 겨?"

"최원 병사님을 뵀시유."

"순절한 김천일 창의사와 친한 장수지."

임란 초기에 군사 천 명을 거느리고 김천일의 의병군과 월곶 첨사 이빈의 군사와 합세해서 여산에 방어선을 치고 왜군을 격퇴한 장수였다. 이후 김천일처럼 강화도로 들어가서 군사를 모병한 뒤 영덕에서 왜군을 또다시 물리쳐 상호군으로 승진해서 황해도 병사로 옮겼다가 지금은 유도대장으로 한강 수비를 맡고 있는 중이었다.

"노직 참판 으르신두 오셨시유."

별시 문과를 급제한 뒤 임란 때 선조를 호종한 공으로 병조참판이 되었으며 현재는 경강주사대장京江舟師大將 직을 맡고 있는 장수였다. 말하자면 한강 수군의 우두머리인 셈이었다.

"노 참판은 병조나 비변사에 가 있을 사람이여. 한강 수군을 지휘하구 있다니 딱하기 짝이 읎는 겨."

"오신 분 중에 이정형 대감님두 마찬가지여유."

"덕훈도 별시 문과급제가 아닌감. 원래는 승지였는디 개성 유수로 가더니 임진강에서 왜군과 싸우구 나서는 장수가 된 겨."

덕훈德薰은 이정형을 편하게 부르는 자였다. 이정형은 이순신보다 네 살 아래였다. 문인인데도 문신으로 입신양명하지 못하고 장수가 된 이후부터 그는 자신의 호를 '아는 것에서 물러나겠다'는 뜻으로 지퇴당知退堂이라고 지었는지도 몰랐다.

어제 사람을 보내온 사람으로 이원익에 이어 우의정이 된 김명원, 지충주부사 정탁, 호조판서 심희수 등이 있었다. 고마움으로 따지자면 정탁은 두말할 것도 없고 김명원도 뒤지지 않았다. 성균관 사성 남이신이 가토 군사가 섬에 머물러 있을 때 이순신 군사가 나아가 치지 않았다고 하자 그것은 사실이 아니라고 반박해주었고, 역풍이 불어 가토 군사를 공격하지 않았다고 옹호해주었던 것이다.

날이 밝으면서 비는 거세고 간단없이 내렸다. 도롱이를 걸친다 해도 말을 타고 갈 수 없을 정도였다. 이순신은 일찌감치 윤간의 외거노비 집에서 하루를 더 머물기로 하고 울에게 말했다.

"울아, 낮에 비가 개더라두 내일 떠나자."

"아버님, 무신 일이 있시유?"

"대감을 만나구 떠나는 것이 마음이 편할 겨."

"판부사 대감님이어유?"

"북촌에 겨시는 정 대감댁은 갈 수가 읎는 겨. 마음대루 댕길 수 읎는 내 처지가 아닌감. 어제 찾아온 집사에게 고마움을 전하도록 신신당부했다."

"아, 영상 대감이시구먼유."

"그려. 대감이 사시는 디는 여기서 지척인 겨."

"예, 지두 지난달에 대감님 댁에 아버님 일기를 들구 갔시유.

남산 자락이니께 여기서 금세 갈 수 있시유."

"그래두 오해를 살 수 있으니께 사람 눈을 피해서 밤에 댕겨 올 생각이다."

남대문 밖 윤간의 외거노비 집에서 유성룡이 살고 있는 남산 자락까지의 거리는 아주 가까웠다. 이순신이 내리는 비를 핑계 대고 떠나지 않는 이유는 사실 유성룡을 만나기 위해서였다. 전라 좌수사로 내려간 이후 자신을 천거한 유성룡과는 편지만 주고받았을 뿐 단 한 번도 대면해보지 못했던 것이다.

사시巳時 (오전 11시)쯤 방업이 음식을 하인 지게에 바리바리 지우고 찾아왔다. 방업은 이순신의 아내인 방씨 부인의 삼촌뻘이었다. 방업은 어린 시절에 무과 급제자인 아버지를 따라 온양에서 상경하여 공부하다가 과거 급제를 포기한 채 살고 있는 처사였다. 아버지의 후광으로 음직을 받아 나갈 수도 있지만 벼슬할 생각이 별로 없었던 것이다. 방씨 중에서는 벼슬에 연연하지 않는 특이한 사람이었다.

"면회를 가지 못해 미안하오."

"괴않찮어유. 가내 친지 분덜 모다 잘 겨시지유?"

"우리들이야 잘 있지요. 이 공, 건강은 어떠하오? 옥에서 식음을 전폐했다는 소문만 들었소."

"나졸 중에 지를 봐주는 사람이 있어서 아주 못 먹은 것은 아니었지유."

"음식이 어떨지 모르겠지만 약으로 알고 많이 드시오."

"고맙구먼유."

이순신은 방업에게 방씨들의 안부를 들었다. 방덕룡, 방승경, 방수경, 방응원, 방덕수 등의 이야기가 오고 갔다. 그중에서도 군관 방응원과 옥포 만호 방덕수는 이순신이 통제사로 있을 때 수하에 있던 부하들이었다. 특히 방덕룡은 원균 수하로 갔다가 낙안 군수로 나간 인물이었다.

그러고 보니 이순신의 인척들은 대부분 무인들이었다. 처가 쪽의 방씨와 외가 쪽의 변씨가 그랬다. 변씨로는 외사촌 동생인 군관 변존서, 변홍주, 변홍원, 변정수 등이 이순신을 도왔던 장수들이었다.

"낙천 장수는 잘 지내구 있시유?"

"원 통제사가 신임하고 있다 하오."

낙천樂天은 방덕룡의 자였다. 증조부와 조부가 모두 병마절도사를 지낸 무인 집안의 가풍을 이어 선조 21년(1588)에 무과 급제한 장수였다. 특히 증조부가 순직하면서 창槍을 전해주고는 국난이 있을 때 나라를 지키라는 유언에 따라 무인이 된 방씨 가문의 기대주였다. 임란 때는 백여 명을 모병하여 원균 휘하로 들어가 활약하기도 했는데 벼슬 운은 별로 없었다.

"나는 원 통제사를 믿지 않는구먼유."

"저도 마찬가집니다. 낙천도 그렇구요. 언젠가 낙천이 말하기를 이 통제사 부하가 되어 싸우고 싶다 했소."

방덕룡이 방업에게 자신의 속마음을 털어놓은 모양인데 이순신은 자신의 앞날이 어떻게 전개될지 모르므로 아무런 대답도 하지 않았다.

"낙천은 시방 워디에 있시유?"

"잘은 모르지만 미구에 낙안 군수로 간다고 하오."

"낙안이라 하믄 내가 전라 좌수사루 있을 때나 통제사루 있을 때 다스리던 지역이지유."

"원 통제사가 대임을 하고 있는데 좋지 않은 소문이 자자하오."

"나도 어저께 윤 대감헌티서 얘기를 들었는디 가슴이 답답헐 뿐이지유."

"어쨌든 건강을 빨리 회복하셔야 합니다. 그래서 무얼 가지고 올까 생각하다가 음식을 가져왔소."

방업과 이야기하는 낮 동안에 비는 계속 내렸다. 봄비라고는 하지만 쉬지 않고 내리는 기세가 마치 장맛비 같았다. 수소문해서 불러온 잠방이 차림의 늙은 필공은 벙어리 같았다. 마루에서 말없이 오직 붓을 매기만 했다. 방업은 빗발이 약해진 어둑어둑해질 무렵에야 자리에서 일어섰다.

"이 공, 문안 인사 온다는 것이 하루 종일 인척들 이야기만 하고 가오."

"지두 궁금한 소식이었는지 잠시 나랏일 잊구서 하루가 지나가는 줄 몰랐구먼유."

이순신은 조카들과 울, 그리고 집주인 윤간과 함께 저녁밥을 먹었다. 방업이 가지고 온 음식은 말 그대로 진수성찬이었다. 이순신은 모처럼 낮밥에 이어 저녁밥까지 배불리 먹어 포만감을 주체하지 못했다. 어제 과음하고 난 뒤 하루 종일 금주한 때문인지 술 생각이 절로 났다. 그러나 이순신은 맑은 정신으로 유성룡을 만나고 싶어 한 모금의 반주도 마시지 않았다.

이순신은 조카들에게도 비밀로 했다. 유성룡 집으로 간다는 사실을 아는 사람은 아들 울뿐이었다. 윤간의 노비가 도롱이를 가져왔다.

"사또, 쇤네가 짠 도롱이입니다요. 다행히 빗발이 가늘어져 도롱이를 걸치시면 옷이 젖지 않을 것입니다요."

"울도 갈 겨?"

"아버님, 밤이니께 지가 모시겄시유."

울은 벌써 도롱이를 챙겨 들고 있었다. 그때 조카 봉이 나와 말했다.

"숙부님, 비가 내리는디 워디를 가실라구유?"

"댕겨와서 이야기헐 티니께 내가 나갔다는 말을 입 밖에 내서는 안 된다."

"조심히 댕겨오셔유."

"별일 읎을 겨."

분도 걱정스럽게 말했다.

"숙부님, 누가 찾아와 물으믄 워치게 대답헐까유?"

"이야기가 질어질지 모르니께 칭병을 혀서 돌려보내거라."

봉과 분은 더 묻지 않았다. 울이 동행하므로 다행이라고 생각했다. 이순신은 윤간의 외거노비도 물리쳤다.

"니는 따라올 필요가 읎다."

"주인 나리께서 잘 모시라고 했습니다요. 쇤네는 한양에서만 수십 년을 살아 눈을 감고도 갈 수 있을 만큼 길은 물론 골목까지 환합니다요."

"걱정해주니 고맙다만 가차운 거리니께 굳이 니까정 나서지 않아두 되는 겨."

"아버님, 지가 앞서겄시유."

"그려."

빗발이 더 성글어져 얼굴을 쳐들어야만 빗방울이 느껴졌다. 울이 앞장서 걸으며 말했다.

"한 번 가본 질이어유."

"니가 일기를 전했다구 혔지?"

"회 성님하구 갈려구 했는디 혼자가 됐시유."

"일기를 본 유 대감이 뭣이라구 헌 겨?"

"한참을 이리저리 보시더니 살길을 찾았다구 했시유."

"고 말씸만 허신 겨?"

"지가 일기를 보시구 나서 정탁 대감님헌티두 건네주시라구 했시유. 그러니께 정탁 대감님이 반다시 봐야 헌다구 그러셨지유."

"정탁 대감에게 부탁한 일이 잘 들어맞은 거 같다."

멀리서 발걸음 소리가 났다. 울이 낮은 소리로 말했다.

"아버님, 야경을 도는 순라군이구먼유."

"잠시 피하는 것이 좋을 겨."

이순신과 울은 숨죽인 채 돌담 뒤로 몸을 숨겼다. 돌담 너머의 초가는 벌써 불이 꺼져 있었다. 마치 집을 비우고 피난을 가버린 것 같았다. 남산 초입으로 올 것 같던 순라군은 길이 빗물로 질척이기 때문인지 곧 큰길로 되돌아가버렸다. 이윽고 유성룡 집 대문 앞에서 울이 행랑채 하인들에게 소리쳤다.

"이리 오너라."

"뉘시요? 이 밤중에."

"대감님 뵈러 왔는디 겨시는 겨? 지난번에 왔던 울이라는 사람이여."

"아이고, 기억납니다요. 우리 대감님께서 아시는 자제분이라고 했습죠."

"대감님을 뵈러 왔으니께 얼릉 알리게."

하인이 대문을 열었다. 또 한 하인은 불이 켜진 큰 방으로 뛰어가고 있었다. 하인은 이순신을 몰랐다. 울에게만 두 손을 앞으로 모은 채 인사를 했다.

"나리, 비를 맞지 마시고 어서 듭죠."

"그려."

유성룡이 큰 방 문을 열자 불빛이 밖으로 쏟아졌다. 유성룡이 이순신을 보는 순간 소리쳤다.

"이 공, 불편한 몸으로 웬일이오?"

"유 대감님 덕분에 옥문을 나왔구먼유."

"나를 부끄럽게 하려고 온 것이오?"

"돌아가라는 말인 거 같구먼유."

"이 공을 구명하는 데 힘쓴 것이 없어 부끄러워서 하는 말이오."

유성룡과 이순신은 방으로 들지 못하고 마루에서 한참 동안 손을 맞잡고 서 있기만 했다. 울이 나서서 말하자 그제야 방으로 들었다.

"유 대감님, 아버님을 모시구 이곳을 몰래 왔시유."

"사람들 눈을 피해 왔겠지. 내가 그 생각을 못 했네. 하도 반가워서 말이네."

방으로 든 유성룡은 이순신에게 사과부터 했다.

"이 공, 어제 낮에 직접 찾아가 위로하지 못해 미안하오."

"사람을 보냈으믄 됐지유."

"사실은 내가 눈치를 보았소. 전하의 뜻에 반하는 행동만 한다고 말하는 대신들이 있다오."

"저 때문에 전하께 사직을 두 번이나 청했다는 얘기를 전해 듣구 오히려 제가 죄송했지유."

"이 공이 옥에 갇히게 됐는데 이 공을 추천한 내가 어찌 그 자리에 연연하겠소. 그래서 사직을 청했지만 전하께서는 그것도 들어주지 않고 있소."

이순신은 잠시 말을 잃었다. 유성룡이 이러지도 저러지도 못하는 처지가 된 까닭은 자신 때문이었고, 더구나 불이익을 받고 있는 것 같아서였다.

"상소를 올려 구명하고 싶은 생각이 간절했지만 내가 올린 상소로 오히려 이 공이 피해를 입을까 봐 못 했소. 내가 이 공 편이라고 다들 생각하고 있기 때문이오."

"유 대감님 마음이 정탁 대감에게 전해져 사면을 받은 거지유. 이제 백의종군하라는 명을 받구 목심을 구했으니께 여한이 읎구먼유."

삼경쯤 밖이 의심스러워 방문을 열었지만 아무것도 눈에 띄지 않았다. 축축한 밤공기가 방 안으로 밀려왔다. 유성룡과 이순신은 어린 시절 이야기까지 꺼내가며 밤이 깊어가는 줄 모르고 정담을 나누었다. 이윽고 닭 우는 소리가 멀리서 들려왔다. 유성룡이 자고 가라며 이순신의 손을 잡았지만 이순신은 자리에서 일어났다. 유성룡의 집에서 잠을 잤다고 소문이라도 나면 피해가 갈 것 같아서였다.

백성의 마음

이순신은 새벽닭이 울 때 유성룡의 남산 사택에서 윤간의 외거노비 집으로 돌아와 잠깐 눈을 붙였다가는 일어났다. 동이 터오는 꼭두새벽이었다. 해가 솟구치는 하늘부터 붉은 놀이 펴졌다. 이순신은 잠을 더 자고 싶은 생각을 접었다. 선영이 있는 아산을 들렀다가 도원수영이 있는 초계로 가려면 서둘러야 했다. 더욱이 금부도사 일행이 알게 모르게 감시할 터였다. 이순신은 인시寅時에 아들 울과 조카 봉, 해를 먼저 아산으로 보냈다. 백의종군 신분인 처지에 아들, 조카들과 함께 위세 부리듯 무리지어 갈 수는 없었다.

울과 조카들이 떠난 뒤, 동창이 파랗게 물빛으로 변했다. 밖에서 묵직한 소리가 났다. 서리 이수영이 금부도사가 왔음을 알렸다.

"금부도사께서 와 계십니다."

"떠날 준비를 마쳤으니께 지달리슈."

금부도사 이사빈은 사립문 밖에 있었고, 이수영과 나장 한언향은 마당까지 들어와 이순신을 기다렸다. 이순신이 마당에 내려서자 그제야 이사빈이 마당으로 들어와 말했다.

"이 공, 다시는 만나지 못할 줄 알았소. 불편한 데는 없소?"

"하루 쉬었더니 괴안찮구먼유."

"비가 개어 다행이오. 내가 먼저 수원으로 내려갈 것이니 뒤따라오시오."

"배려해주시니께 고맙지유."

"오늘은 수원까지만 내려가면 되오."

이사빈이 먼저 가 있겠다는 것은 일종의 배려였다. 관복을 입은 금부도사와 나장이 동행한다면 행인들이 이순신을 죄인 보듯 할 터였다. 이사빈의 임무는 이순신이 초계 도원수영에 도착할 때까지 유도하고 감시하는 일이었다. 몇 달 전 이순신을 압송할 때와는 달리 태도가 사뭇 부드러워졌다.

남행길에 나선 이순신은 한강을 건넜다. 십 대 때 농한기를 이용해 공부하러 한양을 오르내렸으므로 낯선 길은 아니었다. 이순신은 인덕원까지 갔다가 잠시 쉬기 위해 풀밭에 누웠다. 간밤에 잠을 설쳐서인지 눈꺼풀이 무거웠다. 이순신은 조팝나무 그늘에서 졸았다. 쌀알 같은 조팝나무 꽃이 이순신의 얼굴에 떨어졌다. 게으름을 부리며 쉬엄쉬엄 가더라도 저물기 전에는 수원까지 갈 수 있었다. 온갖 상념들이 머릿속에서 부침했다.

특히 윤간의 외거노비 집에서 만난 늙은 필공의 모습이 머릿속을 떠나지 않았다. 필공은 말수가 극히 적은 벙어리 같았던 사람인데 꼼꼼하게 붓을 매다가 이순신에게 한마디 툭 던졌던 것이다.

"사또 나리, 옥에 갇히셨다가 나오셨는데 이제 어디로 가십니까요?"

"장수란 싸움터에 있으야 혀."

그러자 필공이 놀랐다.

"사또 나리께서는 무명 바지저고리를 입고 계십니다요."

필공은 이순신이 무명 바지저고리를 입고 있으므로 지금은 장수가 아니라고 생각하는 듯했다. 백의종군 처분을 받았는데 정말로 싸울 마음이 나느냐는 말 같기도 했다.

"백의종군이란 싸워서 공을 세우라는 것인 겨."

"사또 나리, 억울한 누명을 씌운 임금님의 명도 따라야 합니까요?"

늙은 필공은 자신의 직업 때문에 평생 문사들을 만나다 보니 문식文識이 조금 든 것도 같았다. 이순신은 필공의 말에 한참 동안 침묵했다. 필공 역시도 이순신과 주고받은 이야기를 다 잊어버린 듯 붓을 매는 일에만 집중했다. 이순신이 그를 나직이 불렀다.

"필공, 내 마음이 궁금한 겨?"

"사또 나리를 모르는 사람은 한양에 아무도 없습니다요. 모두 임금님을 원망하고 있습죠."

"필공이 나라믄 워치게 하겄는감?"

"사또 나리를 뵙고 나서는 생각이 바뀌었습니다요."

"워치게 바뀌었다는 말여?"

“처음에는 쇤네가 사또 나리라면 말입니다요, 어명을 받기보다는 어디 산속으로 도망쳐 살겠다고 생각했습죠. 쇤네를 고문하고 옥살이시킨 임금님인데 어찌 충성을 하겠습니까요.”

“첨엔 그랬는디 시방은 다르다는 겨?”

“사또 나리께서 임금님과 상관없이 싸움터로 가시듯 쇤네는 천직인 필공으로서 붓을 매고 있겠습니다요.”

“으째서 그런 생각을 한 겨?”

“사또 나리께서는 임금님보다 백성을 위해 사시는 분 같습니다요.”

“나라의 은혜를 입었으니께 당연한 일이 아니겄는감.”

“그렇지 않다면 어찌 싸움터로 나갈 마음이 생기겠습니까요.”

“허허허.”

“미천한 필공이 잠시 경박한 생각이 들어 주제넘게 말씀을 드렸습니다요.”

“경박한 게 아녀. 천직이라면 칼이나 붓이나 무게는 같을 겨.”

“사또 나리, 미천한 필공을 인정해주시니 고맙습니다요.”

“고마울 거 읎네.”

“평생 붓을 매온 필공으로서 쇤네는 더 바랄 것이 없어졌습니다요.”

이순신은 필공에게 더 이상 말을 시키지 않았지만 필공의 이야기가 문득문득 머릿속을 맴돌았다. 그를 만나고 난 뒤부터 마음속에서 불쑥불쑥 치밀어 오르는 분노 같은 것이 사라졌던 것이다. 삼도수군통제사가 백의종군하는 처지로 바뀌고 말았지만 백성을 구하고자 왜적과 싸울 수 있다는 것은 장수로서 행운이란 생각이 들었다. 더구나 자신을 알아주고 호의적이었던 권율 휘하로 보낸다고 하니 그나마 다행이었던 것이다.

이순신이 수원에 도착했을 때는 날이 저물고 있었다. 땅거미 지고 날빛이 차츰 사라졌다. 금부도사가 이순신의 숙소를 지정하고 지나간 듯했다. 경기 체찰사 홍이상 수하에 있는 군졸이 이순신을 찾아와 자신의 집으로 안내했다. 아마도 홍이상이 군졸을 시킨 것이 분명했다. 홍이상은 극도로 몸조심을 하는 듯 나타나지 않았다. 어쩌면 신복룡이 홍이상에게 보고하여 숙소가 마련됐는지 몰랐다. 신복룡이 술을 가지고 이순신을 찾아왔던 것이다. 수원에 거주하는 신복룡은 이순신을 흠모해왔던 문과를 급제한 관원이었다. 신복룡이 술을 권하면서 이순신을 위로했다.

"이 공, 반드시 공을 세워야 합니다. 그래야 이 공도 살고 이 공 편에 섰던 대신들도 삽니다."

"나를 믿어주니께 고맙구먼유."

"전하께서도 언젠가 오해를 푸시고 이 공의 전공을 인정하고 신뢰할 것이라고 믿습니다."

"고런 날이 오기를 지다려야지유."

"원 통제사에 대한 소문은 아주 좋지 않습니다. 제 생각에는 원 통제사가 그 자리에서 오래 버티지 못할 것 같습니다."

"도원수 휘하루 가라는 명을 받았기 때문에 내가 원 공을 만날 일은 다시는 읎을 거유."

"참으로 다행입니다."

신복룡은 이순신이 원균과 갈등하다가 밀려난 것을 잘 알고 있었다. 그는 원균을 비난해서라도 이순신의 마음을 위로하고자 했다. 이순신보다 열 살 아래인 신복룡은 문신이지만 군관처럼 병서를 즐겨 읽은 듯 무기나 전술에 해박했다.

"문장두 밝구 전투에두 관심이 많구먼유. 경기 체찰사 종사관으루 일할 생각은 읎시유?"

"부사 밑으로 가지만 않았으면 좋겠습니다."

"부사보다는 체찰사 종사관으루 있는 것이 뜻을 펴기가 좋겄지유."

"이곳 부사는 백성들 원망이 자자합니다. 색리들이 부사를 쥐락펴락 간계를 부리기 때문입니다."

"부사의 영이 서지 않는다는 말이유?"

"진사시에 합격해놓고 늙은 나이에 음직으로 큰 고을 부사를 맡다 보니 직무가 버거운 모양입니다."

"수원은 한양의 보장지保障地이자 양호兩湖의 요충지라서 중요헌 곳인디 말여, 늙은 부사가 색리들헌티 휘둘린다구 허니 걱정이유."

"늙고 무능해서 그러할 것입니다. 곧 파직될지도 모릅니다. 사헌부에서 부사를 맡겨서는 안 된다는 공론이 파다합니다."

신복룡은 곧 입을 다물었다. 뜻밖에도 환갑이 넘은 수원 부사 유영건이 불쑥 찾아왔기 때문이었다. 이순신은 유영건과도 술을 몇 사발 더 마셨다. 유영건은 자신의 장남 유적이 무과 급제하여 선전관이 되었다고 은근히 자랑했다. 그러면서 이순신이 통제사로 재임된다면 자신의 아들을 잊지 말라고 부탁했다.

"이 공, 모든 사람들이 다시 통제사가 되기를 바라고 있으니 반드시 그리될 것이오. 그때는 저의 못난 아들도 잊지 마시기를 부탁드리오."

"백의종군하는 지가 부사 아들의 신세를 질지두 모르지유. 허허허."

이순신은 초면인 수원 부사 유영건이 무례하게 자신의 아들을 부탁하는 이야기를 듣고는 씁쓸했다. 그런데도 유영건은 술기운을 빌려 자신이 하고 싶은 이야기를 했다.

"무과 급제도 겨우 턱걸이했던 아들이지요. 그래도 장남이 잘돼야 가문이 일어나지 않겠소? 형제들 중에서 가장 마음 졸이게 하는 자식이지요."

이경쯤에는 세 사람이 모두 대취했다. 이순신은 두 사람이 간 뒤, 특히 유영건의 뒷모습을 떠올리면서 사헌부 관원들이 왜 그를 파직시키려 하는지를 이해했다. 수원은 한양을 지키는 고을이자 경상도와 전라도로 내려가는 요충지이기 때문이었다.

다음 날.

이순신은 새벽 일찍 군졸의 집을 떠나 독성산성 부근에 이르렀다. 금부도사 일행에게 이순신이 내려온다는 이야기를 들은 판관 조발이 기다리고 있다가 맞아주었다. 조발은 햇볕을 가리는 장막까지 쳐놓고 있었다. 장막 안에 놓인 술상은 소박했다.

술은 막걸리였고, 안주로는 오이가 올라와 있었다. 이순신이 장막 안으로 들어가 앉자 조발이 큰절을 올렸다.

"통제사 나리, 절 받으십시오. 얼마나 고생이 많으셨습니까?"

"이 사람아, 나는 백의종군하는 처지여. 고초가 있더라두 달게 받아야 혀."

"눈치를 보는 관원도 있겠습니다만 저는 상관없습니다. 평소에 흠모했던 통제사 나리를 뵌 것만도 영광입니다."

이순신은 조발의 절을 받고 나서 가슴이 먹먹했다. 옥을 나와 독성산성까지 내려오면서 대신과 나졸, 양민, 낭관, 부사, 군졸 등등 지위 고하를 가리지 않고 이순신을 찾아와 위로했던 것이다. 잠시 후에는 가슴이 울컥하기도 했다. 이순신은 조발이 권하는 술로 울컥하는 마음을 달랬다.

"통제사 나리, 산성으로 모셔야 하는데 나리께서 불편하실 것 같아서 이곳에 장막을 쳤으니 용서해주십시오."

"이해하구말구. 독성산성두 수원 부사 관할이겄구먼."

"그렇습니다. 판관인 제가 임시 수성장을 맡고 있습니다."

"도원수께서 왜적을 물리친 산성이니께 영광일 겨."

"일찍이 김천일 창의사께서도 용인 왜적의 공격을 물리친 산성입니다."

이순신은 조발이 권하는 대로 마신 바람에 금세 취해버렸다. 조발과 헤어져 말 등에 오르는데 몸이 비틀거려 애를 먹었다. 할 수 없이 이순신은 진위의 구로를 거쳐 냇가에 이르자 더 나아가지 못하고 쉬었다. 말에게 물을 먹이고 자신은 냇물을 훔쳐 얼굴에 뿌렸다. 4월의 개울물은 차가웠다. 손으로 물을 훔칠 때마다 정신이 번쩍 났다. 마음 같아서는 풍덩 몸을 적시어 심신을 개운하게 하고 싶었지만 그러지는 못했다. 조발과 마신 술은 생각보다 천천히 깼다. 몸이 약해진 데다 며칠 동안 잠을 제대로 자지 못한 탓이었다.

이순신은 오산의 황천상 집에 이르러서야 술기운을 떨쳐버렸다. 흐리멍덩한 상태에서 벗어났다. 황천상은 오산 고을에서 소문난 부자였다. 벼슬길에 나간 적이 없는 처사였지만 노비와 농토가 많았다. 오산 뜰 대부분이 황천상의 전답이었다. 또한 그는 사람이 타고 다니는 말 여러 마리를 가지고 있어 먼 길을 떠나는 관원들이 황천상 집을 자주 찾았다. 말을 빌려 타기 위해서였다.

"사또, 금부도사께서 방금 아산으로 떠났습니다요."

"내 점심까정 대접한다구 이러니께 미안허구먼."

"그런 말씀 마십시오. 사또께서 저희 집을 들러주시니 영광입니다."

이순신은 사랑방으로 들어가 점심상을 받았다. 하인 하나가 독상을 들고 왔다. 황천상도 독상을 받았다. 이순신이 하인에게 말했다.

"겸상을 해두 되는디."

"나리께서 지체 높으신 분이어서 제가 독상을 올리라고 했습니다요."

"나는 시방 백의종군 군졸이나 다름읎으니 괴안찮다니께."

"백의종군 군졸이라고 말씀하시지만 통제사 나리라고 누군들 생각하지 않겠습니까? 저도 마찬가지입니다."

"황 처사 마음이 고렇다믄 별수 읎구."

황천상이 말했다.

"사또 나리, 음식과 찬이 변변찮습니다만 부디 많이 잡수어주시기를 바랍니다요."

"금부도사가 들른 것을 보니 관원덜이 자주 찾는 집인 것 같구먼."

"관원뿐만 아니라 끼니때는 지나가는 길손을 그냥 보낸 일이 없습니다요."

"길손을 다 불러들여 끼니를 대접한다는 말여?"

"흉년이 들 때는 창고가 비기도 합니다. 창고에 든 곡식은 하늘의 것이지 제 것이 아닙니다요. 제가 잠시 보관하고 있을 뿐입니다."

이순신은 황천상의 말에 감동했다.

"나라에 은혜를 갚고 사는 사람이 있다믄 바루 황 처사 같은 사람일 겨."

"아닙니다. 사또 같은 분이 계시기에 나라가 지켜지고 백성이 있는 것입니다. 그렇지 않다면 저희들이 어찌 논밭을 편히 일구며 살겠습니까요."

"황 처사를 만나구 나니 심이 나는구먼."

"반주는 하셔야지요."

이순신은 반주는 거절했다. 그러자 황천상도 반주를 마시지 않았다. 매병에는 좋은 술이 한가득 담겨 있는 듯했다. 술 향기가 솔솔 배어나오고 있었다. 그러나 이순신은 단 한 모금도 마시지 않았다. 술 냄새를 풍기며 선영이 있는 아산으로 들어가고 싶지 않아서였다. 떠날 채비를 하자 황천상이 말을 한 마리 빌려주었다. 이순신의 말이 무거운 짐까지 지고 잘 가지 못하는 것을 보았기 때문이었다. 황천상이 빌려준 말에 짐을 실은 뒤 말먹이꾼이 고삐를 잡고 끌었다.

수탄을 거쳐 평택현 이내은의 손자 집에 이르러 또 하룻밤을 신세졌다. 집은 허술했지만 주인의 마음만은 각별했다. 그의 아내가 이순신이 잘 방을 걸레질하고 얇은 솜이불을 가져왔다.

"사또 나리, 집이 누추하여 몸 둘 바를 모르겠습니다요."

"이 처사, 잊지 않을 겨."

"방문을 열어놓고 연기를 빼고 나서 주무셔야 합니다요."

"알았네. 가서 볼일을 보게."

불을 때고 있는지 좁은 방에 연기가 차올랐고 아랫목부터 점점 따뜻해졌다. 따뜻한 방에 눕자 눈꺼풀이 절로 감겨졌다. 이순신은 땀으로 저고리를 적시며 깊은 잠에 빠져들었다. 먼 숲에서 울던 소쩍새가 자정이 지난 뒤부터는 이내은의 손자 집 뒷산까지 날아와 그악스럽게 울음을 토해냈지만 이순신의 잠을 깨우지는 못했다.

아! 어머니시여

이순신은 이내은의 손자 집에서 해가 뜨자마자 길을 나섰다. 아산에 도착해서 가장 먼저 들른 곳은 백암 마을 뒷산에 있는 선영이었다. 그런데 백암 마을의 뒷산은 지난겨울에 산불이 난 듯 모든 잡목들이 불에 그슬려 있었다. 아예 숯덩이가 된 나무도 부지기수였다. 그래도 선영 봉분 가장자리는 무사했다. 이순신은 숨을 고르며 안도했다. 봉분을 덮은 잔디가 파릇파릇했다. 오솔길을 앞서서 가던 아들 회가 말했다.

"들불이 산에 옮아붙어 나무덜을 다 태워버렸시유."

"쯧쯧. 선영이 무사헌 것만두 다행이구먼."

"논두렁 벌거지 잡는다구 들불을 놓았다가 두 번이나 산불이 났시유."

이순신은 선영으로 가는 오솔길 중간쯤에서 걸음을 멈추었다. 가파른 오르막 산길도 아닌데 숨이 찼다. 두 번이나 산불이 났다는 산자락을 보자 자신의 처지 같아 소리 나게 중얼거렸다.

"회야, 나무덜만 시커멓게 탄 것이 아녀."

"아버님 속두 숯뎅이 같겄지유."

여수 본영과 한산도 통제영을 전령처럼 오갔던 회였다. 그런 아들이 아버지 이순신의 마음을 모를 리 없었다.

"기여."

두 부자는 말없이 오솔길을 올라갔다. 산불이 지나간 산자락이지만 취나 고사리 등이 파랗게 솟아나고 있었다. 솔숲이 다시 우거지려면 적어도 이십여 년은 흘러야 할 터였다. 이윽고 이순신은 봉분 주위에 선 다복솔 가지를 꺾었다. 솔가지를 꺾는 것은 선영에 왔다 갔다는 표시였다. 이윽고 이순신은 조부 이백록, 선친 이정 순으로 솔가지를 봉분 앞에 놓고 나서 큰절을 했다. 두 분 모두 한양에서 특별한 벼슬 없이 살다가 초계 변씨인 두 분의 처가가 있는 아산으로 내려와 겨우 끼니 걱정이나 덜고 살다가 가신 분들이었다. 이순신은 선친 봉분 앞에서 한동안 일어나지 않고 울었다. 두 손을 앞으로 모은 채 서 있던 회의 얼굴도 일그러졌다. 이순신이 일어나기를 기다렸던 회 역시 아버지를 따라 흐느꼈다.

회는 흐느끼면서 입술을 깨물었다. 벼슬에 오른 사람치고 아버지처럼 불운한 사람도 없을 것 같았다. 삼도수군통제사에서 하루아침에 백의종군하는 처지로 돌변했으니 두말할 필요가 없었다. 아버지 마음은 한없이 암울하고 참담할 듯싶었다.

더구나 아버지는 할아버지가 돌아가셨을 때 임종을 지키지 못했던 탓에 항상 불효자식이라고 자책했던 것이다. 회는 아버지가 한산도 진에서 진주에 와 있던 체찰사 이원익에게 쓴 편지를 지금도 생생하게 기억하고 있었다.

'제가 지난 계미년에 함경도 건원보 권관으로 있을 때 부친께서 돌아가셔서 천 리 길을 달려와 분상한 일이 있었습니다. 살아계시는 동안 약 한 첩 못 달여드리고, 돌아가실 때 영결조차 못했던 까닭에 평생의 한으로 남아 있습니다.'

이와 같이 도체찰사 이원익에게 아버지 임종을 지키지 못한 불효의 예를 들어 곰천 송현 마을에 계시는 어머니를 문안드리고자 휴가를 청원하는 편지를 보낸 일이 있었던 것이다. 그때 이원익은 허락도 반대도 하지 않았는데, 그것은 장수가 근무지를 이탈할 때 생길지도 모르는 위험한 상황 때문이었다.

바람이 산자락을 살랑살랑 넘어왔다. 솔잎 향이 코끝을 스쳤다. 콩가루 같은 노란 송홧가루가 날렸다. 검게 타버린 산자락의 관목 사이를 다람쥐들이 오갔다. 회와 어미 다람쥐의 눈이 마주쳤다. 눈이 유난히도 또랑또랑한 어미 다람쥐였다. 어미 다람쥐가 파헤치고 있는 흙 부근에는 알밤이 몇 개 뒹굴고 있었다. 다람쥐도 살아남기 위해 작년에 묻어둔 먹이를 찾아서 애를 쓰고 있는 모습이었다. 회는 또 어금니를 악물었다. 아버지를 더 잘 모셔야겠다는 마음이 솟구쳤다.

"할머님 댁으루 먼저 가셔야지유."

"그려."

"그래두 선영까정 불이 붙지 않은 것만두 다행이지유."

"선영을 돌보는 니덜 정성 때문에 그런 겨."

"지덜은 아버님 뜻을 따른 것뿐이지유."

"니 말대루 외가루 가자."

오솔길을 내려가는데 벌건 석양이 보였다. 이순신은 외가에 들러 초계 변씨 사당으로 들어가서 절을 했다. 외가를 나온 이순신은 지근거리에 있는 조카 뇌蕾의 집에 들렀다. 뇌는 요사한 큰 형의 장남이었으므로 집안의 종손이었다. 뇌의 형제들이 숙부인 이순신을 마당으로 나와서 맞이했다. 이순신이 조상의 신위가 봉안된 사당에 들어가 향을 사르자, 뇌의 형제인 분芬, 번蕃, 완莞이 좌우로 서서 이순신이 절하는 동안 두 손을 앞으로 모으고 곡을 했다. 이순신도 곡하며 절했다. 그러고 나서야 조카들로부터 어머니와 사이가 유별나게 좋았던 처 외숙인 남양 아저씨가 병이 나 유명을 달리했다는 소식을 들었다. 어머니를 곰천 송현 마을에 모시자고 밤새 이야기를 나누던 남양 아저씨의 모습이 어제 본 듯 또렷하게 떠올랐다. 그런가 하면 작년 9월 28일 남양 아저씨의 생신날 아침에 여수 본영에서 겸상했던 기억도 났다. 저물녘에야 장인에게서 물려받은 뱀골 집으로 돌아와 사당에 들어 장인, 장모 신위 앞에 엎드려 절했다.

비로소 이순신은 아들과 조카, 인척들에게 정식 인사를 받은 뒤 모두가 함께 저녁을 먹었다. 밥만 먹고 곧 헤어졌다. 친지들이 궁금해하는 그동안의 고초를 겪었던 이야기는 뒤로 미루었다. 작은형 요신과 동생의 아내 되는 제수의 사당에도 가야 했기 때문이었다. 오랜만에 찾은 백암 마을이지만 반갑기보다는 선영과 사당을 들르는 내내 마음은 무겁고 괴로웠다. 마주치는 마을 사람들 중에는 눈을 피하는 촌로도 더러 있었다. 영웅이 되어 금의환향할 줄 알았는데 무명 바지저고리 차림의 백의종군이라 몹시 실망했던 것이다. 한미한 집안에서 태어난 보인保人 이순신이 일개 권관에서 통제사까지 초고속 승진한 것에 대한 시샘도 섞여 있었다. 보인이란 삼대에 걸쳐 벼슬이 신통치 못한 잔반殘班, 즉 어쩔 수 없이 농사꾼으로 전락한 양민을 뜻했다. 이순신의 집안이 바로 잔반이었다.

"통제사 났다구 잔치 벌였는디 헛잔치허구 말은 겨."

"임금님이 목심만은 살려줬댜."

"조부 때부텀 대대루 처가살이 허든 집이 아녀?"

이순신은 늙은이들의 은근한 어깃장을 귓등으로 흘렸다. 이순신의 집안 내력을 샅샅이 알고 있으니 그럴 만도 했다. 그들의 눈에는 이순신이 한미한 집안의 아들일 뿐이었던 것이다. 예부터 고향에서는 영웅이라 해도 대접받지 못하는 법이었다.

백암 마을에 도착해서 선영과 사당만 들렀는데도 어느새 이경이 지나고 있었다. 소쩍새가 피를 토하듯 울었다. 이순신은 송곳처럼 파고드는 소쩍새와 고라니 울음소리에 몸을 뒤척이곤 하다가 새벽녘에야 토막 잠을 잤다. 묘시卯時 무렵에 잔 토막 잠이었다. 이른 아침인데도 사람들이 두런거리는 소리가 났다. 이순신은 벌떡 일어나 고개를 흔들었다. 멀고 가까운 친척과 지인들이 찾아와 웅성대고 있음이 분명했다.

닷새 후.

이순신은 새벽에 꿈을 꾸었다. 상복을 입고 볏짚 돗자리 위에서 처 외숙인 남양 아저씨 신위 앞에서 곡을 하는 꿈이었다. 이순신은 반가워서 큰 소리로 남양 아저씨를 불렀다. 그러자 신위가 사라지고 그 자리에 남양 아저씨가 홀연히 나타나 웃고 있었다. 이순신이 놀란 채 다가가 물었다.

"아저씨, 작년 생신날 지가 생신상을 차려드렸지유? 그런데 워째서 한마디 말씀두 읎이 혼자서 저세상으루 가버리셨어유?"

"그때 차려준 생신상이라도 받아서인지 저세상으루 가는 길이 가볍더라구."

"무신 말씀을 고렇게 하십니까유? 올해도 지가 차려주는 생신상을 받으셔야지유. 남양 아저씨는 어머님께서 가장 좋아하는 분이지유."

"그거야 생신상이면 어떻구 제사상이면 어떤 겨? 내 명이 다헌 건디."

"아저씨, 어머니 마음이 을매나 아프겄습니까유? 꼭 어머니보다 먼저 가셔야 혀유?"

이순신은 눈물이 흘러 말을 잇지 못했다. 그러나 남양 아저씨는 생로병사를 초탈한 사람처럼 담담하게 말했다.

"나는 먼저 가야 할 이유가 있는 겨."

"고것은 또 무신 까닭입니까유?"

"어머니가 편히 사실 집을 구해놓아야 되는 겨."

"이제는 어머니까지 부르시려구유?"

"명이 다하면 반드시 와야 할 이곳이 아닌감. 어머니는 장수하신 것이니 고렇게 섭섭하게 생각하지 말으야 혀."

이순신은 억울해서 하소연했다.

"남양 아저씨, 이제는 어머니를 봉양할 기회마저 빼앗으려구 하셔유? 그러고도 처 외숙이라 할 수 있시유?"

"하늘의 뜻이니 난들 어떡하겄는감. 닭이 우는디 인자 돌아갈 시간이 됐구먼."

"아저씨!"

이순신은 손을 뻗어 남양 아저씨를 잡으려 했지만 닿지 않았다. 남양 아저씨 또한 이순신이 있는 쪽으로 나오지 못하고 뒤로만 물러섰다. 이순신은 견디지 못하고 눈을 떴다. 어머니를 생각하면서 눈물을 얼마나 많이 흘렸는지 베갯잇이 촉촉하게 젖어 있었다. 꿈이라는 생각이 들어 가까스로 안도했지만 심란했다. 남양 아저씨가 별세한 것이 사실인 데다 그제 자신이 상복을 입고 남양 아저씨 신위 앞에서 곡하며 절했던 것이다.

아산에 돌아와 닷새 동안에 백암 마을 사람들, 처 외숙뻘인 홍 찰방, 먼 친척인 이 별좌, 윤효원 형제, 홍석견, 홍군우를 만나 술을 마시며 회포를 풀었지만 그들은 머릿속에서 지워지고 꿈속에서 어머니를 잘 보살폈던 남양 아저씨가 나타나니 마음이 무겁고 처연했다. 이순신은 여종 덕이를 불러 물었다. 덕이는 유일하게 진중으로 들어와 이순신과 속말을 나눈 종이었던 것이다.

"새벽꿈이 번거롭구먼. 이루 다 말헐 수 읎다."

"쇤네 생각으로는 나리 기력이 허해 꿈을 꾸신 것 같습니다요."

"악몽은 아녀. 남양 아저씨를 보았는디 워찌 악몽이라구 헐 수 있겄는감."

"어르신이 나타나신 것은 아마도 나리께 할 말씀이 있으셨던 모냥입니다요."

"그려?"

이순신은 덕이를 내보낸 뒤 작은아들 울을 불러 말했다.

"마음이 몹시 불안하다. 취한 듯 미친 듯 마음을 걷잡을 수가 읎으니 이 무신 징조인 겨?"

"무신 꿈이지유?"

"남양 아저씨를 꿈속에서 만났는디 병드신 어머니를 생각하니 눈물이 막 나오는 겨."

"할머니께서 배편으로 오시구 있다 하니께 반갑게 뵐 수 있겄지유."

"앉아서 기다릴 틈이 읎다. 종을 빨리 보내 할머니 안후를 알아오게 혀."

꿈과 상관없이 어머니가 올라오시고 있다니 희망이 하나 생긴 셈이었다. 어머니를 뵙고 도원수영이 있는 초계로 갈 수 있을지도 몰랐다. 때마침 외사촌 동생 변존서 집에 금부도사가 와 있고, 은근히 후하게 술대접을 했더니 남행길을 재촉하지 않았다. 어제는 온양으로 가겠다며 이순신을 감시하지 않고 떠나버렸다.

다음 날.

종 태문이 안흥량(서산군 근흥면)에서 편지를 가지고 왔다. 종 태문은 안흥량에서 다른 사람들과 달리 지체하지 않고 배를 저어 아산으로 바로 왔던 것이다. 편지에는 어머니 소식이 적혀 있었다. 편지를 받아 본 이순신의 얼굴빛이 곧 어두워졌다. 어머니의 기력이 아주 쇠약하다는 구절을 보고 나서였다. 편지에는 어머니가 안흥량에 초 9일에 도착했다고 쓰여 있는데, 바닷길로 올라온 동안에 심한 고초를 겪은 듯했다. 배를 함께 탄 여러 사람들이 어머니를 정성스럽게 보살폈겠지만 팔십삼 세의 노파가 배멀미를 이겨내는 데는 무리였을 것이 틀림없었다. 특히 영광 법성포에서는 배를 대고 자는 동안에 닻이 풀려 떠내려가서 사람들이 서로 나뉘었다가 엿새 만에 만났다고도 쓰여 있었다.

"편지에 기력이 약하시다구 써 있는디 니 눈으로두 본 겨?"

"잘 드시지두 못하구 잘 걸으시지두 못해유."

"은제부텀 드시지 못헌 겨?"

"잘 오시다가 영광에서 배가 떠밀릴 때부텀 그러셨어유."

"근력까지두 약해지셨다는 모냥이구나. 여수 곰천부텀 배를 타셨으니께 그러신 겨. 진지를 잘 드셔야 심을 되찾을 틴디."

"그래두 날마다 미음은 드셨습니다유."

"죽은 죽일 뿐이여. 밥심이 젤인 겨."

"건장한 사람들두 지쳐서 안흥량에서 쉬구 있습니다유."

"을매나 쉬겠다구 헌 겨?"

"사나흘 머물다가 게바우에 도착할 것이라구 했습니다유."

순간 이순신은 가슴이 철렁했다. 어머니의 기력과 근력으로 봐서는 하루빨리 아산으로 올라와야만 의원의 치료를 받을 수 있기 때문이었다.

"노인이 겨신디 으째서 바루 올라오지 않구 쉰다는 말이여?"

"사실은 할머님이 겨시니께 더 쉬구 있습니다유."

"기력을 회복하실 때까정 거기에 있을 거라는 말여?"

"맥박을 짚을 줄 아는 곁꾼이 말했습니다유. 할머님을 위한다믄 더 이상 항해를 해서는 안 된다구 했습니다유."

"의원이 그랬다니 헐 말이 읎구먼."

"쉰네가 잘 모셔야 했는디 죄송합니다유."

"니가 무신 잘못이 있겄느냐? 어머니를 오시게 헌 내가 불효 자식이지."

이순신이 하옥됐을 때 비밀에 부칠 것인지 말 것인지 망설이다가 아들 회가 곰천 송현 마을로 내려가 알렸던 것이다. 그때부터 초계 변씨는 충격을 받고 곡기를 끊다시피 했는데 아무리 사정을 해도 소용없었다. 그러한 할머니의 모습을 보지 않았더라면 회가 본영 군관에게 부탁해서 관을 짤 널판자를 준비할 리가 없었다. 배를 타고 올라오는 동안에도 초계 변씨는 미음을 뜨는 시늉만 했던 것이다. 이순신이 울을 불러 말했다.

"울아, 할머님이 오시는 동안 큰 고초를 겪으신 겨."

"회 성님 말씀으로는 할머님께서는 곰천에서부텀 잘 못 드셨다구 해유."

"내가 하옥돼 있는디 할머님 심사야 오죽하셨겄느냐."

"그러신 디다가 뱃길에두 고생하셨겄지유."

"마음두 상하시고 몸도 상하신 겨."

"아버님, 종 애수를 데리고 먼저 바닷가로 나가 할머님을 지달리겄습니다유."

"그려. 나두 낼 해암蟹巖(아산 해암리)으로 갈 겨."

심란한 마음으로 하룻밤을 보낸 이순신은 아침을 뜨는 둥 마는 둥 하고 어머니를 마중하려고 나섰다. 바닷가로 나가는 길에 홍 찰방 집에 들렀다. 그사이에 울이 종 애수를 들여보내 이순신에게 '아직 배 들어오는 소식이 없다'고 알렸다. 또 울이 '황천상이 술병을 들고 변존서 집에 왔다'고 알려왔다. 홍 찰방과 헤어진 이순신은 지난번 아산으로 오는 길에 자신에게 말까지 내주며 후하게 대접해준 황천상을 변존서 집으로 찾아가 만났다. 그런데 그때 사립문을 여는 소리가 났다. 종 순화가 배에서 내려 달려와 어머니의 부고를 전했다.

"사또 나리, 큰마님이 돌아가셨습니다유."

"그 말이 사실인 겨?"

순화는 더 이상 대답하지 못하고 울음을 터뜨렸다. 이순신은 술잔을 놓고 자신의 이마를 쳤다. 숨이 막혀 더 묻지도 못했다. 빈 하늘이 원망스럽기만 했다. 하늘이 이리저리 흔들렸다. 자신도 모르게 입에서 곡소리가 터져 나왔다.

"아이고, 아이고. 어머니시여!"

황천상이 비틀거리는 이순신을 부축했다. 이순신은 잠시 기둥에 머리를 대고 심호흡을 했다. 그제야 까마귀 울음소리가 들렸다. 어제부터 자두나무 가지 사이를 날며 우는 까마귀였다. 까마귀들이 덜 익은 자두를 파먹고 있었다. 이순신은 울을 앞세우고 해암으로 달려갔다. 어머니를 실은 배가 이미 와 있었다. 배의 선실에 반듯이 누운 어머니를 본 순간 비통해진 이순신은 다시 곡을 했다.

"아이고, 아이고."

이순신이 선실에서 곡을 하는 동안 울이 준비해 간 삼베 천으로 할머니를 가슴께까지 덮었다. 종들은 급히 돛베를 꺼내 갑판 한쪽에 장막을 쳤다. 본영에서 가지고 온 널판자로 관을 짤 참이었다. 널판자는 본영 목수들이 자귀질을 해놓아 맞추기만 하면 되었다. 이순신은 어머니 앞에 엎드려 눈물 콧물 범벅이 되어 곡을 했다.

그때 회는 집에 남아 노비들을 데리고 할머니를 모실 사당을 앞마당에 짓기 시작했다.

모친상

소나무를 자귀질해 만든 널판자는 두꺼웠다. 회가 어느 날 할머니의 간곡한 당부를 받아 본영 목수들에게 부탁하여 미리 준비해둔 널판자였다. 판옥선을 만드는 목수들이었으므로 널판자 자귀질은 쉬운 일이었다. 관을 짜는 일은 손재주가 좋은 마을의 홍 찰방과 이 별좌가 맡아 했다. 관을 짜는 일은 종에게 맡기지 않았다. 홍 찰방이 이순신에게 말했다.

"통제사 나리, 대목수가 맹근 것이 분명해유."

"본영의 흥양 목수덜이 손댔을 겨."

"널판자 끄트머리에 난 암장부, 숫장부가 한 치두 어긋나지 않구먼유."

"전선을 맹근 대목수 실력이 워디 가겄는감."

이 별좌도 한마디 했다.

"그래두 미리 준비혔으니께 다행이지유."

"어머님이 회에게 시키셨다구 허는구먼. 당신 가실 날을 알구 말여."

"널판자덜이 흠 하나 읎이 말끔해유."

"자당님께서는 복이 많은 분이지유."

이 별좌가 '복이 많다'고 덕담했지만 이순신은 대답하지 않았다. 그러나 전시에 관을 미리 준비해둔 것은 흔한 일이 아니었다. 관과 수의를 미리 맞춰놓는다는 것은 대갓집이 아니면 엄두도 내지 못했다. 이순신은 다시 선실로 내려가 어머니 곁을 지켰다. 어머니 초계 변씨의 얼굴은 잠을 자는 듯 편안했다. 잠에서 곧 깨어나 눈을 뜰 것만 같았다. 이순신은 자신도 모르게 어머니의 이마에 손을 얹었다. 어머니의 이마는 넓은 편이었다. 피가 돌지 않는 이마는 얼음장처럼 차가웠다. 굳어버린 밀가루 반죽같이 희멀갰다.

입관은 하루를 보낸 뒤에 했다. 어린 시절 친구이자 친목계 계원인 오종수가 호상護喪을 맡아 장례를 관장했다. 염을 하는 촌로 옆에 붙어서 정성을 다해 거들어주기도 했다. 어머니가 입고 있던 옷을 벗길 때나 정화수를 묻힌 솜으로 손과 얼굴, 팔다리를 닦을 때도 촌로를 도와주었다. 삼베 수의를 입힐 때도 마찬가지였다. 이순신은 죽마고우야말로 더없는 선우善友라는 것을 새삼 깨달았다. 오종수의 그러한 모습을 보고 이순신이 중얼거렸다.

'내 자네의 은혜를 뼈가 가루가 되어두 잊지 않을 겨.'

또한 백암 마을 사람 전경복이 바느질 잘하는 촌부를 불러와 삼베 상복 짓는 요령을 알려주며 독려했다. 바쁜 농사철인데도 자신의 일을 팽개치고 달려와 하루 종일 떠나지 않았다. 전경복뿐만 아니라 여러 명의 어린 시절 친구들이 자기 일처럼 도왔다.

"고마움을 워치게 말루 다 허겄는 겨!"

"여해 일이 내 일이구 내 일이 여해 일이 아닌감. 그러니께 그런 말 허지 말으야 혀."

"마을 친구들이 읎다믄 워치게 감당했을지 황망허구먼."

"우덜은 괴안찮으니께 상주는 이런 디까정 나오지 말구 문상객을 받으야 써."

문상객 한 무리가 몰려왔다. 천안 군수가 황천상에게 부고를 듣고는 바로 달려온 듯했다. 천안 군수는 선실로 들어가 문상하고는 이순신과 맞절을 했다. 이순신이 말했다.

"빈소두 아닌 여기까정 오시게 해서 미안해유."

"이 공께서 상을 당했다고 황 처사에게 들었습니다. 행상은 마련돼 있습니까?"

"경황 중이라 미처 생각을 못 했는디 준비해야지유."

행상行喪이란 상여와 같은 말이었다.

"제가 행상을 준비하겠습니다. 꾼들을 여남은 명 데리고 왔습니다."

"해야, 천안 원님을 집으루 모시거라."

"예, 숙부님."

이순신의 동생 이우신과 조카들, 그리고 종들이 본영에서 배편으로 어머니를 모시고 오면서 영광 법성포에서 닻이 풀려 배가 떠밀리는 등 고생했지만 서산 안흥을 지나서 갑자기 상을 당하는 바람에 다들 놀라고 참담해했다. 특히 이우신은 자신이 잘 모시지 못해 상을 당한 것처럼 식음을 전폐하다시피 했다.

"성님, 지 같은 불효자식두 없을 거구먼유."

"그래두 동생은 임종을 지켜봤으니께 다행인 줄 알어."

천안 군수가 데리고 온 꾼들은 하룻밤 만에 상여를 만들었다. 그러나 밤새 상여를 만든 꾼들이 우거지상을 하고 다녔다. 꼭두 새벽부터 굵은 비가 내리고 있었다. 종이로 만든 상여가 비를 맞아 젖어버릴 것이 뻔했다. 아침이 되자 보슬비로 바뀌었지만 비구름이 낀 하늘은 끄느름하게 어둠침침했다. 이순신은 썰물 때를 이용해 배를 중방포로 옮겨 대게 했다. 빈소를 차린 집으로 가는 길을 더 가깝게 하기 위해서였다. 다행히 정오부터 빗발이 성글어지더니 오후 미시에 갰다.

이윽고 중방포로 온 상여에 영구를 태웠다. 상복을 입은 이순신과 울, 이우신과 봉과 해, 조카들이 상여를 뒤따랐다. 백암 마을이 보이자, 이순신은 또다시 눈물을 흘리기 시작했다. 비통해서 가슴이 찢어질 것만 같았다. '아이고, 아이고' 하는 곡소리에 울음소리가 섞였다. 이우신은 목 놓아 통곡을 했다. 빈소에 영구를 옮기자 비구름이 다시 비를 뿌렸다. 천안 군수가 떠난 뒤였다. 이순신은 요사한 큰형의 장자인 뇌를 불렀다.

"조카는 우리 집안의 종손인 겨. 그러니께 조카가 상주여. 지금부텀 조카가 빈소를 지킴서 문상객을 받으야 혀."

"숙부님, 떠나시려구유?"

"남쪽으루 갈 길이 급박혀. 금부도사 일행이 날 지달리구 있댜."

"숙부님, 안색이 말이 아니어유."

이순신은 나흘째 잠을 한숨도 제대로 자지 못해 두 눈은 쑥 들어가고 얼굴은 반쪽이 돼 있었다.

"잠시라두 쉬셨다가 떠나셔야지유."

"마음은 어서 죽기만을 지다릴 뿐인디 쉬는 것이 무신 도움이 되겄는감."

"숙부님, 고런 말씸 마셔유."

"임종두 지켜드리지 못헌 불효자식이라 그려."

이순신이 또다시 울부짖듯 우니 뇌도 따라 흐느꼈다. 그때, 이순신의 행동을 하루 동안 지켜보았던 금부도사 서리 이수영이 빈소로 들어왔다. 이수영이 공주에 있는 금부도사의 뜻을 전했다. 이우신이 이수영을 뒤따라 나가며 말했다.

"서리 나리, 성님께서 시방 꼭 어머님과 헤어져야 하겄시유?"

"금부도사님 뜻을 전했을 뿐이오."

"빈소를 차린 지 하루밖에 안 됐시유."

"이 공이 아산에 도착한 지 열흘이 넘었소. 이것만도 우리 금부도사님께서 많이 눈감아준 것이오."

"임금님의 신하는 누구라두 상례를 지키게 돼 있지 않은가유?"

"이 공은 백의종군하는 신분이니 해당되지 않소."

이수영의 말은 사실이었다. 백의종군하는 죄인에게는 삼년상 같은 상례가 허용되지 않았다. 금부도사 이사빈이 백암 마을을 떠나준 것만도 이순신에게는 큰 혜택이었다. 금부도사가 백암 마을에 머물고 있다면 장례 분위기가 이상해질 수도 있었다. 금부도사가 이순신을 감시하고 있다는 것을 마을 사람 모두가 알고 있기 때문이었다.

"공주로 돌아가서 이 공의 처지를 보고하겠소."

"빈소에서 사흘만이라두 말미를 더 주시유."

"내가 결정은 못 하겠고 금부도사님께 말씀드려보겠소."

"서리 나리, 고마워유."

이수영이 떠난 뒤 하루 만에 다시 비가 왔다. 이순신은 몸에서 기운이 다 빠져나간 것처럼 맥이 풀려 기진맥진했다. 고뿔에 걸린 듯 오한이 들기도 했다. 문상객이 와도 영구 앞에서 힘없이 고개를 숙인 채 작은 소리로 곡을 할 뿐이었다. 이순신의 건강을 가장 걱정하는 사람은 아내 방씨 부인이었다. 이순신은 방씨 부인의 간곡한 청을 들어주었다. 오후에 빈소에서 외거노비 금수의 집으로 물러 나왔던 것이다. 이순신은 혼절하듯 방바닥에 쓰러졌다. 눈을 떴을 때는 방씨 부인이 옆에서 지키고 있었다. 이순신이 겨우 몸을 일으킨 뒤 방씨 부인의 손을 잡았다.

"부인, 미안해유."

"삼우제까정 보구 가셔유?"

"비가 개믄 낼이라두 나서야 해유."

"또 은제 돌아오셔유?"

"백의종군허구 있으니께 나라에서 허락이 떨어져야지유."

"대감, 괴안찮아유. 지는 꿈에서 자꾸 뵈니께유."

방씨 부인이 이순신의 손을 뿌리치며 흐느꼈다. 이순신이 말했다.

"부인, 헐 말이 읎시유."

"생각날 때마다 회를 보군 해유. 가장 많이 닮았으니께유."

이순신도 굵은 눈물을 주르륵 흘렸다. 한집에서 사는 것을 체념하고 있는 아내의 얼굴을 보는 순간 자신도 모르게 눈물이 흘러나왔다. 아내의 머리카락은 벌써 반백이 다 돼 있고, 손마디는 자신의 것보다 더 거칠었다. 장인이 물려준 재산과 전답을 지켜내려면 억척이 될 수밖에 없었다. 선영을 돌보고 제사를 꼬박꼬박 지내는 일도 만만찮았을 것이었다.

"우리 집안을 지키느라구 고생이 많구먼유."

"선영은 회의 정성이 지극해유. 면두, 울두 마찬가지지유. 선영에 갈 때마다 조상님께 당신을 지켜달라구 빈대유."

"부인이 세 자식을 잘 길렀으니께 그러겄지유. 나는 자식덜에게 한 것이 아무것두 읎지유."

"대감, 어머님 때문에 몸 상하지 말아유."

"문상객덜은 호상이라구 허지만 나는 생가지가 찢어진 거멩키루 비통허구먼유."

"몸을 상해서 병이 나믄 대감께서 돌아오시기가 심들지두 모르니께 그려유."

"부인, 조심허겄시유."

이순신은 아내의 마음을 이심전심으로 알았다. 서로가 몸이 성해야 병들어 죽지 않고 다시 만날 수 있다는 뜻이었다. 이순신의 바람도 백암 마을로 돌아와 아내는 물론 친구들과 단 몇 년만이라도 오순도순 편안하게 살고 싶었다. 그러나 전시에, 그것도 백의종군하는 처지에 내일의 일은 한 치 앞도 알 수 없는 노릇이었다.

"밖에 당신 계원덜이 온 거 같으니께 지는 집으루 가볼께유."

이순신이 아내의 손을 다시 한 번 더 잡아주었다가 놓았다. 마을 친구 오종수의 목소리가 들려왔다. 이순신이 외거노비 금수의 집에서 쉬고 있다는 말을 듣고는 달려온 듯했다. 밖에는 오종수가 친목계 계원 몇 명을 데리고 와 있었다. 이순신이 그들을 불러들였다. 오종수가 말했다.

"여해 앞에서 결산이라두 헐라구 온 겨."

"그동안 잘혀왔는디 내가 또 무엇을 보태겄는감."

"그래두 결산은 해야 혀."

"자네를 믿지 못한다믄 세상에 누구를 믿겄는감."

"믿어주니께 결산헌 걸루 하겄네. 앞으루 계의 모든 일은 예전처럼 처리허겄네."

다음 날 이른 아침. 이순신은 아내가 준비한 밥상을 받았다. 남편이 떠날 것을 알고 손수 마련한 아침상이었다. 반찬으로는 소고기 전과 곰취와 고사리나물, 숙주나물, 바지락 무침, 연평도 조기가 올라왔다. 쌀밥과 이순신이 좋아하는 콩나물국에다 콩가루를 묻힌 인절미도 한 사발 가득 보였다. 그러나 문득 이순신은 불효자식이란 생각이 들어 고기가 든 반찬에는 젓가락을 대지 않았다. 쳐다보는 것조차 불경스러워 상에서 아예 고기반찬을 내리게 했다.

"사실은 먹을 생각이 읎는디 부인의 마음이니께 상을 받겄시유."

"대감, 멀리 가실 티니께 든든허게 자셔유."

"또 은제 자식덜과 함께 밥을 먹겄시유. 다덜 들어오라구 해유."

곧 아들 삼형제 회, 울, 면이 들어왔다. 뒤이어 종들이 국과 밥을 들여보냈다. 조카 해와 분, 완과 외사촌 동생 변존서는 아침을 먹고 왔다며 방으로 들어와 자리만 차지했다.

"여흠은 빈소에 있는 겨?"

"빈소에 뇌 성님과 함께 겨십니다유."

이순신은 아침밥을 먹고 온 변존서와 조카들에게는 인절미를 주었다.

"우리 식구가 한방에 들어 밥을 먹은 적이 을매 만인 겨?"

"숙부님, 이십 년 만이어유."

"아숩기는 허지만 할머니가 우덜을 다 모이게 헌 겨."

"할머님 덕화구먼유."

"기여."

"성님, 왜적만 물러가믄 이런 날이 자주 오지 않겄시유?"

"워찌 우덜 집만 그러겄는가. 성제, 조카덜이 헤어져 살구 있는 다른 집두 모다 좋은 시절이 될 겨."

이순신은 반주로 나온 술을 변존서에게만 따라 주었다.

"자, 홍백. 술 한잔 혀."

"예, 나리."

"나리가 뭔가. 여기서는 성님이라구 혀."

홍백興伯은 변존서의 자였다. 변존서는 외사촌 동생이지만 전라 좌수사로 부임해 갔던 해부터 한산도 진에 머물 때까지 자신을 보좌하던 군관이었다. 활을 잘 쏘았고 벼슬이 종6품의 주부에 오른 명민한 외사촌 동생이었다. 이번 상중에는 자신의 집을 내놓아 금부도사를 접대하고 하룻밤 자게도 했다. 변존서는 외갓집 사람들 중에서 이순신과 가장 마음이 통하는 동생이자 부하였다.

이윽고 이순신은 빈소로 들어가 영전에 하직을 고했다. 눈물을 흘리며 마음속으로 외쳤다. 어머니를 두고 떠나야 하는 자신의 처지를 한탄했다.

'어찌하랴. 어찌하랴. 천지간에 나 같은 사정이 또 워디 있으랴. 어찌하랴. 어찌하랴. 나멩키루 에러운 처지가 또 워디 있으랴. 아! 어서 죽는 것만 같지 못허니 말여.'

빈소를 나온 이순신은 조카 뇌의 집으로 갔다. 그런 뒤 조부와 선친의 신위가 모셔진 사당으로 들어가 뇌가 가져온 술병을 들어 위패 앞에 놓인 두 개의 잔에 술을 따랐다. 이순신은 신위께 하직을 아뢨다.

“할아버님, 아버님. 백의종군 어명을 받은 소자는 지금 도원수영으루 가야 해유. 어머님 장례두 다 모시지 못하구 가니께 비통허구먼유. 그래두 나랏일이 앞서니 워쩌겄시유. 반드시 살아 돌아와 못 다헌 효를 다허겄시유. 할아버님, 아버님께서 보살피시어 식솔덜이 모다 무탈해유. 다 조상님 덕분이지유. 머리 숙여 술잔을 올리오니께 흠향허셔유.”

사당을 나온 이순신은 말을 탔다. 변존서도 말에 올라 뒤따랐다. 짐은 변존서의 말에 실었다. 아들 회, 울, 면과 조카 분, 완 등은 무리를 지어 걸었다. 길은 어제 내린 비로 질척였다. 아들과 조카들의 걸음걸이가 더디었다. 자꾸만 흙이 미투리에 붙었다가 떨어졌다. 불어난 도랑물이 콸콸 소리치며 흘렀다. 보리가 익은 들은 누랬고, 모내기를 막 시작한 논들은 듬성듬성 파랬다.

이순신 일행은 금곡(연기 광덕) 강 선전의 집 앞에 이르러 걸음을 멈추었다. 강정과 강영수가 문상하겠다고 요청을 해서였다. 이순신은 말에서 내려 곡을 하며 문상을 받았다. 두 사람이 이순신과 맞절하고 나서는 위로의 말을 했다. 그사이에 조카들이 말에게 풀을 뜯겼다. 이순신은 다시 그 길로 가다가 보산원에 이르러서 천안 군수를 만났다. 천안 군수는 말에서 내려 냇가 풀밭에 앉아 쉬고 있었다. 이순신은 상여를 부의한 천안 군수에게 고마움을 표시했다.

“황망한 상중에 원께서 상여를 마련해주시니 을매나 마음이 놓였는지 지금 생각해두 감사할 뿐이구먼유.”

“별말씀을 다 하십니다. 이 공께서 나랏일을 보시다가 고초를 겪으셨는데 당연히 해드려야지요. 도움이 되셨다니 다행입니다."

그때 서천 군수 한술이 중시를 보러 가다가 문상을 하러 왔다. 이순신은 또 곡을 하며 문상을 받았다. 이순신 일행은 천안까지 내려갔다. 하늘이 비구름으로 덮여 또 어두워졌다. 충청 우후 원유남과 인척 간인 원인남이 찾아와 또 문상을 하고 갔다. 이순신이 아들과 조카, 변존서에게 돌아가라고 말했다.

"여기까정 따라와줘서 고맙다. 비가 올 것 같으니 바루 돌아가거라."

"예, 아버님. 지덜 걱정은 마셔유."

이순신은 식솔들을 보내고 난 뒤 하룻밤을 보내려고 일신역(공주 장기)으로 들어갔다. 미투리를 벗는 순간 기어이 굵은 빗방울이 떨어지기 시작했다. 그러나 일신역 찰방과 이야기를 나누는 사이에 비는 곧 그쳤다.

다음 날 늦게 이순신은 공주 읍성으로 들어가 공주 목사의 배려로 동헌에서 쉬었다. 금부도사가 왔다가 앞으로의 행선지를 말하고는 돌아갔다. 은원(논산 은진), 익산, 삼례역, 전주, 오원역(임실 관천) 등을 거쳐 남원까지 도달하는 데 나흘 정도면 가능할 것이라고 말하며 먼저 떠났던 것이다.

유정의 예감

왜장 가토가 있는 서생포 왜성을 거침없이 드나드는 사람은 의승장 유정이었다. 물론 왜성을 갈 때는 도원수 권율에게 허락을 받은 뒤 가토에게 선통先通, 즉 편지로 용무와 일행의 숫자, 직급을 알리고 떠났다. 유정이 적진에 들어가는 까닭은 가토와 협상하기보다는 왜군의 적정을 정탐하는 데 있었다. 유정은 가토뿐만 아니라 부장 기하치로, 승려 닛신一眞 등과 구면이 되어 덕담을 나누는 고승으로 대접받았다. 조정에서도 유정이 올린 적정 보고는 의심하지 않고 신뢰했다. 이순신이 아산에서 어머니의 부음을 들었을 무렵 유정이 조정에 보낸 적정 보고의 요지는 다음과 같았다.

'왜적들은 왜성 안에 주둔한 채 군사를 더 모으려는 듯 머뭇거리면서 나오지 않고 있사옵니다. 강화하는 시늉만 하고 쳐들어오는 시늉만 하면서도 우리 백성을 겁박하고 모욕하고 공갈치는 등 못 하는 짓이 없사옵니다. 그런데 그들의 일관된 계획은 오직 명나라를 침범하려는 데 있을 뿐이라고 말합니다.

그들은 말하기를, 조선에서는 이미 황윤길 등을 보내어 공물을 바치고 항복을 청하였으니 이는 벌써 우리에게 신하가 되어 복종한 것이다. 그러므로 우리가 말한 것에 대해서는 마땅히 복종해야 할 터인데, 조선의 길을 빌려달라는 말만은 듣지 않기 때문에 불화가 조성된 것이다. 그러니 잘못은 조선에 있다, 라고 우깁니다. 가슴 아픈 것을 말하자면 어찌 끝이 있겠습니까.'

의승장 유정은 재침한 가토가 서생포 왜성에서 '명나라를 침범하려고 하니 길을 빌려달라'는 식의 뻔한 거짓말을 하고, 조선이 왜국에 항복을 청하였다는 등 궤변을 반복하며 왜국의 지원군을 기다리고 있는 것 같다는 적정을 보고했다.

'왜인 승려 청한淸韓이란 자가 신에게 중국의 산천 형편과 도로, 군사의 숫자를 캐물었으며, 또 명나라 사람들이 가장 우둔하며 비겁하다고 말했습니다. 신이 대답하기를, 우리들은 다 중이므로 부처님 가르침에 관한 이야기나 할 것이지 명나라에 대한 문제는 당신이나 나나 논할 바가 아니다, 라고 하였사옵니다. 그랬더니 청한은 입을 다물고 더는 말하지 않았습니다.'

명나라 지리와 군사의 숫자를 알려준다는 것은 국법에 어긋나는 일이었다. 그래서 유정이 왜인 승려 청한의 물음에 얼버무렸던 것이다. 고행정진으로 설통說通을 얻은 유정의 노련한 화술이었다. 설통이란 막힘없이 법문하는 능력이었다. 또한 이와 같은 적정 보고는 유정이 일부러 사실을 과장하거나 첨삭할 수 없었다. 왜장 가토를 만날 때는 반드시 유정 옆에 권율이 보낸 무관이나 통역하는 통사通事가 지켜보고 있었기 때문이었다.

'신이 전날 들어갔을 때 왜인 승려 일진一眞과 서로 이야기를 하였는데, 이번에는 그가 없으므로 일진이 간 곳을 물었더니 곧 일진의 편지를 보여주는 것이었습니다. 그 편지에는, 5월에 많은 군사가 나갈 때 나도 따라 가겠다는 말이 있었사옵니다. 이는 우리 일행을 공연히 놀라게 하기 위해서 쓴 글은 아닌 것 같았사옵니다.'

가토의 참모이자 승려인 닛신이 편지를 두고 간 것은 사실이었다. 유정은 왜성을 드나들면서 닛신과 필담을 여러 번 나누었기 때문에 그의 필체를 알고 있었다. 더구나 닛신은 유정을 흠모하여 강화가 이루어지면 조선 산천을 함께 유람하자고 제의하기도 했던 인물이었다. 그러나 강화란 가토의 무리한 요구로 이미 결렬된 지 오래였다. 조선 왕자를 인질로 보내고 한강 이남을 달라는 가토의 주장을 조선이 받아들일 리 만무했고, 유정 또한 가토를 만날 때마다 극력 반대했던 것이다.

어쩌면 닛신이 5월에 들어온다는 것은 군량미 등 군수물자를 가지고 오는 지원군을 뜻하는지도 몰랐다. 유정의 적정 보고대로 왜군이 쳐들어올 듯 시늉만 하는 까닭은 군수물자가 넉넉하지 못해서였다. 피폐해진 조선에서 군량미 등을 자체 조달한다는 것도 불가능한 일이었고, 히데요시가 보충해주는 일도 쉽지 않았다. 지난 오 년간의 싸움으로 군량미는 물론 농기구와 불상까지 거두어서 무기를 만들어버린 탓에 왜국도 바닥이 나 있었던 것이다. 왜군이 임진년에 파죽지세로 공격했던 상황과는 전혀 달랐다.

유정의 적정 보고를 돌려본 조정 대신들의 고민은 왜의 재침을 어떻게 막느냐는 것이었는데, 결론은 쉽게 나지 않았다. 편전에는 선조의 부름에 이산해, 유성룡, 윤두수, 이항복 등이 입실해 있었다. 유성룡이 먼저 말했다.

"유정이 말하기를 '울산에 청정의 배 오백여 척이 잇대어 있는데, 마치 성곽 모양으로 바다 어귀에 정박해 있다고 합니다. 만약 불을 지르려고 하면 그렇게 할 수 있는 방법도 있겠지만, 우리나라 형편으로야 어떻게 해낼 수 있겠사옵니까. 김태허가 거느린 군사 백여 명이 바닷가에 있는데 왜적들이 바라보고 웃으면서, 저것들이 무엇을 하겠는가, 라고 비웃었다고 합니다. 다만 적들은 지금 군량을 이어댈 형편이 못되기 때문에 우선 머물러 있는데, 가을에는 틀림없이 출동할 것입니다'라고 하였사옵니다.

신은 애당초 적들이 7월이나 8월 사이에 꼭 출동하지 않을까 의심해왔는데 유정도 그렇게 말하고 있사옵니다."

의승장 유정이나 유성룡은 왜적의 공격 시기는 칠팔월 사이일 것이며 늦어도 가을이라고 보았다. 그 근거는 5월에 왜의 지원군이 군량미 등을 가지고 온다면 더 이상 공격을 미룰 이유가 없기 때문이었다. 앞으로 세 달 후이니 결코 방비할 시간은 많지 않았다. 군사를 훈련시키고, 성을 쌓고, 무기를 정비하고, 전선을 수리하는 데 조선으로서는 몹시 촉박한 시간이었다. 선조는 유정의 보고를 믿었다.

"오늘 유정이 올린 글을 보니 왜적들이 명나라를 침범하려고 명의 산천과 도로에 대해서 물었는데, 적들의 무리가 다 건너오기 전에 꼭 쳐야지 그렇게 하지 않으면 후회할 날이 있을 것이라고 하였소."

이산해가 얼마 전에 원균이 올린 전술을 참고해서 아뢨다.

"중국은 왜에 원망을 살까 봐 싸우지 않는데, 안골포의 적 같은 것은 급히 쳐야 할 것 같사옵니다. 우리 장수들도 칠 수 있다고 말하고 있사옵니다."

"우리가 안골포 적을 칠 만한 형편이 되오?"

윤두수가 대답했다.

"원전과 같은 사람은 몹시 치고 싶어 하옵니다."

원전元㙉은 원균의 동생으로 원균의 성격을 많이 닮은 무장이었다.

"그곳은 육지와 잇닿아 있소?"

"그렇사옵니다. 만일 이 포구와 가덕의 적들만 없다면 우리나라의 전선이 내왕하는 데도 지장이 없을 것이옵니다."

이항복의 대답에 이산해가 말했다.

"체찰사, 원수와 협의한다면 피아의 형편을 알 수 있을 것이옵니다."

이 무렵, 원균은 어느 누구도 이해할 수 없는 허황한 장계를 올렸다. 현실은 만 명의 지원군도 차출하기가 불가능한데 무려 삼십만 명의 정예 군사를 충원해달라는 장계를 올렸던 것이다. 삼십만 명을 충원해준다면 가덕부터 부산 일대의 적을 쓸어버리겠다고 호언했다.

원균은 결코 머리가 나쁜 장수가 아니었다. 병조에서 충원해주지 못할 것을 뻔히 알면서도 자신에게 쏟아질 비난을 막고자 그랬음이 분명했다. 원균의 장계는 일종의 계책이었다. 비겁한 장수라는 평을 듣지 않기 위한 방어막이나 다름없었다.

'신이 수영에 온 이후 가덕, 안골, 죽도, 부산으로 드나드는 적들이 바짝 붙어서 서로의 힘을 의지하고 있는데 그 수효는 수만 명에 지나지 않으며, 병력은 외로운 것 같고, 형세도 약해 보입니다. 그중에서도 안골포와 가덕도 두 곳의 적은 삼사천 명도 되지 못하여 형세가 매우 외롭습니다. 만일 육군이 내몰기만 한다면 수군이 이를 섬멸시키는 것은 대나무를 쪼개는 것보다 쉬울 것이옵니다.

이후 우리 군사가 장수포 등지로 나가서 진을 친다면 뒷걱정은 조금도 하지 않아도 되고, 다대포, 서평포, 부산포에서 날마다 위력을 시위하면 회복 계책은 거의 이루어질 수 있을 것이옵니다.'

수륙 협공으로 경상도 해안과 섬들의 왜적을 섬멸하자는 계책인데, 이는 일찍이 윤두수가 체찰사로 내려와 진두지휘했다가 실패하다시피 한 작전이었다. 이순신은 윤두수의 작전에 적극 호응하지 않았는데 그 이유는 자신이 즐겨 구사하던, 공격 목표물을 정한 뒤 함포사격인 당포 전술로 적을 한순간에 섬멸하는 작전과 맞지 않아서였다. 실제로 이순신은 자신의 전술로 연전연승한 반면에 윤두수는 별다른 전과 없이 작전을 끝냈던 것이다. 그런데도 원균은 수륙 합동작전을 고집했다.

'어리석은 신의 망령된 생각으로는, 우리나라의 군사는 그 수를 헤아릴 수 없이 많으므로 늙은이와 허약한 사람을 제쳐놓고라도 정예 군사 삼십여 만 명은 추려낼 수 있으리라고 봅니다.

그리고 지금은 봄철로서 가뭄이 들어 땅이 굳어 있으니 말과 군사를 움직일 때는 바로 이때이옵니다. 반드시 4월이나 5월 사이에 수군과 육군이 크게 일어나 한번 결판을 내야 할 것이옵니다.'

원균의 판단 요건 중에는 농사짓는 백성은 아예 없었다. 가뭄까지 들고 일손마저 부족해 농사꾼들이 전전긍긍하고 있는데, 가뭄으로 땅이 굳어졌으니 군사가 말을 타고 달리기 좋다는 식이었다. 뿐만 아니라 원균은 불가능한 조건을 요구했다. 삼십여 만 명을 충원해준다면 왜군과 결판을 내보겠다는 것이었다.

'만일 공격할 시간을 질질 끌다가 칠팔월에 가서 장마로 땅이 진탕이 되어 기병과 보병도 행동하기 불편해지면 그때에는 싸우지 못할 것 같사옵니다. 더구나 가을 추수 이전부터 바람이 점점 강해져서 파도가 하늘에 닿아 배를 움직이기 매우 어렵게 되면, 그때 가서는 바다에서도 싸우지 못할 것 같사옵니다. 신이 사오월 중에 거사를 해야 한다고 말하는 것은 이 점을 우려하기 때문이옵니다.

행장과 요시라 등은 거짓으로 강화하자고 하지만 그 내막은 알 수 없는 것입니다. 기회를 타서 함께 들이쳐 남김없이 쓸어버린다면 아마 조금이나마 수치를 씻을 수 있을 것이옵니다. 조정에서 빨리 조치해주시기 바라옵니다.'

바다의 형세를 따지는 이순신과 달리 단숨에 왜적과 결판을 내겠다는 원균의 태도는 선조의 마음에 들었다. 그러나 선조는 삼십여 만 명의 정예 군사를 지원해달라고 하니 황당하기도 했다. 선조는 승지를 불러 장계를 비변사로 내려보냈다. 비변사의 대신들이 논의해보고 가부의 의견을 올리라는 취지였다. 그러자 비변사에서 삼 일 만에 건의 형식의 글을 선조에게 올렸다.

'통제사 원균의 장계에 의하면 (중략) 적을 치려는 원균의 의사는 확고합니다. 신 등도 오늘의 형편으로는 오래 끌기 어려우리라고 생각하옵니다. 대체로 적들은 험한 지형을 차지하고는 둔전을 경작하고 군량을 운반하는 등 주인이 손님을 대하는 자세를 취하고 편안히 지내면서 우리가 지쳐버리기를 기다리고 있습니다. 우리나라의 수군과 육군은 날로 지쳐가니 나중에 가서는 저절로 무너질 형편이옵니다. 만일 틈을 탈 수 있는 기회가 있다면 한번 결판을 내는 것도 불가피할 것 같사옵니다. (중략)

장계의 내용은 생각이 부족한 것 같사옵니다. 삼십만 명의 정예 군사를 사오월 안으로는 쉽사리 마련해내지 못할 것이옵니다. 그러나 그때에 적을 치는 일을 늦출 수 없다는 의향만은 사실 원균이 진술한 것과 같사옵니다.

이 문제는 도체찰사와 도원수가 마땅히 형편을 보아가며 시기가 좋겠는지 나쁘겠는지를 헤아려 좋을 대로 처리해야 하고,

멀리 있는 조정에서 이래라저래라 할 수는 없는 것입니다.

이런 내용으로 도체찰사와 도원수에게 급히 비밀 지시를 내려보내되, 다시 형편을 살펴보고 한편으로는 급보를 올리는 동시에 가능하다고 생각되면 기회를 놓치지 않도록 하라고 지시하는 것이 어떻겠사옵니까.'

선조는 도리질을 했다. 삼십만 명의 정예 군사를 차출하는 일은 불가능한 일이었다. 그러나 선조는 현재의 군사로 적을 칠 기회가 생긴다면 도체찰사나 도원수의 판단을 따르라고 애매한 지시를 내렸다.

"과인은 들어줄 수 없는 일이라고 생각하오. 하지만 시험 삼아 지시를 내려보내는 것도 무방하오."

선조는 비변사의 건의대로 선전관을 불러 도체찰사와 도원수에게 비밀 지시를 내려보냈다. 비밀 지시란 특별한 것이 아니었다. 형편을 잘 살펴서 공격 기회를 놓치지 말라는 것뿐이었다.

이때 이순신은 전라도 삼례역 역리 집에서 점심을 먹고 난 뒤 전주 남문 밖 이의신 집에 머물렀다. 그제 공주에서 만났던 금부도사가 이미 지나간 듯 이의신이 집밖으로 나와 맞아주었다.

"금부도사님께서 잠자리를 마련해드리라구 해서 나와 지달리고 있그만이라우."

"신세를 지게 돼서 미안해유."

"아이고, 아니지라우."

전주성은 남문 누각이 불에 타서 볼썽사나웠다. 이의신은 정5

품 호조 정랑을 지낸 바 있고 진원(장성)의 기대승, 보성의 안방준 등과 친교를 하는 문인이었다. 이의신 집 맞은편은 밥집이었다. 이의신은 이순신을 밥집으로 안내했다. 밥집은 전주성 색리들이 밥집에 치부책置簿冊을 펴들고 앉아서 거래를 하는지 양민들이 북적거렸다. 이순신은 널찍한 방으로 들어갔다. 저녁은 황포묵이 들어간 콩나물 비빔밥이었다. 비빔밥을 먹고 이의신 집으로 왔을 때 판관 박근이 찾아왔다.

"통제사 나리, 문상을 못 해 죄송하그만요."

"괴안찮혀."

"여그까정 소문이 다 났당께요."

"그라믄 맞절을 해야겄구먼."

이순신은 박근과 맞절을 했다. 두 사람은 무릎을 꿇은 채 위로의 말을 주고받았다.

"자당님을 보내시고 을매나 가심이 아프신게라우?"

"상례두 다 치르지 못허구 떠난 불효자식이라 부끄럽구먼."

"변변치 못헌 부의賻儀를 가지고 왔그만요."

박근이 가지고 온 부의는 비 올 때 쓰는 기름 먹인 두꺼운 종이 우장과 설사할 때 잘게 썰어 차로 마시는 비상 약재 생강이었다.

"장마철에 요긴한 것들이구먼."

"약소하그만요."

"전주에 오니께 마음이 푸근혀. 임란 삼 년 전에 전라 감사 밑에서 군관 노릇을 한 적이 있어서 그런지 고향에 온 거멩키루 그려."

"전주하고 고런 인연이 있었그만이라우."

"전라 감사이던 이광이라는 분이 덕수 이씨 문중 분인디 아산으루 낙향해 있던 나를 특별하게 부른 겨."

이경쯤에는 전주 부윤 박경신이 술을 가지고 왔다. 뿐만 아니라 관노 편에 안주를 바구니에 한가득 들고 오게 해서 후하게 대접했다. 어젯밤을 묵었던 여산 어느 관노의 집에서는 한밤에 홀로 앉아 별별 생각을 다했는데, 전주는 이순신을 외롭지 않게 해주었다. 박근에 이어서 박경신이 위로해주니 비통한 마음이 덜했다. 박경신은 원래 문과급제한 문인이었다. 임란이 나자 선조가 청도淸道 조전장助戰將으로 임명하여 싸우게 했다. 이후 밀양부사를 거쳐 전주 부윤 직을 맡고 있었다. 박경신은 이순신보다 열다섯 살 아래였지만 이야기 상대가 되어 술을 주거니 받거니 마셨다.

"통제사 나리, 내일은 어디로 가십니까?"

"남원으루 가서 도원수가 겨시는 초계루 갈거유."

"도원수께서 초계가 아니라 운봉에 계시다는 공문을 보았습니다만."

"남원에 가보믄 알겄지유. 시찰 중이시라믄 또 다른 고을루 가셨을 거구."

"시찰 중이시니 그럴 것 같습니다."

이순신은 박경신과 자정이 넘어서야 헤어졌다. 이순신은 박경신이 사라지는 것을 보면서 도리질을 했다. 선조가 문과급제한 문인들을 장수로 임명하고 있는데, 무재武才를 고려하지 않고 남발하는 것이 문제였다. 박경신이 청도 조전장으로서 전투 경험을 쌓기는 했지만 왜군에 맞서 전주성을 지켜낼 만한 담대한 장수인가는 더 지켜보아야 했다. 이순신은 그런 생각을 하면서 잠을 청했다.

도원수를 찾아

이순신은 남원성을 시오 리 남겨두고 뜻밖에 자신의 부하였던 정철을 만났다. 정철은 이순신의 어머니가 곰천 송현 마을에 살도록 집을 내준 곰천 정씨들의 족장族長이었다. 또한 정철은 이순신이 삼도수군통제사가 된 날 동시에 초계 군수로 승진했는데 곧 사직하고 말았다. 정경달과 함께 통제사 이순신의 종사관으로 활동하기 위해서였다. 그러다가 정철은 이순신이 하옥되자 이원익 등을 찾아다니면서 구명 운동을 했던 충직한 부하였다. 이순신은 말에서 내려 정철에게 큰절 이배로 문상을 받은 뒤 그의 어깨를 끌어안았다.

"종사관, 웬일이여?"

"통제사 나리, 아산 가고 있그만요."

"그려?"

"다른 사람은 몰라도 곰챙이 정가덜이 자당님을 어찌케 잊어불겄습니까요."

"난 백의종군하려구 도원수를 뵈러 가구 있구먼."

"지는 나리께서 아적 아산에 겨신 줄 알고 싸게싸게 올라가고 있었지라우."

"죄인헌티는 상례두 읎더구먼."

이순신과 정철은 말고삐를 잡고 걸었다. 산모퉁이로 산들바람이 살랑살랑 불었다. 남원성까지는 시오 리 길이었다. 이순신이 자드락길을 지나면서 물었다.

"동상덜은 시방 워디에 있는 겨?"

"동상 린이나 외아들 언신이, 그라고 종질 대수까정 모다 원 통제사 휘하에 있그만요."

"한산도 진에 나가 있다는 말이구먼."

"전라 좌수영 군관으로 원 통제사 휘하에 있는디 불만이 많그만이라우."

"정춘은 워쩐 겨."

"나리 휘하에서 싸우다가 진작에 전사했지라우."

"그려, 생각나는구먼. 2차 당항포 싸움이었을 겨. 돌격장으루 나서 싸우다가 왜놈 유탄을 맞구 순절혔는디 인자 생각나는구먼."

이순신은 정철 일가의 충의를 결코 잊지 못했다. 형제, 아들, 조카들이 모두 나서서 싸우고 있는 집안이었다. 거기다가 이순신의 어머니 초계 변씨와 아산의 식구들이 거주할 초가 한 채를 내주어 이순신으로 하여금 군무에만 전념할 수 있도록 해주었으므로 늘 고마워했던 것이다.

"나를 만난 것두 문상이니께 돌아가지그려."

"고건 아니그만요. 아산으로 가서 자당님 산소에 절하고 와야 도리지라우."

"고집 부린다믄 헐 수 읎지만서두."

"우리 곰챙이 정가덜은 자당님을 모다 좋아했그만요. 집안에 어르신멩키로 모셨지라우."

"내가 사변 전에 전쟁 준비를 심써 할 수 있었던 것은 곰챙이 정씨덜 덕분이여. 정씨덜이 후원허지 않았으믄 심들었을 겨."

"우리덜만 나리를 도왔깐디요. 오관 오포 고을 성씨덜이 다 나리 일에 합심했지라우."

"기여."

이순신은 크게 고개를 끄덕였다. 멀리 남원성의 문루가 흐릿하게 보였다. 이순신과 정철이 정담을 나누며 십여 리나 걸은 셈이었다. 이순신이 작별의 말을 했다.

"아산으루 간다구 허니께 더 붙잡지는 않겄네만."

"인자 헤어져야 쓰겄그만요."

"해 떨어지기 전에 어여 가. 난 운봉까정 갈 겨."

이순신과 정철은 남원성을 오 리쯤 앞둔 산길에서 헤어졌다. 정철은 이순신이 걱정스러운지 몇 번이나 뒤를 돌아보며 갔다. 정철을 만나고 나서인지 이순신은 또다시 어머니 생각에 회포가 일었다. 이순신은 남원성 안으로 들어가지 않고 그대로 지나쳤다. 남원성 십 리 바깥에 있는 이희경의 외거노비 집에 이르러서야 말에서 내렸다. 땅거미가 지고 있었으므로 더 나아갈 수 없었다. 낯선 산길에서는 해가 떨어지면 자고 가는 것이 상책이었다. 이희경의 노비 부부는 말에서 내린 이순신을 보고는 예를 갖추었다. 말은 아무나 탈 수 있는 길짐승이 아니었다. 말은 지위나 신분을 상징했다.

방은 토굴 같았다. 작은 생쥐가 벽을 타고 올라갔다. 천정에서는 흙이 바슬바슬 떨어졌다. 이순신은 잠자리가 바뀐 탓에 쉽게 잠을 이루지 못했다. 이순신은 홀로 앉아서 한숨을 쉬곤 했다.

'천지간에 나 같은 사람은 읎을 겨. 나 같은 불효자식이 워디 있을까.'

밤새 축축한 바람이 불었다. 문에 씌워놓은 거적때기가 들춰지곤 했다. 노비 부부가 거친 아침상을 내왔다. 쌀 한 톨 섞이지 않은 보리밥에 메주로 만든 집장이 나왔다. 산나물에서는 쉰내가 났다. 이순신은 몇 숟가락 뜨다 말고 산길을 나섰다. 운봉은 남원에서 먼 거리가 아니었다. 경상도로 가려면 반드시 거쳐야 하는 솥단지 같은 분지가 운봉이었다. 전라도 구례, 순천으로 내려가려고 해도 운봉을 지나야 했다.

기어코 굵은 빗발이 쏟아졌다. 지리산 산자락에 걸쳐 있던 비구름이 운봉으로 몰려들고 있었다. 이순신은 운봉 동헌과 정반대 쪽에 있는 외딴집으로 들어가 비를 피했다. 빗줄기는 지리산 산자락이 보이지 않을 만큼 거셌다. 전주에서 박근에게 받은 기름 먹인 종이 우장도 세찬 빗발에는 소용없었다. 그러자 순박하게 생긴 집주인 박산취가 이순신에게 방을 내주었다. 말은 처마 밑으로 들여서 맸다.

이순신이 운봉에 왔다는 소문은 금세 퍼졌다. 박산취 아내가 쌀을 꾸러 몇 집을 돌아다니며 퍼트렸던 것이다. 비가 머리를 내밀 수 없을 만큼 퍼붓는데도 운봉 현청의 색리가 찾아왔다. 삿갓을 쓰고 도롱이를 걸쳤지만 색리는 흡사 물에 빠졌다가 나온 사람 같았다. 놀랍게도 이순신을 찾아온 반백의 색리는 구면이었다. 이순신이 정읍 현감으로 있을 때 운봉과 정읍을 오가는 통인 노릇을 했던 색리였다.

"나리, 으짠 일로 여그까정 오신게라우?"

"도원수를 뵈려구."

"어저께 순천으로 가셔부렀는디라우."

"그려?"

"한발 늦어부렀그만이라우."

"시방두 통인 일을 보구 있는 겨?"

"젊었을 때 하고 말았지라우. 근디 시방은 전시라서 오만 가지 일을 다 하고 있그만요."

"머리가 반백이구먼."

"나리께서는 으째서 관복을 벗고 겨신당가요?"

"아, 통인은 내 처지를 아직 모르는구먼."

색리는 이순신이 왜 무명 바지저고리 차림인지 모르고 있었다. 색리가 바로 묻지 못하고 자꾸 곁눈질을 하자 이순신이 말해 주었다.

"백의종군하려구 도원수를 뵈러 가는 질이구먼."

"아이고메, 백의종군이라니 가심 아픈 일이 있었그만요."

"그려."

"지는 아무것도 몰라부렀그만요."

"왜적하구 싸우는디 관복이든 무명옷이든 무신 상관인감. 내 말이 틀린 겨?"

"그러지라우. 참말로 나리께서는 지를 부끄럽게 해불그만요."

반백의 색리가 이순신의 말에 감동하여 고개를 숙였다. 그러면서 뭔가 생각이 난 듯 말했다.

"원님께서는 병이 나부러 메칠째 거동을 못 하고 있그만요. 사실은 그래서 지가 대신 여그로 왔지라우."

"현감이 나에게 꼭 올 필요는 읎는 겨."

운봉 현감은 여산 출신의 남간南侃이었다. 그는 임란 때 도체찰사 정철의 명으로 운봉 현감이 되어 경상도와 전라도의 길목인 운봉 분지를 지킨 장수였다.

"오늘은 여그서 주무셔야 할 거 같그만요. 빗발이 아조 사납그만이라우. 이짝 지리산 비는 한번 쏟아지면 무자게 내려뻔진당께라우."

"내 생각두 그려."

이순신은 폭우 때문에 운봉 동헌으로 가지 못하고 어쩔 수 없이 박산취 집에서 하룻밤을 묵었다.

다음 날, 하늘은 잔뜩 흐렸지만 다행히 비는 오지 않았다. 이순신은 권율이 있는 순천으로 가기 위해 숙성령을 향해 갔다. 숙성령은 남원 땅과 구례 사이에 있는 큰 고개였다. 또한 순천은 구례를 반드시 지나야 했다. 아산에서 천안, 공주, 여산, 삼례, 전주, 오원역(임실), 남원, 운봉까지 말을 타고 왔는데 어림잡아 보니 하루에 사십여 리씩 내려온 것 같았다. 하루에 사십여 리를 이동한다면 구례현에 가서 또 하룻밤 묵을 수밖에 없었다.

이순신은 구례현 북문 밖에 사는 손인필을 떠올렸다. 손인필은 임란이 일어났을 때 이순신에게 남무南武라는 직책을 받아 그의 장남 손응남과 함께 군량미 조달과 군사를 모병하여 좌수영으로 보냈던 사람이었다. 본영 밖에서 지시를 받아 일하는 외직 군관인 셈이었다. 이순신은 손인필의 공을 항상 고맙게 여겼다.

그런데 이순신이 구례현 북문 앞에 도착하여 손인필 집을 찾아갔을 때 그의 식구들은 모두 피난 가버리고 아무도 없었다. 빈집 마당은 잡풀이 웃자라 풀밭으로 변해 있었다. 타고 온 말이 고개를 처박고 마당의 풀을 와작와작 뜯어먹을 정도였다. 이순신은 방으로 들어가기가 부담스러워 말이 풀 뜯는 소리를 듣다가 잠시 졸았다. 얼마나 토막 잠을 잤을까. 헛기침과 사람 발자국 소리에 눈을 떴다. 손에 술병을 들고 있는 사람은 구례 현감 이원춘이었다. 이원춘도 운봉의 남간처럼 임란 때 도체찰사 정철에게 구례 현감으로 임명받은 사람이었다. 구례는 이순신이 전라 좌수영 수사였을 때 직접 관할하는 지역은 아니었지만 지휘권이 미치는 땅이었다. 구례 화엄사 주지인 신해를 좌돌격장으로 임명하여 승려들이 석주관을 지키게 했고, 구례 사람 손인필에게 남무라는 직책을 주어 군량미를 모으게 했던 것이다.

"통제사 나리, 운봉에 오셨다는 소식을 받고 지달리고 있었지라우."

"몇 년 만인 겨?"

"나리 소식을 듣고 구례 양민 모다 통곡했그만요."

"구례는 워쪄?"

"양민덜이 피난 가부러서 성이 비었지라우."

"떠났던 양민덜을 모다 돌아오게 혀야 써."

"백방으로 심쓰고 있그만요."

잠시 후에는 금부도사 이사빈도 손인필 집으로 왔다. 이순신은 이원춘에게 부탁했다.

"금부도사께서 나 때문에 고생이 많으니께 잘 부탁혀."

"이 공, 현감께서 잘 대접해주어 동헌에서 편히 있소이다."

"도원수께서 순천에 겨시다니께 인자 금부도사와 헤어질 때가 됐구먼유."

"그렇소. 내가 순천까지 갈 필요는 없을 것 같소. 순천은 구례 발밑에 있으니까요."

"낼 아침에 출발한다믄 저녁에는 도원수를 뵐 수 있을 거구먼유."

"그러겠지요. 나는 이제 내 일이 끝났으니까 의금부로 돌아가겠소."

금부도사는 동헌으로 자리를 옮겨 이원춘과 함께 밤새 술자리를 또 벌인 모양이었다. 이순신이 밤에 잠을 잘 이루지 못하고 마당에 나와 있을 때, 성안에서 간헐적으로 떠드는 소리가 들려왔던 것이다. 다음 날 아침 일찍 이순신은 성 북문 안으로 들어갔지만 금부도사와 이원춘이 늦잠 잔다는 말을 전해 듣고는 순천으로 바로 떠났다. 그런데 구례와 순천의 경계인 큰 재인 송치에 이르렀을 때였다. 구례 쪽에서 말발굽 소리가 또각또각 들려왔다. 이원춘이 보낸 군관이었다.

"통제사 나리, 원님께서 보낸 점심이그만요!"

"인자 일어난 겨?"

"나리께서 찾아오셨는디 뵙지를 못했다고 지덜이 꾸중을 들어부렀습니다요."

"아녀. 금부도사를 잘 대접하라구 부탁한 사람은 나여. 그래서 대취했을 겨."

"원님께서 나리를 또 뵙기를 원하시그만요."

"미구에 또 만날 겨."

"말씀하신 대로 전해불겄습니다요."

군관은 점심을 놓고 바로 되돌아갔다. 이순신은 소나무 그늘로 들어가 점심을 먹었다. 구례 음식은 지리산에서 나는 산나물이 진미였다. 데쳐서 집장에 버무린 두릅과 육포처럼 딱딱한 가죽나무 순, 향긋한 더덕 새싹무침 등 지리산 산나물에 잡곡밥 한 그릇은 부족할 지경이었다. 이순신은 느긋하게 요기를 했다. 그러나 송치를 넘어 순천의 송원에 이르자 배가 쑥 꺼졌다.

그때 이득종과 정선이 마중을 나와 있다가 이순신을 정원명 집까지 안내했다. 집 밖으로 나와 기다리고 있던 정원명이 이순신을 보더니 땅바닥에 무릎을 꿇고 절했다.

"통제사 나리, 다시는 뵙지 못할 줄 알았그만요."

"나두 그려."

"나리 소식은 다 들었그만요."

"도원수께서 순천에 겨신다니께 이리 온 겨."

"전라도 시찰하러 오셨지라우."

훈련 판관 정원명은 여수 소라 태생으로 동생 정상명과 함께 이순신 휘하로 들어와 군관이 된 사람으로 송강 정철의 조카뻘이기도 했다. 밤에는 권율의 군관 권승경이 왔다. 배티재梨峙 전투에서 기병장으로 활약한 적이 있는 권승경은 권율이 가장 신임하는 부장이었다.

"도원수 나리께서 문상을 대신하고 오라 했습니다."

"도원수께서는 강녕하신 겨?"

"좌수영 관내를 시찰 중이십니다."

권율이 전라도로 온 까닭은 좌수영 방비 상태를 점고하기 위해서였다. 원균 통제사가 지휘하는 통제영과 전라 좌수영의 수군이 물과 기름처럼 겉돌고 있다는 보고를 받았던 것이다. 원균은 통제사 겸 전라 좌수사였다. 그런데도 원균은 전라 좌수영 수군을 장악하지 못했다. 좌수영의 군관들이 원균의 행태에 불만을 품고 복종하는 체하거나 사직하는 일이 빈번했다.

"도원수께서 나리의 안부도 묻고 오라 했습니다."

"나는 시방 괴안찮혀."

"도원수께서는 나리께서 의금부 옥에서 고초를 겪으신 데다 상을 당하시어 심신이 고단하실 거라고 하셨습니다."

"몸을 회복했으니께 도원수 대감을 빨리 뵙구 싶다구 전혀."

"나리께서 큰일을 하시기 위해서는 더 쉬셔야 합니다."

"간곡하게 생각해주니께 고맙구먼."

저녁에는 순천 부사 우치적이 찾아왔다. 우치적도 이순신과 맞절을 하면서 문상부터 했다. 그러나 우치적은 소실이 중병으로 목숨이 경각에 달렸다며 곧 떠났다. 밤에는 정사준이 말을 타고 왔다. 한때 자신의 부하였던 정사준을 보니 한산도에서 고생하던 일들이 하나둘 떠올랐다. 정사준이 문상을 하고 난 뒤 참았던 눈물을 흘렸다. 그러면서 매형 안방준에게 들었던 이야기를 전하며 분개했다.

"원 공이 한산도로 감시롱 보성에 들러 헌 말을 생각하니 기가 맥히그만요."

"무신 말인디 그려."

"기가 맥혀 말이 안 나와분당께요."

"원 공에게 직접 들은 말이 아니라믄 조심혀."

"우리 중부仲父님이 원 공한테 들은 말인께 사실이겄지라우."

"중부님 함자가 워찌 된댜?"

"중重 자, 홍洪 자이그만요."

"말혀봐."

"중부님한테 '나는 이 직책(통제사)이 영광스러운 것이 아니라 오직 이순신에게 치욕을 갚는 것이 통쾌합니다'라고 말했던 모냥입니다요. 도대체 말이 되는게라우!"

"허허허. 중부님하구는 무신 인연이여?"

"중모仲母님이 원주 원元씨그만요."

"그 사람 그러고두 남을 사람이니께 놀랠 거 읎는 겨."

정사준이 크게 도리질하며 말했다.

"심뽀가 그래분디 지가 어찌케 물짠 사람 밑에서 싸울 맴이 나겄는게라우. 사직하고 순천으로 와버렸지라우! 지 말고도 원 공 옆을 떠난 군관덜이 많그만요."

"우덜이 나라를 위해 싸우지 원 공을 위해 싸우간디. 군을 사직하지 말으야 써."

이순신의 지적에 분기탱천했던 정사준이 머쓱해져 화제를 돌렸다.

"낮에 도원수께서 조문 오셨는게라우?"

"대신 권승경을 보내셨더구먼."

"직접 오셨으면 더 좋았을 건디라우잉."

"아녀. 내가 가서 도원수를 뵈야 도리여."

그래도 정사준은 권율이 문상 오지 않고 휘하의 군관 권승경이 다녀간 것을 아쉬워했다. 전라 병사 이복남이나 전라 순찰사 박홍로가 왔을 때 자기 집에 와서 술을 마시고 놀다 가면서 왜 문상은 하지 않느냐는 불만이었다.

"도원수 나리께서 수군 장수를 얕보는 것이 아닐게라우?"

"어허, 이 사람아. 무신 자다가 봉창 뚜드리는 소리 허는 겨."

그러나 육군 장수가 수군 장수를 업신여기는 분위기가 있는 것은 사실이었다. 조정의 문관 대신들이 조장해온 악습이었다. 정사준도 수군 군관이 된 이후 그런 열등감을 떨쳐버릴 수 없었던 것이다. 그러나 권율이 이순신을 무시한다는 것은 정사준의 억측이었다. 권율은 다음 날에도 권승경을 보내 이순신의 처지를 걱정해주었던 것이다.

"도원수께서 나리께 두 가지를 전하라고 해서 왔습니다. 하나는 상중에 몸이 피곤할 것이니 기운이 회복되는 대로 나오라 하셨고, 또 하나는 통제영에 있는 군관들 중에서 나리와 친근한 군관을 불러 보좌하도록 편지와 공문을 띄우겠다고 말씀하셨습니다."

"고만 오시게. 곧 도원수 대감을 뵈러 갈 테니께."

다음 날, 정사준은 이순신 옆에 하루 종일 붙어 있으면서 또다시 불만을 터뜨렸다. 직접 문상하지 않는 권율을 이해할 수 없다고 투덜거렸다. 물론 이순신이 정사준의 충직한 마음을 이해하지 못하는 것은 아니었다. 이순신 자신도 역시 권율의 배려에 고마움을 느끼고는 있지만 차가운 거리감은 어쩔 수 없었던 것이다. 바다에서 전투를 함께했던 우치적, 정사준, 신홍수 같은 군관들은 수시로 이순신이 머물고 있는 정원명 집을 드나들곤 했는데, 권율만은 지척까지 와 있는 이순신을 굳이 서둘러 만나려고 하지 않았기 때문이었다.

권율과 이원익

이순신이 순천에 온 지 어느새 십칠 일째였다. 전라 좌수영 관내를 시찰하던 권율은 끝내 이순신을 부르지 않았다. 이순신은 차츰 순천에 있기가 부담스러웠다. 전라 좌수영의 전직은 물론 현직 고을 수장과 군관들이 권율보다는 자신을 찾아오기 때문이었다. 좌수영 군관 진흥국, 송희립의 동생 송정립, 흥양 둔전 감독관인 이기남이 인사를 왔다. 순천 부사 우치적은 날마다 문안 인사를 했고, 정사준은 아예 이순신 옆에 붙어서 참좌군관 노릇을 했다. 남해 현감 박대남은 쌀 두 섬과 참기름 두 되, 꿀 다섯 되와 조 한 섬, 미역 두 동을 보내왔고, 녹도 만호 송여종은 삼과 종이를, 전라 감사는 백미와 중품 쌀 각 스무 말씩을 보내왔다. 심지어 의승장 수인이 밥 짓는 승려 두우를 데리고 왔고, 정혜사의 승려 덕수는 미투리 한 켤레를 짜 와 바쳤다. 승려에 이어 종들도 찾아왔다. 흥양의 종 세충은 망아지를, 보성으로 갔던 종

한경은 튼실한 말을 끌고 왔다. 이처럼 이순신의 숙소인 정원명 집은 공무를 보는 동헌처럼 옛 부하들이 끊임없이 드나들었다.

이순신은 순천을 떠나기로 작정하고 둘째 아들 열을 보내 우치적에게 알렸다. 그러자 우치적이 노자路資(여비)를 보내왔다. 노자는 열에게 맡겼다. 열은 원래 이름인 울을 바꾼 이름이었다. 이순신은 '기쁘다, 움이 돋아나다, 초목이 기운차게 자란다'는 뜻이 있는 열悅 자가 마음에 들어 즉시 개명했던 것이다. 순천에 내려와 고생하는 둘째 아들에게 아버지로서 해준 일이 있다면 그것뿐이었다.

오후에는 정사준이 떡을 만들어 왔다. 어젯밤 새벽닭이 운 뒤에야 집으로 돌아간 탓에 다른 날보다 늦게 온 셈이었다. 이순신이 정사준을 보고 말했다.

"날마다 부하덜이 찾아오니께 좋기는 허지만 바늘방석에 앉은 거 같어."

"도원수께 눈치가 보인다는 말씸이지라우?"

"그려. 날마다 부하덜이 몰려오니께 부담스러운 겨."

"나리께서 부르신 것두 아니구 지발루 오는디 어찌케 막는당가요?"

"요럴 때는 내가 알아서 떠나야 혀."

이순신이 순천 성안으로 들어가지 않고 성 밖의 정원명 집에 머물고 있는 이유는 자신의 신분이 백의종군하는 죄인이기 때문이었다. 죄인은 관원이 부르지 않는 한 성안으로 들어갈 수 없었다. 그런데도 정원명 집은 이순신에게 문상 온 사람과 인사를 하러 온 사람들로 북적거렸다. 이순신은 바로 그 점을 조심스러워 했다.

"으째서 도원수께서 나리를 부르지 않을께라우?"

"물러."

"사람 속을 어찌케 알겄습니까만 혹시 나리를 무시허는 것이 아닐께라우?"

"고럴 분이 아녀."

"순천에 오신 지 오늘로 십칠 일짼디 심해불그만요. 군관을 시켜 문상을 보냄시롱 나리를 만나주지 않는 것을 보면 요상허당께요."

권율이 이순신을 왜 만나주지 않는지 알 수 없는 일이었다. 군관을 시켜 대신 문상을 한 것은 상관으로서 할 도리는 하고 있는 셈이었다. 더구나 통제영에 공문과 편지를 띄워 이순신에게 친한 군관을 붙여주겠다고 하는 것은 부하에 대한 배려가 분명했다. 그러니까 권율이 이순신을 외면한다거나 무시한다고는 볼 수 없었다.

"나는 군졸이나 다름읎구 권 공께서는 말 그대루 도원수가 아닌감. 그러니께 도원수 명령이 있을 때까정 지달리는 것이 내 도리여."

"그라믄 부하 질들이기로 고런당가요?"

"아녀. 속 좁은 분이 아니란 말여."

"오메, 요것도 조것도 아니랑께 머리가 돌아불 거 같아부요잉."

정사준은 머리가 무거운지 도리질을 했다. 그러나 이순신은 떡을 한입 물고는 맛을 음미하듯 천천히 우물거렸다. 입안에 든 떡을 다 삼키고 난 뒤에야 이순신이 말했다.

"초계 원수부루 갈 겨. 어명은 도원수영으루 가서 백의종군하라는 것이었으니께."

"도원수께서도 원수부로 오라는 뜻으로 부르지 않는다는 말씀인게라우?"

"금부도사헌티 고런 내용의 공문을 받았을지두 물러."

"답답허그만요. 여그서 만나나 초계서 만나나 같은 일인디요."

"섭섭해할 건 읎어. 고지식헌 성정은 도원수나 나나 같으니께."

그래도 정사준은 이해할 수 없는 표정으로 떡을 하나 들었다가 놓았다. 실망한 빛이 역력했다. 이순신이 순천을 떠나 초계로 가겠다고 하니 아쉽기도 했다. 그러나 이순신은 권율에 대한 서운한 감정을 씻어버렸다. 자신도 평소에 융통성이 없어 보일 만큼 원칙에서 벗어나는 행동을 경계해왔기 때문이었다. 권율이나 자신이나 흡사한 성정을 지닌 장수 같았으므로 아쉬워할 것이 없었다.

이순신은 새벽에 일어나 입술을 깨물었다. 옛 부하들하고 날마다 이야기를 나누었던 순천을 막상 떠나려고 하니 마음이 울컥했다. 그런 데다 어머니 생신날 이틀 뒤에 꾼 꿈에서 요사한

두 형들을 만났는데 또다시 그들이 떠올랐던 것이다. 꿈속에서 두 형이 동시에 나타난 것은 아주 드문 일이었다. 그때 두 형이 '장사를 지내기두 전에 천 리 밖으루 떠나와 종군을 하구 있으니께 누가 그 일을 맡아서 한단 말인 겨. 통곡한들 워찌할 겨'라고 하였던 것이다. 이순신은 아산의 선영에 있던 두 형들의 혼령이 천 리 밖까지 따라와 함께 비통해한다고 생각했다. 그러자 하늘이 원망스러웠다. 형들이 그립고 어머니를 잃은 설운 마음에 눈물이 엉기어 피가 될 것 같은데 하늘은 아무 말이 없었다.

그러나 이순신이 순천에 머무는 동안 가슴 아픈 꿈만 꾼 것은 아니었다. 사납게 날뛰는 범을 때려잡아 가죽을 벗긴 뒤 휘두른 꿈을 꾸기도 했던 것이다. 이는 왜적을 무찌른 뒤 장수로서 어서 죽고자 하는 마음에 범을 때려잡는 꿈을 꾼 것 같기도 했다. 이른 아침인데도 우치적이 어제에 이어 또 왔다.

"우 부사, 어여 돌아가. 어제 노자까정 챙겨주구 워째서 또 온 겨?"

"나리 은혜를 워치게 잊겄습니까유."

원균의 부하로서 경상 우수영 소속 장수일 때는 이순신의 눈 밖에 벗어난 적도 있었지만 우치적의 또 다른 면모였다. 날마다 찾아오다시피 하는 것을 보면 정이 많고 의리를 지킬 줄 아는 장수였다.

"체찰부사께서 와 겨시니께 허는 말여."

"체찰부사께서는 이미 순천을 떠났구먼유."

"도원수도 겨시지 않은감."

"알았시유."

우치적이 가고 난 뒤 정사준, 정사립, 양정언이 와서 정원명이 내놓은 보리쌀로 승려 두우가 지은 아침을 함께했다. 잠시 후 밥을 다 먹은 정원명이 며칠 전에 이순신에게서 선물받은 미투리를 다시 내밀었다.

"통제사 나리, 미투리를 받을 수 읎그만요."

"정 군관에게 신세만 지구 가는디 내가 줄 것은 미투리뿐이여."

"초계까정 가시려면 나리께서 더 필요할 틴디요."

"아녀. 정 군관헌티 선물한 것이니께 받지 않을 겨."

정원명만 남고 일행은 즉시 움직였다. 이순신은 보성에서 보내준 말을, 정사준은 흥양에서 온 망아지를 탔다. 이순신이 타고 왔던 말 등에는 순천에서 부의로 받은 물품들을 차곡차곡 실었다. 말이 없는 정사립과 양정언은 이순신이 탄 말 뒤를 바짝 뒤따랐다. 말 꼬리가 얼굴을 스칠 정도로 처지지 않았다. 그리고 밥 짓는 승려 두우와 종 한경은 지게에 무거운 짐을 지고 걸었다. 짐을 진 그들 때문에 두어 식경 때마다 산길에서 쉬곤 했다. 송치에 이르러서는 말도 그늘로 들여보내 풀을 뜯게 했다. 이순신은 낙락장송 사이에 있는 너럭바위 위에 누워 눈을 감았다. 솔숲에서 바람결을 타고 전해지는 송진 냄새가 코를 자극했다. 이순신은 송진 냄새에 취해 두어 식경을 곤히 잤다. 사람들이 두런거리는 소리에 깨어났을 때는 운봉의 박산취가 와 있었다.

"운봉 사람 아녀?"

"예, 박가이그만요."

"워째서 온 겨?"

"나리 짐이라도 져드릴라고 왔습니다요."

점심은 어제 정사준이 해온 떡으로 때웠다. 이순신 일행은 짐을 지고 가는 사람과 말 때문에 자주 멈추었고 아주 천천히 이동했다. 찬수강 변에 도착했을 때는 해가 기울고 있었다. 나발처럼 강폭이 넓어진 나발목을 건너면 바로 구례 땅이었다. 석양빛이 내린 강물은 금빛으로 찰랑이며 반짝였다. 강은 깊지 않아 강바닥의 검고 흰 자갈들이 훤히 보였다. 이순신은 말에서 내린 뒤 미투리를 벗어 들고 바지를 걷어 올렸다. 다른 사람들도 마찬가지로 따라서 했다. 강바닥이 울퉁불퉁하므로 걸어서 건너야 했다. 승려 두우와 종 한경이 강물로 들어가지 않으려고 버티는 말과 망아지를 힘주어 끌어들였다. 강물로 막상 들어온 말과 망아지가 사람보다 빨리 겅중겅중 강을 가로질러 갔다. 그 바람에 두우와 한경의 잠방이는 사타구니까지 젖어버렸다.

이순신은 다른 숙소를 생각지 않고 북문 밖 손인필 집으로 갔다. 기다리고 있던 구례 현감 이원춘이 이순신을 찾아와 맞아주었다. 이순신은 동헌의 띳집 정자로 숙소를 옮기면 어떻겠느냐는 이원춘의 제의를 받고는 그의 진심을 새삼스레 느꼈다. 그러나 이순신은 몹시 피곤해서 오래 방치해두어 폐가처럼 돼버린 손인필 집에서 하룻밤을 보냈다. 꼭두새벽에 키가 큰 정사준은 낮은 서까래에 머리를 부딪쳐 넘어지기도 했다. 머리에 혹이 생긴 정사준이 말했다.

"통제사 나리, 구례 현감 말대로 거처를 옮겨야 할 거 같그만요."

"일행은 여기서 묵구?"

"지덜이 돌아가불믄 여그서 묵을 사람은 한둘뿐이지라우."

밥 짓는 승려 두우가 이순신을 불렀다.

"나리, 공양 준비했그만요."

"아침밥이 된 모냥이네."

이순신은 승려 두우와 종 한경이 잤던 부엌방으로 갔다. 그러나 이순신은 상 앞에 앉아서 숟가락을 들지 못했다. 파리 떼가 밥에 새까맣게 꾀어 있었다. 정사립과 양정언도 숟가락을 만지작거리기만 했다. 밥을 떠서 먹을 엄두를 못 냈다. 보리밥에 붙은 파리 떼를 쫓고 잡아보지만 소용없었다. 파리가 국물에 떠서 둥둥 떠 있기도 했다. 할 수 없이 이순신은 구례 현감 이원춘이 제의한 대로 동헌의 뗏집 정자로 숙소를 옮겨 갔다. 정자는 마파람, 샛바람이 들어 시원했다. 그러고 보니 이원춘은 이순신에게 진심으로 곡진하게 대했다. 이순신과 같은 덕수 이씨 문중이 아닌데도 그랬다. 이순신은 정자에서 종일 이원춘과 이야기를 나누기도 했다.

이순신은 정자에서 머무는 동안 체찰사와 도원수의 소식을 누구보다 빠르게 접했다. 체찰사는 진주로 가는 길에 며칠 묵고자 구례로 온다고 하고, 도원수는 운봉을 거쳐 초계로 가지 않고 명나라 총병 양원을 영접하기 위해 전주로 갔다는 소식이 들려왔다. 이순신은 도원수와는 이상하게도 계속 길이 엇갈리고 있다는 생각에 무슨 낭패를 본 것처럼 스스로 민망해했다.

동문 밖 장세호 집으로 갔던 이순신은 체찰사 이원익의 군관 이지각을 만났다. 이순신이 동헌 정자에 있다가 동문 밖으로 나간 것은 체찰사에 대한 예를 갖추기 위해서였다. 이순신의 거처를 확인한 이지각이 돌아간 뒤 이원익은 또 사람을 보내어 조의를 표했다.

"체찰사 대감께서 '일찍 상을 당했다는 소식을 듣지 못했다가 이제야 듣고 놀라며 애도한다'는 말씀을 전하라고 하셨습니다."

군관 이지각에게 보고를 받은 이원익은 한시라도 빨리 이순신과 재회하고 싶어 이번에는 체찰사의 말을 전하는 급창及唱을 보냈다. 차일피일 만남을 미루기만 하던 권율과는 달랐다. 임시 급창으로 지명된 구례 사람이 말했다.

"체찰사 대감께서 나리를 저녁에 만나볼 수 있겠느냐고 물으십니다요."

"저녁에 마땅히 가서 뵐 겨."

이순신은 어둑어둑해지고 있는 무렵에 구례 읍성 객사로 갔다. 이원익은 객사 큰 방에 머물고 있었다. 이순신은 이원익을 보자마자 콧잔등이 시큰했다. 이원익은 관복을 벗고 이순신을 맞이하고자 소복 차림으로 있었다. 상례를 갖추어 문상하기 위해서였다. 이순신과 이원익은 맞절을 하고 나서 서로 손을 맞잡았다. 한동안 말을 못한 채 서로 눈물을 흘렸다. 한참 뒤에야 이원익이 입을 열었다. 이원익이 주로 이야기를 했고, 다소곳이 고개를 숙인 이순신은 공손하게 듣기만 했다. 이원익이 원균에 대해서 혀를 찼을 때도 이순신은 고개만 끄덕였을 뿐이었다. 새벽닭이 우는 소리를 듣고서야 이순신은 객사를 나왔다. 밤길은 하현달이 떠 어둡지 않았다. 길에 내린 밤이슬이 달빛을 받아 영롱했다. 동문 밖 장세호 집 너머의 섬진강 쪽에서는 물안개가 푸르스름하게 일어나고 있었다. 밤이 깊도록 많은 이야기를 주고받았는데 이순신의 귓가에 맴도는 이원익의 말은 두어 가지였다.

"일찍이 임금님의 분부가 있었는데 미안하다는 말씀이 많았던 바, 그 뜻을 알지 못하겠소."

"음흉한 사람(원균)의 무고하는 행동이 심했건만 임금님이 이를 살피지 못하니 나랏일을 어이할꼬."

이원익은 이틀 뒤 이순신을 다시 불렀다. 그때 이순신은 이원익에게 초계로 가겠다고 보고했다. 그러자 이원익이 쌀 두 섬의 노자를 주기에 이순신은 종을 불러 장세휘 집으로 보냈다. 이순신은 동헌 정자에서 닷새를 보내며 순천에서처럼 정회를 마음껏 푼 것 같아 아쉬움은 없었다. 구례 현감 이원춘이 극진한 대접을 했고, 손인필 부자, 한산도에서 온 배흥립, 특히 체찰사 이원익을 두 번이나 만나 밤새 정담을 나누었던 것이다.

이순신이 구례를 떠나기 전에 마지막으로 한 일은 이원익의 부탁으로 경상우도 연해안 지도를 그리는 일이었다. 임금의 허락 없이는 누구도 지도를 그릴 수 없었다. 그러나 이순신은 거절하지 않고 이원익의 부탁을 들어주었다. 먹은 둘째 아들 열이 갈았다. 체찰사 이원익이 보낸 군관 이지각이 침을 꿀꺽 삼켰다.

이읔고 이순신이 가는 붓에 먹물을 묻혔다. 이순신은 미리 외워 둔 듯 노량, 사천, 고성, 당항포, 웅천, 안골포, 부산포 순으로 경상우도 연해안을 그렸다. 그러고 나서 경상우도 바다에 남해도, 사량도, 미륵도, 한산도, 거제도, 가덕도 순으로 섬을 그려넣었다. 물론 섬의 포구도 평산포, 상주포, 미조항, 당포, 가배량, 영등포, 옥포, 송미포 등의 순으로 이름을 표기했다. 이원익이 원하던 경상우도 연해안 지도를 단숨에 완성한 이순신이 말했다.

"체찰사 대감께서 부탁하셨으니께 그린 겡상도 연해안 지도여."

"지도는 함부로 그릴 수 없다고 들었습니다만."

"그려. 임금님의 허락 없이는 못 혀. 나라의 비밀이니께. 그래서 더 세밀하게 그릴 수두 있는디 대강 그린 겨."

"나리께서 대강 그린 지도가 이 정도라니 놀랍습니다."

"비가 올 것 같으니께 어여 가봐."

이지각은 바로 경상우도 연해안과 섬들이 그려진 지도를 이원익에게 가지고 가 바쳤다. 그러자 이원익이 지도를 보고는 감탄을 했다.

"이보게. 나는 이와 같이 세밀한 지도는 절대로 그릴 수 없을 것이네."

"나리께서는 단숨에 쓱쓱 그리셨습니다. 마치 머릿속에 지도를 통째로 넣고 계시다가 꺼내는 것 같았습니다."

그때 천둥 번개가 치며 비바람이 몰려오기 시작했다. 잠시 후에는 흩날리는 빗방울이 방문까지 들이쳤다. 이원익이 이지각에게 지시했다.

"어서 지도를 치우게. 빗물에 젖어서는 안 되네."

"알겠습니다."

이지각은 지도를 둘둘 말아서 선반 위에 얹었다. 그러자 이원익이 말했다.

"이 군관은 이 공을 어떻게 생각하는가?"

"배흥립, 정원명 등 옛 부하들이 끊임없이 찾아와 의리를 보이는 것을 보니 장수 중에 장수 같습니다."

"음흉한 원 통제사에게는 등 돌리는 군관들만 생겨나니 어찌 비교가 되지 않겠는가?"

이원익은 헛기침을 하면서 화제를 바꾸었다.

"사량 만호 변익성은 어찌 되었는가?"

"이종호가 사량 만호를 잡아 이쪽으로 오고 있다 합니다."

"문초를 해서 죄질에 따라 곤장을 칠 것이니 준비하게."

"예. 준비하겠습니다."

참퇴장 이종호는 이순신의 부하로 수군이 잡은 물고기를 뭍으로 가지고 가 곡식과 바꾸는 일을 잘했던 군관이었다. 이종호는 사량 만호 변익성을 체포하여 체찰사 이원익에게 오고 있는 중이었다. 이원익은 왜 변익성을 문초하려고 하는지 말하지는 않았다. 이원익의 성품으로 보아 변익성이 큰 잘못을 저질렀음이 틀림없었다. 천둥 번개가 또다시 치면서 비는 더욱 세차게 쏟아졌다.

취할 때 부르는 노래

초여름 장대비는 삼대처럼 굵었다. 이순신은 옛 군관들을 돌려보내고 둘째 아들 열과 밥 짓는 승려 두우, 그리고 종들만 데리고 구례를 떠났다. 강을 건넌 뒤에는 석주관 쪽으로 방향을 틀었다. 한참을 내려가자 좁은 산길 밑으로 흙탕물이 된 강물이 흘렀다. 누군가가 장대비를 맞으며 고개를 잔뜩 숙인 채 산모퉁이를 돌아오고 있었다. 퍼붓는 빗발 때문에 누구인지 구분할 수가 없었다. 눈앞에 나타나서야 이순신은 자신의 부하였던 군관 이종호임을 알았다. 이종호 뒤에는 나장들이 사량 만호 변익성을 압송하고 있었다. 이종호가 말에서 내려 말했다.

"통제사 나리, 이종호그만요. 절 받으씨요잉."

"구례에 겨신 체찰사 대감께 가는 질이구먼."

"명을 받아 올라가고 있그만요."

"얘기는 어저께 들었어."

이순신은 빗물이 흘러 눈을 게슴츠레 뜨고 말했다. 빗물이 눈으로 들어가 눈이 아렸다. 기름 먹인 종이 우장과 도롱이는 쏟아지는 빗발에 무용지물이 돼버렸다. 열과 지게를 진 종들이 나무 밑으로 들어가 빗발을 피해보지만 소용없었다. 나뭇잎 사이로도 물통으로 물을 쏟아붓듯 빗물이 줄줄 흘렀다. 이순신은 이종호와 긴 이야기를 나누지 못하고 헤어졌다.

석주관을 지날 때는 비가 더욱 세차게 쏟아졌다. 석주관에 군막이 있지만 아예 찾아갈 생각을 못 했다. 석주관의 복병장은 화엄사 주지 신해였다. 비가 줄창 퍼붓는다면 석주관 작은 개울도 물이 차올라 건널 수 없을 터였다. 이순신은 위쪽으로 우회하지 않고 석주관 개울을 첨벙첨벙 건넜다. 한 걸음이라도 더 하동 쪽으로 내려가서 숙소를 정해야 했다. 급하게 고삐를 잡아당겨대니 열이 탄 망아지가 힘에 겨워 산길에 주저앉았다. 밥 짓는 승려 두우가 질척이는 산길에서 미끄러지고 넘어지기도 했다. 이순신이 탄 말도 빗발이 거세지자 자꾸만 머리를 크게 흔들었다. 젖은 갈기의 빗물이 얼굴에 튀었다. 이순신은 화계천에 이르러 말에서 내렸다. 황톳물이 콸콸 흐르는 화계천을 건널 때는 이순신도 발을 헛디딘 탓에 옆으로 자빠졌다. 그 바람에 종이 우장이 급류에 휩쓸려 떠내려 가버렸다. 열이 뒤쫓아 와 이순신을 붙들었다. 앞으로 엎어지지 않은 것만도 다행이었다.

이순신은 가까스로 화계천을 빠져나왔다. 기력을 소진해 하동읍성까지 가는 것은 포기했다. 비는 더욱 줄기차게 내려 발걸음을 더디게 했다. 할 수 없이 이순신은 악양에서 하룻밤 자고 가기로 했다. 악양의 정서 마을은 제법 큰 마을이었지만 굵은 장대비에 바싹 엎드려 있는 것처럼 보였다. 이순신이 먼저 찾은 마을 초입의 집은 사립문이 닫혀 있었다. 하룻밤 묵을 수 있는 이정란 집이라고 소개받아 왔는데 불러도 인기척이 없었다. 마을은 초가가 대부분이었지만 기와집도 더러 있었다. 이순신은 종들을 고샅길로 올려 보내 숙소를 알아보게 했다. 그러나 마을 사람들은 약속이나 한 듯 하나같이 문을 열어주지 않았다. 비를 맞아 후줄근한 종들에게 말대꾸는커녕 인심 사납게 문전 박대했다. 이순신은 열을 불러 처음에 들렀던 집으로 다시 보냈다. 잠시 후 열이 돌아와 말했다.

"아버님, 원래 집주인이 아니구먼유."

"그렇다믄 누가 산단 말인 겨?"

"김덕령의 동생 김덕보가 집을 빌려 살구 있다는구먼유."

"열아, 그래두 문을 열어줄 사람은 김덕보뿐일 거 같으니께 다시 가서 청해봐라."

승려 두우는 한기가 드는지 입술이 파래져 있었다. 종들도 어깨를 잔뜩 움츠린 채 덜덜 떨었다. 이순신은 비를 피할 만한 움막이 없는지 살폈다. 그러나 정서 마을 주변 산자락에는 정자도 없고 사당도 보이지 않았다. 한참 만에 열이 돌아와 소리쳤다.

"아버님, 됐시유."

"들어오라는 겨?"

"아버님 함자를 대니께 바루 문을 열어줬시유."

"김덕령 동상이라믄 우덜을 박대 못 할 겨."

김덕보가 사립문 밖으로 나와 기다리고 있었다. 김덕보는 금산 전투에서 순절한 김덕홍과 서른 살에 억울한 누명을 쓰고 옥사한 김덕령의 동생이었다. 김덕보는 둘째 형이 옥사하자, 세 형제가 살았던 광주 무등산 품을 떠나 지리산 산자락으로 숨어들었다. 그러나 지리산 깊은 골짜기로 들어가지 않고 지리산 초입의 악양에 머물렀다. 세상이 잠잠해지면 고향으로 다시 돌아가 무등산 원효 계곡 옆에 누정을 짓고 은둔해 살기 위해서였다. 누정의 이름은 이미 하나 지어놓고 있었다. 누정을 지을 자리는 주변에 단풍나무[楓]가 울울하고, 큰 너럭바위[巖]가 있어 은둔할 만한 곳이었다. 스물일곱 살의 젊은 김덕보가 말했다.

"통제사 나리, 지가 큰 결례를 했그만요."

"아녀. 우중에 찾아온 내가 염치읎는 겨."

"나리인 줄 알았으믄 당장 달려나와부렀겄지라우."

"이정란 집인 줄만 알았던 겨."

김덕보는 방 두 개를 내주었다. 큰 방에서는 이순신과 열이 묵었고, 승려 두우와 종들은 골방으로 들어갔다. 이순신과 열은 젖은 옷을 벗고 빗물을 짜냈다. 김덕보가 해온 보리밥은 먹는 둥 마는 둥 했다. 승려 두우가 아궁이에 불을 지펴 아랫목은 금세 온기가 돌았다. 열은 곧 잠에 떨어졌다. 이순신은 누운 채 엎치락뒤치락했다. 초가지붕에서 떨어지는 짚스락물소리인 줄 알았는데 어디선가 나직이 시조창하는 소리가 들려왔다. 비는 그친 것 같았다.

춘산春山에 불이 나니 못 다 핀 꽃 다 붙는다.
저 뫼 저 불은 끌 물이 있거니와
내[川] 없는 이 몸에 불이 나니 무엇으로 끌꼬?

애절한 노래를 부르는 듯한 시조창의 여운은 길었다. 가슴을 후벼 파는 소쩍새 울음소리가 이따금 시조창 소리 뒤를 이었다. 이순신은 자리에서 일어나 앉아 헛기침을 했다. 그러자 마당에서 인기척이 났다. 방문을 열고 나서자 김덕보가 다가왔다.

"주무시지 않고 겨셨그만요."

"이리 와 앉게."

"성님 생각에 마당에서 서성거렸그만요."

"방금 노래한 시조는 누구 것인 겨?"

"「춘산곡春山曲」이라고 하는디 성님께서 옥에 갇혔을 때 지은 시조그만요."

"충용장을 갑오년(1594)에 거제도에서 만난 적이 있구먼."

충용장은 선조가 김덕령에게 내린 군호였다. 그리고 각처의 의병을 통합한 의병군을 충용군이라 하여 권율의 지시를 받도록 했다. 거제도 왜적을 수륙 합동작전으로 공격할 때도 충용군은 체찰사 윤두수와 권율의 명을 받아 싸웠다. 그때 각기병에 걸린 김덕령과 곽재우가 거제도에 상륙하여 성에서 나오지 않는 왜군을 맞아 고군분투했던 것이다.

"성님은 병신년(1596)에 참혹하게 돌아가셨지라우. 저 소쩍새 울음소리가 꼭 성님이 우는 소리 같그만요."

"억울하기루 치믄 충용장 같은 사람두 읎을 겨."

"해평군 대감하고 악연만 아니었더라도 사셨을 거그만요."

해평 부원군 윤근수는 원균을 지지하는 사람이었다. 물론 그의 형 윤두수도 마찬가지였다. 그러니 이순신도 윤두수 형제에게만은 원망하는 마음이 적잖았다. 곽재우와 막역한 사이였던 김덕령이 윤근수의 눈 밖에 난 것은 그의 청탁을 들어주지 않았기 때문이었다. 도체찰사 윤근수의 종이 김덕령의 충용군 소속이었다가 탈영한 사고가 있었는데, 김덕령은 종의 아비를 잡아들인 뒤 윤근수가 눈감아주라고 은밀하게 부탁해왔지만 탈영한 종을 붙잡아 장살해버렸던 것이다. 이후 김덕령은 윤근수에 의해 종을 장살한 죄로 투옥됐지만 영남 유생들의 상소와 정탁의 변호로 곧 풀려났다. 그런데 그해 7월 충청도 홍산(부여)에서 왕족 이몽학이 반란을 일으키자, 김덕령의 충용군은 도원수 권율의 명을 받아 진주에서 운봉까지 진군했다가, 이미 난을 평정했다는 소식을 듣고 진주로 돌아온바, 회군도 권율의 명이었다.

한편, 반란군에 가담했던 자들은 의금부에서 문초를 받았다. 그러던 중 뜻밖의 증거물이 나왔다. 최, 홍, 김이라고 쓴 패가 나왔던 것이다. 그때 김덕령의 막하에서 종군했던 것을 불만으로 여겨왔던 신경행이 '최는 최담령(김덕령의 별장), 홍은 홍계남, 김은 김덕령이오'라고 무고했다. 실제로 반란군 장수들이 김덕령, 홍계남, 곽재우, 고언백 등의 군사와 합류하고 이덕형은 한양에서 호응할 것이라며 선동했는데, 반란군을 모으면서 명성이 높은 의병장과 관군 장수들의 이름을 도용하고 다니기도 했던 것이다. 선조는 곽재우, 홍계남, 고언백 등은 문초를 한 뒤 모두 무혐의로 불문에 부쳤지만 김덕령만은 반란 수괴 이몽학과 내통했다는 죄명으로 친히 국문을 했다.

선조는 여섯 번이나 모질게 친국했고, 김덕령은 억울함을 호소했다. 김덕령은 정강이뼈가 다 부러져 무릎으로 나아가 피를 토하듯 또박또박 진술했다.

'신이 만약 다른 뜻이 있었다믄 당초 원수의 명을 받고 어찌케 운봉으로 나가부렀으며, 또 명을 받아 군사를 거느리고서 진으로 돌아가부렀겠습니까. 다만 신에게는 만 번 죽어도 용서받지 못할 죄는 있어뻔집니다요. 계사년에 어머니가 별세했는데 삼년상의 슬픔도 잊어불고 한 하늘 아래 같이 살 수 읎는 원수에게 흥분하여 어머니와의 정을 끊고 상복을 벗어뻔지고 칼을 쥐고 나섰으나 여러 해 종군하여 쬐깐한 공도 세와불지 못했으니 충성하지도 못했고 도리어 불효를 저지른 죄입니다요. 허물은 이것이오나 만 번 죽여도 용서받기 어려우며 구구한 충정은 하늘이 굽어살필 것이옵니다요. 다만 죄 없는 최담수(최담령)만은 죽이지 마시옵소서.'

이때 유성룡, 정탁, 김응남 등은 선조에게 김덕령의 죄를 신중히 따지자고 아뢨으나 김덕령과 앙숙이 된 윤근수의 형 윤두수는 '덕령이 사람 죽이기를 삼[麻] 베듯이 하였으며 모반할 상相이니 죽이지 아니하면 반드시 후환이 있을 것입니다' 하고 엄벌을 주장했다. 직속상관인 권율은 끝내 침묵해버렸다. 결국 김덕령은 여섯 번에 이르는 혹독한 국문을 받고 볼기가 여러 갈래로 찢어지고 정강이뼈가 부러지는 등 온몸이 망가진 채로 옥사하고 말았다.

"도원수께서 성님을 변호해주지 않은 것도 섭섭할 뿐이지라우."

"백의종군하는 처지인 내가 무신 말을 하겄는감."

"성님이 진중에 겨실 적에 지은 「군중작軍中作」인디 을매나 사심이 읎었는지 증거가 되지 않겄습니까요?"

"그려. 충용장이 역모에 가담했다는 것은 말이 안 되는 겨."

김덕보가 조금 전에 길게 빼면서 불렀던 「춘산곡」과 달리 「군중작」은 빠르고 힘차게 외웠다.

> 거문고에 노래하는 건 영웅의 일 아니지.
>
> 옥장玉帳(군막)에선 칼춤 추며 놀아야지.
>
> 다음에 전쟁이 끝나고 고향에 돌아간 뒤
>
> 강호에서 낚시나 하지 또 무엇을 찾으랴.
>
> 絃歌不是英雄事
>
> 劍舞要須玉帳遊
>
> 他日洗兵歸去後
>
> 江湖漁釣更何求

김덕보가 술을 가져왔다. 자신은 마시지 않고 이순신에게만 술잔 사발을 내밀었다. 술 향기가 진했다. 맑은 청주에 소나무 순을 넣어 빚은 술이었다.

"매병에 남겨둔 술인디 나리께서 드실 술인 모냥입니다요."

"으째서 그런 겨?"

"귀한 손님이 오실 거 같아서 남겨두었는디 오늘 나리께서 오셔부렀응께라우."

"충용장이 남긴 시가 또 있는 겨?"

"술에 취했을 때 지은 「취시가醉時歌」가 있는디 강화도 야인 권필의 꿈에 억울하게 돌아가신 성님이 나타나서 남긴 시라고 하그만요."

"을매나 억울하믄 권필의 꿈속에 나타났댜?"

"그렇습니다요."

"술 한잔 헐티니께 한번 읊조려볼 겨?"

"예, 통제사 나리."

취할 때 부르는 노래여

이 곡조 듣는 사람이 없구나.

나는 꽃과 달에 취함도 바라지 아니하고

나는 공훈을 세우기도 바라지 아니하노라.

공훈을 세우는 것도 뜬구름이요

꽃과 달에 취하는 것도 뜬구름일세.

취할 때 부르는 노래여

내 마음 알아주는 사람 없구나.

다만 장검을 잡고 명군 받들기를 원하노라.

醉時歌此曲無人聞

我不要醉花月 我不要樹功勳

樹功勳也是浮雲 醉花月也是浮雲

醉時歌無人知我心 只願長劍奉明君

김덕보가 눈물을 흘렸다. 그의 눈물을 본 이순신도 마음이 서글퍼졌다. 자신은 목숨이라도 부지하고 있지만 김덕령은 국문을 당하다가 고혼이 돼버렸으니 김덕보의 충격은 더 묻지 않아도 헤아릴 수 있었다.

"고향으루 은제 갈 겨?"

"성님이 역모죄로 돌아가신 뒤 집안은 풍비박산이 나버렸지라우. 형수님은 왜놈에게 담양 보리암으로 쫒기다가 절벽 우에서 투신해버리셨고 장조카 광옥은 평안도로 떠나부렀그만요."

"그려?"

"여그서 은제까정 살 수는 읎지라우. 때를 보아 고향으로 돌아갈 거그만요."

이순신은 김덕령이 남겼다는 「취시가」를 읊조리며 자리에 누웠다. 김덕보가 따라준 술은 독했다. 서너 잔 마셨을 뿐인데도 혀끝이 마비될 만큼 취기가 돌았다.

다음 날, 이순신은 젖은 옷을 바람에 말리느라고 늦게 김덕보 집을 떠났다. 그러나 두치 군막에서 하동으로 내려가지 못했다. 두치는 하동 땅과 붙어 있지만 광양에서 다스리는 요해처였다. 복병장은 없고 광양에서 섬진강을 건너온 의병들과 백운산의 송천사 승려 몇 명이 지키고 있었다. 이순신이 전라 좌수사로 있을 때 송천사 주지 성휘를 두치 복병장으로 임명한 적이 있는데 그 영향으로 지금도 승려들이 나와 있었다.

이순신은 두치 군막으로 들어가지 않고 일행을 데리고 최순룡 집으로 갔다. 마을로 들어서면서 종들을 불러 당부했다.

"양민덜헌티 폐를 끼치지 말으야 써."

"예, 사또 나리."

"함부루 밭에 들어가거나 밥을 해달라구 허지 말라는 말여. 우덜이 먹으믄 그만큼 양민덜 양식이 줄어드니께."

이순신은 허락 없이 양민 집으로 들어가 밥을 얻어먹는 종에게는 매로 다스릴 만큼 엄격했다. 최순룡 집에는 체찰사를 만나러 구례로 떠났던 이종호가 먼저 와 있었다.

"변익성은?"

"곤장 스무 대를 맞고 꼼짝 못 하고 있그만요. 그래서 지 혼자 왔어라우."

"체찰사 대감의 인품으로 보아 살살 치라구 하셨을 틴디."

"지보고 변익성 대신 사량 만호를 해라는디 으째야 쓰까라우?"

"장수는 명을 따르야 써."

이틀 동안 비를 맞은 탓인지 이순신은 몸이 무거웠다. 몸살기 같아서 길을 떠나기가 부담스러웠다. 그렇다고 마냥 휴식을 취할 수는 없었다. 자신은 이미 경상도에 와 있는 것이었다. 하동현과 단성현, 삼가현을 지나면 도원수영이 있는 초계군이었다.

자신이 먼저 초계군으로 가 도원수영 밖에서 권율의 지시를 기다리고 있어야 했다. 권율이 그러한 이순신의 태도를 원하고 있는지도 모르기 때문이었다.

초계에서 듣는 비보

한여름의 아침은 짧았다. 정오가 되기 전부터 불볕더위가 한낮처럼 기승을 부렸다. 이순신은 아침을 거르고 삼가현을 떠났지만 십 리쯤 가다가 불볕더위 때문에 느티나무 그늘 밑의 괴목정에서 쉬고 말았다. 느티나무 등걸에 붙은 매미가 낯선 사람을 경계하듯 맴맴맴 울었다. 이순신은 종 한경이 차려준 아침을 먹었다. 승려 두우는 하동에서 순천으로 돌아갔고 대신 정원명이 오기로 했는데 아직 소식은 없었다. 날이 덥기도 하지만 말 등에 얹어진 짐이 커져 한 번씩 이동하는 거리는 점점 짧아졌다. 하동 현감 신진이 보낸 기름종이와 장지 두 축, 백미 한 섬, 참깨 다섯 말, 들깨 세 말, 꿀 다섯 되, 소금 다섯 말, 소 다섯 마리에다, 방금 삼가 현감 신효업이 노자를 보내주었던 것이다. 순천과 구례에서 받은 부의까지 합치면 말이 비틀거릴 정도였다. 그렇다고 사람들에게 나누어줄 수도 없었다. 백의종군하는 처지이므로 군량이나 물품을 자급자족하고 있기 때문이었다.

이순신은 날이 너무 뜨거웠으므로 말에게 찬물을 먹이게 했다. 종들도 그늘에 벌렁 눕더니 곧 코를 골았다. 괴목정 바깥은 불이 난 것처럼 뜨거웠지만 정자 안은 서늘한 바람기가 돌았다. 이순신은 괴목정에 누워 땀을 들였다. 느티나무 등걸에 붙은 매미들이 잠시 울음을 뚝 그쳤다.

"자, 인자 원수 진이 을매 안 남은 겨."

"예, 사또 나리."

잠시 후, 이순신이 먼저 괴목정을 내려섰다. 그러자 종 한경이 말을 재빨리 끌고 왔다. 이순신이 타고 왔던 말이었다. 일행은 강이 있는 위쪽으로 올라갔다. 오 리쯤 가니 실제로 강바람이 불어왔다. 강변에는 산자락들이 병풍처럼 둘러쳐져 있었다. 산자락 밑으로 강물이 흐르고 있음이 분명했다. 이순신은 갈림길에서서 잠시 뒤돌아보았다. 삼가현은 이제 보이지 않았다. 하나는 바로 합천으로 들어가는 길이고, 또 하나는 초계로 올라가는 길이었다. 이순신은 초계로 가는 길을 택했다. 그런데 강을 건너지 않고 강변길을 따라 십 리 남짓 올라갔을 때였다. 도원수가 있을 법한 군막이 보였다. 초계현의 동헌과 객사 및 건물들이 왜적에 의해 전소된 때문인지 도원수가 머무는 진은 생각보다 빨리 나타났다.

북쪽으로는 황둔강(황강), 남쪽으로는 의령의 남강이 흐르고 있으므로 배수의 진을 치고 있는 셈이었다. 더욱이 의령의 의병장 곽재우, 합천의 의병장 정인홍이 남쪽과 서쪽을 경계하고 있는 형국이었다. 이순신은 도원수 권율이 왜 초계에 진을 치고 있는지 이해할 수 있었다. 이순신이 고개를 끄덕이며 말했다.

"이곳에 소싯적 친구 집이 있으니께 낮잠두 한숨 자고 갈 수 있을 겨."

이순신은 어릴 적 친구인 문보의 임시 거처인 띳집으로 갔다. 문보는 초계로 피난을 와 날마다 황둔강으로 나가 낚시로 소일하며 사는 친구였다. 문보는 낚시 나가고 없었지만 이순신은 띳집 방으로 들어가 열과 함께 토막 잠을 잤다.

토막 잠을 자고 난 이순신은 바로 강을 따라 개연을 향했다. 낭떠러지 밑은 강이 굽이쳐 흘렀으며 시퍼렇게 깊었다. 길은 강과 산의 기암절벽 사이에 나 있었는데 몹시 비좁았다. 낮잠이 부족한 듯 열이 하품을 하며 이순신에게 말했다.

"아버님, 마치 구례 인후咽喉라구 불리는 석주관 같구먼유."

"질이 험하구 위태로우니께 만일 이곳을 지킨다믄 왜적 만 명이라두 상대헐 수 있을 겨."

초계 사람들이 모여곡毛汝谷이라고 부르는 협곡이었다. 기암절벽의 협곡은 길이가 짧았지만 산길은 한 사람이 겨우 지날 수 있을 정도로 좁았다. 절벽의 관목들은 칡넝쿨이 온통 뒤덮고 있었다. 때마침 보랏빛 칡꽃이 만발해 산길에는 향기가 진동했다. 모여곡을 빠져나오자 바로 마을이 하나 보였다. 마을은 낮은 산자락을 의지하고 있었다. 이순신이 열을 보내 알아보니 묵을 수 있는 곳은 고샅길 끝의 초가뿐이었다. 과부가 살고 있지만 원래 자기 소유가 아니므로 비워줄 수 있는 이어해 집이었다. 이순신 일행은 과부를 다른 집으로 보내고 하룻밤을 묵었다. 장기간 머무르기에 이어해 집이 안성맞춤인 까닭은 도원수 진을 가려면 강 쪽으로 우회하지 않아도 되었다. 택정재를 넘어가는 지름길이 있기 때문이었다.

이순신은 정상명을 시켜 녹도 만호 송여종과 하동 현감 신진에게 받은 종이로 묵을 방의 흙벽을 도배했다. 그런 뒤 군관이 휴식할 방 두 칸을 냈다. 벽에 바른 도배지는 하늬바람에 한나절 만에 빳빳하게 말랐다. 며칠 뒤에는 정상명이 도원수 진에서 돌아올 때 노마료奴馬料(종과 말을 거두는 데 드는 보수)를 받아 오기도 했다. 이는 이순신이 도원수 휘하에서 복무한다는 것을 정식으로 인정해준다는 의미였다.

이어해 집에서 머물게 된 이순신에게 주어진 첫 번째 임무는 도원수의 군사 자문이었다. 도원수를 찾아가 군사 자문을 했는데, 서생포에 있던 왜적들이 경주로 진을 옮긴다는 첩보를 듣고는 서로 논의했다. 또 원균이 부산포로 출진하기 전에 안골포의 적을 공격해야 한다는 작전 계획을 비변사에 올렸다는 보고를 받은 권율이 불만을 토로하자, 이순신이 왜적의 실상을 세세하게 자문해주었던 것이다. 권율이 진을 출타하고 없을 때는 도원수 종사관 황여일과 자주 만나 의견을 나누었다. 이순신이 황여일을 직접 만난 횟수는 여덟 차례나 되었고, 서로가 자신의 군관 편에 문안을 보낸 횟수는 수차례였던 것이다.

이순신에게 주어진 또 다른 임무가 있다면 그것은 둔전 경영이었다. 모여곡 부근에 있는 둔전은 이순신이 감독관을 정해 지시하고 관리했다. 종 세공과 감손이에게 가을 무밭에 두둑을 만들도록 시켰고 이원룡, 이희남, 정상명, 문임수 등에게 무밭 일을 돕게 했으며 무씨를 뿌리도록 지시했던 것이다.

한편, 군사 자문을 하는 이순신에게 주요한 임무 중 하나는 조선 수군의 상황을 보고받고 대처하는 일이었다. 수군 상황을 보고받은 것은 7월 14일부터였다. 열이 집안 제사 때문에 아산으로 떠난 나흘 후였다. 처음으로 종사관 황여일이 군관 정인서 편에 김해 사람 김억의 고목告目(짧은 문서)을 보내주었던 것이다. 고목의 내용은 조선 수군의 전황이었다.

'……7월 9일 왜선 천 척이 합세하여 조선 수군과 절영도 앞바다에서 싸웠는데, 조선 전선 다섯 척이 표류하여 두모포에 대었고, 또 일곱 척은 간 곳이 없습니다…….'

이순신은 황여일에게 달려가 안타까워했다. 왜선 천 척이 합세해 있다는 것은 심각한 상황이었다. 조선 수군과 머잖아 일전을 벌이겠다는 선전포고나 다름없었다. 이순신이 황여일에게 말했다.

"황 종사관! 우덜 수군이 급히 방비책을 세워야 할 때구먼유."

"원 통제사의 수군이 절영도 싸움에서 밀렸다고 하니 불길합니다."

"지금까정 전선을 일곱 척이나 잃어본 적이 읎지유. 이것은 필시 큰 싸움이 벌어질 징조라구 봐야지유."

김해 사람의 보고는 자신이 본 일부분일 뿐이었다. 7월 15일 중군장中軍將 이덕필이 와서 보고한 바에 따르면 피해를 본 전선은 스무 척이나 되었다. 다음 날 종 세남이 이어해 집으로 와서 말한 내용은 더 구체적이었다. 전선을 지휘하고 있던 이엽은 왜적에게 붙잡혔다고 말했다. 이순신은 그날 밤 정상명에게 이와 같은 조선 수군의 피해를 무겁게 말했다. 밖에는 비가 하루 종일 구질구질하게 내려 우울해하던 참이었다.

"이럴 수는 읎는 겨! 우덜이 믿는 것은 오직 수군뿐이었는디 말여."

"통제사 나리, 눈앞이 캄캄해지그만요."

"나두 그려. 수군이 이렇게 패배하긴 첨인 겨. 가슴이 찢어지는 것 같단 말여."

"으째야 쓰까라우?"

"수군에게 더 지댈 것이 읎는 거 같은디 큰일이여."

"큰소리만 치는 원 통제사는 뭣을 허는지 모르겄그만요."

"이엽이 왜적에게 붙잽혔다구 허는디 통분할 일이여."

원균의 절영도 해전 패배는 왜군들의 사기를 크게 북돋아주었다. 왜군들은 조선 수군에 대한 두려움을 없앴고, 반면에 조선 수군은 왜군에게 처음으로 큰 수모를 당한 싸움이 되고 말았다. 왜군은 정면으로 싸우지 않고 하루 종일 치고 빠지기를 반복하면서 조선 수군이 허기와 갈증으로 지치기를 기다리는 작전을 폈는데, 조선 수군은 왜군의 작전에 농락당하곤 했던 것이다. 더구나 밤에는 설상가상으로 바람이 거세져 조선 수군의 배들은 함대의 대오를 이탈한 채 서너 척씩 표류했다. 밤이 깊어서야 겨우 가덕도에 배를 댄 수군들은 물이라도 마시려고 샘을 찾아 허둥댔다. 판옥선 이십여 척에서 내린 수군들이었다. 그런데 그때 잠복해 있던 왜군들이 일시에 공격해 와 조선 수군 사백여 명이 우왕좌왕하다가 싸워보지도 못하고 목숨을 잃었다. 그러자 패장이 된 원균은 남은 장졸들에게 칠천도로 후퇴하라고 명했다.

이순신의 불길한 예감은 그대로 적중했다. 멀리 가지도 않았다. 사흘 뒤였다. 까마귀 한두 마리가 까악, 까악 그악스럽게 울면서 뒷산 허공을 날아다니는 새벽이었다. 낯선 사람이 마을로 들어오고 있었다. 새벽 공기를 가르며 이어해 집으로 달려오고 있는 사람은 중군장 이덕필과 변홍달이었다. 방 안은 아직 어둑했다. 방으로 들어온 이덕필과 변홍달의 눈빛이 번뜩였다. 이덕필이 고개를 푹 숙이며 말했다.

"16일 새벽에 적이 칠천량에 있는 우리 수군을 기습 공격하여 통제사 원균, 전라 우수사 이억기, 충청 수사 최호 등 여러 장수와 군졸들이 큰 해를 입고 수군이 대패를 했습니다."

이덕필은 낙심한 채 짧게 말하고는 입술을 깨물었다. 이순신은 벼락을 맞은 듯 충격을 받았다. 청천벽력 같은 비보였다. 조선 수군의 우두머리들이 모두 해를 입었다고 하니 군졸들은 더 말할 것도 없었다. 참패했으니 조선 수군의 주력 전선인 판옥선들도 대부분 불타서 침몰해버렸을 터였다. 이제 조선 수군은 궤멸된 것이나 다름없었다. 이순신은 방문을 열고 나와 자신의 머리를 기둥에 쿵쿵 찧었다. 그러면서 큰 소리로 통곡을 했다.

이어해 집은 금세 울음바다가 돼버렸다. 이덕필과 변홍달, 정상명도 밖으로 나와 눈물을 흘렸다. 종들도 영문을 모른 채 마당에 엎드려 울었다. 날이 밝아서는 이웃집의 마을 사람들까지 나와 두 손을 앞으로 모으고 서서 훌쩍였다. 소식은 도원수 진까지 전해져 진시辰時가 되자 권율이 이어해 집으로 왔다. 권율도 믿기지 않는 듯 한동안 말을 못 했다. 잠시 후에야 길게 한숨을 쉬며 말했다.

"원 통제사를 고성으로 불러 절영도 싸움에서 패배한 책임을 물어 곤장을 쳤건만 분발하기는커녕 칠천량에서 대패를 했으니 할 말이 없소."

"고성에서 진으로 돌아간 원 통제사가 분한 마음으로 술만 마셔대고 드러누워버렸다고 합니다."

"쯧쯧. 부하 장수들하고 머리를 맞대도 모자랄 판에 술을 마시고 그랬으니 무너질 수밖에."

이덕필의 말에 권율이 혀를 찼다. 줄곧 입을 다물고 있던 변홍달이 길게 말했다.

"배설 수사가 원 통제사에게 '여기서는 반드시 패하고 말 낍니더' '칠천도는 물이 얕고 좁아 배를 움직이기 어렵십니데이. 진을 다른 곳으로 옮겨야 합니더' 하고 여러 번 권유했다고 합니다. 배설은 자기 수하의 배만 이끌고 적이 공격해오자 달아났기 때문에 화를 면했다고 합니다."

"이억기 수사는 배 위에서 싸우다가 왜적들이 달려들자 바다로 뛰어들어 죽었고, 원균은 배를 버리고 언덕으로 기어올라 달아나려고 했지만 몸이 비대하여 소나무 밑에 주저앉아 왜적의 칼을 맞아 죽었다고 합니다. 장수들 중에는 배설 수사만 도망쳐 죽음을 모면했다고 합니다."

이순신은 어금니를 문 채 아무 말도 하지 않았다. 동지 이억기가 전사했다는 말에 분노가 치밀어 올랐다. 자신의 수하에 있었던 장졸들이 좁은 칠천량에서 왜군의 기습 공격을 당해 전멸했다고 생각하니 치가 떨렸다. 권율이 낙심한 얼굴로 말했다.

"일이 이미 이 지경이 되었으니 어떻게 해볼 도리가 없소."

"도원수 나리, 적에게 한산도를 빼앗겼으니께 인자 남해, 순천, 두치는 말할 것두 읎구먼유. 남원두, 전주두 위험허구먼유."

"이 공, 조선 수군을 재정비할 방법이 없겠소?"

"지가 직접 해안 지방으루 가서 보구 난 뒤에 방책을 정하겄시유."

"아, 그게 좋겠소. 답은 현장에 있을 것 같소."

낙담해 있던 권율의 얼굴에 비로소 미소가 떠올랐다. 권율은 이순신에게 해안 지방을 돌고 나서 방책을 올리라는 명을 내렸다. 백의종군 처지이지만 특별히 예우하여 군관 송대립, 유황, 윤선각, 방응원, 현응진, 임영립, 이원룡, 이희남, 홍우공 등에게 이순신을 보좌하도록 지시했다.

"도원수 나리, 필시 적은 호남으루 몰아칠 것이구먼유. 그러니께 경상우도 끄트머리인 하동의 노량부터 진주까정 먼저 살펴야겄시유."

"가능한 한 빨리 돌아보고 방책을 내놓으시오."

"당장 삼가현으루 떠나겄시유."

이순신은 군관을 거느리고 이어해 집을 떠났다. 이어해 집에 거주한 지 사십이 일 만이었다. 그동안 부의로 받았던 쌀과 밀, 보리, 깨 등을 신세 진 마을 사람들에게 나누어 주었다. 마을 촌로와 아낙네들이 동구 밖까지 나와 손을 흔들었다.

"사또 나리, 무사히 댕겨오셔야 합니데이."

"우리 마실 사람들을 부르시면 언제든지 퍼뜩 달려갈 낍니더."

마을 사람들 중에 윤감과 문익신은 섭섭하여 모여곡까지 따라 나왔고, 어릴 적 친구인 문보와 서철은 삼가현까지 왔다가 돌아갔다. 이순신과 군관들은 비가 내렸지만 종일 말을 타고 단성의 동산산성까지 가서 잠시 휴식을 취했다. 산성은 몹시 험하고 높아서 왜적이 함부로 공격할 수 없을 것 같았다. 굳이 비가 오는데도 산성에 오른 것은 왜적에 대한 방비책을 세우기 위해서였다. 산성을 내려오면서 장흥 출신의 군관 임영립이 말했다.

"통제사 나리가 겨셨던 한산도 운주당 시절이 그립그만요. 그때는 장졸덜이 모다 모여서 군사에 관한 야그라믄 뭣이든지 나눴지라우. 지금 생각해봉께 그때 우리 수군의 심은 거그서 나왔던 것 같아라우."

"원 통제사와 다른 점이 바로 고것이제. 원 통제사는 운주당에 울타리를 치고는 첩을 델꼬 와 삼시롱 우리덜이 을매나 만나기 심들었는가. 늘 술에 취해 주사도 심했고 말이여. 그렁께 칠천량에서 참패할 수배끼 읎었던 것이여."

이순신은 임영립과 송희립의 형인 송대립이 주고받는 이야기를 귓등으로 흘렸다. 백의종군하는 길에 순천, 구례, 하동 등에서 원균의 비행을 하도 많이 들어 난감해질 때가 한두 번이 아니었던 것이다.

이틀 후.

이순신 일행은 곤양을 지나 하동 노량에 도착했다. 경상우도 해안의 끝이었다. 하동 노량에는 칠천량 싸움에서 구사일생으로 살아남은 장수들이 패잔병들과 함께 초라하게 피신해 있었다. 거제 현령 안위, 영등포 만호 조계종 등이 이순신을 보더니 달려와 무릎을 꿇고 통곡했다. 노량에 사는 양민들까지 나타나 울부짖었다. 이순신은 배설을 찾았다. 칠천량에서 배를 가지고 도망쳤다는 말을 들었으므로 배를 확인하기 위해서였다. 수사인 배설 대신 우후 이의득이 말을 타고 왔으므로 이순신은 군사와 전선의 상황을 물었다. 그런데 이의득은 패전의 충격 때문에 말을 더듬거렸다. 그러자 옆에 있던 군관이 울면서 말했다.

"대장 원균이 적을 보자 몬자 뭍으로 달아났십니데이. 여러 장수들도 대장을 따라 달아났십니더. 대장의 잘못을 차마 입으로 옮길 수가 읎십니더. 저는 시방 대장의 살점이라도 뜯어먹고 싶십니데이."

이순신은 거제의 배로 올라가 안위와 그동안 나누지 못했던 이야기를 새벽닭이 울 때까지 했다. 한숨도 자지 못해 아침에는 눈병이 날 지경이었다. 그때 배설이 달려와서는 원균을 원망하고 비난했다.

“지 말을 무시하더니 참패한 거 아입니꺼. 왜군 배들이 우리 수군을 칠천량에 몰아넣고 산짐승 몰이 하듯 몰아삐릿으니 애당초 승산없는 싸움이었십니더.”

“배 수사의 배가 몇 척인지 궁금하구먼.”

“열두 척이라도 건지니라꼬 애를 먹었십니데이.”

“싸움을 하지 않았으니께 배 상태는 좋겠구먼.”

“급하게 한산도를 빠져나오면서 배끼리 부딪쳐 뿌사진 배도 있십니더.”

“여기 하동 노량은 훤허게 뚫린 디라서 적덜이 추격하기 쉽구, 또 하동에는 선소가 읎으니께 광양 선소루 가서 수리허는 것이 좋을 틴디.”

배설은 백의종군하는 이순신에게 지시를 받는 것이 불편한 듯 대답을 안 했다. 그러나 배를 정비하려면 왜적으로부터 은폐가 용이한 광양 선소가 최적의 장소일 터였다. 이순신은 배설에게 더 이상 강권하지는 않았다.

삼도수군통제사 재임명

며칠째 비가 줄기차게 쏟아졌다. 한여름인데도 늦장마처럼 빗발이 오락가락했다. 이순신 일행은 비를 맞으면서 경상우도 해안 정찰을 계속해나갔다. 원수부로 공문을 보내는 일도 잊지 않았다. 하동 노량에서 직접 보고 들은 바를 공문으로 만들어 송대립 편에 원수부로 보냈고, 정개산성에 이르러서는 방응원 편에 연해안 사정을 편지로 써서 권율의 종사관 황여일에게 알렸던 것이다.

군관 최영길이 권율에게 가서, 칠천량을 빠져나온 열여덟 척의 판옥선이 사량에 있으며 경상우도 연해안에 수십 척의 배가 표류하고 있다며 배설에게 들은 대로 보고했다지만, 이순신은 관심을 두지 않았다. 격군들은 이미 도망쳐버린 상태이고 배들을 끌어온다 해도 대부분 심하게 부서진 배들이기 때문이었다. 이순신의 판단으로는 전투에 투입할 만한 전선은 오직 배설이 도망칠 때 가지고 온 열두 척뿐이었다.

이순신은 몹시 우울했다. 자신을 찾아온 전 흥양 현감 배흥립과 남해 현감 박대남은 지병이 악화돼 있었다. 옛 부하였던 장수들이 하나 둘씩 병사할 것만 같아서 안타까웠다. 그런 심정 때문인지 살아 있는 장수들이 새삼 고맙기도 했다. 자신이 임명했던 조방장 배경남이 찾아오자 이순신은 술을 주어 위로했다.

아침부터 비가 세차게 내려 이순신은 정개산성 아래 송정에서 하루 종일 머물렀다. 앞에는 남강의 지류인 작은 강이 흐르고, 강 너머에는 진배미라는 들과 마을이 있는데 도저히 나아갈 수 없을 만큼 빗발이 거셌던 것이다. 그나마 황여일과 진주 목사가 와서 방비책을 논의하며 무료함을 달랠 수 있었다. 이순신은 황여일에게 고마움을 표시했다.

"노마료를 또 보내주어 군관덜이 좋아하는구먼유."

"넉넉하게 보내주지 못해 미안합니다."

도원수 권율 휘하로 들어가 모여곡 이어해 집에서 노마료를 처음 받은 이후 두 번째였다. 방응원이 정개산성으로 가지고 왔는데, 군량미 두 섬, 말먹이 콩 두 섬, 말편자 일곱 벌을 가져왔던 것이다. 진주 목사가 말했다.

"저기 진배미 너머 마을에 묵으실 집이 하나 있십니더. 비를 피하기에 좋십니더."

"비를 맞고 강을 건너기보다는 여기서 비가 그치기를 기다렸다가 가는 것이 좋을 것 같습니다."

진주 목사 말에 황여일이 반대했다. 이순신은 두 사람의 조언을 참고해 말했다.

"굳이 비를 맞고 강을 건널 이유는 읎지유. 허지만 낼두 비가 내린다믄 더 지체할 수 읎으니께 강을 건너겄시유."

"빈집은 손경례가 살던 집이라캅니더."

이순신은 송정에서 오후 늦게 황여일과 진주 목사와 헤어져 숙소로 돌아와 잤다. 그러나 깊은 잠을 자지는 못했다. 새벽에 짚스락물 떨어지는 소리에 눈을 뜨고 말았다. 이제는 숙소가 정해졌으니 머뭇거릴 수 없었다. 이순신 일행이 양민의 임시 숙소에서 며칠씩 머문다는 것은 민폐를 끼치는 일이었던 것이다.

배경남까지 합류한 이순신 일행은 이른 아침에 진배미 들판 앞의 작은 강을 건넜다. 강은 깊지 않았다. 이순신 일행 모두는 바지를 걷어 올린 채 강바닥을 더듬거리며 한 걸음 한 걸음 옮겼다. 강바닥에는 미끌미끌한 조약돌이 듬성듬성 깔려 있었다. 게다가 강을 건널 무렵에는 굵어진 빗발이 더 거세게 쏟아졌다. 강물에 떨어지는 빗발이 무쇠 솥단지 안에서 콩을 볶는 것처럼 요란한 소리를 냈다.

진배미 들판은 정개산성에서 볼 때와 달리 넓었다. 일손이 없어 묵정밭이 된 진배미는 군사 훈련장으로 이용해도 될 만큼 강을 따라 길쭉하게 펼쳐져 있었다. 이순신은 손경례 집에서 비에 젖은 옷을 벗어 말리고 있다가 체찰사 이원익이 동지同知 이천과 판관 정제를 보내와 함께 저녁을 먹었다. 이순신은 이천이 잠을 자려고 배경남의 방으로 가기 전에 자신의 속내를 말했다.

"이 동지, 이곳이 진주가 가찹구 그러니께 임시 숙소루 머물

만하구먼유."

"진주성으로 들어가면 더 편하지 않겠습니까."

"백의종군하구 있는 몸이니께 성에서 자기는 부담스럽지유."

그러나 고을 수장들은 이순신이 진주성으로 들어오는 것이 더 편하다고 말했다. 왜적과 싸울 계책을 논의하려면 자신들이 오가는 길이 불편한 손경례 집으로 와야 하기 때문이었다. 아무튼 진배미 가에 있는 손경례 집은 진주와 부근의 고을 수장, 군관들이 이순신을 만나려고 북적거렸다.

손경례 집 마당을 들어서는 사람들 꼴은 하나같이 비를 맞아 후줄근했다. 그래도 진주 목사와 소촌 찰방 이시경은 거의 날마다 찾아와 이야기를 나누었다. 이순신은 비가 개면 진배미로 나가 뿔뿔이 흩어졌다가 모여든 군사를 점고했다. 권율이 칠천량 싸움에서 와해된 패잔병들을 보내기도 했는데 활과 화살이 없는 군졸들이었으므로 이순신은 한숨만 나왔다. 더구나 배흥립과 박대남의 병은 쉽게 나을 기미가 보이지 않았다.

설상가상, 폭우가 쏟아지는 바람에 강물이 넘쳤다. 진배미 일부가 물에 잠겨 군사훈련도 시키지 못했다. 이순신은 손경례 집 마루로 나와 심란한 기분을 바꿔보려 했지만 비통할 뿐이었다. 밤에는 이런저런 꿈들을 꾸었다. 그중에서도 임금이 홀연히 나타나 무언가를 상으로 내린 꿈은 기억났다. 임금이 벌을 주지 않고 상을 내린 것은 뜻밖이었다. 지금까지 선조는 왕명을 거역했다고 자신에게 누명을 씌워 의금부 옥에 가두고 죽이려 했다가 마지못해 사면해주었던 것이다.

'임금님께서 내게 명을 내릴 징조인감?'

하루 만에 이순신의 꿈은 적중했다. 손경례 집으로 온 지 닷새 만이었다. 아침 햇살이 구름 낀 동녘 하늘에 부챗살처럼 퍼지고 있을 무렵이었다. 대엿새 동안 비가 내리다가 모처럼 해가 뜨고 있었다. 진배미 너머의 강물이 햇살에 반짝거렸다. 말 한 마리가 마을을 향해 달려오더니 손경례 집 앞에서 멈추었다. 말에 탄 사람이 소리쳤다.

"어명이오! 어명이오!"

선전관 양호였다. 그의 투구가 번쩍거렸다. 이순신과 군관들은 마당으로 내려와 엎드렸다. 마당에는 어제 내린 빗물이 아직도 고여 있었다. 이순신의 바지가 흙탕물에 젖었다. 이윽고 선전관 양호가 다시 소리쳤다.

"공께서는 임금님 교서와 유서를 받으시오!"

이순신은 양호가 들고 있는 교서와 유서에 숙배를 했다. 그러고 나서 무겁게 일어나 교서를 읽어내려갔다.

'왕은 이르노라.

오호라! 국가가 의지해온 것은 오직 수군뿐인데, 하늘이 화를 내려 흉악한 칼날이 다시 성하게 함으로써 마침내 삼도의 군사를 한 번 싸움서 모두 잃었으니 이후로 바다 가까운 고을은 그 누가 막아낼 것인가? 한산도를 이미 잃었으니 적들이 무엇을 두려워하겠는가?

초미의 위급함이 조석으로 닿아 있으니, 지금의 계책은 오직 흩어져 없어진 군사를 다시 모으고 전선을 거두어 모아, 급히 아군의 요해처에 엄숙히 큰 군영을 만들 뿐이다. 그리하면 도망쳤던 무리들이 돌아갈 곳이 있음을 알 것이요, 바야흐로 적들을 막아낼 수 있을 것이다.'

이순신은 이 대목에서 한숨을 소리 나게 쉬었다. 엎드려 있는 군관들은 신음 소리로 들었다. 아침 햇살이 내리쬐는 군관들 등에서 연기 같은 김이 모락모락 났다. 시큼한 쉰내가 풍겼다. 양호가 냄새 때문에 양미간을 찌푸리고 코를 잡았다. 군관들 중에서도 한숨 소리가 새어 나왔다. 이순신은 다시 교서에 눈을 주었다.

'생각하건대, 그대는 일찍 수사 책임을 맡았던 그날부터 이름이 드러났고 또 임진년 승첩이 있은 뒤부터 공로와 업적을 크게 떨쳐서 변방 군사들이 그대를 만리장성처럼 든든히 믿었건만, 지난번에 그대의 직함을 갈고 그대로 하여금 백의종군토록 한 것은 역시 나의 생각이 어질지 못함에서 생긴 일이었거니, 그 결과 오늘 이 같은 패전의 욕됨을 만나게 된 것이니 더 이상 무슨 말을 하겠는가! 더 이상 무슨 할 말이 있겠는가!'

이 부분에서 이순신은 분노 같은 것이 치밀어 올랐으므로 어금니를 물었다. 죄 없는 자신을 하옥시키고 죽이려 했던 임금이 원망스러웠다. 순간, 임금이 임금답지 못하다고 생각했다. 자신을 왜 죽이려 했는지에 대한 솔직한 사과는 한마디도 없었다. 무슨 까닭으로 원균을 삼도수군통제사에 임명했는지에 대한 말도 찾지 못했다. 선조는 수군의 참담한 패전이 임금 자신으로부터도 초래되었음을 시인하지 않고 있었다. 다만, 임금은 자신의 덕이 부족해 패전한 것처럼 두루뭉수리하게 말하고 있었다. 겨우 양심의 가책은 느끼고 있는지 '무슨 할 말이 있겠는가!' 하고 통탄하는 척하고 있을 뿐이었다. 이순신은 치밀어 오르는 분노를 겨우 목울대 너머로 삼켰다. 교서를 든 손이 부들부들 떨렸다.

'이제 그대를 상복 입은 채로 기용하고, 또한 그대를 평복 입은 가운데서 다시 옛날같이 천거하여 전라 좌수사 겸 충청, 전라, 경상 삼도수군통제사에 임명하노니, 그대는 지금 나아가 군사를 모아 어루만져주고 흩어져 도망간 자들을 찾아 불러 단결시켜 수군의 진영을 회복하고, 형세를 장악함으로써 군대의 위풍을 일시에 떨치게 한다면 이미 흩어졌던 백성의 마음을 다시 안정시킬 수 있을 것이며, 적들 또한 우리가 방비하고 있음을 듣고 감히 두 번 다시 방자하게 창궐하지 못할 것이니, 그대는 이를 힘쓸지어다.

수사 이하는 모두 다 그대가 지휘하며, 만약 규율을 범하는 자는 누구든 일체 군법대로 처단하라. 그대가 나라를 위해 자기 몸을 잊고, 기회를 보아 나아가고 후퇴하고 하는 것은 이미 그대의 능력을 다 알고 있는 바라, 내 어찌 무슨 말을 더 하리오. 아! 저 오나라의 장수 육항이 국경의 강 언덕 고을을 두 번이나 맡아서 군사상 할 일을 다 했으며, 또 명나라 어사 왕손이 죄인의 몸으로 일어나 능히 적을 소탕하는 공을 세운 것같이, 그대는 충의의 마음을 굳건히 하여, 나라를 건져주기를 바라는 나의 소원을 이뤄주길 바라면서, 이에 교서를 내리니 그대는 알지어다.'

이순신은 교서를 다 읽은 뒤 양호를 바라보았다. 양호가 이순신과 눈을 마주치지 못하고 고개를 숙였다. 양호도 무엇이 틀렸고 누가 잘못하고 있는지를 알고 있기 때문이었다. 이제는 양호와 지위가 달랐다. 이순신은 전라 좌수사 겸 삼도수군통제사였고, 양호는 교서나 유서를 전하는 임금의 일개 선전관일 뿐이었다. 이순신의 눈에 회한의 물기가 어렸다.

방으로 들어온 이순신은 임금의 명을 따르겠다는 내용의 서장書狀을 썼다. 먹을 갈던 송대립이 말했다.

"임금님께서는 통제사 나리보다 못헌 중국의 육항이나 왕손은 으째서 말씸하신다요?"

"중국 장수덜이 뭣 때문에 싸왔는지 모르겄으나 나는 백성덜이 자기 터에서 살지 못허구 왜적에게 흩어졌다는 것에 맴이 아플 뿐여. 그러니께 싸울 맴이 나는 겨."

서장이란 임금의 명령서인 유서의 내용을 반복해 쓰고 분부를 따르겠다는 충성 서약의 글이었다. 이순신은 순식간에 마무리하고 선전관 양호가 기다리고 있는 마당으로 나왔다. 양호가 아주 부드럽고 공손하게 말했다.

"통제사 나리, 나중에라도 경림군 대감과 병조판서 대감께 인사를 해야 할 것입니다."

"무신 말인감?"

"두 대감께서 임금님께 이번 참패의 죄를 원균에게 묻고 나리를 다시 통제사로 임명해야 한다고 의견을 내셨다고 들었습니다."

경림군은 김명원이고 병조판서는 이항복이었다. 실제로 어전회의에서 경림군 김명원과 병조판서 이항복이 당장 조처해야 할 일은 오직 이순신을 다시 불러내어 통제사로 임명하는 것이라고 아뢰니 임금이 그들의 의견을 따랐음이었다.

이순신은 양호가 돌아간 뒤 즉시 손경례 집을 떠나 두치로 향했다. 바다를 장악한 왜적이 언제 공격할지 모르므로 경상도보다 안전한 전라도로 들어가 도망치고 흩어진 군사를 모으기 위해서였다. 모처럼 날이 개어 길을 재촉할 수 있었다. 곧 늦더위에 땀이 났지만 지리산 산바람이 이따금 선들선들 불어왔다.

이순신 일행은 초저녁에 행보역(하동 횡천면)에서 지친 말들을 쉬게 하고 저녁을 먹었다. 백의종군 때와 달리 역졸들이 민첩하게 움직였다. 행보역은 찰방이 없었다. 고참 역리가 찰방을 대신해서 소촌 찰방 이시경의 지시를 받고 있었다. 이시경의 공문을 받았는지 이순신 일행에게 정성이 깃든 저녁상을 내왔다.

비록 보리밥이지만 섬진강에서 잡은 조개로 끓인 조갯국에 매실 장아찌는 입맛을 돋우어주었다. 이순신은 오랜만에 반주로 막걸리도 마셨다. 트림을 끄억끄억 소리 나게 토해내자 속이 뻥 뚫렸다.

"아따, 맛있게 잘 드셔붑니다요잉."

"하동에 와서 먹은 국 중에 갱조갯국이 젤루 시원혀."

부하 군관과 종들도 마파람에 게 눈 감추듯 보리밥을 조갯국에 말아서 마치 국수처럼 후루룩후루룩 넘겼다. 이순신 일행은 조금 더 쉬었다가 자정이 넘어서 두치로 향했다. 먼동이 틀 무렵 두치에 이르자 군막을 지키고 있던 승려들이 다가와 말했다.

"통제사 나리, 진주에서 온 중이 그런디 왜적 군사가 시방 이짝으로 온다고 헝께 빨리 움직이셔야 할 것 같그만요."

"경상도 바다가 지덜 수중에 있으니께 인자 왜적덜이 맴 놓구 남원성, 전주성으루 갈 겨."

"전라도까정 곧 들이닥치겄그만요."

"그래서 내가 전라 좌우수영 쪽으루 가는 겨."

이순신은 전라도 내륙 고을에서 군사를 모병하고 군량미를 확보해서 전라도 바다를 막아내는 계책을 궁리하고 있던 중이었다. 왜 수군과 일전을 벌여 전라도 바다의 제해권만 가져와도 왜군은 후방이 두려워 북쪽으로 쉽게 전진하지 못할 것이기 때문이었다.

이순신은 아침을 거르고 구례 석주관으로 향했다. 광양 쪽으로 가지 않고 구례 쪽으로 가는 이유는 전라도 해안은 왜군에게 바로 추격을 받을 수가 있고, 무엇보다 흩어진 군사가 많은 내륙 고을에서 군사와 군량미, 병기를 모으기 위해서였다. 화계천은 지난번 건널 때보다 물이 더 불어 있었다. 비가 계속 내린 데다 최근에 폭우가 쏟아진 탓이었다. 할 수 없이 이순신 일행은 화계천 상류 쪽으로 올라가 천을 건넜다. 상류 쪽은 하류 쪽과 달리 개울 바닥에 깔린 돌들이 작두날처럼 뾰쪽뾰쪽했다. 개울 바닥의 돌들은 실수해 넘어지면 발바닥이 찢어질 만큼 날카로웠다. 조심스럽게 천을 건넌 뒤 이순신 일행은 석주관에서 잠시 멈추었다. 석주관 산자락에 복병하고 있던 구례 현감 이원춘과 유해수가 달려왔다. 두 사람이 동시에 엎드려 절했다.

"통제사 나리, 구례 향교 유생덜을 델꼬 여그를 지키고 있그만요."

"관군은 읎구 의병만 있다는 겨?"

"지킬 관군이 으디 있겄습니까요. 모다 남원성으로 차출당해 올라가부렀그만요."

"공부하는 유생 의병덜이 나와 있구먼."

"아닙니다요. 저짝에는 화엄사, 연곡사 중덜이 모다 나와 있지라우."

"몇 명이나 되는 겨?"

"늙은 중, 애기 중 빼고는 다 나와 지키고 있지라우. 모다 백오십 멩이 넘습니다요."

"시방두 화엄사 신해가 승장이구?"

"승장이 고상 많습니다요. 여그저그 다님시롱 군량을 탁발해서 여그로 날리고 있그만요."

이순신은 이원춘에게 당부했다.

"여그는 남원, 전주의 인후니께 반다시 막아야 혀. 지리산 승려덜이 모다 나와 방비허구 있다니께 안심이 되는구먼."

"그렇습니다요. 처자식 읎는 중덜이 목심을 아까와허지 않고 잘 싸웁니다요."

"석주관 여그 도랑 쪽에 1차 방어선, 저 위쪽 산자락에 2차 방어선을 치구 방비허믄 왜적이 쉽게 지나지 못헐 겨."

"지덜도 고로코롬 방비하고 있습니다요. 1차 방어선은 유생덜이, 2차 방어선에는 중덜이 복병허고 있그만요."

"두치에서 들은 이야긴디 왜적이 시방 이짝으루 오고 있다니께 선봉대를 화계천까정 내보내야 헐 겨."

"예, 통제사 나리."

이순신 일행은 서둘러 석주관을 떠났다. 저물녘에야 구례현에 이르렀는데 왜적이 온다는 소문이 벌써 돌았는지 경내는 적막했다. 모두가 피난을 가버리고 성안은 텅 비어 있었다. 이순신은 성안에 군관들을 머물게 한 뒤 자신은 성문 밖으로 나와 석 달 전에 묵었던 손인필 집으로 갔다. 손인필 가족 역시 집 부근의 산중으로 피난 가버리고 없었으므로 마루와 방에는 쥐똥이 수북했다. 이순신은 종들이 청소를 하고 난 뒤에야 방에 들었다. 삼도수군통제사를 재임명하는 교서를 받고 난 뒤 하루 만에 구례현까지 왔으므로 몸이 납덩이처럼 무거웠다. 걸레질한 방에 눕자마자 눈꺼풀이 스르르 감겼다.

그러나 손인필 부자가 찾아와 이순신은 한밤중에 일어났다. 초승달이 뜬 컴컴한 밤인데도 손인필은 곡식을 가져왔고, 그의 장남 손응남은 때 이른 홍시를 함지박에 담아 왔다. 손인필의 삼남 손숙남은 석주관에 나가 있으므로 오지 못했다. 이순신은 공복이 되어 시장했지만 차마 홍시를 먹지 못했다. 돌아가신 어머니가 생각나 홍시를 쥐었다가 한 입도 베어 물지 못하고 바라보기만 했다. 잠시 후 이순신은 손인필과 손응남의 손을 끌어당겨 잡았다. 손인필 부자의 손은 그들 심성만큼이나 따뜻했다.

조양창 군량미

이순신 일행은 날마다 강행군을 했다. 새벽달을 보고 출발해서 초저녁달이 떠서야 임시 숙소에 도착하곤 했다. 진주 손경례 집을 출발하여 두치, 석주관, 구례 손인필 집, 압록, 곡성 현청, 옥과 현청, 순천부, 낙안 읍성, 보성 조양창까지 오는 데 불과 칠 일밖에 걸리지 않았다. 남원성을 공격하려는 왜 육군의 우측 부대와 왜 수군이 뒤쫓아 오고 있었던 것이다. 이순신은 몸이 무거웠지만 방심하거나 머뭇거릴 수 없었다. 송대립을 내보내 틈틈이 적정을 탐지하면서 낮 동안은 쉬지 않고 행군했다.

손경례 집에서 출발할 때는 장졸들이 열다섯 명에 불과했는데, 어느새 백여 명 이상으로 불어났지만 이순신은 행군의 속도를 늦추지 않았다. 짐을 무겁게 지고 있는 말들이 먼저 지쳤다. 관군이 숨겨놓은 화살이나 창을 찾아낼 때마다 말 등에 실었기 때문이었다. 순천 부근에서는 남원으로 올라가는 전라 병마절도사 이복남의 관군에게서 말 세 마리를 빼내 오기도 했다. 순천부에서는 무기고와 화약고에서 활과 화살, 창 그리고 화약 등을 꺼내 장졸들끼리 나누어 지니고 총통 같은 무거운 화포는 다른 곳으로 옮기어 땅에 묻었다. 남원으로 올라간 이복남이 전라도 수령들에게 청야淸野의 지침에 의해 창고를 불 지른 뒤 고을을 떠나 잠시 숨어 있으라고 했지만 순천 부사 우치적은 이순신이 올 줄 알고 무기를 그대로 둔 채 피신했던 것이다. 청야란 적에게 군량미나 군수물자를 넘겨주지 않기 위해 미리 없애버리는 철수 작전의 일종이었다.

이순신은 백여 명의 장졸 대부분을 보성 읍성으로 보내고 자신은 몇몇 군관들과 함께 군량미 창고인 조양창을 점고했다. 조양창 문은 도장 찍힌 종이로 봉인돼 있었다. 봉인을 보는 순간 이순신은 가슴이 뛰었다. 과연, 조양창 안에는 군량미 육백 석이 차곡차곡 쌓여 있었다. 이순신은 자신도 모르게 중얼거렸다.

"천운이구먼."

"통제사 나리, 육백 석이믄 수군 육백 멩이 일 년간 묵을 수 있는 양식이그만요."

"기여."

"봉인을 했응께 요로코롬 남아 있겄지라우잉."

"하늘이 우덜을 도운 겨. 이 고을 수령이 봉인허라구 지시혔을 겨."

"창고 감시 군관이 봉인해분지도 모르지라우."

"누가 했건 간에 천운이란 말여. 순천에서는 무기를, 보성에서는 군량미를 확보했으니께 인자 왜적허구 한판 싸울 만혀."

이순신은 송대립에게 군관 네 명을 차출해 봉인을 뜯어버린 조양창을 지키도록 지시했다. 송대립이 물었다.

"창고 감시 군관이 으디 사는지 알아보고 올께라우?"

"모르긴 해두 여기 근방일 겨."

이순신이 짐작한 대로였다. 조양창을 책임진 군관 김안도 집은 지척에 있었다. 그러나 그는 상부의 지시에 따라 마을 사람들과 함께 피난 가버리고 없었다. 이순신은 김안도 집으로 들어가 쉬었다. 이순신이 송대립에게 말했다.

"우덜에게 천운이 또 있었던 겨."

"뭣입니까요?"

"손경례 집을 떠난 이래 단 하루두 비가 내린 날이 읎었던 겨. 하늘이 맑은 날씨를 주어서 여기까정 빠르게 도착한 겨."

"또 있지 않습니까요."

"그려! 순천에서 무기를 확보한 것두 천운이여."

이순신은 조양창에서 얻은 군량미와 순천부에서 인수한 무기, 그리고 행군을 도와준 청명한 날씨를 천운으로 보았다. 밤이 되자 순천 부사 우치적과 김제 군수 고봉상이 와서 절을 했다. 우치적은 머리를 긁적이며 이순신과 눈을 마주치지 못했다. 이순신이 순천에서 하룻밤을 잤는데도 자신이 피신해 있었던 바람에 만나지 못했기 때문이었다.

"죄송허구먼유."

"이 병사 지시루 피신한 것이니께 괴안챦구먼. 순천만 빈 것이 아니라 내가 지나쳐 온 곡성, 옥과, 낙안의 창고가 불타고 다 피난 가버리구 읎었던 겨."

"지두 성 밖 산자락에서 숨어 있었구먼유."

"그래두 순천 사람덜이 용감혀. 승려 혜희慧熙가 나를 보려구 순천성 안으루 달려왔기에 의병장으루 임명혔어. 광양 현감 구덕령이나 나주 판관 원종의, 옥과 현감 홍요좌가 왜적이 온다구 이리저리 도망 다닐 때 거북선 돌격장이었던 이기남 부자나 옥과에서 마중 나온 정사준, 정사립 성제가 모두 순천 사람 아닌가 말여."

한산도 해전에서 좌측 거북선 돌격장으로 나서 싸운 이기남은 순천의 광산 이씨 집안에서 정릉 참봉 이천근의 손자, 선략장군宣略將軍 이사관의 아들로 태어난 무장이었다.

"우 부사가 다른 고을과 달리 무기고나 화약고를 불태우지 않았으니께 천만다행이여. 청야를 지시허지 못헌 허물두 있지만. 그래두 우덜에게 무기를 확보허게 했으니께 심이 되는 겨."

"지가 지시허지 않았구먼유. 이복남 병사가 통제사 나리께서 오실 줄 알구 더 지달려보라구 혔구먼유."

"누가 지시했건 간에 순천부에서 장전, 편전 등 화살 다발을 충분허게 얻었기 때문에 나를 따라온 장졸덜이 비로소 강헌 정예 군사가 된 겨."

이순신은 우치적을 방으로 불러들여 한밤중까지 이야기하다가 보냈다. 김제 군수 고봉상과는 별로 할 말이 없고 그가 미질을 앓았기 때문에 부르지 않았던 것이다. 이순신은 몹시 고단했지만 잠을 이루지 못하고 엎치락뒤치락했다. 순천으로 가는 중에 선전관 원집을 만났는데 왜군이 남원을 향해 진격하고 있다는 말을 전해 들었던바, 실제로 초사흘에 진주 남강을 건넌 왜군은 7일에 석주관을 쉽게 제압한 뒤 바로 구례현을 점령해버린 상황이었다. 관군과 의병 몇십 명으로 석주관을 지키던 구례 현감 이원춘이 왜 육군 좌측 부대와 왜 수군이 합세한 육만여 명의 군사를 보고는 중과부적을 실감한 채 남원으로 맥없이 물러섰던 것이다. 이는 송대립이 파악해온 첩보와 흡사했다.

이순신은 다음 날 일어나지 못했다. 오한이 들고 온몸이 쑤셨다. 끼니를 거른 채 잠을 잘 자지도 못하면서 몇 백 리를 강행군한 후유증이었다. 송대립이 깨웠지만 꼼짝을 못했다.

"통제사 나리, 아침진지 드시지라우."

"몸이 무거와 일어나기가 심드니께 그려."

"이 집이 어둡고 그렁께 좋은 집을 찾아볼께라우? 사람덜이 피난 가고 읎어 빈집덜이 많아라우."

"그려."

김안도 집은 지붕 한쪽 이엉이 바람에 날려 비가 오면 샐 것 같았다. 추녀 끝에서 떨어진 썩은 지푸라기들이 토방에 쌓여 있었다. 청명한 날씨가 계속되었기 때문에 그나마 방이 온전했는데 잠을 자는 데 신경이 쓰였다. 집주인이 피난 가고 없는 빈집이라도 가난한 집보다는 부잣집이 더 묵을 만했다. 송대립이 말한 좋은 집이란 그런 뜻이었다. 조양청 인근에서 부자로 살고 있는 사람은 양산항梁山杭이었다. 그는 조양창에 곡식을 자주 보냈던 부자였다.

양산항은 기묘사화 때 화를 입은 양팽손의 후손이었다. 화순 이양에 살던 양팽손의 다섯째 아들 양응덕이 보성으로 들어와 살았는데, 양응덕의 아들 양산항은 차나무가 자생하는 득량의 다전 마을 박곡에 터를 잡았던 것이다. 이순신은 배흥립을 보고 나서야 겨우 몸을 일으켰다.

"지를 걱정하시던 통제사 나리께서 편찮으시다니 믿어지지 않십니더."

"몸살이 난 겨."

이순신은 병석을 훌훌 털고 일어난 배흥립이 고마웠다.

"남해 현감도 차도가 있는지 모르겠십니더."

"박 현감두 괴안찮혀. 여기를 오다가 곡성에서 만났는디 건강을 회복혔으니께 남원으루 올라가 싸운다구 갔어."

이순신은 하루 동안 쉬면서 몸살기를 가라앉혔다. 활동하지 않고 하루 내내 누워 있기만 했는데 저녁 무렵에는 식욕이 돌아오고 몸이 가벼워졌다. 그러자 가장 먼저 떠오른 것은 조양창이었다. 이순신은 송대립을 불러 조양창 수직守直 상태를 물었다.

"창고는 워뗘?"

"동서남북으로 네 명이 잘 지키고 있그만요."

"교대를 시켜줘야 혀. 졸면 허수애비멩키루 서나 마나여."

"어저께 한 번, 오늘 한 번 두 번씩이나 바꽈줬그만요."

"육백 석이니께 한판 큰 싸움에 필요헌 군량은 되는 겨."

"그란디 저 군량을 어찌케 싸움터로 옮기지라우?"

"바닷가 어부덜헌티 향선을 구해 실어 오믄 될 겨."

어부들이 고기를 잡기 위해 타고 다니는 포작선보다 조금 더 큰 배가 향선鄕船이었다. 송대립이 말했다.

"배를 으디로 보낼 건디요?"

"일단 활성산성 밑에 있는 군영구미루 대야 혀. 배설이 거느린 열두 척을 그곳으루 부를 틴께 말여."

"지금부텀 배도 구해봐야 허겄그만요."

"군량을 실어갈 배니께 중요헌 일이여. 의병이라구 육전만 헌댜? 바다에서 향선을 타구 싸우믄 바다 의병인 겨."

"큰 배를 가진 어부덜을 찾아보겄습니다요."

"목심을 거는 일인디 어부덜이 잘 협조하겄는감?"

"통제사 나리 일이라믄 다 나설 것입니다요."

"워째?"

"여그 오기 전 낙안에서 보시지 않았습니까요."

이순신은 잠시 눈을 감았다. 이순신 일행이 낙안 읍성 부근에 이르렀을 때 산자락에 숨어 있던 양민들이 오 리 밖까지 나와서 환영해주었던 것이다. 양민들 중에 일부는 이순신 일행을 뒤따라와 불타버린 관사와 창고를 보면서 눈물을 흘렸다.

"백성덜은 통제사 나리만 지달리고 있었던 것이 틀림읎어라우."

"백성덜이 의지헐 디가 읎으니께 그럴 겨."

낙안을 떠나 십 리쯤 지나서는 늙은이들이 길가에 늘어서서 이순신에게 다투어 술병을 바쳤다. 받지 않으면 울면서 받기를 강권하는 늙은이도 있었다. 이순신은 '사또 나리!'를 외치는 양민들의 모습을 떠올리며 어금니를 꽉 물었다.

이순신은 여러 군관들의 권유로 양산항 집으로 옮겼다. 양산항 집 역시 피난 가버리고 비어 있었는데 김안도 집과는 격이 달랐다. 집 앞에는 네모진 연못이 조성돼 있었다. 오봉산의 화기火氣를 누르고자 판 연못이라고 하는데 연못 가운데는 섬처럼 둥근 땅이 있었다. 연못이 네모지고 가운데에 둥근 땅이 있는 것은 '하늘은 둥글고 땅은 네모지다'라는 천원지방天圓地方의 우주관을 표현한 까닭이었다. 부잣집에 딸린 연못에서 흔히 볼 수 있는 모양이었다.

양산항 집으로 옮긴 이순신은 활기를 되찾았다. 아침 햇볕이 잘 드는 양산항 집은 따뜻하고 양명했다. 이순신은 집주인처럼 집 안 곳곳을 느긋하게 살폈다. 양산항은 평범한 부자가 아닌 것 같았다. 창고 안을 보니 그런 생각이 들었다. 추수한 곡식을 다 가져가지 않았으므로 상당한 양이 남아 있었다. 이순신으로서는 행운이었다. 이순신에게 군량미는 활과 창만큼이나 소중했던 것이다. 이순신 옆에 서 있던 송대립이 말했다.

"이 집 주인은 배에 곡식을 가득 싣고 바다로 나갔다고 그러그만요."

"우덜이 올 줄 알구 남겨뒀는지두 물러."

"고거야 어찌케 알겄습니까요?"

"하늘이 내린 부자는 나눌 줄두 아는 겨. 욕심 부리지 않는단 말여."

오후가 되자 송대립의 동생인 송희립이 찾아왔다. 군관 생활로 치자면 송희립이 송대립보다 선배였다. 송희립이 이순신에게 형 송대립과 동생 송정립을 소개하여 전라 좌수영 군관으로 만들었던 것이다. 송희립과 송정립은 여전히 전라 좌수영 소속 군관이었다. 방으로 들어온 송희립이 이순신에게 바윗덩이가 구르듯 큰절을 했다.

"통제사 나리, 절 받으시지라우."

"잘 있는 겨."

"을매나 고상 많으셨는게라우. 자당님 돌아가셨는디 문상도 가보지 못해부렀그만요. 용서를 빕니다요."

"이 사람아, 전시 중에 무신 문상인 겨."

송희립이 한동안 일어나지 못했다. 솥뚜껑 같은 큰 손바닥으로 방바닥을 치며 소리 죽여 울고 있었다. 송대립이 송희립을 일으켜 세우며 나무랐다.

"동상, 나리 앞에서 장수다와야제 먼 우세여."

"성님은 시방 고런 말씸이 나와부요잉!"

송희립이 송대립에게 대들듯 대꾸하자 이순신이 타일렀다.

"송 군관 마음을 내가 다 아니께 성헌티 그라지 말어."

"통제사 나리, 죄송허그만요."

"동상은 우는 것이 안 어울리는 사람이랑께."

송희립이 정색하며 말했다.

"아따, 성님. 그나저나 지 대신 통제사 나리를 모시고 댕기시니라고 고상 많았그만요."

"인자 니가 모셔야 쓰겄다. 아무래도 나는 니보다 능력이 모자란당께."

이순신이 두 형제의 대화에 끼어들었다.

"그려. 성이 초계부텀 나를 보필허니라구 고상 많았으니께 인자 동상이 교대해줘야 혀."

"통제사 나리, 앞으로는 지가 모실게라우."

송희립에 이어 최대성도 이순신에게 달려와 절을 했다. 기골이 장대한 최대성 역시 통곡을 했다. 이순신은 옛 부하들이 하나 둘 모여들자 단전에 힘이 솟구쳤다. 비록 열두 척의 전선밖에 없다지만 당파전술에다 학익진, 일자진으로 싸운다면 왜군과 대적해볼 만하다는 전의가 끓어올랐다.

이순신은 양산항 집에서 또 하룻밤을 보냈다. 그런 뒤 목숨을 아끼지 않고 싸우겠다는 심정을 담아 장계 초안을 작성했다. 장계 초안을 다 쓰고 나자 거제 현령 안위와 발포 만호 소계남이 들어와 이순신의 명을 받았다.

"나는 보성에 들렀다가 군영구미로 갈 겨. 그러니께 배설헌티 열두 척의 배를 군영구미로 가져오라구 전혀."

"수사는 왜적이 무서버 벌벌 떨고 있십니더. 통제사 나리의 명을 쉽게 따를지 모르겠십니더."

이순신의 지시에 안위가 대답했다. 경상 우수사 배설이 하동의 노량 부근에서 몸을 피한 채 겁을 먹고 있다는 보고였다. 그러자 이순신이 혀를 차며 말했다.

"쯧쯧. 괘씸허구 한탄스러움을 이기지 못허겄구먼!"

"칠천량 싸움 뒤부터 수사가 변한 거 같십니더. 원래는 계책도 뛰어나고 용감했십니더."

"권세 있는 자에게 아첨해서 능력이 미치지 못허는 자리까정 승진허믄 충직헌 군사만 그르치게 되는 겨."

"통제사 나리 말씸이 옳으시그만요. 수사에게 날랜 군사를 몬자 보내 나리의 명을 전해불겄습니다요."

태인 출신 소계남이 단호하게 말했다.

"내 명을 배설헌티 반다시 전해야 써."

"예, 수사가 군영구미에 배 열두 척을 댈 수 있도록 명을 전해불겄습니다요."

이순신이 또다시 혀를 차며 중얼거렸다.

"쯧쯧. 인사를 못헌 조정에서 당최 반성함이 읎으니 이 일을 워찌허남!"

이순신이 조정을 비난하는 것은 삼도수군통제사로서 결기나 다름없었다. 칠천량에서 수군이 궤멸한 뒤 자나 깨나 계책을 궁구하고 있었는데 이제는 한 줄기 빛이 보이고 산 같은 기백이 되살아났던 것이다. 진주 손경례 집을 떠날 때만 해도 장졸들이 열다섯 명에 불과했는데 현재는 백이십여 명으로 불어나 있었다. 활과 창, 총통, 화약 등도 계속 확보하고 있는 중이었다. 더구나 조양창 군량미 육백 석에다 양산항의 창고 곡식까지 보태진 상황이었다. 이순신은 '천운이여!'라고 몇 번이나 중얼거렸다.

양산항 집은 이순신이 머무는 임시 통제영이나 마찬가지였다. 하루 종일 군관들이 이순신의 명을 받기 위해 드나들었다. 내일은 하동 현감 신진과 전라 좌수영 우후 이몽구가 들어와 보고하기로 돼 있었다. 이순신은 특히 이몽구를 기다렸다. 전라 좌수영에 남아 있는 무기를 가져올 것이라고 기대했기 때문이었다.

아직 열두 척이 있사옵니다

하늘에 비구름이 몰려왔다. 갑자기 사위가 어둑어둑해졌다. 이순신은 서둘러 양산항 집을 나와 보성 읍성 열선루로 떠났다. 열선루로 가는 중에 마음이 답답하고 심란했다. 늙은 윤선각 편에 일곱 통의 장계를 보낸 일 말고는 마음이 영 개운치 않았다. 어제 진주 정개산성과 벽견산성의 군사들이 왜적의 공격을 받고 뿔뿔이 흩어졌다는 하동 현감 신진의 보고를 받고서 통탄하지 않을 수 없었다. 뿐만 아니었다. 전라 좌수영 우후 이몽구에게 본영의 무기들을 가져오라고 했는데 빈손으로 와서 분노가 솟구쳤다. 전령을 보냈는데도 이순신이 무엇을 원하는지 모르는 듯 그냥 왔던 것이다. 그에게 곤장 팔십 대를 때렸지만 이순신은 좀처럼 화가 풀리지 않았다. 임진년 전해부터 생사를 같이한 직속 부하였으므로 실망이 더 컸다.

열선루는 작은 방이 하나 있고 마루가 널따란 누각이었다. 규모가 큰 정자 형태였다. 누각 마루는 연회를 열 수 있을 만큼 크고 넓었다. 이순신은 큰 방이 있는 객사로 가지 않고 일부러 숙소를 열선루 방으로 정했다. 객사는 열선루 바로 밑에 있었다. 보성으로 오고 있다는 어사 임몽정도 열선루에서 만나기로 했다. 이순신이 열선루에 막 도착했을 때 보성 군수 반혼潘混이 헐레벌떡 뛰어와 절을 했다. 거제 출신인 반혼은 안골포해전에서 전사한 안홍국에 이어서 보성 군수로 임명된 무장이었다.

"통제사 나리, 객사 큰 방도 있꼬 내아 방도 있십니데이. 그리 가셔야 따시고 편합니더."

"아녀. 나는 열선루에서 지낼 겨."

이순신이 열선루에 머물겠다고 하자 전라 좌수영 관내의 부하이자 군수인 반혼은 가만히 서 있지 못하고 안절부절못했다.

"날이 싸늘합니데이. 누각 방이 찹지 않겠십니꺼?"

"장작 한 부삭만 넣어주믄 견딜 만할 겨."

"예, 알겠십니더. 퍼뜩 불을 따땃하게 넣겠십니더."

"어사가 이리 오기루 혔으니께 지달린다구 전혀."

이순신은 어사 임몽정에게 칠천량 해전의 실상을 듣고 싶어 했다. 어사 임몽정이야말로 칠천량 해전의 실상을 누구보다도 상세히 알고 있는 사람이었다. 지난 7월 말에 비변사에서 홍문관 교리 임몽정을 선유어사宣諭御使란 칭호를 주어 칠천량 해전의 결과를 보고하도록 했는데, 한편으로는 장졸들 중에서 살아남은 자는 위로하고 특히 분전하다가 사망한 자는 그 사유를 글로 써 올리도록 지시했던 것이다.

오후가 되자, 어김없이 임몽정은 말을 타고 와 북문에서 내려 걸어왔다. 마루로 올라온 임몽정과 이순신은 마주 앉았다. 임몽정의 첫인상은 패기만만해 보였다. 이순신보다 열다섯 살이나 어리고 벼슬이 낮지만 임몽정은 허리를 곧추세운 채 말했다. 임금의 특명으로 전선을 시찰하는 신하의 신분임을 과시하는 듯도 했다. 이순신이 먼저 물었다.

"한산도는 이미 군사가 흩어졌다구 허니께 갈 수 읎으나 그래두 참패한 실상은 알구 싶구먼."

"통제사 나리, 큰일입니다. 왜적이 그 여세를 몰아 얼마나 날뛸지 모르겠습니다. 왜적은 벌써 구례를 지나 남원을 공격하고 있다는 소식이 들려옵니다."

"인자 왜적은 함부루 북상허지 못혀. 뒤가 두려울 것이니께."

"왜 그렇습니까?"

"임진년멩키루 내가 바다의 제해권을 다시 찾을 티니께."

"우리 수군은 이미 원균이 말아먹지 않았습니까?"

"나는 수군을 재건 중이구, 인자 왜적과 일전을 벌일 수 있게 됐구먼."

"통제사 나리, 근거가 무엇이옵니까?"

"무기와 군량과 군사를 확보해 왔구먼."

그러자 처음으로 임몽정이 웃었다.

"통제사 나리, 우리 전선이 얼마나 많이 패몰된지 아십니까? 우리 수군 장졸들이 칠천량에서 얼마나 많이 죽은지 아십니까?"

임몽정은 한산도로 내려가 자신이 조사했던 바를 이순신에게 조곤조곤 전해주었다. 7월 초에 조선 수군의 전선 백팔십 척 중에서 스무 척을 원균이 지휘하며 싸웠던 절영도 해전에서 잃었기 때문에 7월 15일 밤 이경에서 시작해 16일까지 이어진 칠천량 해전에서는 거북선 수 척에다 전선 백육십 척과 협선 백사십여 척을 합쳐 총 삼백여 척이 왜선 천여 척의 공격을 받아 중과부적으로 참패했다고 말했다. 다만 전라 우수영 소속 일곱 척이 싸우는 와중에 동해로 표류했고, 배설이 열두 척을 이끌고 도망쳤기에 백육십 척 중에서 열아홉 척만 온전하게 남아 있을 것이라고 짐작했다. 7월 21일에 성첩한 권율의 장계에는 사량에 대선 열여덟 척과 전라선 스무 척이 해안에 산재해 있다고 했지만 대부분의 전선들은 수리가 필요한 데다 군사들이 싸우다가 죽거나 도망쳐버린 빈 배들이므로 수습이 용이하지 않을 것이라고도 말했다. 임몽정은 충청 수사 최호와 전라 우수사 이억기가 분전하다 순절한 것을 비롯, 조선 수군의 사망자를 어림잡아 이만여 명으로 보았고 살아남아 도망친 자를 천여 명으로 짐작했다.

칠천량 해전의 결과가 이러한데도 이순신이 수군을 재건해서 왜적과 일전을 벌여볼 만하다고 하니 임몽정은 믿기지 않았다.

"통제사 나리께서는 무슨 비책으로 왜적과 싸우시겠다는 것입니까?"

"그건 차차 이야기하구 나는 시방 우리 수군이 워째서 참패했는지 알구 싶구먼."

"저는 참패한 이유를 이렇게 봅니다. 첫째는 원 통제사가 장졸들의 충의와 사기를 하나로 담아내지 못했고, 둘째는 원 통제사의 지휘권이 너무 일찍 무너져 장졸들이 싸워보기도 전에 오합지졸이 돼버렸고, 셋째는 원 통제사가 수군의 전술을 잘 모르는 체찰사나 육군의 도원수 지휘를 받고 싸웠다는 것입니다."

이순신은 임몽정에게 전술적인 것까지는 묻지 않았다. 그 역시 수군의 전술을 잘 모르는 문신이기 때문이었다. 왜군의 칠천량 승리는 일찍이 이순신이 한산도 해전에서 대승을 거두었던 전술과 흡사했다. 4면 포위 전술과 화력집중 공격이었다. 여기에다 왜군의 전술이 하나 더 있다면 그것은 선상에서 벌이는 백병전이었다. 왜선 여러 척이 조선 전선 한 척을 에워싼 뒤 돛대를 눕혀 사다리로 삼아 기어올라 와 치르는 근접전으로 칼싸움에 능한 왜구 전술이기도 했다. 왜적과 싸울 때마다 경계했던 왜구 전술인데 이순신이 그것을 깨뜨리기 위해 고안해낸 전술이 바로 당파전술이었다. 화포 공격으로 적선을 무력화시키는 당파로 아예 근접전을 차단시켜버리는 전술이었다.

보성 군수가 보낸 술을 이순신과 임몽정은 주거니 받거니 마셨다. 한두 식경쯤 지나서 임몽정이 조금 취한 목소리로 말했다.

"하늘이 어둡습니다. 비가 내리기 전에 떠나야 할 것 같습니다."

"이 군관 저 군관이 보고해서 칠천량의 패배를 조금은 알구 있었지만 오늘 어사를 만나 비로소 전모를 파악혔구먼."

임몽정이 일어서려다 말고 정색을 하며 물었다.

"통제사 나리께서 왜적을 물리칠 비책이 있다고 하셨습니다. 그 비책을 듣고 나서야 열선루를 떠나겠습니다."

"오늘은 하늘이 우덜을 돕구 있다는 것만 말헐 겨."

이순신은 끝내 임몽정에게 자신이 숨겨둔 계책을 말하지 않았다. 열두 척의 전선과 적은 군사로 대군의 왜 수군과 싸우려면 결전지는 반드시 좁은 바다여야만 했다. 그런데 이순신은 이미 일 년 전에 그런 지형의 바다를 찾아가 정찰했고, 지금 그곳을 향해서 가고 있는 중이었다. 그곳은 진도와 해남 사람들이 말하는 울돌목, 전라 우수영 앞바다인 명량이었다. 임몽정은 이순신의 말에 놀란 표정을 지었다.

"하늘이 나리 편이라는 말씀입니까?"

"그러니께 우덜은 이길 수배끼 읎구먼."

임몽정이 떠나자마자 빗방울이 한두 방울씩 떨어졌다. 그러더니 밤중에는 기어코 큰비가 내렸다. 이순신은 열선루 방에서 깜박 잠이 들었는데 추녀 끝에서 떨어지는 빗소리가 홀연히 왜군의 조총 소리로 바뀌었다. 성을 포위한 왜군 대부대가 해자를 풀로 메우고 민가와 절의 목재를 뜯어 와 사다리를 만들어서 성을 넘었다. 그러자 조선 군사와 성민들이 왜군에 맞서서 목숨을 아끼지 않고 싸웠다. 조선 관군과 성민의 완강한 저항에 왜군이 많은 사상자를 놔둔 채 물러섰다. 이번에는 빗소리가 왜군을 물리친 조선 관군과 성민들의 함성 소리로 들려왔다. 그러나 전열을 정비한 왜군 대부대가 또다시 공격해 왔다. 성을 지키는 전라 병사 이복남, 구례 현감 이원춘, 광양 현감 이춘원, 교룡산성 별장 신호, 남원 부사 임원, 조방장 김경로 등이 피투성이가 된 채 분전했다. 그중에서도 이순신은 두 다리를 절룩거리며 싸우던 강진 출신 황대중이 왜적의 총을 맞고 쓰러지자 너무나 애통한 나머지 소리치며 눈을 떴다. 이순신의 비명 소리에 놀란 송희립이 일어나 말했다.

"악몽을 꾸신게라우?"

"남원으루 간 황대중을 보았는디 불길헌 꿈이여."

"충건 성님이 으쩐디요?"

"왜놈 총을 맞은 겨."

"꿈은 꿈일 뿐이지라우."

"남원성이 경각에 달린 거 같으니께 그려."

이순신은 고개를 절레절레 저으며 다시 자리에 누웠다. 비는 여전히 세차게 내렸다. 가을비가 여름 소나기처럼 쏴아쏴아 내리고 있었다.

"남원에도 여그멩키로 큰비가 내리고 있겄지라우잉. 그라믄 왜놈덜 공격보담 우리 방어가 더 수월허지 않을께라우?"

"기여."

송희립의 짐작대로 지리산 일대와 남원에도 큰비가 내리고 있었다. 그런 까닭에 왜군의 육군과 수군의 연합 부대는 13일에 남원성을 완전히 포위했지만 총공격은 못 하고 있었다. 왜군 총사령관 우키타 히데이에宇喜多秀家와 왜장 고니시 유키나가小西行長, 소 요시토시宗義智, 시마즈 요시히로島津義弘, 구로다 나가마사黑田長政, 수군 대장 가토 요시아키加藤嘉明, 와키자카 야스하루脇坂安治 등의 군사 육만 여 명이었다.

반면에 조명연합군은 명나라 부총병 양원, 중군 이신방, 천총

千摠 모승선, 장표 등이 지휘하는 삼천 명과 전라 병사 이복남, 조방장 김경로, 방어사 오응정, 남원 부사 임현, 구례 현감 이원춘, 광양 현감 이춘원, 의병장 황대중 등이 거느린 천 명 등 총 사천 명이 성을 방어하고 있었다. 거기에다 성 안팎의 양민 육천 명 이상이 이복남의 지시를 받고 있었는데 남원성이 무너지면 전주성이 위험하므로 필사적이었다. 명군 이천 명으로 전주성을 방어하고 있는 명나라 유격장 진우충은 위급한 남원성의 군사 지원 요청을 거듭 거부하면서 양원의 애를 태웠다. 14일 현재는 왜군의 총공세에 맞서 양원은 이신방과 함께 동문, 모승선은 서문, 장표는 남문, 이복남은 북문을 각각 맡아서 지키고 있었다. 왜군의 공격은 큰비가 그치면 바로 개시될 것이 틀림없었다. 시간을 끌수록 조선 관군의 지원군이 올지 모르고 조명연합군의 기병 공격을 받을 것이란 사실을 왜장들은 잘 알고 있기 때문이었다.

비는 15일에도 지리산과 전라도 일대에 계속 내렸다. 이순신은 간밤의 악몽을 털어버리려고 열선루 마루로 나와 이리저리 왔다가 갔다가 하며 몸을 가볍게 움직였다. 그때 선전관 박천봉이 선조의 명령서인 유서를 가지고 왔다. 유서는 8월 7일에 작성한 어명이었다. 이순신에게는 청천벽력 같았다.

'주사舟師(전선)가 너무 적어 왜적과 맞설 수 없으니 경은 육전에 의탁하라.'

수군의 전선이 약세이니 수군을 폐하고 도원수 권율의 육군에 합류하라는 선조의 명령이었다. 이순신은 몽둥이로 머리를 맞은 듯 멍했다. 전라 좌수사 겸 삼도수군통제사로 재임명받은 지 십이 일 만의 일이었다. 이순신이 얼굴을 일그러뜨리고 있자 박천봉은 고개를 돌린 채 보성 읍성 성벽을 보았다. 간밤에 내린 큰비로 성이 허물어져 있었다. 무과 급제자들 중에서도 이순신은 박천봉의 대선배이자 벼슬도 훨씬 더 높았다. 한참 만에 이순신이 박천봉에게 물었다.

"전하께서 유서를 쓰실 때 영상領相(영의정) 대감은 워디에 겨셨슈?"

"영상은 경기 지방으로 나가 순행 중이십니다."

이순신이 영의정 유성룡을 언급한 까닭은 그가 임금 옆에 있었다면 수군을 폐하라는 어명은 내리지 않았을 것으로 생각했기 때문이었다. 수군을 폐하자는 주장은 일찍이 비변사에서 한 번 있었던 일이었다. 선조 24년(1591) 7월에 비변사에서 신립이 '왜적들이 해전에는 능하지만 육지에 오르기만 하면 민활하지 못하니 수군을 파하고 육지 방비에 전력하자'고 주장하자 수군 진지를 강화하기보다는 영호남의 큰 성을 증축하고 보수하도록 명하였음이었다. 그러나 전라 좌수사 이순신이 '해적을 막는 데는 해전이 제일이므로 수군을 결코 폐해서는 안 된다'고 장계를 올리니 선조가 그대로 따랐던 것이다.

이순신은 유서를 받았다는 장계를 쓰기 위해 군관에게 먹을 갈게 했다. 어제 윤선각 편에 올린 일곱 통의 장계들이 머릿속을 어지럽혔다. 진주를 떠나 보성으로 올 때까지 칠 일 동안에 보았던 고을의 방비 현황과 배설에게 열두 척의 배를 군영구미로 가져오라고 지시했다는 내용의 장계들이었다. 수군을 재건하여 왜적과 결전을 벌이겠다는 자신의 구상이 물거품이 되는가 싶어 이순신은 무력감이 들었다. 이순신은 장수로서 자신의 목숨을 내놓기로 했다. 자신의 목숨을 걸고 어명을 거역하기로 결심했다. 장수의 숙명은 적과 싸우다가 전장 터에서 죽는 것이 가장 영예로운 훈장이므로 그 기회를 만들어 놓치지 않기로 했다. 박천봉이 열선루 아래쪽에 있는 객사로 가고 난 뒤, 이순신은 어금니를 악물고 피를 토하는 심정으로 장계를 쓰기 시작했다.

'저 임진년으로부터 오륙 년 동안에 적이 감히 충청, 전라도를 바로 찌르지 못한 것은 우리 수군이 그 길목을 누르고 있었기 때문이옵니다. 지금 신에게는 아직 전선 열두 척이 있사옵니다. 죽을힘을 다해 맞서 싸운다면 오히려 해볼 만합니다[今臣戰船 尙有十二 出死力拒戰 則有可爲也].

이제 만일 수군을 전폐한다면, 이는 적이 만 번 다행으로 여기는 일일뿐더러 충청도를 거쳐 한강까지 갈 터인데, 신은 그것을 걱정하는 것이옵니다. 또한 비록 전선의 수는 적지만 신이 죽지 않는 한 적은 감히 우리를 업신여기지 못할 것이옵니다[戰船雖寡微臣不死 則賊不敢侮我矣].'

장계를 다 쓰고 난 이순신은 군관들을 앞세우고 군기고로 갔다. 군관들에게 자신의 결전 의지를 확인시켜주기 위해서였다. 무기를 보관하고 있는 군기고는 열선루와 북문 사이에 있었다. 이순신은 군기고 안의 무기들을 점고한 뒤 말 네 마리에 나누어 실었다. 장수들이 바꾸어 타고 갈 군마는 마장(현 보성읍 마당머리)에서 얼마든지 구할 수 있었다. 보성 관아의 말을 관리하는 작은 목장인 마장은 보성 읍성 남문에서 활성산성으로 가는 지름길의 초입에 있었다. 활성산성은 보성 읍성을 침입하려는 왜구나 왜군을 막아내기 위한 토성이었다. 두말할 것도 없이 활성산성 남쪽 전방에 있는 백사정이나 군영구미, 보성 선소는 적을 방비하는 1차 방어 수군 기지였다.

열선루로 다시 돌아온 이순신은 송희립과 함께 술을 마셨다. 취하지 않고는 견딜 수 없을 만큼 마음이 참담했기 때문이었다. 송희립은 이순신의 마음을 꿰뚫어 보고 말했다.

"도와주지는 못 헐망정 수군을 파하라니 말이 돼붑니까요?"

"이럴 때 우덜을 위로해주는 것은 술뿐이여."

"드시고 잪을 때는 속이 후련허게 드셔부러야지라우."

"송 군관, 저 보름달을 봐봐. 워뗘?"

"더도 말고 덜도 말라는 팔월 중추 보름달이그만요."

"오늘따라 보름달이 나를 더 괴롭게 맹그는구먼. 달은 휘영청 밝은디 나는 워째서 마음이 어둡고 갑갑한지 물러."

"모다 임금님 탓이지라우."

"인자 나는 망궐례 같은 것은 허지 않을 겨."

송희립이 깜짝 놀라며 술잔을 놓았다.

"시방 뭣이라고 말씀허신게라우?"

"놀래긴 뭘 놀래는 겨. 역심逆心을 품구 있는 것은 아녀."

이순신이 임금을 향한 충성 맹세 의식인 망궐례를 하지 않겠다는 것은 모반을 꾀하겠다는 의미는 아니었다. 역심이라기보다는 원망에 가까웠다. 수군을 재건하기 위해 강행군하고 있는 신하에게 격려는 못 할망정 폐하라고 하니 눈앞이 캄캄했다. 이순신은 송희립을 보내고 나서도 팔월 중추의 달을 보면서 자작으로 술을 더 마셨다. 대취해 쓰러지려고 했다. 그러나 마음이 답답하고 괴로워 잠을 이루지 못했다.

임금이 참으로 원망스럽기만 했다. 그렇다고 의지할 데 없는 미천한 백성들을 보면 임금에 대한 서운함을 접지 않을 수도 없었다. 나라의 은혜를 입은 관아의 수장과 색리들은 도망치거나 산중에 숨어 나오지 않았지만 부평초 같은 양민이나 천민들은 이순신에게 달려와 하소연하고 군졸이 돼주었다. 사정은 보성 관아도 마찬가지였다. 군수를 보좌하던 색리들은 굴암으로 도망치고 없었다. 그래도 이순신을 위로해주는 사람은 양민이나 천민 출신들이었다. 양민인 궁장 이지李智와 대장장이를 하다가 검장劍匠이 된 태귀련은 부르지 않았는데도 스스로 열선루로 걸어왔다.

이순신은 열선루에서 삼 일을 보낸 뒤 8월 17일에 백사정으로 향했다. 군영구미로 가기 위해서였다. 보성 군수 반혼이 남문에서 마장까지 앞장서서 안내했다. 반혼이 거제 사투리로 말했다.

"통제사 나리, 마장 말들 다리가 짱짱합니더. 턱골 고개와 봇재를 넘으실라카믄 여기 말로 바꽈 타이소."

"이짝 질이 활성산성으루 가는 지름길인 겨?"

"맞십니더. 몽중산과 활성산 사이에 턱골 고개가 있꼬, 더 올라가시믄 봇재가 나오고, 쭉 내려가시믄 백사정과 군영구미가 나옵니데이.”

“알았네.”

이순신 일행은 마장에서 논밭을 지나 턱골 고개로 난 산길을 탔다. 턱골 고개에서 잠시 숨을 고른 뒤 다시 골짜기 길을 내려갔다가 봇재로 올라갔다. 봇재에 오르자 바다 한 자락이 언뜻 보였다. 배설이 전선 열두 척을 가져오기로 한 군영구미 앞바다였다. 이순신은 내심 결전의 바다로 점지한 울돌목, 명량을 떠올리며 칼을 잡은 손에 힘을 주었다. 대장장이 태귀련의 작품인 칼에 수년 전 이순신이 새긴 검명劍銘은 아직도 선명했다.

> 석자 칼로 하늘에 맹세하니
> 산하조차 낯빛이 움직이네.
> 三尺誓天 山河動色

오직 왜적을 소탕하겠다는 이순신 스스로 다짐한 맹세였다. 이순신이 빼어 든 칼이 햇살에 번뜩였다. 세 번이나 봇재의 허공을 갈랐다. 목적지를 향해 행군하라는 신호였다. 그러자 이순신 뒤를 따르는 장졸들이 함성을 지르며 백사정을 향해 내리막길을 잰걸음으로 달리듯 내려갔다.

명량으로 향하다

이순신과 장졸 백이십여 명은 백사정에서 점심을 했다. 말들에게도 풀을 먹였다. 그런 뒤 서둘러 바닷가에 있는 군영구미로 내려갔다. 배설에게 군영구미로 전선 열두 척을 가지고 오라는 지시를 내렸기 때문이었다. 판옥선 열두 척이면 명량에서 학익진을 펼칠 수 있는 최소한의 전력이었다. 전선 뒤로 협선이나 향선, 포작선을 띄워 위세를 부리면 적이 함부로 공격하지 못할 터였다. 군영구미는 백사정에서 왼쪽으로 바다를 끼고 산모퉁이 하나만 돌아가면 보였다. 두어 식경쯤에 도착할 수 있는 가까운 거리였다.

어명을 거역하고 가는 길이었으므로 이순신은 마음이 무거웠다. 선전관이 뒤쫓아 와서 자신을 압송할지도 몰랐다. 물론 선전관 박천봉이 벌써 한양에 도착하여 선조를 알현할 시간은 아니었다. 이순신이 있는 곳까지 오가려면 최소한 보름은 걸리기 때문이었다. 이순신은 자신이 외통수 길에 들어섰다고 믿었다. 한시라도 빨리 열두 척의 전선을 거느리고 결전의 바다로 나아가 왜적과 싸워 이기는 것만이 살길이라고 생각했다. 이순신은 말고삐를 잡아당기며 일행보다 앞서 나갔다. 송희립이 옆에 바짝 붙어서 말했다.

"통제사 나리, 보성 의병덜이 향선 열 척을 타고 군영구미로 온다고 하그만요."

"조양창 군량두 실구 올 겨."

"근디 배설이 올께라우?"

"와야만 혀!"

이순신은 배설이 열두 척 전선을 거느리고 온다고 믿었다. 오지 않는다면 지금까지의 구상은 물거품이 되고 말 터였다.

"거제 현령이 보고헌 말을 참고해보믄 배 수사가 겁에 질린 채 요리조리 피해 댕긴다고 헝께 그러지라우."

"불안헌 겨?"

"지발 와부러달라고 기도허는 맴뿐이그만요."

"저 모탱이만 돌믄 군영구미여. 쓰잘떼기읎는 소리 허지 말어."

흥양 쪽으로 펼쳐진 바다는 잔잔했다. 한낮의 햇살이 눈부실 정도로 파도에 난반사하고 있었다. 갈대밭에 숨어 있던 새들이 솟구치며 하늘 높이 날았다. 사실은 이순신도 불안했지만 애써 마음을 진정시키곤 했다. 산모퉁이는 낮은 고갯길이었다. 고개를 넘자 군영구미 앞바다가 훤히 내려다보였다. 이순신은 말고삐를 잡아당기며 멈추었다. 송희립이 먼저 얼굴을 일그러뜨렸다. 배설이 거느리고 와야 할 판옥선 열두 척은 보이지 않았다. 군영구미 선창은 텅 비어 있었다. 선창 너머 솔숲에서 갑자기 바람 소리가 우우 하고 들려왔다. 송희립이 욕설을 내뱉었다.

"요런 엠벵헐!"

"내가 배 수사에게 닷새나 말미를 주었는디."

"개똥에 미끄러져 코가 깨져부러야 정신 채릴 위인이그만요."

이순신은 군영구미에 이르러 군막을 점고했다. 군막의 군사는 물론 주변의 마을은 이미 다 피난 가버린 채 무인지경이 돼 있었다. 군막 창고는 조양창처럼 봉인돼 있지 않았다. 누군가가 손을 댄 것이 틀림없었다. 이순신은 군량 감관과 색리를 잡아 오게 한 뒤 곤장을 쳤다.

곤장을 막 놓은 뒤였다. 보성과 장흥 의병장들이 향선 열 척을 가지고 왔다. 그나마 향선 열 척은 이순신의 마음을 위로해주었다. 의병장 마하수의 아들 사형제 마성룡, 마위룡, 마이룡, 마화룡과 종사관 정경달의 아우 정경명, 정경영, 정경준, 정명열과 의병장 문위세와 문영개 부자, 백진남, 김안방, 김성원, 변홍달 등이 향선에 타고 있었다. 위로가 돼준 것은 또 있었다. 조양창과 양산항 창고에서 인수한 육백 석이 넘는 군량미였다.

다음 날 이순신은 향선을 타고 장흥 회령포로 갔다. 다행스럽게도 배설은 전선 열두 척을 거느리고 먼저 와 있었지만 뱃멀미를 핑계 대며 나오지 않았다. 그러나 약속을 어긴 배설을 추궁하고 벌할 시간이 없었다. 이순신은 미리 와 있던 전라 우수사 김억추에게 신임 인사를 받았다. 칠천량 해전에서 전사한 이억기의 후임으로 7월 25일에 전라 우수사로 임명된 그였다. 김응남이 천거한 강진 출신으로 완력이 좋은 무장이었다.

"통제사 나리, 전라 우수사 김억추이그만요."

"좌의정 대감이 추천혔다구?"

좌의정 김응남은 선조의 마음을 쫓아 일을 판단하곤 하는 대신이었다. 윤두수와도 의기투합하여 삼도수군통제사인 이순신을 파직한 뒤 원균으로 교체하자고 여러 번 건의했던 인물이었다. 선조 역시 이순신을 탐탁지 않게 여겼고, 김응남을 신뢰하여 좌의정과 우의정을 번갈아가며 임명했다.

"전하께서 지시하시기를 통제사 나리께서 전라도 우측 바닷가에서 왜적과 겨루고 있응께 김억추가 아니믄 서로 도울 수 읎다고 허시면서 지를 전라 우수사로 내려보내셨그만요."

이순신은 김억추의 말을 귓등으로 흘렸다. 어명을 들먹이며 은근히 자신을 과시하고 있는 말투가 비위에 거슬렸다. 이순신은 김억추를 반신반의했다. 임진년에 왜적이 침입해 선조가 몽진하고 있을 때였다. 유성룡이 선조에게 '허숙과 김억추는 퇴축退縮(뒤로 물러나 움츠림)을 잘한다'고 비난하며, 앞으로 '퇴각하는 장수는 바로 참수해야 한다'고 건의했던 것이다. 그러나 좌의정 김응남은 김억추를 전라 우수사로 천거했고, 일찍이 왜란 전에 병조판서 김명원은 선조가 행차할 때 교룡기를 들 수 있는 무장으로 '김억추는 훈련원 부장으로서 용감한 기력이 월등하게 빼어납니다. 이 사람이 아니면 교룡기를 들고 휘두를 자가 없습니다'라며 그를 천거했던 것이다. 그러니까 김억추는 대신들 사이에서 호불호가 분명하게 갈리는 무장이었다. 다만, 김억추 나름대로 부인할 수 없는 공은 있었다. 임란을 대비하여 순창 군수 재임 중에 강진의 황대중과 해남의 윤현, 강진 성전의 이준에게 다음과 같은 격문을 보낸 일이 있었음이었다.

'강진은 바닷가에 인접해 있는 지역의 가장 중요한 곳이다. 정의를 위해 몸 바칠 군대를 일으켜서 성산城山에 진을 쳐서 왜적들이 침입해 오는 길목을 지켜야 한다.'

함경도 갑산에서는 안주 목사 겸 방어사가 되어 왜적과 접전 중 지원군이 오지 않아 패했으며, 여주 목사와 만포 첨사, 고령 첨사로 부임해 가서는 사헌부 탄핵을 받는 등 우여곡절 끝에 전라 우수사가 된, 귀밑머리가 희끗한 김억추였다. 이순신은 김억추에게 신임 인사를 받자마자 배설이 넘긴 판옥선들을 개조하도록 지시했다. 산중으로 들어가 나무를 벌목할 시간이 없을 만큼 화급한 일이기 때문이었다.

그때 탐망 군관이 비보를 전했다. 이틀 전, 그러니까 8월 16일에 남원의 관군과 성민이 최후의 일인까지 왜군의 총공세에 밀리지 않고 분투했지만 결국 성을 내어주고 말았다며 통곡을 했다. 남원성이 넘어갔다면 전주성도 위험했다. 전주성을 방비하는 명나라 유격장 진우충이 싸움을 꺼려해 성을 쉽게 내어줄지도 모르기 때문이었다. 그렇다면 왜군의 다음 공격은 불을 보듯 뻔했다. 왜 육군은 한양을 향해 진격할 것이고, 왜 수군은 전라도 남해와 서해를 공격해 보급로를 확보하려고 할 것이었다. 특히 왜 수군은 파도가 거칠어지는 겨울이 오기 전에 서둘러 공격할 것이 틀림없었다.

잠시 후, 이순신은 마하수에게도 지시했다.

"산에서 나무를 베어 널판자를 맹글라믄 시간이 걸리니께 회령포 관아의 문짝을 떼어 와야 혀."

"으디에다 쓸라고 그란디요?"

이순신은 김억추 우수사에게 전선 개조를 먼저 명했지만 마하수에게도 당부했다. 그를 찾은 이유는 두 가지였다. 첫 번째는 그가 선소에서 거북선을 건조할 때 전선 감조監造 군관軍官의 경험이 있기 때문이었고, 두 번째는 김억추를 전적으로 신뢰하지 못해서였다. 김억추를 볼 때마다 그를 비난했던 유성룡의 말이 떠올라서였다.

"판옥선 옆구리에 방패를 높이구 선수 쪽에 화포대를 맹글라구 그려."

"그랑께 거북선 숭내를 내는그만요."

"기여. 그래야 적덜이 달라붙지 못헐 겨. 밤을 새와서라두 열두 척을 개조혀."

"수사 나리, 알겄그만이라우."

마하수는 아직도 이순신이 전라 좌수사인 줄만 알고 있었다. 삼도수군통제사로 재임명된 사실을 몰랐다. 다른 의병장이나 장흥 회령포에서 뒤늦게 합류한 장졸들도 마찬가지였다. 모닥불을 피워놓고 전선을 개조하는 장졸들이 이순신이 순시를 돌 때마다 '수사 나리!'를 외쳤다. 이순신을 따르는 송희립이 주의를 주었지만 소용없었다.

"시상이 으쩌게 돌아가분지 모르는그만잉. 인자 삼도수군통제사시란 말이여."

"일허는디 방해되니께 소리지르지 말어."

"날이 볽으믄 통제사로 임명헌다는 교서에 숙배하도록 지가 준비시킬랍니다요."

"알아서 혀."

송희립이 말한 교서란 선전관 양호가 진주 손경례 집으로 가지고 와서 전한 선조의 명령서였다. 이순신은 날이 밝아오는 묘시에 또 선창으로 나가 개조하는 전선들을 점고했다. 이순신이 김억추와 마하수에게 지시해 만든 판옥선의 가장 큰 특징은 선수에 있었다. 거북선의 용두를 대신하는 화포대, 즉 포탑을 세워 화포 공격을 배가시킨 것이었다. 물론 전선의 옆구리 높이를 더 올려 적이 기어오르지 못하게 한 것도 새로운 모습이었다. 모닥불 검댕이 군사들의 인중에 달라붙어 모두가 콧수염이 난 것처럼 새까맸다. 군사들은 모닥불 옆에서 꾸벅꾸벅 졸고 있다가 이순신을 보자마자 일어나 부동자세를 취했다.

이른 아침 밥시간이 끝나자마자 송희립이 장졸들을 관아 마당으로 집합시켰다. 교서에 숙배하는 의식은 짧게 끝냈다. 이순신은 자신의 영을 세우기 위해 두 가지만 밝혔다. 임금이 자신에게 전라 좌수사 겸 삼도수군통제사로 임명했다는 것과 수사 이하 모두를 통제하되 규율을 어기는 자는 군법대로 처단하라는 명을 받았다고 밝혔다. 그런데 밤새 전선 개조를 감독한 김억추는 나타났지만 배설이 또 보이지 않았다. 그래서 이순신은 그의 군관을 엄하게 문책했다.

"배 수사는 어제두 오늘두 보이지 않으니 무신 일인 겨!"

"뱃멀미가 심했끄 어제부터 수질水疾을 앓고 있십니더."

"수사의 방자한 태도가 이루 다 말헐 수 읎구먼."

이순신은 장졸들이 보는 앞에서 배설의 군관에게 곤장을 때렸다. 또 이어서 전라 우수사의 부하인 회령 만호 민정붕도 불러내 군량미를 잘 관리하지 못한 죄를 물어 곤장 스무 대를 쳤다. 이들에게 모욕을 주고자 곤장을 든 것이 아니라 서릿발 같은 영을 보여주기 위해서였다. 싸움을 앞두고서는 평시보다 더 긴장하고 규율이 서 있어야 했던 것이다. 송희립이 판옥선 열두 척을 모두 개조했다고 보고하자마자 이순신은 즉시 이진으로 출발하라고 명했다. 회령 포구가 적의 공격으로부터 방어하기에 좁아서였다.

이진은 작년, 즉 병신년(1596) 윤 8월 25일에 시찰한 적이 있는 포구였다. 이진에서 점심을 하고 해남으로 떠났는데, 그곳에서 먹고 마신 음식과 술이 생각났다. 어란이라는 관아의 부엌데기가 준비한 뛰어난 음식 솜씨 때문이었다. 부엌데기의 성은 김해 김가였다. 피난길에 부모를 잃어버렸으므로 어란포 관아에 맡겨졌다가 음식 솜씨가 좋아 내아 구실아치가 됐던 것이다. 송희립이 물었다.

"으째서 가리포로 가지 않고 이진으로 가는게라우?"

"송 군관은 모를 겨. 작년에 우우후 이정충이 건의허기두 혔지만 가리포 군사의 형세가 외롭기 때문에 이진과 합치두룩 헌겨."

"그래서 우리 전선이 이진으로 가는그만요."

"그려."

이순신은 끝내 송희립에게 작년에 이진에서 마신 송화주와 낙지만두, 꿩고기김치 같은 음식은 얘기하지 않았다. 송희립에게 숨기고자 그런 것은 아니었다. 이진으로 가는 도중 배가 슬슬 아파와 입을 다물어버렸다. 실제로 이진 앞바다에 도착해서는 몸이 몹시 불편하여 식음을 전폐하고 끙끙 신음을 하기에 이르렀다.

긴장을 하여 신경이 극도로 예민해질 때마다 도지는 증세였다. 또다시 그런 증세가 이순신을 괴롭혔다. 배 속의 장이 꼬이고 위장이 돌덩이처럼 굳어지는 듯했다. 창자가 끊어질 듯했고 피가 통하지 않은 듯 얼굴은 백짓장처럼 하얘졌다. 가을 바다의 찬 기운이 바늘처럼 뼛속을 꾹꾹 찔러댔다. 토사곽란이었다. 이진 포구에 도착한 지 삼 일 만이었다. 이순신은 더 견디지 못하고 뭍에 내렸다. 불을 들인 온돌방에서 이불을 뒤집어쓴 채 누워서 쉬기 위해서였다.

그러자 토사곽란이 가까스로 멎었다. 이순신은 지체하지 않고 다시 대장선에 올랐다. 열두 척의 작은 함대는 정오쯤에 어란포 앞바다에 도착했다. 탐망 군관을 내보내보니 어란포의 사정도 다른 지역과 마찬가지였다. 관아의 군사나 민가의 양민들이 피난 가버리고 없었다. 남아 있는 사람은 오갈 데 없는 피난민들뿐이었다. 피난민들끼리 약육강식이 횡행했다.

"통제사 나리, 지옥이 따로 읎그만요. 피난민 중에 심이 센 놈이 남의 재산을 함부로 강탈허고 있그만이라우."

"아무리 전시라구 허지만 사람의 도리는 지켜야 허는 벱이여. 도적질허는 놈은 잡아다 목을 벨 겨."

"알겄습니다요."

도적질한 사람은 당포에서 어란포로 피난 온 보자기들이었다. 당포에서 온 그들은 힘없는 피난민들의 소 두 마리를 훔쳐 끌고 가면서 어란포에 왜적이 왔다고 유언비어를 퍼뜨렸다. 군관들에게 붙잡혀 온 두 명의 당포 보자기는 이순신의 심문을 받고는 그 자리에서 바로 목이 베였다. 이순신은 도적질과 유언비어를 퍼뜨린 그들을 극형으로 다스렸다. 그제야 어란포에 정착하려던 피난민들이 안심을 했다. 질서를 찾았다.

왜선은 다음 날에야 이진 앞바다에 출현했다. 탐망 군관 임준영이 말을 타고 이순신에게 달려와서 보고했다.

"통제사 나리, 적선이 이진에 침입했그만요."

"몇 척인 겨?"

"모다 여덟 척입니다요."

"그뿐인 겨?"

"지 눈으로 몇 번이나 확인해뻔졌습니다요."

그때 이순신보다 앞서서 회령포를 떠났던 김억추가 전선 한 척을 이끌고 나타났다. 이순신은 임준영의 보고를 마저 들었다.

"우리덜 배를 쫓고 있는 거 같그만요."

"본대의 선발대일 겨."

"이진허고 어란포는 지근거리지라우."

"우덜은 열두 척에다 우수사 전선 한 척이 있으니께 열세 척이여. 동요허지 말으야 써."

이순신은 선발대가 여덟 척이라면 두려워할 필요는 없다고 판단했다. 다만 왜 수군이 선발대를 띄운 까닭은 따로 있을 것 같았다. 선발대는 왜군 대장이 거느리는 함대가 안전하게 정박할 포구를 찾고 있음이 분명했다. 이순신은 그날 밤에 대장선으로 장수들을 불렀다. 그런 뒤 경상 우수사 배설, 전라 우수사 김억추, 조방장 배흥립, 영등포 만호 조계종, 거제 현령 안위 등 이순신 휘하의 장수들과 작전 회의를 시작했다. 송희립이 먼저 말했다.

"왜넘덜이 통제사 나리께서 재임명된 것을 알고 있을께라우?"

"그런지두 물러."

"이진에 침입헌 왜선은 우리덜을 잡을라고 온 것이 아닐께라우?"

"나를 쫓구 있을 겨."

김억추가 말했다.

"으쨌그나 선발대보담 본대를 경계해야 쓰겄지라우."

"그려."

배설은 아무 말도 않고 눈을 껌벅거리며 듣기만 했다. 수질을 앓고 있는 탓인지 얼굴이 창백했다. 가끔 이순신의 눈을 피했다. 김억추가 다시 말했다.

"어란포도 위험헌께 우로 더 올라가야 안전허겄지라우."

"우수영으루?"

김억추는 해남과 진도 부근의 바다를 잘 숙지하고 있었다.

"명량이 방패가 돼준께 그러지라우."

김억추가 명량의 형세를 설명했다. 명량의 가장 좁은 곳은 폭이 어른 걸음으로 삼백이십오 보, 수심이 가장 낮은 곳은 서쪽 진도 해안 부근으로 어른 걸음으로 두 걸음, 밀물은 북서쪽으로 올라가고, 썰물은 남동쪽으로 급하게 내려가는데 주류主流는 명량의 중앙이고, 양쪽 해안은 약한 반류反流이며 두 곳의 경계는 소용돌이치는 와류渦流라고 했다. 이순신이 말을 끊었다.

"지금 당장은 이진에 나타난 왜적덜이여. 꼭두새벽까정 전선에 올라 만반의 방비를 잘혀야 혀."

"예, 통제사 나리!"

먼동이 터오고 바다가 푸른빛으로 바뀌고 있을 무렵이었다. 꼭두새벽에 일어나 전선의 상황을 낱낱이 점고하고 있는데 묘시쯤 척후장으로 나갔던 영등포 만호 조계종이 돌아와 소리쳤다.

"적선입니더!"

장사진 대오를 한 적선 여덟 척이 어란포 앞바다 너머에서 오고 있었다. 탐망 군관 임준영이 보고한 왜 수군 선발대였다. 이순신은 적선을 보자마자 피가 끓어올랐다. 삼도수군통제사에 재임명된 이후 처음으로 맞닥뜨린 왜선이었다. 왜선은 배 모양이

홀쭉한 중형의 관선關船(세키부네)이었다. 빠르다고 하여 조선早船(하야부네)이라고도 부르는 배였다. 그런데 아무도 대장선 앞으로 치고 나가려고 하지 않았다. 배설이 탄 전선은 물론 다른 배들도 마찬가지였다. 그러자 이순신이 대장선의 군관에게 대장기를 올리라고 명했다. 대장기가 올라가자마자 둥둥둥 북이 울리고 나각에 이어 나발 소리가 요란하게 났다. 공격하라는 신호였다. 그런데 싸움은 싱겁게 끝나버렸다. 왜선들이 이순신의 대장기를 보고는 줄행랑을 쳤던 것이다. 이순신은 왜선을 뒤쫓아갔다가 돌아오고 말았다. 왜선의 선발대가 이순신의 작은 함대를 유인하고 있는지도 몰랐기 때문이었다. 더욱이 아군의 대형 판옥선으로 중형의 관선을 따라잡기는 무리였던 것이다. 이순신은 기분이 개운치 않았다.

"저놈덜이 도망갔다구 안심헐 일은 아녀."

"그래도 어란포에서 적덜을 물리친 것은 이긴 싸움이 아닌게라우?"

"우덜 함대 규모와 내가 있다는 것을 파악혔으니께 반다시 다시 쳐들어올 겨."

이순신 함대는 왜적 선발대에게 노출된 어란포를 떠나 그날 밤 장도(현 해남 장지면)로 가서 진을 쳤다.

명량 해전 1

이순신 함대 열세 척은 어란포에서 벽파진으로 갔다. 왜 수군 함대의 정찰을 따돌리기 위해 이진, 어란포 등 해남 땅에서 갈지자 방향인 진도 포구에 닻을 내렸다. 그런데 벽파진에 진을 친 지 사 일 만이었다. 결국 배설이 사라졌다. 이순신이 수질로 고생하는 배설에게 전선에서 내려 요양하라고 배려해주었는데 종적을 감춰버린 것이었다. 안위가 분을 참지 못했다.

"배 수사 모가지를 잘라 간짓대에 걸어뻔져야 허겄그만요!"

"그래두 배 수사 덕분에 열두 척이 생긴 겨. 그러니께 참으야 혀."

"싸우기를 두려와허는 장수는 장수가 아니랑께요."

"워디루 숨어버린 것은 허물이지만 열두 척을 가지고 온 것은 공인 겨."

이순신은 배설이 괘씸했지만 일부러 그의 공을 말했다. 그의 허물만 지적했다가는 장졸들의 사기를 저하시킬 수도 있기 때문이었다. 적진을 용감하게 넘나드는 탐망 군관 임중형의 보고는 계속 올라왔다.

"적선 쉰다섯 척 중에 열세 척이 어란 앞바다에 있습니다요. 놈덜이 시방 우리 수군을 공격할 거 같그만요."

"조심혀. 원숭이두 나무에서 떨어질 때가 있는 벱이니께."

왜선 열세 척의 선봉대를 거느리고 9월 7일에 어란포를 먼저 침입한 왜 수군 선봉장은 간 마사카게菅正陰였다. 왜군이 공격할 것 같다는 임중형의 보고는 정확했다. 신시(오후 4시쯤)가 되자, 한산도 바다에서 이순신에게 참패했던 왜장 와키자카 야스하루가 삼십 척을 이끌고 벽파진을 향해 공격해 왔다. 와키자카는 한산도 바다에서 학익진과 유인 전술에 말려들어 군사 사천여 명을 잃고 겨우 탈출한 적이 있었으므로 이순신에 대한 복수심으로 불탔다. 상대가 방어하고 있을 때는 세 배 이상의 전력으로 공격하는 것이 전술의 기본 철칙이었다. 그런데 와키자카는 마음이 급해 이순신의 전선 열세 척을 얕잡아 보고 왜선 삼십 척만으로 싸움을 걸어왔다.

이순신은 움츠러들지 않고 왜선을 향해 달려가 공격했다. 대장기를 단 대장선이 앞장을 서니 나머지 전선들도 물러서지 않고 돌진했다. 이순신의 첫 번째 공격 전술은 언제나 함포사격이었다. 지자, 현자총통의 동시다발 화포 사격은 판옥선만의 장점이었다. 화포 사격으로 인한 전선의 흔들림이 작아 명중률이 높고 조총보다 사거리가 길었다. 더욱이 회령포에서 개조한 전선들은 거북선처럼 선수에도 지자, 현자총통이 장착돼 왜선을 향해 돌진하면서도 화포 공격이 가능했다.

"적덜을 놓치지 말구 공격혀!"

이순신의 전선들은 도망치는 왜선을 먼바다까지 뒤쫓아 갔다. 열세 척뿐인 조선 수군의 전력을 얕잡아 보고 공격해 왔던 왜선들은 이순신의 당파전술에 먼바다 너머로 도망쳤다. 그제야 이순신은 장수들에게 퇴각을 명했다. 달이 서산에 걸리고 산 그림자가 바다에 기울 무렵이었다.

"주사장舟師將(수군 장수)들은 벽파루 귀진혀."

"적선을 한 척도 가라앉히지 못헌 것이 분헙니다요."

"왜선덜이 많이 부서졌을 겨. 더 쫓아가다가 함정에 빠질 수두 있구, 무엇보담 바람과 물이 역류허구 있으니께 돌아가야 혀!"

이순신이 재차 귀진을 명하자 전선들이 선수를 돌렸다. 북풍이 부는 데다 썰물 때라 격군들이 힘들어 했다.

"왜적덜이 들물(밀물) 때를 이용해 야습할지 모르니께 전선에서 대기허고 있으야 혀."

"들물은 어느 시부텀인게라우?"

"우수사가 잘 알 겨."

그러자 김억추가 말했다.

"자시부텀 물이 들물로 바뀐께 적덜이 야습헌다믄 자시부터가 되겄지라우."

벽파진이나 명량 일대 바다는 자시(오후 11-1시쯤)부터 밀물로 바뀌어 북서쪽으로 흘렀다. 왜 수군은 칠천량에서 야습을 하여 대승하였으므로 자시 무렵 이후에 공격할 가능성이 컸다. 이순신은 거듭 당부했다.

"배에서 방비를 잘혀. 한밤중이 더 위험허니께."

벽파진으로 돌아온 전선들은 일자진 대오로 간격을 크게 벌린 채 왜적을 경계했다. 늦은 저녁으로 주먹밥이 나왔다. 이순신도 장졸들과 함께 보리주먹밥으로 저녁을 했다. 전선을 은폐하기 위해 소등하고 있었으므로 주먹밥이 입으로 들어가는지 코로 들어가는지 모를 지경이었다.

이순신과 장수들이 짐작한 대로 해시(밤 10시쯤)가 되자, 척후선에서 왜선을 발견했다는 불화살이 벽파진 허공으로 날아왔다. 이순신은 즉각 공격 준비를 하달했다.

"이번에두 공격 대오는 학익진인 겨!"

"예, 통제사 나리."

이순신의 명을 받아 전달하는 중군장 김응함이 큰 소리로 복창했다.

"화포 한 발을 쏠 때까정 지달렸다가 공격혀야 혀!"

"예, 통제사 나리."

"공격헐 때는 북 치구 나각두 불구 나발두 불티니께 말여!"

밀물과 썰물이 바뀌기 전으로 바닷물의 흐름이 잠시 멈춘 자치기판이었다. 조류가 염염해지는 시기를 홍양 장수들은 자치기판이라고 불렀다. 파도 소리가 잦아든 자치기판의 바다는 괴기스러울 정도로 고요했다.

이윽고 대장선에서 지자총통 한 발이 불을 뿜었다. 하늘에서 천둥이 치듯 벽파진을 뒤흔들었다. 이어서 북소리와 나각, 나발 소리가 나자 전선들이 학익진 대오로 왜선을 향해 나아갔다. 그런데 왜선들이 치고 빠지는 전술로 나왔다. 큰 함대를 이루어 물러나는 속도는 느렸다. 신시에 공격해 왔던 삼십 척보다 훨씬 더 많았다. 와키자카 함대에다 구루시마 함대가 합세한 연합함대였는데 그래도 이순신 함대를 두려워하고 있음이 분명했다.

이순신은 장수들에게 벽파진 앞바다 너머로는 나가지 말라고 지시했다. 왜선 함대에 포위당할 수 있으므로 그랬다. 그러자 왜선 함대는 자정까지 치고 빠지기를 반복하면서 대포와 조총만 쏠 뿐 총력전은 펴지 않았다. 이순신 함대가 왜적의 유인 전술에 말려들지 않았기 때문이었다.

이후, 왜 수군 함대는 삼 일 동안 나타나지 않았다. 이순신의 건재를 확인하고는 야간 기습전보다는 대규모 함대를 만들어 총공세의 전술로 전환하기 위해서였다. 칠천량 해전에서 도도 다카토라와 함께 전공을 세운 와키자카 왜 수군 대장은 야간 기습전이 이순신에게는 통하지 않는다고 판단했던 것이다. 와키자카가 어란포를 침입했던 선봉장 간 마사카게를 부른 뒤 그에게 주의를 주었다.

"이순신에게 말려들지 말라. 한산도 바다에서 당한 나는 결코 두 번의 실패는 하지 않을 것이다."

"알겠습니다. 신중하게 공격하겠습니다."

"그런데 자네도 미기美妓를 보았군."

와키자카는 야릇한 미소를 흘렸다. 사실, 간 마사카게는 결전을 앞두고 어란포에 더 머물고 싶어 했다. 어란포 관아에서 내아 부엌데기 어란을 보자마자 반해버렸던 것이다. 어란은 마사카게를 뿌리치고 싶었지만 갈 데가 없었다. 달마산의 절에 머물며 여러 날 불공을 올리고 왔을 때는 이미 왜적이 어란포를 분탕질한 뒤였다. 마사카게는 어란에게 노략질한 물건을 주면서 밤마다 술을 따르게 하고 이부자리 속으로 불러들였다. 마사카게는 부들부들 떠는 어란을 어르고 달랬다.

"싸움은 길지 않을 것이다. 싸움이 끝난 뒤 나를 따라가면 너는 큰 성을 가진 내 아내가 될 것이다."

"소녀는 부모님을 찾아서 같이 살고 잪을 뿐이어라우."

어란은 부귀영화를 바라지 않았다. 피난길에 헤어진 부모를 다시 만나 함께 살고 싶은 것이 꿈일 뿐이었다. 관기의 신분이 아니므로 관아에 남아 부엌데기로 살 이유가 없었다.

수군들은 명절이나 싸움에서 승리한 날은 특식을 먹었다. 결전을 앞두고 있을 때도 마찬가지였다. 이순신은 9월 9일 중양절이므로 배식 군관을 불러 장졸들에게 특식을 먹이라고 지시했다. 배식 감독은 녹도 만호 송여종과 안골포 만호 우수가 맡았다. 배식 군관은 백정 출신 수졸을 차출해 점세가 제주에서 싣고 온 소 다섯 마리를 잡게 했다. 열세 척 전선과 협선 서른두 척의 장졸, 천오백여 명이 먹을 수 있는 쇠고깃국을 끓이려면 소 다섯 마리가 필요했던 것이다. 삶은 고깃살은 송여종과 우수가 철저히 감독해서 공평하게 배분했다. 생선 비린내만 나던 벽파진에 모처럼 고소한 쇠고깃국 냄새가 진동했다. 사발을 든 장졸들의 사기가 솟구쳤다. 군관 하나가 이순신에게 먼저 잡곡밥에 기름이 동동 뜬 쇠고깃국 한 사발을 가져왔다.

"통제사 나리, 몬자 드시지라우."

"나는 상제 몸이니께 고깃국을 먹을 수 읎구먼."

이순신은 쇠고깃국을 물리쳤다. 그러자 옆에 있던 누군가가 국 사발을 들고 사라졌다. 여기저기서 큰 소리가 들려왔다.

"밥심, 국심으로 왜놈덜 숨통을 끊어불 것이여!"

"낮밥은 싸와서 이겨야지 나오는 특식인디 미리서 묵어부네 그려!"

"오늘이 중양절이여. 그랑께 특식을 묵고 있단 마시."

"아녀. 큰 싸움을 앞두고 멕이는 거 같은디?"

"으쨌든지 간에 사기가 하늘을 찔러불 거 같그만잉."

이순신은 자신의 의도가 맞아떨어진 것 같아 흐뭇했다. 이순신이 흡족해하자 송희립이 말했다.

"통제사 나리, 싸와불기도 전에 우리덜이 이겨뻔진 거 같그만요."

"싸움두 배가 불러야 잘허는 벱이여."

"결전의 날이 다가오는 거 같그만이라우."

"송 군관 생각두 그려?"

"왜놈덜이 우리덜을 자꼬 건드리고 있는디 한판 붙을라고 그런 거 아닐께라우?"

"기여. 메칠 안으루 큰 싸움이 있을 겨."

"방금도 조계종 만호가 왜놈 정탐선을 쫓아갔다가 돌아왔그만요."

닷새 뒤였다. 벽파진 건너편 해남 땅에서 연기가 피어올랐다. 탐망 군관 임준영이 보내는 신호였다. 이순신은 고기 잡는 포작선을 보내 임준영을 싣고 와 보고를 받았다.

"적선 이백여 척 가운디서 쉰다섯 척이 어란포 앞바다로 들어와부렀그만요."

이순신은 임준영의 보고를 듣는 순간 전율을 느꼈다. 건곤일척의 결전이 임박했다고 직감했다. 임준영이 보고한 왜 수군 함대의 규모는 이백여 척 이상이었다. 그중에서 규모가 가장 큰 쉰다섯 척은 군사 이천 명을 거느린 총대장 도도 다카토라의 함대였다. 군사 천오백 명을 거느린 왜장 와키자카 야스하루 함대는 두 번째로 컸고, 군사 칠백 명을 거느린 구루시마 미치후사의 함대는 규모 면에서 가장 작았다. 아무튼 선봉장 간 마사카게의 군사와 히데요시가 보낸 감독관 모리 다카마사의 선봉행船奉行(군무 요원)까지 합한 왜 수군은 모두 오천여 명 안팎이었다.

임준영이 한 가지를 더 보고했다.

"통제사 나리, 이달 초 엿새 달마산으로 피난 갔다가 왜적에게 붙잡혀 왜선에 갇혔다가 도망친 김중걸이 전해준 야그입니다요."

"워디 왜선에서 도망친 겨?"

"어란포를 분탕질헌 왜선인 것 같습니다요."

"중걸이 간민奸民은 아녀?"

"아닙니다요. 김해 김가라는 왜장의 첩이 풀어주었다고 하그만요."

"어란이라구 하지는 않던감?"

"이름은 끝내 밝히지 않았는디 김해 김가라고만 말했다고 하그만요."

"간민이 아니라는 증거가 뭣인 겨?"

"간민이라믄 김해 김가 여자가 적덜이 헌 야그를 중걸에게 알려주었을 리가 읎습니다요. 의심했으믄 풀어줄 리도 읎고라우."

"간민이 많으니께 그려."

임준영이 포로였다가 도망쳐 나온 김중걸에게 들은 이야기는 구체적이었다. 김해 김가 여인이 왜장에게 통사정해서 자신을 풀어주었는데, 그날 밤 왜적들이 깊이 잠든 사이에 김해 김가 여인이 자신의 귀에다 대고 '조선 수군 십여 척이 우리 배를 추격하여 우리 수군을 쏘아 죽이고 또 배를 불태우기도 했으니 보복하지 않을 수 없다. 그러니 여러 배를 불러 모아서 조선 수군을 다 죽여버린 후에 바로 경강京江(한강)으로 올라가자'고 의논하는 왜장들의 이야기를 전해주었다는 것이었다.

이순신은 김중걸을 직접 신문하지 못했으므로 다소 의심이 갔다. 그러나 왜 수군의 목적지가 경강이라는 말에 자신도 모르게 등골이 써늘해졌다. 임준영의 보고가 정확하다면 왜 육군과 왜 수군은 한양을 점령하고자 수륙병진 작전을 펼치고 있는 것이 확실했다. 이순신은 즉시 우수영으로 전령선을 띄웠다. 전령선에 오른 군관에게 지시했다.

"우수영 앞바다에 피난선이 많을 겨. 피난민덜을 뭍으루 올라가게 조치혀."

"예, 통제사 나리."

"큰 싸움을 앞두구 있으니께 피난민덜을 산으루 대피시키는 겨."

오갈 데 없는 피난민들부터 조치하고 난 다음에야 이순신은 벽파진에서 우수영 포구로 이진을 명했다. 곧 전선 열세 척과 협선 서른두 척이 북서쪽으로 흐르는 밀물을 타고 우수영 앞바다로 움직이기 시작했다. 이순신 함대는 장사진 대오를 만들어 구렁이가 움직이듯 명량의 물목 가운데를 뚫고 지나갔다. 명량의 물목 양쪽 해안가는 수심이 얕은 데다 암초가 많았고 바닷물이 소용돌이치는 와류와 거꾸로 흐르는 반류가 흘렀다.

우수영 앞바다에는 백여 척의 포작선들이 떠 있었다. 피난민들이 타고 있던 작은 피난선들이었다. 산으로 올라가 있으라는 전령 군관의 지시를 받았음인지 포작선들은 대부분 비어 있었다. 그러나 일부 피난민들이 포작선으로 다시 내려와 북과 꽹과리를 치며 이순신을 맞이했다.

"이야李爺(이순신을 존경해 부르는 호칭)! 이야! 우리덜 아버지시그만잉."

헐벗고 굶주린 피난민들이 눈물을 흘리며 이순신을 연호했다. 이순신은 뭍으로 내려가지 않고 대장선에서 머물렀다. 이순신의 눈가도 촉촉해졌다. 늙은 피난민들을 보니 또 돌아가신 어머니 생각이 났다. 입버릇이 되다시피 한 '천지간에 나 같은 사람이 또 워디 있을 겨'란 탄식이 자신도 모르게 흘러나왔다. 옆에 있던 장남 회가 이순신을 보고는 선미로 돌아가 몰래 흐느꼈다. 잠시 휴식을 취한 이순신은 송희립을 시켜 장수들을 불렀다. 각자의 전선을 지휘하는 장수들이 하나 둘 대장선으로 올라왔다. 전투 편제는 이미 이순신의 머릿속에 그려져 있었다.

총대장 전라 좌수사 겸 삼도수군통제사 이순신
조방장 배흥립
전부장 거제 현령 안위
중위장 미조항 첨사 김응함
척후장 영등포 만호 조계종
유군장 전라 우수사 김억추

김억추를 뒤로 물러나게 한 이유는 전선을 지원하는 협선과 피난민의 포작선들을 이용하여 왜적들에게 위세를 보이기 위해서였다. 그밖에 후부장, 좌부장, 우부장, 한후장, 참퇴장 등은 함대의 규모가 작아 굳이 정할 필요는 없었다. 첨자진 대오로 전진하다가 공격형 대오인 학익진을 명하면 모든 장수들은 중군선과 대장선 앞으로 치고 나와야 할 터였다. 대장선과 중군선 앞으로 나와서 늘어서는 전선의 주요 장수들은 다음과 같았다.

발포 만호 소계남

녹도 만호 송여종

회령포 만호 민정붕

안골포 만호 우수

평산포 대장代將 정응두

이순신은 장수들의 면면을 뚫어지게 본 뒤에야 무겁게 입을 열었다. 이순신의 목소리는 엄중했지만 부하 장수들을 신뢰하는 정이 묻어 있었다.

"병법에 이르기를 '죽고자 허믄 살구 살고자 허믄 죽는다[必死卽生 必生卽死]' 혔구먼. 또 이르기를 '한 사람이 길목을 지키믄 천 명의 사람도 두렵게 헐 수 있다[一夫當逕 足懼千夫]' 혔단 말여. 이것은 모다 오늘 우덜을 두구 헌 말이여. 여러 장수덜은 살고자 허는 생각을 품지 말으야 써. 만약 조금이라두 명령을 어기는 자가 있다믄 군법으루 다스릴 겨. 알겄는가!"

"예, 통제사 나리."

"알겄는 겨?"

"예, 통제사 나리. 명심하겠십니더."

이순신은 장수들에게 두세 번 다짐했다. 특히 김억추를 대장선에 남게 하여 피난민들을 잘 통솔하라고 지시했다.

"왜장덜이 우덜을 얕보지 않게 우수사가 뒤에서 세를 보여줘야 혀."

"예, 협선 서른두 척과 포작선 백여 척으로 뒤를 든든허게 받쳐줘야 허겄지라우. 그라고 솜이불을 바닷물에 당갔다가 배에 두르믄 놈덜의 총알이 뚫지 못헌다고 그라그만요."

"오늘 밤중으루 이불을 전선에 두르는 것이 좋겠구먼."

"이불을 구해보는 디까정 구해볼께라우. 명량을 잘 아는 늙은 양민덜과 피난민덜을 잘 다스려불랍니다요."

전투 경험이 없는 늙은 양민과 피난민들이 할 수 있는 일이란 적을 속이는 위장 전술로 돕는 것뿐이었다. 이순신은 김억추에게 위장 전술을 허락했다. 우수영에 사는 양민과 피난민들이 생각하는 위장 전술은 세 가지였다.

첫 번째는 적들이 조총과 포를 쏘게 하여 탄환을 소진시키는 전술이었다. 썰물 때를 기다렸다가 함지박과 짚을 묶어 관솔불을 붙이거나 뗏목에 나락 등겨를 쌓고 생대를 얹어 불을 놓은 뒤 떠내려 보내는 위장 전술이었다. 두 번째는 널빤지에 사람 형상을 만들어 황토를 칠해 아군의 시체로 위장해 떠내려 보내는 전술이었다. 세 번째는 빈 배에 허수아비들을 세우고 배 옆구리에 이엉을 둘러 적들이 화살 공격을 하도록 유도한 뒤 화살을 빼오는 전술이었다.

다만 이와 같은 위장 전술은 신시(오후 6시쯤)부터 자시(밤 12시쯤)까지, 그것도 달이 없는 캄캄한 밤중에만 쓸 수 있다는 것이 한계이자 단점이었다.

"양민덜을 시켜 칡과 무시를 준비혀."

"마침 무시는 단맛 나는 철이고 칡은 캐 묵을 때가 됐그만이라우."

"두 가지 모두 배고프구 목마를 때 좋으니께."

"새복에 칡은 피난민헌티, 무시는 양민덜을 시켜 준비허겄습니다."

이순신은 김억추를 보낸 뒤 엎치락뒤치락하다가 겨우 눈을 붙였는데 꿈에 머리와 눈썹과 수염이 온통 하얀 신인神人을 만났다. 신인이 말했다.

"이렇게 하면 크게 이길 것이고, 저렇게 하면 질 것이다."

이순신은 백발 신인의 말을 이심전심으로 알아들었다. '명량을 전방에 두고 싸우면 이기고, 명량을 등지고 싸우면 패배할 것'이라고 해몽해 받아들였다. 실제로 묘시(오전 6시쯤) 이후부터는 바닷물이 북서에서 남동으로 빠지는 썰물이 시작되므로 명량을 등진 상태에서는 빨라지는 조류 때문에 학익진 대오를 유지할 수 없었다. 고비 때마다 현몽했는데 이번에도 마찬가지였다.

대장선에서 내려와 전라 우수영 전선에 오른 김억추도 꿈을 꾸었다. 갑옷을 입은 어떤 장수가 김억추에게 말했다.

"너는 나를 아느냐? 나는 한나라 장군 관우이니라. 지금 싸움터에는 구리로 만든 방울을 두 귀에 단 왜장이 있다. 옛날의 치우처럼 사나워도 너는 맞아서 싸울 수 있으니 놀라거나 두려워하지 말라."

또 덧붙여서 말했다.

"싸움터에는 소름이 끼칠 만큼 무섭고 거친 기운이 똑바로 하늘로 향하고 있다. 너는 급히 공격하되 좋은 기회를 놓치지 말라."

관우는 전쟁에서 이기게 하는 군신이었다. 명나라 장수는 반드시 싸움터에 나아가기 전에 관우 사당에 들러 관우상 앞에서 무운장구를 빌었다. 김억추는 그런 광경을 본 적이 있었고, 또 관우가 꿈에 나타나 말해주었으므로 길몽이라고 여겼다.

'아아! 관우신이 나를 돕는구나!'

김억추는 벌떡 일어나 자신도 모르게 중얼거렸다.

명량 해전 2

결전의 날은 밝았고 하늘은 차갑게 푸르렀다. 벽파진 쪽으로 불어가는 바람이 냉기를 뿌렸다. 기러기 떼가 하늘가로 날아가는 이른 아침이었다. 별망군 군관이 꼭두새벽의 된서리에 몸을 움츠렸다가 진저리를 치며 보고했다.

"통제사 나리, 무자게 많은 적선덜이 명량을 거쳐 이짝으로 오고 있습니다요."

어란포에 집결해 있던 왜 수군 함대가 벽파진을 거쳐 명량으로 올라오고 있다는 보고였다. 이순신은 놀라지 않았다. 도도 다카토라, 와키자카 야스하루, 구루시마 미치후사 등의 왜장이 거느리는 백삼십삼 척의 함대였다. 간 마사카게의 왜 수군 척후 선단은 이미 명량까지 올라와 조선 수군의 동태를 살피고 있었다. 육 척 이 촌의 거인 도도 다카토라의 함대는 담쟁이가 그려진 표장의 깃발을 펄럭이고 있었다. '주군을 일곱 번 바꾸지 않는다면 무사라 할 수 없다' '자신을 어느 편이라고 말하지 않는 것이야말로 지조다'라고 말할 정도로 처세술의 달인인 도도는 이순신의 첫 싸움인 옥포 해전에서 패장이 된 수모를 씻기 위해 이번 싸움에서는 총대장으로 나섰다.

와키자카 함대 깃발에는 두 개의 원을 겹친 표장이 그려져 있었다. 원래 육군 장수였던 와키자카는 한산도 해전에서 이순신에게 참패한 적이 있어 이번 싸움은 복수전이나 다름없었다. 적장인 이순신을 흠모하면서도 죽이고 싶어 했던 도도와 와키자카는 칠천량 해전에서 원균의 조선 수군에게 대승을 거두었으므로 그 여세를 몰아 조선 수군의 잔당을 쓸어 없애버린다는 야욕을 숨기지 않았다.

팔각형 속에 삼三 자가 그려진 표장의 깃발을 세운 구루시마 미치후사의 함대는 선봉대였다. 구루시마는 히데요시로부터 함대의 선봉을 맡아 이순신의 머리를 베어 바치라는 특명을 받은 해적 출신의 왜장이었다. 백병전에 능해 '돌격전의 달인'이라는 찬사를 받아온 그의 수영水營은 물살이 센 미야쿠보 해안에 위치해 있었으므로 이번 싸움의 최고 적임자라는 기대를 받았다. 구루시마도 이순신에게 설욕의 칼날을 갈고 있었다. 임진년 당포 해전 중에 순천 부사 권준의 화살을 맞고 죽은 왜장 구루시마 미치유키는 미치후사의 친형이었던 것이다. 구루시마도 역시 이번 싸움은 이순신을 향한 복수전이었다.

사시(오전 10시쯤)가 되자 백삼십삼 척의 왜 수군 연합함대가 명량 너머 진도 앞바다에 나타났다. 그러나 왜 수군 연합함대는 더 이상 올라오지 못했다. 썰물인 데다 조류 흐름이 가장 빠른 시각이었기 때문이었다. 흐르는 바닷물의 기세가 마치 수레들이 지나가는 것처럼 요란했다. 이순신은 성급하게 나서지 않았다. 꿈에서 만난 신인의 말을 해몽한바 '명량을 전방에 두고 싸우면 이기고, 명량을 등지고 싸우면 패배한다'로 받아들였던 것이다. 이순신은 왜 수군 함대가 공격해 올 때까지 지구전을 폈다.

바닷물에 적신 이불은 판옥선 방패 판자 밖에 널었다. 그리고 총통과 활, 창 등등 공격 무기들을 다시 한 번 더 점고했다. 선실에 실은 모든 물독에는 물이 가득 채워져 있었다. 장졸들이 소리치며 싸우다 보면 늘 목이 탔던 것이다. 이순신이 후위장을 맡은 김억추에게 말했다.

"어저께 말헌 칡, 무시는 워치게 된 겨?"

"피난민덜을 동원해 캐 왔지라우."

방어 무기도 점고했다. 왜적이 아군의 전선에 기어오르지 못하게 하는 각진 몽둥이인 능장稜杖, 쇠몽둥이인 철타鐵打, 손도끼 등등이었다. 이순신이 고안해 만든 방어 무기는 쇠도리깨였다. 발이 다섯 개인 쇠도리깨는 특별한 훈련이 필요 없었다. 도리깨질을 해본 장정이라면 기어오르는 적에게 쇠도리깨를 휘두를 수 있었다. 이순신이 고안한 무기는 또 있었다. 당항포해전에서 처음으로 사용한 발이 네 개인 사조구四爪鉤였다. 적선을 끌어당길 때 쓰는 무기로서 원래는 외갈고리인 요구금要鉤金뿐이었는데, 그것의 단점을 보완한 사조구를 개발했던 것이다.

정오 무렵부터는 명량의 바닷물이 도도해지더니 흐름을 멈추었다. 드디어 왜 수군 함대가 명량을 향해 일제히 움직였다. 도도는 후방으로 빠지고 구루시마는 전방으로 나섰다. 이순신도 왜 수군 함대에 맞서 첨자진 대오를 유지하며 양도 앞바다로 나아갔다. 그러자 왜 수군 함대가 정면으로 한눈에 들어왔다. 이순신이 중위장 김응함에게 소리쳤다.

"일자진으루 바꽈!"

일자진은 공격 대오였다. 장수들의 전선을 일렬횡대로 앞세우고 대장선은 뒤로 빠지는 것이 일자진이었다. 그러나 전선들이 이순신의 대장선 앞으로 나오지 않고 머뭇거렸다. 왜 수군 함대를 마주치고는 싸우기 전인데도 처음 맹세 때와 달리 기가 죽은 듯했다. 이순신이 송희립에게 말했다.

"적선덜은 숫자만 많지 중선(관선)이 대부분이여. 우덜 전선이 함포사격을 허믄 견디지 못헐 겨."

이윽고 왜 수군 함대가 이백 보 안으로 들어오자, 이순신의 대장선에서 지자총통 한 발이 불을 뿜었다. 뒤따라 북이 울리고 나각과 나발 소리가 길게 울려 퍼졌다. 대장선이 돌격선처럼 뒤로 빠지지 않고 앞장서서 지자, 현자총통을 쏘아댔다. 각종 총통으로 화포 공격을 했다. 그러자 왜 수군 함대가 명량 물목을 넘어오지 못하고 우왕좌왕했다. 화포 공격은 명량 중심부터 먼저 겨냥했다. 물기둥이 여기 저기 치솟고 왜 수군 선발대 중선에서 검은 연기가 솟아올랐다. 명량 중심부터 타격하는 전술은 왜 수군 배들을 둘로 갈라 명량 물목 양쪽으로 벌리기 위해서였다. 명량 물목 양쪽의 진도 섬과 해남 땅 해안의 갯바위들은 화살촉처럼 날카로웠다. 그리고 물속에는 암초가 많았고 수심이 얕았다. 수심은 어른 걸음으로 이 보밖에 안 되었다. 소선이 아니면 반드시 배 밑바닥은 암초에 걸릴 수밖에 없었다. 이순신이 짐작한 대로 왜선 몇 척이 암초에 걸려 오도 가도 못했다.

그런데 이순신은 대장선이 너무 앞으로 전진해 있다고 판단했다. 후위장으로 물러서서 협선과 향선, 포작선들을 지휘하는 김억추는 두 마장쯤 가물가물 떨어져 있었다. 향선과 포작선들이 김억추의 명령에도 선뜻 나아가지 않고 있기 때문이었다. 중군장 김응함의 전선은 원래 대장선 바로 앞에 있어야 했다. 이순신의 명을 받아 다른 전선에 전달해야 했던 것이다. 일자진 대오가 흐트러지자 구루시마 선봉대의 왜선들이 금세 일자진 대오에서 이탈한 판옥선을 에워쌌다. 그러자 겁에 질린 일부 장졸들의 안색이 파랗게 변해버렸다. 이순신은 대장선에 탄 장졸들을 안심시켰다.

"적선이 비록 천 척이라두 우덜 배를 당해내지 못헐 겨. 그러니께 절대루 동요허지 말구 싸움에 임해서는 목심을 애끼지 말으야 혀!"

중군선은 여전히 뒤쪽에서 움직일 뿐 앞으로 나오지 않고 있었다. 중군선이 앞으로 나와야만 이순신의 명령이 북과 나발, 깃발들의 신호로 다른 전선에 전해질 수 있었다. 해전에서는 육성으로 대장의 명령을 다 전달하지 못했다. 그러므로 중군장은 대장의 분신이나 다름없었다. 이순신은 선수를 돌려 김응함이 탄 중군선으로 가서 그의 목을 베어 효시하고 싶었지만 참았다. 대장선의 선수는 왜적을 향해 있어야 했다. 왜 장수가 대장선이 후퇴하는 것으로 오판하여 전세를 바꿔버릴 수 있기 때문이었다.

이순신은 그 자리에서 호각을 불었다. 그런 뒤 장수들을 부르는 초요기招搖旗를 세웠다. 그제야 중군선에서 이순신의 명을 전달하겠다는 신호로 영하기令下旗가 올랐다. 잠시 후 김응함이 탄 중군선보다 안위의 전선이 먼저 대장선 뒤로 왔다. 이순신이 대장선 갑판에서 안위를 보고 꾸짖었다.

"안위야, 니가 군법에 죽구 싶은 겨? 증말 군법에 죽구 싶은 겨? 도망간다구 워디 가서 살 겨!"

"통제사 나리, 목심을 아끼지 않겄습니다요."

안위가 부끄러워하며 왜선들이 뒤엉켜 있는 대장선 앞으로 나섰다. 그때 김응함이 탄 중군선도 대장선 옆으로 다가왔다. 이순신이 또 소리쳐 꾸짖었다.

"니는 중군장이면서두 대장을 구원허지 않으니 워치게 죄를 면헐 겨! 당장 처형허구 싶지만 적세가 급허니께 우선 공 세울 기회를 줄 겨."

"통제사 나리, 인자 나설 낍니더. 이 칼로 왜장을 죽일 낍니더."

중군선과 안위의 판옥선이 대장선 앞으로 나섰다. 그러자 뒤로 물러나 있던 전선들이 돌아와 일자진을 만든 뒤 지자, 현자총통을 쏴댔다. 비로소 이순신의 당파전술이 위력을 발휘했다. 구루시마 선봉대와 와키자카 함대 사이의 간격이 벌어졌다. 기세등등하던 왜 수군의 화력이 갑자기 약화됐다. 조총은 더 이상 위협이 되지 못했다. 총소리만 귀청을 따갑게 할 뿐이었다.

멀리서 협선과 포작선들을 지휘하던 김억추의 전선도 달려왔다. 피난민들은 포작선에 장졸들이 목마를 때 먹을 칡과 무를 가득 싣고 왔다. 향선들도 가까이 와서 꽹과리를 치고 나발을 불며 장졸들의 사기를 북돋았다. 피난민들을 설득해서 불러온 김억추는 비로소 싸움에 나섰다. 이순신이 '함부로 서둘러 쳐들어가지 말라'고 깃발을 흔들어 제지시켰지만 김억추는 우수영 전선에 탄 막하의 군관 김위, 김덕복, 김대복, 박팽세, 오극신, 오계적 등을 쳐다보며 말했다.

"나라가 인재를 양성해분 것은 오늘 같은 날 사용할라고 그랬제. 만약 이런 때 왜적과 싸우다 죽지 못허믄 다시 또 어느 때를 지달리겄는가[國家養士 用在今日 若於此時 不爲戰死則 更待何時耶]."

이순신은 장대에 올라 대장선 앞에서 싸우는 장졸들을 독전督戰했다. 안위의 전선과 김응함의 중군선은 선봉장 구루시마가 탄 층각선 가까이 접근해서 싸우고 있었다. 구루시마의 지시가 떨어졌는지 왜의 관선 세 척이 안위의 전선을 포위한 채 왜적들이 개미 떼처럼 달라붙어 서로 먼저 기어오르려 하고 있었다. 그러나 안위의 전선은 높이 쌓은 성처럼 견고했다. 장졸들이 죽기를 각오하고 왜적들을 물리쳤다. 긴 창과 각진 몽둥이인 능장, 쇠몽둥이인 철타, 쇠도리깨로 내리치며 왜적이 갑판까지 오르지 못하게 막았다. 장졸들이 기진맥진하자 대장선도 나아가 지원했다. 관선 세 척을 향해 화포 공격을 했다. 녹도 만호 송여종과 평산포 대장代將 정응두의 전선도 달려와 가담했다. 세 척의 관선은 곧 불길에 휩싸인 채 바다 속으로 가라앉아버렸다. 배를 끌어오는 갈고리인 사조구를 미처 쓸 틈도 없었다. 왜적들의 피로 물든 명량 바다는 어느새 황토처럼 붉어졌다.

황금색 투구를 쓴 왜장 하나가 층각선인 안택선에서 미친 듯 날뛰었다. 그는 귀에 구리 구슬의 귀걸이를 하고 있었으며 왼손에는 여러 가지 빛깔로 장식한 창을 쥐고 있었다. 또 오른손에는 깃대 꼭대기에 새 깃털을 매단 깃발을 휘두르며 소리치곤 했는데, 그를 본 김억추가 깜짝 놀랐다. 어젯밤 꿈에 관우가 말한 그 왜장의 모습과 너무나 똑같았다. 김억추는 화살통에서 장전 한 개를 뽑아 왜장의 구리 방울 귀걸이를 겨누었다. 김억추의 손에서 장전이 떠나자마자 왜장이 층각 마루에 거꾸러지더니 바다로 굴러 떨어졌다. 누런 황금색 투구와 큰 구리 방울 귀걸이도 바다 속으로 사라져버렸다.

"인자 적선을 명량 중심으루 몰아 포위해야 혀. 우덜이 유리허니께 돌격혀."

왜 수군의 선봉대 대오는 왜장이 죽자마자 흐트러졌다. 이순신은 신시(오후 4시쯤) 전에 결판을 내려고 했다.

"들물(밀물)이 가장 빠르게 들어오는 시각이 신시니께 그 전에 끝내야 혀."

"명량을 넘어온 적선 서른 척을 모다 수장시켜뻔지고 끝내야지라우."

"그래야 저놈덜이 우리 군사를 다시는 깔보지 않을 낍니더."

우수가 끼어들었다. 송여종과 우수, 두 장수의 말에는 전세가 조선 수군 쪽으로 기울었다는 자신감이 배어 있었다. 이순신도 승리를 확신했다. 남동쪽에서 북서쪽으로 올라오는 밀물의 흐름이 차츰 빨라지고 있으니 시간은 이순신 편이었다. 그렇다고 아직 안도할 전세는 아니었다. 왜 수군 함대 일부가 어란포에 남아 있고, 수군 대장들은 어란포를 한양으로 가기 위한 중간 기지로 삼겠다고 공언했기 때문이었다.

이순신은 계속 일자진 대오를 유지시키면서 장졸들을 독전했다. 왜선들은 바닷물이 소용돌이치는 명량 물목의 좌우로 도망가지 못하고 중심부에 갇혀 판옥선의 함포사격을 받았다. 바로 그때 대장선에 타고 있던 왜인 준사俊沙가 바다에 뜬 시체를 내려다보더니 외쳤다.

"통제사 나리, 저 무늬 있는 비단옷을 입은 놈이 안골포의 적장 구루시마 미치후사來島通總입니다."

"그려? 갈고리로 끌어올려 봐야겄구먼."

준사는 안골포 적진에서 투항해 온 구루시마의 부하였다. 이순신은 물을 긷는 수졸 김석손에게 갈고리를 주면서 구루시마 시체를 뱃머리 위로 올리라고 지시했다. 구루시마에게 사무친 원한이 있었던지 준사가 펄쩍펄쩍 뛰면서 말했다.

"맞습니다. 틀림없습니다. 구루시마 미치후사입니다."

"한때는 준사의 대장이 아닌 겨?"

"구루시마는 늘 부하들에게 말했습니다. 통제사 나리 목을 베어 반드시 왜군의 치욕을 씻어야 한다고 말했습니다. 저는 구루시마의 말이 못마땅했습니다. 저는 구루시마의 치욕을 씻기 위해 태어난 사람이 아니기 때문입니다."

"오늘은 내가 구루시마의 목을 베야 되겄구먼."

이순신은 김석손에게 구루시마의 목은 물론 몸을 토막 내라고 명했다. 그런 뒤 토막 낸 머리와 몸통, 팔다리를 돛대에 높이 매달게 했다. 그러자 격렬하게 저항하던 왜적들이 전의를 상실한 채 화포는 물론 조총도 쏘지 못했다. 어떤 왜적은 바다에 뛰어들어 해안가로 헤엄쳐 도망쳤다. 일자진 함포사격에 크게 부서진 왜선들은 도망치지도 못했다.

"북을 쳐라!"

"돌진하라!"

이순신 함대는 반파된 왜선들을 향해 무자비하게 화포를 쏘았다. 정오부터 시작한 싸움을 끝내기 위해 비로소 당파전술을 꺼냈다. 화포 공격을 하며 달려가 왜선을 수장시켜버리는 전술이었다. 순식간에 구루시마 지휘를 받던 왜선 삼십여 척이 차례차례 검은 연기를 내뿜으며 명량 바다 속으로 가라앉았다. 흥양현감 최희량이 탄 전선의 수졸들이 모두 무를 꺼내 사타구니에 대고 흔들었다. 사기가 오른 흥양 수군들 중에 한 명이 선수에 서서 전의를 상실한 왜적들에게 약을 올렸다.

"야, 좆만 헌 새끼덜아! 무시가 내 좆잉께 내 좆보담 큰 놈은 살려줄 틴께 이리 와바라잉!"

흥양 전선의 수군은 물론 다른 전선의 장졸들까지 낄낄거렸다. 손에 화살을 맞은 도도와 와키자카는 멀리서 구루시마의 선봉대가 어떻게 무너지는지 바라보기만 했다. 도도가 치를 떨며 말했다.

"아직 끝은 아니다. 칠천량 싸움 이상으로 갚아주겠다."

"화살을 맞은 손은 괜찮습니까?"

"누가 쏘았는지 보았다면 당장 쫓아가 숨통을 끊었을 것이다."

와키자카는 패배를 솔직하게 인정했다. 오늘의 참패를 잊고 내일의 싸움에 집중하자고 말했다.

"이순신은 인간인지 신인지 모르겠습니다. 전선 열세 척으로 우리의 백삼십삼 척 연합함대를 바보로 만들어버렸습니다. 믿기 어렵지만 받아들이고 싶습니다. 내일은 다른 전술로 싸워 설욕해야 합니다."

"구루시마와 마사카게를 잃은 것은 우리 수군의 수모니 결코 잊지 않을 것이다."

한나절 싸움에서 두 명의 장수와 서른한 척을 잃었다는 것은 참패였다. 명량 바다 속의 수중고혼이 된 삼천 명 이상의 왜 수군 전사자를 생각하면 치를 떨지 않을 수 없었다. 특히 해적 출신으로서 구루시마와 돈독했던 간 마사카게가 벽파진 앞바다에서 화포 공격을 받고 전사한 것이 도도의 가슴을 아프게 했다. 명량으로 나아가 장수로서 싸워보지도 못하고 전사했기 때문이었다. 임진년에 출정한 간(스가) 히라에몬管平右衛門의 서자인 마사카게의 시신은 왜 수군 지원 함대가 결진하고 있는 어란포로 옮겨졌다. 마사카게의 죽음은 김중걸을 풀어주고, 왜적이 이순신 함대를 공격할 것이라는 첩보를 준 어란에게도 전해졌다.

우수영 앞바다로 귀진한 이순신은 전선 열세 척을 보면서 중얼거렸다.

"천행이여. 하늘이 준 행운이여."

"통제사 나리, 무신 말씸이신게라우?"

송희립은 천행이 아니라고 생각했다. 장졸들이 모두 죽기 살기로 싸워 이겼기 때문이었다.

"장졸덜이 모다 심이 빠져 있그만요."

"다음 싸움에두 천행이 따를지는 물러. 지금 바루 진을 당사도(무안 암태면)루 옮길 겨."

"낼 옮기믄 안 될께라우?"

"나두 여기서 결진허구 싶지만 물결이 험해졌구 바람조차 역풍이니께 그려."

"장수덜헌티 전허겄습니다요. 옮길라믄 빨리 옮겨야 당사도에서 저녁을 묵을 수 있응께라우."

"사실 우덜 수군 형세는 처량헌 수준인 겨. 그러니께 오늘 밤이 위태로운 겨. 왜선덜이 명량으로 오지 않구 진도를 돌아올 수두 있으니께 말여."

함대는 곧 우수영을 떠나 당사도로 가기 위해 북진했다.

어란은 잠을 이루지 못했다. 달마산 절에서 새벽 범종 소리가 들려왔다. 어란은 달마산 절을 보고 삼배를 올렸다. 망자가 된 마사카게의 고혼이 극락왕생하기를 빌었다. 아내가 돼달라고 자신을 회유하던 마사카게가 죽기 전에는 왜적의 무서운 장수로 보였지만 이제는 한 인간으로 가엾게 느껴졌다. 고향으로 돌아가겠다던 마사카게의 혼이 애처롭게 울고 있는 것 같았다. 어란은 먼동이 터오는 산으로 올랐다. 서해의 바다 빛은 아직 검푸르렀다. 바다가 어란을 부르는 듯했다. 어란은 치마를 들어 얼굴에 둘렀다. 그런 뒤 검푸른 바다로 뛰어내렸다. 때마침 지나가던 양민이 어란을 보고는 미친 여자가 집을 잃고 떠돌다가 바다에 몸을 던지는가 싶어 혀를 끌끌 찼다.

통곡

이순신 함대는 당사도에서 바로 어외도(신안 지도읍 섬)로 가서 이틀을 머물렀다. 어외도에는 피난선이 삼백여 척이나 먼저 와 있었다. 이순신은 어외도 피난민들에게 당장에 필요한 군량과 옷을 구했다. 날씨가 나날이 추워지고 있으므로 옷은 수군들에게 군량미 못지않게 중요했다. 육지에서 배를 구해 섬으로 온 피난민 중에는 부자들이 많았고, 이순신 함대가 명량에서 이겼다는 소문은 피난민들 사이에 벌써 퍼져 있었다. 나주까지 승전 소식이 돌아 나주 선비들이 군량미를 모아 가져오기도 했다. 영광은 어외도에서 가까운 거리에 있었다. 군관 강협은 이순신에게 영광에 있는 고향 집에 다녀오겠다고 말했다.

"통제사 나리, 집에 좀 댕겨오겄습니다요."

"그려, 강항 좌랑이 동상이라고 혔제?"

"사촌 동상이그만요."

이순신은 강협이 강항의 종형이라는 것을 어렴풋이 기억하고 있었다. 지난 3월 자신이 감옥에 있을 때 병가 중이던 형조 좌랑 강항이 영광에서 올라와 상소를 올리는 등 자신의 구명 운동을 해주었던 것이다.

"좌랑을 만나구 싶구먼."

"병이 낫지 안 해서 아직도 집에서 요양 중인지 모르겄그만요."

"댕겨와두 돼."

이순신의 허락을 받은 강협은 임치 첨사 홍견의 배를 얻어 타고 영광으로 올라갔다. 강항은 아직도 강협의 짐작대로 영광에 있었다. 병이 나아 건강한 편이었다. 그동안 호조 참판 이광정의 모속관募粟官이 되어 남원성과 영광을 오가며 군량미를 모아 운반하는 직책을 맡았다가 남원성이 함락되자 다시 고향 집에 돌아와 있었다. 고향 집에서 의병을 모집했지만 왜군이 영광까지 들이닥치자 각자도생으로 모두 흩어져버린 상태였다. 강항 자신도 향선 두 척을 마련해 영광 해안의 괴머리(영광 옥슬포)에서 다른 피난선들과 더불어 움직이다가 비로초飛露草 섬으로 안전하게 가 있는 중이었다.

강협은 영광으로 들어갔다가 강항이 비로초 섬에 있다는 소문을 듣고 어렵사리 찾아가 만났다. 강항 아내와 첩은 선산에 숨고 그 밖의 가족들 대부분은 향선 두 척에 나누어 타고 있었는데, 강협이 이순신 함대가 명량에서 승리했다는 소식을 전하자 모두가 환호했다. 그때까지는 강항과 친지들 간에 흑산도로 갈 것인지, 육지로 다시 올라갈 것인지를 두고 이견이 분분했지만 쉽게 결론이 났다. 강항이 종형 강홍과 강협의 동의를 받아 '배 안에 있는 장정을 합하면 모두 사십여 명이 되니 통제사에게 가서 싸우자'고 말했던 것이다. 그런데 뱃사공이 자기 자식들도 태우기 위해 어외도로 내려간 바람에 강항은 부친이 타고 있는 배와 헤어지고 말았다. 강항은 하룻밤을 보내고 난 뒤 부친을 찾아서 영광 염소로 올라갔지만 만나지 못했다.

이때 이순신 함대는 영광 법성포를 거쳐 이미 군산이 가까운 고군산도를 향해 떠난 뒤였다. 강항은 염소로 갔다가 다시 영광 논잠포로 가던 중 자욱한 바다안개 속에서 왜선을 만나고 말았다. 얕은 바닷물에 뛰어내려 도망치려 했지만 가족들은 모두 왜적의 갈고리에 걸린 채 포로가 되어 왜장이 탄 대선으로 옮겨졌다. 9월 23일의 일이었다. 왜장은 명량 해전 때 왜 수군 총대장이었던 도도 다카토라였다. 왜장이 강항 식구들을 잡아온 부하장수에게 지시했다.

"고니시 대장이 있는 순천으로 보냈다가 포로들을 간바쿠님 영전에 바쳐라."

"시끄럽게 우는 갓난아기가 있고 수질에 걸린 아이도 있습니다. 아기도 보내야 합니까?"

"바다에 던져버려라."

어린아이는 강항의 자식이었다. 용龍은 작년에 본처에게서 얻은 아들이었고, 애생愛生은 첩이 낳은 딸이었다. 강항은 왜 수군 대장에게 통사정을 했지만 소용없었다. 도도가 흰 천으로 상처를 싸맨 손을 들자 그의 부하 장수가 복수를 하듯 애생을 바다에 던졌다. 그러자 도도가 혼잣말로 중얼거렸다.

'내 손을 다치게 한 조선 놈들을 용서치 않을 것이다.'

도도의 부하 장수가 이번에는 용을 던졌다. 용의 울음소리가 눈을 감은 강항의 귓속으로 파고들었다. 강항은 뱃전에 묶인 채 눈물을 줄줄 흘리면서 입술을 깨물었다. 으깨진 입술에서 피가 흘러 턱을 적셨다. 강항은 소리를 죽여 흐느꼈다.

'나이 서른 살에 얻은 자석, 에리디에린 용이 물 우게 뜬 꿈을 꾸고 난 자석, 그래서 용이라고 이름을 지었는디 이 애기가 물에 빠져 죽으리라 내 어찌케 생각했겄는가! 아, 복슬복슬허니 이쁜 애생아, 내 가심에 묻어야 허는 사랑시러운 애기야!'

강항은 마지막으로 두 자식이 보고 싶어 눈을 떴다. 아이는 파도 따라 까막까막 멀어지더니 그대로 바닷속으로 사라지고 말았다. 강항은 '엄니, 아부지' 하는 소리가 들려오는 듯하여 도리질을 하며 통곡했다.

다음 날 아침 일찍 강항은 왜 수군 장수에게 불려갔다. 왜 수군 장수는 강항이 한문에 박식하고 관직이 있는 벼슬아치임을 파악하고는 통역을 불러 신문했다.

"수로水路의 대장(이순신)이 지금 어디에 있는가?"

강항은 왜 수군 장수에게 겁을 주기 위해 거짓으로 답했다.

"시방 태안 안행량安行梁에 있그만요. 그짝은 해마다 배덜이 표류허다가 난파되부는 등 매우 험난헌 수로그만요. 명나라 수군 만여 척이 그짝을 가로막고 있다그만요. 명나라 유선遊船덜은 이미 군산포까정 내려와 통제사 배들허고 합세해부렀다고 그럽디다."

왜 수군 장수는 강항의 엄포에 기가 꺾였다. 사실 당시 명나라 수군의 원군은 말만 무성했을 뿐 본진은 명나라에서 출발하지도 않은 상태였다. 왜 수군 대장 도도가 결심만 하면 영광에서 불과 백여 리밖에 안 떨어진 고군산도까지는 이틀 안으로 도착할 수 있었다. 그러나 왜 수군 대장 도도는 강항의 말을 믿고 수백 척의 함대를 남진시켜버렸다. 조명연합 수군이 군산포에 결진하고 있다는 강항의 거짓말에 지레 겁을 먹었던 것이다.

한편, 이순신 함대는 영광 홍농과 위도를 거쳐 9월 21일 고군산도(옥구 선유도)에 이르러 며칠을 유진했다. 고군산도에 도착한 이순신은 진땀을 흘리는 등 심한 몸살을 앓다가 며칠 만에 겨우 일어났다. 비로소 이순신은 명량 해전의 승첩 장계 초안을 마지막으로 수정했다. 명량 해전이 끝나고 난 뒤부터 7일 동안 수정 작업을 거듭해왔던 것이다. 임진년 1차 출진 때 올린 승첩 장계가 자신을 괴롭혔기 때문이었다. 원균의 공을 가로챘다는 비방과 모함으로 두고두고 피해를 받아왔던 것이다. 이순신은 수정을 거듭해서 군관 송한, 군관 김국, 군관 배세춘에게 주어 한양으로 보냈다. 그리고 판관 정제에게는 충청 수사 관아에 머물고 있는 체찰부사 한효순에게 공문을 전하도록 시켰다. 정제는 이순신 큰형인 이희신의 맏사위였다.

전라 감사 박홍로가 찾아와 호남 지역의 왜군 행태를 전했다. 특히 왜장 고니시 부대가 순천으로 내려가 장기전에 들어갔다고 알려주었다. 이순신은 신경을 곤두세웠다. 순천은 임진년 전해부터 자신이 관할해온 중요한 고을이었던 것이다. 아직도 이순신의 직함은 전라 좌수사 겸 삼도수군통제사였다. 이순신은 서남해안을 더 철통같이 방비해야겠다는 마음을 굳혔다. 선영이 있는 아산까지 올라가지 못하고 다시 남진해야 한다는 생각이 들어 아들 회를 대신 아산에 보내기로 했다. 아내가 회를 몹시 그리워할 것이고, 집안 인척들의 생사가 궁금해서였다. 회를 보내기로 했으면서도 심사가 너무 산란하여 편지를 쓰지는 못했다. 그때, 병조의 역졸이 공문을 가지고 와서 보고했다.

"왜적들이 아산 집을 분탕질해서 잿더미가 돼 하나도 남은 것이 없습니다."

"직산까정 올라간 왜적덜 짓이구먼."

"마을도 다 타버렸습니다."

아산은 직산 바로 밑에 있는 고을이었다. 그러니 왜장 고니시를 비롯한 왜군 장수들이 이순신의 고향 집을 그냥 놔둘 리 만무했다. 이순신의 군사들은 지금까지 모든 해전에서 단 한 번도 패한 적이 없었고, 더욱이 최근의 명량 해전에서 왜 수군 대장 구루시마 미치후사가 전사하는 등 참패를 했으므로 왜군은 분풀이 차원에서 아산의 이순신 고향 마을을 분탕질했다.

다음 날 이순신은 회를 대장선의 종선인 협선에 태워 아산으로 보냈다. 이순신은 회가 잘 갔는지 애를 태우면서 자정이 넘도록 잠을 이루지 못하다가 꼭두새벽에 법성포를 향해 떠났다. 이순신 함대가 유진할 섬은 또 어외도였다. 지난번에 북진할 때 처음으로 정박했던 섬인데 이번에도 그곳으로 찾아가고 있었다. 서남해를 정찰하는 데 더없이 좋은 요해처가 어외도였다. 피난선들이 어외도로 몰려드는 것도 왜적을 피하기가 용이하기 때문이었다. 어외도에 도착한 이순신은 중군장 김응함에게 어외도를 기점으로 서남해안 섬과 바다를 샅샅이 정찰하도록 지시했다.

이순신 함대는 10월 9일에 우수영까지 내려갔다. 그런데 성 안팎의 관아 건물과 민가가 모두 불타버리고 하나도 없는 것을 보고는 크게 놀랐다. 왜적들은 해남에 진을 치고 있었다. 그날 미암 유희춘의 사위 김종려 등이 찾아와 만났다. 김종려는 왜군 포로가 되었다가 도망쳐 나왔으므로 왜어에 능통했다. 싸움을 잘하는 장수는 아니었지만 왜어를 통역하는 군관이 없어서 불편했는데 김종려가 대장선을 탄 것은 다행이었다. 하루가 지난 뒤 전라 우수영 우후 이정충이 왔지만 명량 해전 때 싸우지 않고 외도外島로 피해버린 죄가 있어 이순신은 그를 만나주지 않았다.

이순신은 10월 11일 새벽 2시쯤 정찰 탐망조를 뽑아 해남으로 보냈다. 탐망 군관은 이순, 박담동, 박수환, 태귀생 등이었다. 탐망 군관의 보고에 의하면 해남에서 연기가 하늘로 치솟는 것은 왜적들이 달아나면서 불을 질러서였다. 왜적들이 사라진 것을 확인한 이순신은 정오쯤 안편도安便島에 전선을 정박시키고 뭍으로 내려갔다. 그런 뒤 산 정상으로 올라가 직접 정찰했다. 우수영과 육십 리 정도 떨어져 있는 안편도는 한동안 배를 감출 수 있는 섬이었다. 동쪽 앞에는 섬(안좌도)이 있어 멀리 바라볼 수 없지만 북쪽으로는 나주와 영암의 월출산이 보이고, 서쪽으로는 비금도로 통하여 시야가 확 틔어 있었다. 중군장 김응함과 순천 부사 우치적, 조효남, 안위, 우수가 머물 만한 섬이라며 만족해했다.

훈련도감 감관監官 조효남은 충청도 서산 남양으로 내려가 바다흙으로 화약의 재료인 염초를 만들었던 전문가로서 이순신에게는 꼭 필요한 군관이었다. 화약이 없으면 각종 총통은 무용지물이 되고 말 것이며, 더욱이 이순신 함대의 특기인 화포 사격을 통한 당파전술은 펼 수 없었다.

이순신 함대가 안편도에 정박한 지 사흘 만이었다. 이순신은 축시(새벽 2시쯤)에 불길한 꿈을 꾸고는 잠에서 깼다.

'아, 무신 징조인감!'

꿈속에서 이순신은 말을 타고서 언덕을 오르고 있었다. 그런데 말이 발을 헛디뎌 이순신은 냇물 속으로 떨어졌다. 가슴이 철렁했지만 다행히 거꾸러지지는 않았다. 그런데 막내아들 면이 홀연히 나타나 냇물 속에서 비틀거리는 이순신을 안았다. 이순신은 그러한 면을 보고는 잠에서 깼던 것이다.

'꿈에서는 면이 나를 살려주었지만 꿈은 반대라구 허니께 내가 면을 살려주어야 허는 것인감?'

이순신은 꿈 때문에 하루 내내 마음이 불편했다. 저녁에는 천안에서 사람이 와 집안 편지라며 전해주었다. 이순신은 편지를 뜯어보기도 전에 수전증 환자처럼 손을 떨었다. 손만 떠는 것이 아니라 온몸을 떨었다. 뼈와 살이 떨리는 것 같더니 순간순간 정신이 아찔해졌다. 이순신은 심호흡을 한 뒤 겉봉투를 뜯어냈다.

그러고는 속의 편지 봉투를 보았다. 편지 봉투 겉에는 둘째 아들 열의 필체로 '통곡'이란 두 글자가 씌어 있었다. 면의 죽음을 알리는 두 글자였다. 아산 집과 마을이 불타버렸다는 소식은 들었지만 스물한 살의 막내아들 면이 전사했다는 편지는 이순신에게 청천벽력과도 같은 충격이었다. 이순신은 하늘을 원망하고 자신을 책망했다. 소리 내어 통곡을 했다. 밤 이경쯤에야 마음이 겨우 진정됐다. 밖에서는 차가운 비가 캄캄한 하늘에서 추적추적 내렸다. 이순신은 자신의 울음소리 같은 빗소리를 들으며 붓을 들었다.

'하늘은 어찌하여 이다지도 인자하지 못한가. 내가 죽고 네가 사는 것이 마땅한 이치거늘, 네가 죽고 내가 살아 있다니. 어찌 이런 괴상한 이치가 있다는 말이냐. 천지가 깜깜해지고 해조차도 빛이 바래는구나.

슬프구나. 내 아들아. 나를 버리고 어디로 간다는 말이냐. 남달리 영특하기로 하늘이 이 세상에 남겨 두지 않은 것인가. 내가 지은 죄 때문에 그 화가 네 몸에 미친 것이냐. 내 이제 이 세상에 살아 있은들 장차 누구에게 의지한단 말이냐. 너를 따라 같이 죽어 지하에서 같이 울고 싶건마는 네 형, 네 누이, 네 어머니가 의지할 곳이 없으므로 아직은 참고 연명은 한다마는, 이미 속은 죽고 껍데기만 살아 있는 셈이니 그저 울부짖으며 통곡할 따름이다.'

붓으로 통곡한다고 했지만 실제로는 마음대로 못 했다. 군관들이 끊임없이 이순신의 군막을 드나들었다. 적정을 정탐하고자 해남, 흥양, 순천 등지로 나가는 장수들이 군막으로 들어와 보고했다. 이순신은 큰 소리로 통곡하고 싶어 군막을 나와 내수사의 목자牧子 강막지 집으로 갔다. 그런데도 순천 부사 우치적, 전라 우수영 우후 이정충, 금갑도 만호 이정표, 제포 만호 주의수 등이 해남에서 돌아와 강막지 집까지 찾아왔다. 왜적의 머리 열세 개와 왜적에게 빌붙었던 송언봉의 머리를 베어와 바쳤다. 이순신은 장수들의 보고를 강막지 집의 우릿간에서 받았다. 우릿간은 모닥불을 피워놓았기 때문에 춥지는 않았다.

"수고혔구먼."

"통제사 나리, 여기서 옮기셔야 허겄구먼유. 소똥 냄시가 코를 찌르네유."

"내수사에서 관리허는 소덜이 싼 똥이여."

"근디 왜놈 대갈통은 워치게 처리혀유?"

"왜놈 머리는 소금에 절여 한양으루 보내구, 송언봉 머리는 해남 저잣거리에 효시허지그랴?"

이정충이 우치적의 말을 끊은 뒤 말했다.

"통제사 나리, 허락만 허시믄 왜적헌티 붙은 연놈덜 모가지를 모다 베어버리겄시유."

"억울헌 사람 읎게 잘 살펴서 혀."

명량 해전을 피한 허물이 있으므로 이순신의 눈 밖에 났다가 겨우 용서받은 이정충이 적극적으로 나섰다. 이순신은 예전의 공을 참작해서 이정충의 죄를 불문에 붙이기로 했다.

"간세덜도 생각보담 많구먼유."

왜적의 첩자를 간세奸細라고 불렀다.

"나라의 은혜가 미치지 못허니께 간세, 간민이 생겨나는 겨."

"왜장덜이 산으루 도망친 양민덜에게 쌀두 나눠 주구, 세금두 적게 거둔다니께 그런 모냥입니다유."

"왜장덜이 전라도 땅에서 왕 노릇을 허구 있구먼. 가소로운 일이여."

왜장들이 전라도, 경상도 땅에 왜성을 축성하면서 장기전을 대비해 양민들에게 회유책을 쓰고 있는 것은 사실이었다. 그러나 회유책이 언제 약탈과 협박으로 바뀔지 몰랐다. 이순신은 우치적 등이 돌아간 뒤 자정 무렵에야 방으로 들어섰다. 죽은 면이 측은해서 통곡을 하고자 섬 안의 강막지 집을 찾아왔지만 울지도 못하고 자정을 넘겨버린 것이었다.

이순신은 군막으로 돌아와 죽은 면을 위해 머리에 흰 띠를 두른 채 구해온 향을 피우고 곡했지만 성에 차지 않았다. 아침에는 강막지가 달려와 날씨가 차가워졌으니 자기 집 온돌방에서 주무시라며 호소했다.

"통제사 나리, 여그 안편도 시안바람은 뼈를 깎아부러라우. 골벵들믄 큰일 난당께라우. 우리 집 따끈따끈헌 온돌방으로 가셔야 합니다요."

이순신은 도리질하며 말했다.

"워디를 간들 이 비통함을 워치게 감당헐 수 있겄는감."

"고뿔에 걸리시믄 큰일 난당께라우. 여그 삭풍은 칼날 같당께요."

"알았으니께 목자는 집으루 가 있어."

하루가 지난 뒤에야 이순신은 통곡을 했다. 그것도 정탐 나갔던 장수들의 보고를 다 들은 뒤, 자정 무렵 꿈속에서 고향 집 종 진辰이 내려왔을 때 면이 왜장과 맞서 싸우다가 죽었다는 얘기를 듣고는 통곡을 했다. 꿈속에서 얼마나 오랫동안 통곡했는지 하루 내내 맥이 풀렸고 머리가 무거웠다. 해 지고 난 어둑어둑한 시각에는 검붉은 코피가 한 되 남짓 쏟아졌다.

'워찌 말루 다헐 겨. 인자는 영령이 되었으니께. 불효가 여기까정 이를 줄 면이 워찌 알 겨.'

이순신은 해남 현감 유형, 강진 현감 이극신, 남도포 만호 강응표, 장흥 부사 전봉, 낙안 군수 임계형 등의 장수와 열세 개 섬의 염장鹽場(소금밭)을 감독하는 염장 감자도감監煮都監 김종려 등을 다 물리치고 나서야 홀로 앉아서 눈물을 흘렸다. 비통함이 사무쳐 가슴이 찢어지는 것만 같았다.

보화도(고하도) 수군 재건

며칠 동안 진눈깨비가 흩날리더니 싸락눈이 내렸다. 바닷바람도 차가워 코끝이 얼얼했다. 눈보라가 눈을 뜰 수 없을 만큼 몰아치기도 했다. 해남 일대에서 진을 치고 분탕질하던 왜 수군은 추운 날씨 때문에 순천 쪽으로 물러가버렸다. 순천 예교에서는 왜군과 끌려온 양민들이 왜장 고니시 부대가 주둔할 왜성을 쌓고 있는 중이었다. 이순신이 미조항 첨사 김응함이나 안골포 만호 우수, 당포 만호 안이명, 조라포 만호 정공청, 웅천 현감 김충민 등 경상 우수영 소속의 장수들과 순천 부사 우치적, 낙안 군수 임계형, 녹도 만호 송여종, 여도 만호 김인영, 장흥 부사 전봉, 우후 이정충 등 전라 좌우수영의 장수들을 돌려보낸 것은 군량미를 확보하기 위해서였다. 왜 수군이 멀리 퇴각했으니 이제는 무기와 군량미를 비축해야 했다. 송희립과 교대로 참좌군관을 맡고 있는 정상명이 말했다.

"장수덜을 다 보내불믄 위험허지 않을께라우?"

"싸움두 읎는디 여기 모여 있으믄 뭣 혀? 싸움은 입으루 허는 것이 아녀."

"증말 싸움이 읎을께라우?"

"날마다 눈비가 오구 삭풍이 모질어지니께 읎을 겨. 이럴 때 군량을 확보혀야 혀."

"통제사 나리께서 염장을 직접 감독허시는 것도 군량을 얻기 위해서 그런 줄은 알고 있지라우."

"김종려는 싸움은 잘 못허지만 사심이 읎는 사람이니께 열세 개 섬의 염장을 감독허는 감자도감을 맽긴 겨."

"소금을 구워 쌀로 바꾼다믄 창고가 금방 차겄그만요."

"인자 안편도보담 더 적당헌 섬을 찾으야 혀."

"으째서 그랍니까요?"

"군량두 더 모으야 허구, 전선두 맹글어야 허구, 뭣보담 겨울 삭풍을 맞지 않구 따땃허게 보낼라구 그려."

"정말로 시안에는 왜적덜이 쳐들어오지 않을께라우?"

"왜적덜이 명량을 다시 오기는 심들 겨. 동장군이 우덜을 지켜주니께 말여. 하하하."

이순신이 염두에 둔 섬이 어디에 있는지 정상명은 더 묻지 않았다. 그러나 이순신은 정찰을 해왔던 장졸들로부터 보고받은 목포 앞의 보화도(고하도)를 마음에 두고 있었다.

사실, 이순신은 보화도로 이진하고자 며칠 전부터 결심을 굳힌 채 강막지 집에서 보내고 있었다. 강막지가 이순신에게 자신의 집 온돌방에서 지내도록 청했던 것이다. 이순신은 온돌방에서 땀을 뻘뻘 흘리고 나서야 기력을 좀 되찾았다. 이순신이 보화도로 이진을 결심한 때는 해남에서 퇴각하던 왜군 부대로부터 군량미 삼백스물두 섬을 빼앗아오고 나서였다. 다른 섬으로 이진하더라도 당장에 소비할 장졸들의 식량을 해결했기 때문이었다. 이순신은 사기를 진작하기 위해 충청 우후 원유남이 보낸 홍시 한 접과 영광 군수 전협의 아들이자 군관인 전득우가 가지고 온 홍시 한 접을 합친 이백 개를 장졸들에게 나누어 주었다. 또 보화도(고하도)로 떠나기 전날 밤에는 안편도 염장의 도서원都書員 거질산巨叱山이 잡아와 바친 큰 사슴을 군관들에게 보내 나눠 먹게 했다.

이진하기 전날 밤에는 바람이 없어 바다가 잔잔했는데 막상 자정을 넘기고 나자 비와 우박이 섞여 내리고 샛바람이 살살 불었다. 이순신은 늘 축시(새벽 2시쯤)에 출진했는데, 적이 활동하지 않는 시각인 데다 하루의 작전 시간을 길게 쓰기 위해서였다. 이순신은 대장선에서 취타수에게 북과 나발을 불게 했다.

안편도에서만 십팔 일을 보내고 보화도로 이진하는 날이었다. 안편도가 보이지 않을 때까지만 뱃전에 서 있었는데도 흩뿌리는 비와 우박이 몸을 얼게 했다. 언 입술이 쩍쩍 달라붙었다. 이순신은 장대에 올랐고 장졸들은 선실로 들어갔다. 보화도는 날이 밝으면 도착할 수 있는 거리였으므로 장사진 대오로 천천히 움직였다. 척후장인 거제 현령 우수가 군량을 운반하러 가고 없기 때문에 협선에 탄 목포진 군관이 향도 노릇을 했다.

보화도로 가는 장졸들은 모두 천여 명이었다. 명량 해전 때보다 줄어든 숫자였다. 전사자와 부상자가 있었고, 병가를 내고 고향으로 돌아간 군사들이 많았기 때문이었다. 이윽고 이순신 함대는 보화도 바다에 결진했다. 과연, 듣던 대로 쌀쌀한 서북풍을 막고 전선을 은폐하기에 아주 적합한 섬이었다. 이순신은 군관들과 함께 육지에 내린 뒤 산으로 올라가 용섬이라고도 불리는 섬의 지형을 살폈다.

"여기다 진영을 설치헐 겨."

"집을 지을 거그만요."

"기여."

"안편도에서 십팔 일 동안 겨심시롱 구상허신 것이지라우?"

"보화도에 진영을 설치허는 까닭은 수군다운 수군을 재건해 볼라구 그러는 겨."

"안편도보담 남해와 서해의 중간 기지인 여그 섬이 더 좋겄지라우."

"군관덜헌티 섬덜을 정찰시켜 결정헌 겨."

이순신이 안편도에서 십팔 일 동안 머물면서 첫 번째로 궁리한 것은 수군을 재건하는 데 가장 적합한 섬이 어디인지를 정하는 일이었다. 그 결과 섬 주변에서 배를 만들 목재와 군량을 확보하고 수군을 보충하기가 쉬운 곳이 보화도였던 것이다. 군관 황득중도 송희립, 정상명과 같이 이순신의 복심이나 다름없었다. 이순신 곁을 떠나본 적이 거의 없었다. 전라 좌수사 시절부터 이순신 곁에 늘 있었으므로 친아들처럼 정이 든 군관이었다.

보화도에는 군막이 없기 때문에 이순신과 장졸들은 닻을 내린 판옥선에서 잤다. 배 안은 얼음 창고처럼 춥고 칼바람이 스며들어 살을 에는 듯했다. 새우잠을 자던 장졸들은 꼭두새벽부터 섬으로 내려가 모닥불로 몸을 녹였다. 이순신도 이른 아침에 집지을 터로 나가 아침밥을 먹었다. 섬 뒷산이 서북풍을 막아주는 데다 아침 햇볕이 비춰들면 배 안에 있는 것보다 따듯했다. 이순신은 수군들 중에서 목수를 차출해 집을 지었다. 목수들 중에는 대갓집을 지어본 도편수 출신도 있고, 자기 집 뒷간을 혼자서 얼기설기 만들어본 측간 목수도 있었다.

황득중은 벌목 군관을 맡아 목수들을 데리고 섬의 북쪽 봉우리 근처 숲으로 가서 재목을 골랐고, 수졸들은 자른 재목을 어깨에 둘러메고 운주당이 들어설 자리로 날랐다.

이순신은 운주당을 짓고 있는 터에서 공무를 보았다. 장수들이 배에서 내려 문안 인사를 했다. 해남 현감 유형은 왜적에게 붙었던 자들을 포박하여 끌고 와 그들의 소행을 보고했다. 이순신은 서릿발 같은 영을 세우기 위해 정상명에게 말했다.

"검은 두건이 있는감?"

"해남 현감이 붙잡아온 간민덜을 시방 효시해불라고라우."

"간짓대를 몇 개 구해 와."

"참퇴장을 정해주셔야지라우."

"정 군관이 맡을 겨?"

"해남에서 잡아온 간민덜인께 해남 현감이 으쩔께라우?"

"현감헌티 물어보구 처리혀."

왜적에게 빌붙었던 정은부와 김신웅이 먼저 검은 두건을 쓴 채 끌려 나왔다. 유형의 검은 눈썹이 꿈틀거렸다. 찢어진 두 눈이 더욱 매섭게 번뜩였다. 유형의 칼이 두세 번 움직였을 뿐인데 두 사람의 목이 땅에 떨어져 뒹굴었다. 선조의 눈에 들어 선전관으로 활약하더니, 무과 급제한 뒤 훈련도감에 잠시 있다가 곧장 해남 현감이 된 유형이었다. 그는 이순신의 신임이 두터웠으므로 어느 수령보다도 자주 독대하고 지시를 받았다. 유형은 왜적에게 첩자 노릇을 한 두 사람과 양반집 처녀를 강간한 김애남까지 차례차례 목을 쳐 간짓대 끝에 효시했다. 마치 피에 굶주린 맹수 같았다.

"칼을 개운허게 다루는구먼."

"통제사 나리께서 보시고 겨신께 긴장이 되그만요."

"칼 쓰는 솜씨가 깔끔혀."

저녁에는 이순신이 도양의 군량 감관 양밀을 불러들여 곤장 육십 대를 쳤다. 벌레 먹은 군량이라고 양밀이 제멋대로 처리해서였다. 아무리 군량미가 하품이라도 통제사의 허락을 받고 창고 문을 열어야 했던 것이다. 이순신은 운주당을 짓고 군량미를 감독하고 비축하는 데 자나 깨나 집중했다. 황득중에게는 임시로 운주당 감조 군관이란 직책을 주어 목수들을 다루도록 지시했다.

"이장耳匠(목수)덜은 따땃헌 밥을 푸짐허게 먹여야 혀. 그래야 일을 잘 허는 겨."

"대들보가 올라가고 지둥덜이 세워지고 지붕도 이었응께 인자 마루 판자만 깔은 운주당 뼈대는 갖춰지그만요."

보화도에 도착한 다음 날부터 운주당을 짓기 시작하여 팔 일 만에 방벽이 될 대나무 발에다 황토를 발랐으니 첫 작업은 순조롭게 진행되고 있는 셈이었다. 강진 현감 송상보와 진도 군수이자 선거이 장수의 조카인 선의경이 신임 인사차 들렀을 때나, 선전관 이길원이 배설을 처단하는 일로 왔을 적에도 운주당이 없어 쌀쌀한 노지에서 공무를 보았으니 이 정도의 진척만 해도 참으로 다행한 일이었다.

"오늘은 영암 군수 이종성이 부삭떼기덜을 델꼬 와 쌀 서른 말로 밥을 지어불그만요. 더 반가운 것은 영암에 군량 이백 섬과 벼 칠백 섬을 준비해놓았다고 허그만요."

"군량 창고는 크게 지어야 쓰겄구먼. 왜적헌티 뺏은 삼백스물두 섬에다 또 영암 군수가 가져올 티니께 말여."

이순신은 보성 군수 전백옥과 흥양 현감 최희량을 불렀다. 그런 뒤 군량 창고를 짓는 책임자로 임명했다. 두 사람 모두 젊은 수령이었으므로 물불을 가리지 않고 책임을 완수해낼 수 있는 사람들이었다. 이순신이 두 사람에게 지시했다.

"군량 창고를 서둘러 지어야 혀. 손이 부족허믄 우후에게 나무를 찍어 오라구 헐 티니께."

군량 창고를 짓는 일은 진영을 갖추는 데 두 번째 작업일 만큼 중요했다. 왜적에게 빼앗은 군량미 삼백스물두 섬과 홍산 현감 윤영현과 생원 최집이 바친 벼 마흔 섬과 쌀 여덟 섬을 판옥선 선실에 쌓아두고 있는 형편이었다. 전선인 판옥선을 군량 창고로 사용하고 있으니 몹시 궁색한 일이었다. 군량 창고 이후에는 무기고, 화약고, 군관청, 선소 등도 진영을 갖추려면 필수적인 건물들이었다.

마침내 운주당이 완성되자, 이순신은 군량미를 확보하는 일에 더욱 매진했다. 이순신은 보화도를 비롯하여 열세 개 섬의 소금밭을 감독하는 염장 감자도감 김종려를 특히 격려했다. 해남 의병들이 왜적을 죽이고 가져와 바친 환도 한 자루를 김종려에게 하사했다. 명민한 김종려는 어느새 소금 박사가 돼 있었다.

"소금은 두 가지로 맹글지라우. 하나는 봄부텀 여름까정 소금밭에서 햇볕에 염도를 높이면서 맹그는 천일염이 있고라우, 또 하나는 소금밭의 바닷물을 가마솥에 넣고 굽는 자염煮鹽이 있는디 화염火鹽이라고도 부르지라우. 그라고 땅에서 캐는 돌소금 암염巖鹽이 있는디 우리나라에 읎는 소금이지라우."

"소금 창고에는 소금이 을매나 있는 겨?"

"섬마다 다른디 지가 소금 창고를 다 봉인해놓아 사람덜이 손대지 못하지라우. 그라고 메칠 전까정 화염을 맹글어 창고에 보관했그만요."

"군량과 바꾸는 일은 잘 되는 겨?"

"피난민덜이 쌀을 가져와 바꿔 가는디 요즘은 뜸허그만요."

김종려가 소금밭을 감독하는 목적은 군량미를 확보하기 위해서였다.

"또 큰 싸움이 있는게라우?"

“왜적덜이 바다 멀리 물러가지 않는 한 일전은 불가피혀. 그때를 대비해서 군량을 모으는 겨.”

“추운 시안에 소금을 맹그는 것은 에러운 일잉께 군량을 얻을라믄 다른 방법을 찾아야 허지 않을께라우?”

“생각해둔 것이 하나 있는디 곧 시행헐 겨.”

“무신 계책인게라우?”

이순신이 여주 출신 이의온의 제안을 받은 뒤 다듬어온 계책으로 바닷길을 오가는 배들에게 통행세를 받는 ‘해로 통행첩 제도’였다.

“쌀을 바치고 통행첩을 받은 배만 댕기게 허는 제도여. 배 크기에 따라 쌀을 다르게 받을 겨.”

“지만 알고 있을 것이 아니라 모든 장수덜이 다 알아야 헐 거 같습니다요.”

“그렇지 않아두 운주당이 지어졌으니께 잔치를 벌일 겨. 낼 아침에 부근 고을 현감, 군수, 장졸덜이 다 모이니께 그때 말헐 겨.”

이순신이 군관 이의온의 건의를 받아 구상해온, 쌀을 바치고 받아가는 ‘해로 통행첩’의 규정은 단 세 가지뿐으로 복잡하지 않았다. 큰 배는 세 석, 중간 배는 두 석, 작은 배는 한 석을 받고 이순신의 수결手決(서명)이나 붉은 도장이 찍힌 해로 통행증을 발급하자는 구상이었다. 궁즉통窮卽通, 궁하면 통하는 법이었다. 싸움터로 나갈 군사들의 군량미를 걱정해서 지략가 이의온이 짜고 함께 다듬어온 ‘해로 통행첩 제도’였다.

돌이켜보면 명량 해전도 보성 조양창에서 군량미 육백 석을 얻었기 때문에 장졸들이 밥심으로 싸워 이길 수 있었다고 해도 과언이 아니었다. 배고픈 군사들은 앞장서서 싸우지 않았다. 그리고 군량 못지않게 물도 중요했다. 갈증으로 목이 타면 칡이나 오이, 무 같은 것으로 해소했다. 장수들이 전선의 물독을 점고하고 칡이나 오이, 무를 전선에 싣는 것은 싸우는 군사들의 갈증을 걱정해서였다.

이순신의 부름을 받은 각 고을의 수령과 진의 첨사와 만호들이 꼭두새벽부터 운주당으로 모여들었다. 아침 해가 뜨기 전부터 전라 좌우수영의 장수들이 운주당 마당에 도열했다. 날씨는 맑았지만 몹시 추운 날이었다. 장졸들이 언 마당에 서서 발을 동동 굴렀다. 이윽고 이순신이 새집 운주당에서 나와 입을 열었다. 말할 때마다 허연 김이 입에서 새어 나왔다.

"오늘은 마음을 좀 놓아두 될 겨. 우후 이정충이 장흥 왜적덜이 다 도망갔다구 보고허구, 탐망 군관 임준영은 인자 완도에두 적덜이 읎다구 허니 안심혀. 여기 보화도부텀 장흥 바다까정 왜적덜이 다 물러갔으니께 말여. 그래두 산불 끄듯 혀야 써. 꺼진 줄 알지만 잔불이 남아 있는 벱이니께."

왜 수군과 맞붙어 싸운 지난 몇 달처럼 긴장할 것까지는 없지만 그래도 경계는 소홀하게 하지 말라는 지시였다. 탐망 군관 임준영의 보고대로 완도에 왜적들이 없다는 것은 왜 수군들이 서해를 포기하고 물러갔다는 말이나 다름없었다.

"지금부텀 공로를 세운 장수덜에게 상품과 직첩을 나눠줄 겨."

명량 싸움에서 승전한 공로로 조정에서 내려온 포상에 이어 이번에는 이순신이 직접 상품을 주었다. 명량 싸움의 승전으로 장졸들 중에서 가장 크게 공로를 인정받은 사람은 안위였다. 그는 통정대부(정3품)가 됐고 나머지 장졸들도 차례차례 표창을 받았다. 물론 장졸들을 지휘한 이순신도 선조가 보낸 상을 받았는데 은 스무 냥이었다. 마지못해 보낸 것 같은 상이었다. 명나라 경리(총사령관) 양호는 붉은 비단 한 필을 보내면서 '배에 이 붉은 비단을 걸어주고 싶으나 길이 멀어 갈 수 없다'라는 말을 전했다. 그리고 면사첩免死帖을 그의 부관 편에 보냈다. 면사첩이란 어떤 실수를 해도 사형을 시키지 않겠다는 증서인데 명나라 총사령관이 줄 수 있는 큰 상이었다. 이윽고 이순신이 '해로 통행첩'에 대해서 말했다.

"군량이 모자라는 것을 근심하여 마침내 해로 통행첩을 맹글 티니께 삼도의 공사선은 통제사가 발급헌 통행첩이 읎으믄 적의 첩자루 여기구 처벌헐 겨. 여기 모인 장수덜은 오가는 배덜을 검문혀서 통행첩이 있는지 읎는지 잘 살펴야 혀."

"예, 통제사 나리."

'해로 통행첩'을 통한 군량미 확보는 이순신의 계책대로 맞아떨어졌다. 불과 열흘 만이었다. 새로 지은 군량 창고에 쌀 만여 석이 쌓였던 것이다. 이순신은 전선을 건조하는 것도 군량미 확보 못지않게 수군 재건의 급선무로 여겼다. 정응남은 보자기를 수색하고 단속하는 군관이었지만 이순신은 그를 전선 감조 군관으로 임명하여 목수와 수졸들을 감독하게 했다.

"송웅기는 아직 해남에서 오지 않은 겨?"

"곧 돌아올 거그만요."

송웅기는 벌목사가 되어 소나무를 구하기 위해 산역꾼 수졸을 데리고 해남으로 가 있었다.

"올 시간이 지났으니께 그려. 나주, 영광, 함평, 영암, 부안, 강진의 의송지루두 벌목 군관을 보내야 혀."

"진작 보냈그만요."

의송지宜松地란 고을의 현감이나 진의 만호가 관리하는 나라 재산인 소나무 숲을 뜻했다.

"사십 척을 건조할라믄 용섬 소나무만으로는 턱없이 부족허니께 그려."

"소나무 판자에 참나무 판자를 섞으믄 배가 더 단단해진다고 허는디 으쩔게라우?"

"사실인 겨?"

"목수덜이 그런디 소나무와 참나무는 궁합이 맞아뻔져 물속에 들어가믄 서로 더 잡아땡겨준다고 허드그만요."

이순신은 목재를 구하기 위해 각지로 벌목 군관을 보냈고, 진도 선소 같은 곳은 벤 소나무를 올려 보낼 것이 아니라 아예 판옥선을 건조해서 보내라고 지시한 바 있었다. 선소에서 판옥선 한 척을 건조하는 기간은 대략 사십육 일이 걸렸다. 산속으로 들어가 소나무를 고르고 불도장을 찍는 데 이 일, 산역꾼 수졸들이 목도를 해서 선창까지 운반하고 선소로 가는 데 사 일, 선대에서 송판을 자르고 말린 다음 판옥선을 짜는 데 이십삼 일, 바다에 진수해 상부를 올리고 완성하는 데 십칠 일이 걸리므로 판옥선 한 척의 건조 기간은 총 사십육 일 정도였던 것이다.

화약의 원료인 염초를 마련하는 일도 시급했다. 이순신이 전라 좌수사로 부임해 갔을 때 맨 먼저 지시한 일도 군관 이봉수를 불러 삼 개월 동안 염초 천 근을 굽게 한 일이었던 것이다. 다행히 이봉수에 이어 훈련도감 감원 출신인 조효남이 염초 굽는 일에 가세하니 염초는 걱정하지 않아도 되었다. 이봉수가 이순신에게 보고했다.

"조 감원이 왔응께 둘이 맹글믄 시 달에 이천 근은 되겄지라우."

"봄이 오기 전에 남해루 이진헐 티니께 서둘러 맹글어야 혀."

이순신은 이봉수에게 겨울철만 보화도에서 유진하겠다는 뜻을 처음으로 밝혔다. 왜적이 순천 바다로 물러가버렸는데 굳이 서해 쪽에 있을 이유가 없었다. 서해로 진출하려는 왜적을 초기에 막으려면 남해로 다시 내려가야 했다. 육지로 오르려는 적을 강의 입구에서 막는다는 강구대변江口待變은 이순신의 기본 전략이었다.

도장刀匠 태귀련에게는 대장간을 짓게 하는 책임을 맡겼다. 각 고을의 수령들은 철을 모아 바쳤다. 대장간이 완성되자 태귀련은 대장장이 출신 수졸들과 함께 총통, 칼, 창과 이순신이 개발한 쇠도리깨, 갈퀴 종류인 사족구 등을 제작하여 무기고에 보관했다. 뿐만 아니라 보성에서 이순신을 따라온 활 장인 지이智伊

는 손재주가 좋은 수졸을 모아서 활과 화살을 만들었다.

한편, 새로 건조한 전선 사십 척에 승선할 격군을 차출하는 일도 군량과 염초나 무기 제조 못지않게 서둘러야 할 일이었다. 군관 정응남이 해상 유랑민인 포작이나 해안가에서 조개나 해초 등을 캐며 사는 보자기를 수색해온 것도 수군 확보 차원이었다. 보화도 인근의 연해안 열아홉 고을의 장정들을 수군에 전속시켰는데도 한계가 있었기 때문이었다. 그런 한계를 보완하기 위해 피난선에 탄 피난민들을 설득했다. 그런데 군사가 많아지자 파생하는 문제도 생겨났다. 명량 해전 이후 안편도에서 보화도에 들어올 때 천여 명 안팎이던 수군이 배 이상으로 늘어났기 때문에 수군의 옷이 턱없이 모자랐던 것이다. 할 수 없이 이순신은 피난민 우두머리를 불러 옷을 요청하기까지 했다.

"니덜이 워째서 여기까정 온 겨?"

"사또를 믿고 와부렀지라우."

"시방 물이 얼구 바닷바람이 차가우니께 군사덜 손가락이 모두 굳어버리니 워치게 니덜을 위해서 적을 막아낼 수 있겄는감. 니덜헌티 남은 옷이 있다믄 우덜 군사덜헌티 보내줘야 허지 않겄는감."

그러자 피난민들이 너도나도 남은 옷가지를 가져와 이순신에게 바쳤다. 어느새 이순신 함대는 열세 척에서 오십삼 척으로 커졌다. 수군도 천여 명에서 이천여 명 이상으로 늘어났다. 새로 건조한 사십 척에도 선수와 좌우에 지자, 현자총통을 장착했다. 군량미도 해로 통행첩을 발급하고 각 고을의 수령과 유지들로부터 지원받는 방식 등으로 보화도를 떠날 때는 무려 이만 석이나 되었다. 군량미 이만 석은 새로 건조한 판옥선들 중에서 정예 수군이 타지 않은 무군선無軍船에 실었다.

마침내 이순신은 무술년(1598) 2월 16일에 오십삼 척의 전선에 장졸들을 승선시킨 뒤 명했다.

"첨자진 대오로 고금도를 향해 출진혀!"

대장선의 기수가 대장기를 올렸다. 취타수들이 북을 치고 나각과 나발을 불었다. 정유년(1597) 10월 29일에 보화도로 들어온 이후 백육 일 만의 출진이었다. 장대에 오른 이순신은 회심의 미소를 지었다. 군사와 전선, 군량과 무기를 어느 정도 확보했으니 두려울 것이 없었다. 조선 수군은 임진년의 위용을 되찾고 있는 중이었다. 겨울 동안 장졸들이 할 수 있는 일은 다했으니 지금 보탤 것이 있다면 천운이 따르기를 빌 뿐이었다. 갑자기 흩날리는 진눈깨비가 이순신이 서 있는 장대 속으로 날아들었다. 이순신의 눈썹에 진눈깨비가 달라붙었다.

고금도 조명연합 수군

보화도를 떠난 이순신 함대는 2월 17일 정오쯤 고금도에 도착했다. 보화도에서는 진눈깨비가 흩날렸는데 고금도에서는 흰 눈송이가 나붓나붓 날리고 있었다. 눈송이는 땅에 떨어지자마자 녹아버려 쌓이지 않았다. 고금도는 보화도보다 양명하고 따뜻했다. 푸르뎅뎅하게 얼었던 장졸들의 얼굴이 환하게 펴졌다. 탐망 군관 임준영의 보고대로 벽파진, 어란포, 이진, 가리포 등 바다에서 만난 왜선은 단 척도 없었다. 왜장 고니시 부대가 주둔한 순천 왜성 쪽으로 집결해 또 다른 작전을 꾸미고 있음이 틀림없었다.

이순신은 강진현 고금도 덕동진에 내리자마자 망덕산 정상으로 올라가 주변 형세를 정찰했다. 북쪽으로는 강진현 마량진이, 남쪽으로는 신지도, 동쪽으로는 조약도, 서쪽으로는 완도가 울타리처럼 둘러 있었다.

"고금도가 연꽃 이파리 가운디 있는 꽃술 같구먼."

"오메, 시인보담 멋있어붑니다요."

정상명이 웃으며 말하자 이순신이 그를 나무랐다.

"나는 시인이 아녀. 워치게 하믄 왜적을 더 많이 죽일까 허구 생각허는 장수란 말여."

"지가 여러 장수덜을 모셔봤지만 통제사 나리멩키로 시를 잘 짓는 분은 아적 보지 못했그만요."

"쓸데읎는 소리 그만혀. 내가 보기에는 고금도가 한산도보담 형세가 좋아. 농사지을 둔전도 널찍허구, 염장두 있구 말여. 여기다 통제영을 설치허믄 피난민덜이 많이 몰려들 겨."

"덕동진에다 선소를 맹글어도 좋겄그만요."

"군사나 군량두 더 확보해야 허구, 판옥선두 더 맹글어야 우덜이 임진년 정도의 전력이 될 겨."

이순신은 최소한 임진년에 버금가는 전력을 목표로 하고 있었다. 고금도로 통제영을 옮긴 것은 강구대변을 하면서 수군의 전력을 더 보충하기 위한 계책 중 하나인 셈이었다. 순천 왜성에 있는 왜장 고니시가 싸움을 걸어온다면 보화도보다 전라좌우도의 요충지인 고금도에서 방비하는 것이 더욱 적절할 터였다. 바람과 파도가 거칠어서 싸움이 주춤했던 겨울이 지나고 봄이 되면 왜적과의 공방도 분명 잦아질 것이었다.

고금도에 통제영이 설치되자 피난민과 남쪽의 유랑민들이 모여들어 덕동진은 사람들로 붐볐다. 성 안팎으로 민가가 들어서고 진영이 갖춰지니 한산도 때보다 더 웅장해졌다. 이순신의 조카 이분이 말했다.

"숙부님, 사람덜이 구름멩키루 모여드는구먼유. 남쪽 백성덜이 이고 지고 이곳으루 들어오는디 한산도에 있을 때보담 열 배 이상이 되는 것 같구먼유."

이순신의 장형인 이희신의 차남 이분은 문서를 관장하고 기록하는 유사有司를 맡고 있었다. 백성들이 이순신이 있는 덕동진으로 모여드는 것은 반가운 일이었다. 그들 가족 중에서 수군을 징발할 수 있고, 그들에게 둔전을 맡기어 군량을 거둬들일 수 있기 때문이었다. 고금도에서는 따로 새 집을 짓지 않고 덕동진의 관아를 운주당으로 사용했다. 이순신은 날마다 운주당으로 부하 장수들을 불러들여 회의를 했다. 그날은 군관 이의온과 해남 현감 유형, 송희립, 정상명, 김종려, 황득중, 이봉수, 조효남, 정응남, 태귀련, 고금도에 와서 의병장으로 임명한 강진 출신 염걸, 이분 등이 참석했다.

먼저 이의온이 말했다.

"보화도에서 둔전을 설치해 군량을 확보한 바 있습니다. 해로통행첩도 마찬가지입니다. 이곳 고금도에서도 둔전 경영과 해로통행첩을 발급하여 군량을 확보해야 할 것입니다."

"워찌 그대가 알고 있는 것이 말헌 거멩키루 심원헌 겨. 참으로 내 마음에 꼭 맞구먼."

그러자 농사를 지어본 경험이 있는 송희립이 말했다.

"둔전은 효과가 수확을 허는 가실쯤에 가서야 나겄지만 통행첩은 금시 나는 것잉께 당장 시행해부러야 쓰겄습니다요."

"송 군관 말에 일리가 있구먼."

이순신은 부하 장수들에게 보화도에서 맡았던 직분이 고금도에서도 그대로 이어진다고 말했다.

"정응남 군관은 여기서두 전선 감조 군관이여. 김종려는 염장자감 군관이구, 황득중은 벌목 군관이구, 이봉수와 조효남은 염초 제조 군관이구, 태귀련은 총통과 창을 제작하는 책임자인 겨. 특히 염걸은 강진 해안이야말루 통제영 울타리니께 방비를 잘 혀."

염걸은 해안가에 수군 전복을 입힌 허수아비를 세워 왜적을 물리친 위장 전술에 능한 의병장이었다. 해남 현감 유형이 말을 하지 않고 있다가 무조건 수군을 징발하는 것은 한계가 있으니 제도를 보완하자고 건의했다.

"고금도로 백성덜이 몰려오고 있다고 허지만 이미 피난민덜은 여러 섬으로 들어가부렀고 쓸 만한 장정들은 배를 사사로이 가지고 댕김시롱 처자를 보호하고 있그만요. 이들을 수령덜의 가속과 한곳에 살게 하여 걱정을 읎애준다면 다 우리를 따르지 않을게라우?"

"현감의 좋은 생각이여. 그렇게 헐 티니께 피난민덜에게 널리 알려야 혀."

"예, 통제사 나리."

유형의 건의는 무술년 3월부터 서서히 효과가 나타났다. 관아에서 장정들의 가족을 보호해주자, 섬으로 숨어들어 갔거나 피난선을 타고 떠돌던 장정들이 수군을 자원해 들어왔다. 이순신은 고금도에서도 수군 재건에 박차를 가했다.

한편, 파도가 잔잔해지고 바람이 부드러워지자 예상했던 대로 왜적들이 고금도 인근까지 출몰했다. 흥양에서는 3월 18일과 22일 첨산에서, 4월 8일에는 흥양 망저포에서 공방전을 벌였다. 특히 3월 22일 첨산 전투는 보성과 흥양의 의병장 송대립, 최대성, 김덕방, 전방삭, 황원복 등이 보성 흥양의 의병 연합군을 거느리고 나섰는데, 이순신의 군관으로 활약했던 송대립이 전사하고 말았다. 이순신은 덕동진 운주당에서 송대립의 순절 소식을 듣고는 향을 피워놓고 눈물을 흘렸다. 한산도 시절은 물론 백의종군할 때 스스로 찾아와 갖은 고락을 함께한 부하였던 것이다.

보성 흥양의 의병 연합군 의병장 모두 이순신이 신뢰하는 장수들이었다. 최대성은 이순신의 충직한 군관으로 해전 경험이 풍부한 장수였다. 원균이 통제사가 되자 사직하고 고향 보성으로 돌아와 모의장이 되어 두 아들 언립, 후립을 앞세워 의병을 모병한 뒤 보성과 흥양 등지에서 왜적과 싸워온 인물이었다. 보성 우산리 출신으로 일찍이 무과 급제한 전방삭도 이순신 휘하의 군관으로 여러 해전에 참전해 전공을 세우기도 했지만 원균이 통제사에 오르자 최대성처럼 사직하고 고향 보성으로 돌아와 의병장이 되어 흥양, 보성, 낙안, 순천 등지로 침입한 왜적과 싸워온 장수였다. 무과 급제자인 황원복 역시 이순신의 군관 출신으로 의병장이 되어 전방삭, 최대성과 합세하여 왜적을 격멸했는데 주로 선봉장으로 나서서 싸운 용맹한 장수였다.

고금도 선소에서 전선 열 척을 건조해 진수했을 무렵이었다. 그러니까 전선이 총 육십삼 척이 됐을 때였다. 물론 수군도 꾸준히 늘어나 육십삼 척에 승선할 수 있는 팔천여 명에 이르렀다. 서해로 들어온 진린 도독의 수군 오천여 명도 7월 16일 고금도 덕동진에 도착하여 합류했다. 진린은 해전 경험이 많은 절강, 상해, 복건 출신의 수군들을 전선 칠십여 척에 승선시켜 거느리고 왔다.

진린은 좀체 웃는 법이 없었다. 이순신을 지그시 쳐다볼 뿐 할 말만 하고 입을 다물어버리곤 했다. 황제국의 장수로 원정을 왔으니 제후국의 장수는 무시해도 된다는 듯한 태도였다. 그러나 이순신은 진린의 태도에 개의치 않았다. 바닷바람이 시원한 운주당 대청마루로 진린을 불러들인 뒤 다례茶禮로 먼저 맞이했다. 한산도에 유진하고 있을 때 명나라 장수 부관들이 오면 다례를 베풀어주곤 했는데 뜻밖에 마음을 열곤 했던 것이다. 명나라에서는 차를 밥 먹듯 했지만 조선에 와서는 그렇지 못했기 때문이었다. 내아 구실아치인 다모가 진린 일행과 이순신 휘하의 군관들 앞에 흥양현에서 보낸 분청 차 사발을 하나씩 놓았다. 차 사발을 들여다보던 진린이 희미하게 미소를 지었다. 사발에는 소나무와 학이 하얗게 상감돼 있었다. 때를 놓치지 않고 이순신이 말했다.

"흥양 도공덜이 맹근 차 사발이구먼유."

"이처럼 아름다운 사발은 광동에서도 보기 힘들지요."

"소장은 차 사발을 볼 때마다 음수사원이란 고사를 생각허구먼유."

음수사원飮水思源이란 물을 마시며 그 근원을 생각한다는 고사성어였다. 그러자 진린이 흥미로운 듯 고개를 내밀며 말했다.

"지금 내가 보고 있는 차 사발이 우리나라에서 왔다는 말이오?"

"그렇기는 허지만 여기 도공덜 솜씨가 보태진 거지유."

"무슨 솜씨란 말이오?"

이순신이 바로 대답하지 못하자 맨 끝자리에 앉아 있던 염걸이 진린의 역관을 통해서 말했다.

"지는 이 고을 출신 염걸이그만요. 차 사발이 내는 흐건 색깔은 도공덜이 해안을 돌아댕김시롱 찾아낸 흙이라서 그런다고 합니다요."

"또 무엇을 솜씨라 하는가?"

"여그서는 차 사발에 붓으로 그림을 그리지 않습니다요. 첨으로 맹근 사발을 살짜기 파서 흐건 색깔이 나는 흙을 넣어뻔지는 상감 기법을 솜씨라고 합니다요."

이순신과 진린이 몇 마디 주고받는 동안 다모가 차 사발에 황금빛 발효차를 따랐다. 향기 나는 발효차의 색깔은 밝은 달빛 같았다. 진린은 두 손으로 차 사발을 들고 발효차를 음미했다. 차가 세 잔째 돌자 운주당 대청마루의 분위기가 부드럽게 바뀌었다. 이순신이 바뀐 분위기를 놓치지 않고 말했다.

"소장이 도독을 위해 시 한 수를 읊어두 되겄습니까유?"

"좋소이다."

이순신이 차 사발을 내려놓고 시를 한 수 지었다. 자신을 낮추고 명나라 장수 진린 도독을 높이는 내용의 시였다.

다행히 천자께서 은혜를 베푸시어
조선을 구원하라 대장을 보냈소이다.
만 리 먼 길 원정 오시는 날
삼한 땅은 다시 살아나는 때라오.
도독께서는 원래 용감하시지만
저는 본래 아는 것이 없소이다.
다만 나라 위해 죽고자 할 뿐이거늘
다시 무슨 긴 말을 꼭 하겠소이까!

賴天子勤恤 遣大將扶危
萬里長征日 三韓再造時
夫君元有勇 伊我本無知
只擬死於國 何須更費辭

진린이 몹시 흡족한 표정을 지었다. 차 맛과 향기, 색깔이 일품인 데다 자신에게 바치는 이순신의 시까지 더해지니 시흥이 절로 났다. 진린이 말했다.

"나는 이 다례 자리에서 두 수를 지어보겠소."

그러자 진린 일행과 이순신 휘하 군관들이 일제히 진린을 주시했다. 진린은 갑자기 목이 마른 듯 턱짓으로 다모에게 차를 원했다. 다모가 조심스럽게 다가가 차를 따르자 단숨에 바로 마신 뒤 이순신에게 주는 시를 읊조리기 시작했다.

위풍당당하고 헌걸차신
그대가 없었다면 나라가 응당 위급했으리.
제갈량이 일곱 번 붙잡던 날이었고
진평이 여섯 번 계책을 내어놓던 때였다오.
그대의 위풍은 만 리까지 떨치었고
큰 공적은 사방으로 널리 알려졌소.
아! 나는 쓸모없어 돌아가려니
장차 지휘권은 사양하지 마시오.
堂堂又赳赳 微子國應危
諸葛七擒日 陳平六出時
威風萬里振 勳業四維知
嗟我還無用 指揮且莫辭

만약 장군이 계시지 않았다면
누가 위태한 나라를 지켜냈겠소.
지난날엔 여진족 오랑캐 몰아냈고
지금은 요사한 기운을 걷어냈소.
큰 절개는 모든 백성이 우러러 보고
높은 명성은 만국에 드날렸다오.
황제께서 간절히 부르시거늘
달려가지 않고 어찌 끝내 사양하시오.

不有將軍在 誰扶國勢危

逆胡驅曩日 妖氛捲今時

大節千人仰 高名萬國知

聖皇求如切 超去豈終辭

진린이 머뭇거리지 않고 두 수를 읊조리자 이순신의 부하 군관들이 놀랐다. 그러나 이순신은 진린의 도도한 태도와 기세에 조금도 밀리지 않고 맞섰다. 이순신이 진린의 마음을 열게 하고 그를 위로할 수 있는 것은 시뿐이었다. 이순신이 다시 시를 지었다.

만약 도독께서 중국으로 돌아간다면

그 때문에 나라는 위태로워지리.

남쪽의 왜적들 다시 쳐들어오고

북쪽 오랑캐 또한 기회를 노리리.

절개를 지키어 끝내 보답할 뿐

공훈이야 내 어찌 알 수 있으리오.

죽는 날까지 마음 이미 정하였거늘

이것 말고 무슨 말을 더 하리오.

若向中朝去 其於外國危

南蠻更射日 北狄又乘時

全節終須報 成功豈何知

平生心已定 此外有何辭

무장들의 다례가 시회詩會로 바뀐 듯했다. 잠시 후 이순신은 진린 도독이 거느리고 온 오천여 명의 명 수군을 위해 즉시 연회를 베풀도록 지시했다. 운주당 대청마루뿐만 아니라 덕동진 일대의 명 수군 군막에 술과 떡이 돌았다.

그런데 연회가 무르익을 무렵이었다. 흥양 쪽으로 나갔던 탐망 군관이 급히 운주당으로 달려와 보고했다.

"통제사 나리, 왜선 몇 척이 흥양 바다에 나타났습니다요."

이순신은 즉시 진린에게 다가가 왜적 정찰대가 나타났다고 귓속말로 보고했다. 그러자 진린이 술잔을 소리 나게 내려놓으며 말했다.

"연회를 중지하시오."

"예, 중지시키겠소이다."

"왜적이 이쪽으로 올지 모르니 경계를 강화하시오."

이순신은 연회를 중지시킨 뒤 여러 장수들을 불러 명했다. 녹도 만호 송여종은 즉시 녹도진으로 돌아가 복병장이 되어 왜적의 동태를 살피고 다른 장수들은 각자 전선에 올라 수군들의 군기를 엄하게 점고하고 평소보다 두 배로 경계하라는 지시였다. 진린도 자신의 부관에게 명했다. 조선 수군이 출진하면 명 수군도 함께 이동할 것이니 즉시 출동 태세를 갖추라고 명했다.

덕동진은 갑자기 삭풍처럼 차갑고 매서운 긴장이 돌았다. 조명연합 수군의 위용은 장엄했다. 조명연합 수군의 전선들이 덕동진의 조그만 포구를 메워버린 듯했다. 그러나 조명연합 수군은 바로 출진하지 못했다. 훈련을 반복해온 이순신의 함대와 달리 진린의 함대는 먼 길을 오느라 미처 전투준비를 못 했기 때문이었다. 이순신은 당장 흥양 바다로 출진하고 싶었지만 지휘권이 있는 진린의 허락을 받아야 했으므로 대장선에서 기다릴 수밖에 없었다.

절이도(거금도) 해전

이순신이 고금도로 진을 옮긴 뒤부터 왜적은 강진 쪽까지는 가지 못하고 흥양 땅 언저리로 자주 출몰했다. 흥양 해안을 통해 육지로 들어와 보성, 낙안, 순천까지 분탕질하곤 했는데 관군보다는 주로 최대성, 전방삭 등의 의병장이 이끄는 의병군과 싸우다가 물러갔다. 3월부터 7월까지 의병군과의 접전에서 왜적은 많은 사상자를 냈다. 흥양과 보성 출신의 의병장들은 흥양 땅인 첨산, 양강, 고도, 흥양현 남문 밖에서만 왜적 팔십여 명의 머리를 베고 왜선 십여 척을 불태웠다. 특히 첨산 전투에서만 왜적 삼십여 명의 머리를 벤 까닭에 분기탱천해 있던 왜장은 흥양 땅을 초토화시켜버리기 위해 7월 18일에 백여 척의 함대를 녹도 앞바다로 보냈다. 녹도 만호 송여종은 성 안팎의 양민들을 산으로 피신시키고 녹도진 군사는 전선에 태워 절이도 뒤쪽 바다에 복병시켰다.

흥양과 마찬가지로 고금도에도 삼대 같은 소낙비가 한바탕 쏟아지고 있었다. 흥양 바다에 왜선 백 척의 함대가 나타났다는 탐망 군관의 보고를 받은 조선의 이순신 함대와 명나라의 진린 함대는 출진하지 않을 수 없었다. 이순신은 장대에 올라 전선이 출진할 때의 대오를 명했다.

"첨자진을 맹글어 금당도루 출진혀!"

장수들의 전투 소임은 명량 해전 때와 대부분 같았다. 다만, 그사이에 임금에게 임명받은 벼슬이 달라진 몇 사람만 바뀌었을 뿐이었다.

전위장 경상 우수사 이순신李純信
우부장 전라 우수사 안위
중군장 가리포 첨사 강응표

금당도는 절이도(거금도) 남쪽에 있는데 두 섬 사이에는 절이도 바다가 큰 호수처럼 끼어 있었다. 형세가 한산도 바다와 매우 흡사했다. 이순신은 그런 바다에서 싸우기를 좋아했다. 적의 퇴로가 막혀 있으므로 학익진으로 포위한 뒤 당파전술로 섬멸시켜 버리기에 유리하기 때문이었다.

이순신 함대가 앞서고 진린 함대가 뒤따랐다. 소낙비가 더 세차게 조명연합 수군의 함대를 두들겼다. 그래도 경계를 서는 장졸들은 뱃전에 나와 꼼짝 않고 소낙비를 맞았다. 이순신은 장대에서 장졸들을 격려했다.

"경계를 잘혀!"

"예, 통제사 나리."

"니는 워째 전복이 그려?"

대장선 뱃전에 선 군관의 전복은 누더기나 다름없었다. 가슴 한쪽이 찢어져 어깨가 보였다.

"장대로 올라올 겨?"

찢어진 전복을 입고 있는 군관이 장대로 올라왔다. 임진년 적진포해전에서 전공을 세운 급제 박영남이었다. 그러나 박영남은 장대 안으로 들어오기를 주저했다. 소낙비에 젖은 전복에서 빗물이 줄줄 흘렀다.

"뭐 허는 겨? 들어오지 않구."

"빗물이 흘러서 들어가기가 뭐합니다요."

"괴안찮혀."

이순신은 박영남을 장대로 들어오게 한 뒤 벽에 걸어놓은 자신의 전복 한 벌을 그에게 주었다.

"맞을지 물러. 전복이니께 웬만허믄 맞을 겨."

"제가 어찌 감히 통제사 나리 전복을 입겠습니까요."

"명량에서 목심을 아끼지 않구 싸웠으니께 상으루 주는 겨."

"저는 부상을 당했지만 전사한 이도 있습니다."

명량 해전 때 대장선에서 전사한 이는 순천 감목관 군관 김탁과 본영의 종 계생이었다. 박영남과 수졸 봉학 및 강진 현감 이극신은 왜적의 탄환을 맞았으나 경상에 불과했다. 박영남은 이순신이 준 전복으로 갈아입고 소낙비가 그친 뒤에 장대를 나갔다. 뱃전에 서 있던 수졸들이 박영남을 부럽게 쳐다보며 박수를 쳤다.

박영남과 함께 소낙비를 맞고 있던 수졸들이었다. 수졸들은 마치 자신이 통제사의 전복을 받아 입은 것처럼 환호했다. 대장선에 탄 장졸들의 사기가 올랐다. 흥양 땅과 금당도가 가물가물하게 보일 무렵이었다. 하늘이 방죽처럼 파랗게 뚫렸다. 비구름이 빠르게 북쪽으로 날아갔다. 선실에 있던 수졸들이 몰려나와 박영남을 목말 태우고 갑판 위를 돌았다. 누군가가 우스갯소리를 했다.

"통제사 나리 전복을 입었응께 인자 사또라고 불러부요잉!"

"쓸데없는 소리 마시게. 나는 과거 시험을 합격하고도 벼슬이 없는 급제일 뿐이네."

"공을 많이 세왔응께 인자 곧 면사첩이 내려오겄지라우."

박영남은 과거에 급제했지만 죄를 지었기 때문에 벼슬에 오르지 못하고 있는 사람이었다. 이순신은 양민들과 구분하기 위해 그의 이름 앞에 급제를 붙여주었다. 이순신이 박영남을 대장선에 태우고 다니는 까닭은 그에게 무공 세울 기회를 주기 위해서였다.

어느새 조명연합 수군 함대 뒤편 섬들 너머로 석양이 기울고 있었다. 섬들 사이의 바다가 차츰차츰 벌겋게 물들었다. 좌척후선이 대장선으로 다가온 것은 그때였다. 좌척후선 군관이 이순신에게 보고했다.

"흥양 바다에서 왜선 두 척을 발견했습니다요."

"왜놈덜 척후선일 겨."

"왜선 함대가 있는 곳을 알 티니께 추격혀."

"녹도진 앞바다로 도망가부렀습니다요."

"그라믄 날이 어두워지구 있으니께 그만두구."

"우리덜 함대를 정찰허고 간 것은 아닐께라우?"

"그랬을 티니께 경계를 잘혀."

조명연합 수군 함대는 일단 금당도 뒤쪽 가학 포구로 들어가 전투 준비를 점고했다. 밤중에는 16일에 고금도를 떠났던 송여종이 협선을 타고 와 대장선에 올랐다.

"통제사 나리, 하루만 늦어부렀어도 큰일 날 뻔했그만요."

"왜적 함대가 나타났구먼."

"적선 백여 척이 들어와 흥양 땅을 분탕질허고 있그만요."

"녹도진에 연기가 오르는 것을 나두 봤어."

"다행히 성 안팎의 양민덜을 산으로 피신시켰는디 한발만 늦어부렀어도 사상자를 많이 낼 뻔했당께요."

"여기서 이러구 있을 때가 아녀. 은폐를 잘 허구 복병혀."

"절이도 뒤쪽 바다에 있응께 산에 오른 우리덜 경계병은 적선을 보더라도 적은 우리덜을 보지 못헐 것입니다요."

"얼릉 가."

"예, 통제사 나리."

송여종도 이순신이 신임하는 장수들 가운데 한 사람이었다. 일찍이 낙안 군수 신호의 군관으로 있다가 한산도 해전부터 이순신의 부하가 된 충직한 장수였다. 송여종은 이순신의 장계를 들고 적진을 돌파하는 등 천신만고 끝에 행재소까지 올라가 선조를 알현했는데, 바로 그러한 공으로 부산포해전에서 전사한 정운에 이어서 녹도 만호가 된 무장이었다.

적이 가까운 곳에 있었으므로 전선들은 불을 켜지 못했다. 저녁 끼니로는 어둠 속에서 고금도 덕동진에서 준비해온 보리주먹밥을 먹었다. 무더운 여름철인 데다 소나기가 자주 내려 밥에서는 쉰내가 나기도 했다. 그렇다고 먹지 않을 수도 없었다. 이순신은 배식 군관이 장대로 가져오자 주먹밥을 찬물에 말아 물은 버리고 씻은 밥만 오이를 반찬 삼아 갈치속젓에 찍어 먹었다. 속쓰림과 트림은 다반사이고 이따금 토사곽란을 하는 등 배 속이 좋지 않았기 때문에 먹는 것을 극도로 조심했다. 배식 군관은 사발에 주먹밥을 담은 뒤 게장을 한 숟갈 넣고는 쓱쓱 비벼 꿀맛인 듯 우물우물 삼켜버렸다.

"도독 군사는 워쩌?"

"우리덜하고 똑같이 주먹밥이지라우."

"도독에게는 예를 갖춰야 혀."

"명나라 군사덜은 끼니때 도야지나 닭괴기를 묵어야 심을 쓴다는디 걱정입니다요."

"그래두 정성을 다해 대접혀."

"음석이 션찮으믄 잡아다가 곤장을 친다는디 앞으로 어찌케 헐지 고민입니다요."

"고민 말어. 내가 도독헌티 가볼 티니께."

배식 군관의 걱정거리는 명나라 장수들이 끼니때 입맛에 맞지 않는다고 행패를 부리는 것이었다. 이순신은 배식 군관의 고민거리를 이해했다. 볼 때마다 명나라 장수들은 천자국에서 제후국을 구원하러 왔다는 오만함이 넘쳤던 것이다. 그러나 이순신은 그들의 비위를 맞추어야 한다고 생각했다. 진린을 처음 만난 날 그에게 주었던 시에서도 '만 리 먼 길 원정 오시는 날 / 삼한 땅은 다시 살아나는 때라오[萬里長征日 三韓再造時]'라고 치켜세워주었던 것이다.

이순신은 장대를 내려와 뱃전에 섰다. 박영남이 대장선 선미에서 다가왔다. 박영남은 이순신이 경계병을 점고하는 줄 알고 긴장했다. 그러나 이순신의 입에서는 엉뚱한 소리가 나왔다.

"저기, 북두칠성이 국자멩키루 생겼구먼."

"예, 저도 그렇게 보입니다요."

"저 북두칠성으로 은하수를 떠서 밤 차를 달여 마시믄 워쩌겄는감?"

"아이고, 당나라 이백보다 뛰어난 시입니다요."

"내 것이 아녀. 한산도에서 승장 삼혜가 송광사에 전해지는 시라구 알려준 겨."

이순신은 박영남의 어깨를 두드리며 위로해주었다.

"급제 딱지를 떼구 고향으로 돌아가 반다시 출사헐 날이 있을 겨."

"그런 날이 올지 모르겠습니다요."

"두산도에서 유배살이하던 급제 이응화도 나를 따라댕기더니 무공을 세우구 고향으로 간 겨."

"저는 통제사 나리 옆에 있는 것이 더 좋습니다요."

"그려? 워쨌던 경계는 잘 서야 혀."

"이물에 네 명, 고물에 네 명이 2교대로 서고 있습니다요."

이물은 선수, 고물은 선미를 뜻하는 뱃사람들의 말이었다. 이순신이 군관 하나를 데리고 대장선에서 협선으로 갈아탔다. 진린 도독이 타고 있는 전선으로 가기 위해서였다. 진린의 함대는 이순신 함대보다 두 마장쯤 뒤쪽인 금당도 가학 포구에 있었다.

별이 바다에 우수수 떨어질 것처럼 빛났다. 달빛이 비친 바다는 무서울 정도로 고요했다. 협선의 격군들이 삐걱삐걱 노 젓는 소리가 멀리 울려 퍼져나갔다. 협선은 검은 종이를 찢듯 잔잔한 바다를 가르며 나아갔다. 두 마장이면 어른 걸음으로 팔백 보 정도 되는, 조총과 대포의 사거리를 벗어난 거리였다. 진린이 달을 쳐다보고 있다가 이순신을 맞이했다.

"이 통제사 어서 오시오."

"저녁 진지는 잘 드셨시유?"

이순신은 자신보다 세 살 위인 진린을 상관의 예로 대했다. 진린은 이순신의 겸손한 태도를 당연하게 받아들였다. 진린도 역시 명나라 장수들의 태도와 별반 다르지 않았다. 진린이 대뜸 명나라 육군이 공격하다 실패한 울산성 전투를 꺼내들었다. 정유년 12월 말에서 무술년 1월 초까지 울산성에서 공방을 벌였던 싸움이었다.

"우리 천군의 장수들은 결국 울산성에 있는 왜장 청정을 꺾지 못했소. 그 이유가 무엇이라 생각하오?"

"청정이 험헌 지형에 의지허구 있으니 공격허기가 에러웠지유."

"그런데도 우리 장수들은 왜 영남을 먼저 공격한 것이오?"

"판단을 잘못했다구 봐야지유. 호남을 먼저 공략했다믄 워찌 됐을지 모르지유."

울산성에서 첫 전투는 명군의 승리였다. 군막을 불태우고 성 밖으로 왜군을 유인해 적장 한 명을 사로잡고 왜군 오백 명의 목을 벴던 것이다. 사로잡은 적장을 심문한 결과 왜장 가토는 서생포로 가 있다는 사실을 알아냈다. 명군은 탄알에 맞은 두 사람의 천총을 잃고 군사 삼십여 명이 전사했으니 왜군과 비교해보면 대승인 셈이었다. 그러나 장기전으로 들어가면서 조명연합 육군은 초반의 강세를 이어가지 못하고 결국 퇴각하고 말았다. 명군 육만 명과 조선 육군 삼천오백 명을 지휘한 총사령관 경리 양호는 패전의 책임을 지고 명나라로 소환돼 황제인 만력제로부터 중죄를 받았다. 진린이 울산성 전투를 꺼낸 속셈은 싸움에서 패배하여 황제에게 소환되는 수모를 겪고 싶지 않아서였다. 이순신은 진린의 마음을 훤히 꿰뚫어 보고 있었다. 진린은 공을 세워 황제에게 알리고 싶어 했다.

그때, 또 한 척의 협선이 다가왔다. 송여종이 보낸 탐망 군사가 타고 있었다. 그가 이순신에게 보고했다.

"통제사 나리, 왜선덜이 움직이고 있습니다요. 왜선덜이 닻을 올리고 수작을 부리고 있습니다요. 시방 이 소리를 들어보시믄 아실 것입니다요."

이순신과 진린은 탐망군이 귀를 기울이는 쪽으로 몸을 돌렸다. 잠시 정적이 흐른 뒤 멀리서 바람결에 무슨 소리가 들려왔다. 갯바위에 철썩철썩 부딪치는 파도 소리가 아니었다. 정신을 집중해서 들어보니 삐걱삐걱 노 젓는 소리였다. 진린이 발을 소리 나게 구르며 당황했다.

"이 시각에 적선들이 야습한다는 것이오?"

"우덜 수군이 먼저 나가 싸우겄시유. 그러니께 도독께서는 금당도 산으로 올라가 관망하시구, 도독의 함대는 후방에서 도망치는 왜선을 막으믄 되지유."

이순신은 진린을 안심시켰다. 그런 뒤 대장선으로 돌아와 결진하고 있는 전선들의 장졸들에게 일자진 대오를 명했다. 이윽고 먼동이 터오자 백여 척의 왜선 함대가 절이도 앞바다에 출현했다고 송여종의 복병선에서 휘파람 소리를 내는 화살이 올랐다. 이순신도 대장선에서 화포 한 발을 쏘았다. 전투준비 하라는 신호였다. 이어서 북과 나발 소리가 꼭두새벽 바다를 깨웠다. 그런데 갑자기 샛바람이 불더니 바다안개가 갑자기 지척을 분간할 수 없을 만큼 끼었다.

송여종의 복병선은 전선 두 척에 협선 네 척이었다. 녹도진에 있는 배를 다 가지고 나온 셈이었다. 송여종과 진도 군수 선의경은 두 척의 전선에 각각 타고 있었다. 선의경은 일찍부터 숙부인 선거이 장수를 따라다녔기 때문에 전투 경험이 풍부했다. 복병장 송여종과 호흡을 잘 맞추었다.

송여종은 바다안개가 자신을 돕는다고 생각했다. 왜장은 절이도 바닷길을 잘 모르기 때문이었다. 송여종의 복병 함대는 절이도 북서쪽에 붙어 있다가 소록도와 절이도 사이를 빠져나와 금당도 쪽으로 향하는 왜적 선봉대를 발견하고는 숨을 죽이며 기다렸다. 송여종이 복병선의 척후장을 불러 날카롭게 물었다.

"적선 선봉대는 멫 척이여?"

"중선 열 척이그만요."

"전선 두 척이 몬자 나가 화포 사격을 헐팅께 다른 군사덜은 치달리고 있다가 바다로 뛰어드는 왜놈덜을 갈코리로 끌어 올려 부러."

"예, 갈코리에 걸린 놈덜 모가지를 뎅강뎅강 비어불라요."

"디진 체헌 놈덜이 있을 텡께 인정사정읎이 무조건 죽여야 돼."

송여종과 선의경은 전선인 판옥선을 타고 나가 왜선 선봉대가 더 가까이 접근하기를 기다렸다. 지휘선 뒤에는 수졸들이 탄 협선들이 대기했다. 네 척의 협선은 공격 명령이 떨어질 때까지 꼼짝을 안 했다. 왜 수군 선봉 함대는 화포 한 발 소리와 북과 나각, 나발 소리가 났던 금당도 쪽으로만 움직이고 있었다. 송여종의 복병선들이 숨어 있는지 전혀 눈치를 채지 못했다. 이윽고 송여종이 공격 신호로 지자총통 한 발을 쏘았다. 그러자 선의경이 지휘하는 전선에서 화포들이 불을 뿜었다. 바다안개가 짙게 끼어 왜 수군 선봉 함대는 오도 가도 못하고 화포 공격을 당했다. 한두 식경 만에 왜선들이 한 척 한 척 불이 붙더니 연기를 피우며 바닷속으로 가라앉았다. 그러자 네 척의 협선에 타고 있던 복병군들이 지휘선 앞으로 나아가 바다에 뛰어드는 왜적을 갈고리로 잡아당겨 목을 벴다.

"왜선 본대가 가찹게 오고 있응께 얼릉 모가지를 비어부러라잉!"

"안개 땜시 잘 안 보여라우."

"움직이는 것은 모다 갈코리질해부러!"

판옥선 두 척의 화포 사격은 위력적이었다. 왜선에서 쏘아대는 조총은 대적이 안 됐다. 땀을 뻘뻘 흘리며 왜적의 목을 베는 군사는 다섯 명씩 탄 협선의 수졸들이었다. 긴 창으로 찌르고 활을 쏘아서 죽인 뒤 왜적을 건져 올려 물건 다루듯 목을 벴다.

어느새 샛바람이 몰고 다니는 바다안개가 서서히 걷혔다. 절이도 앞바다에 뜬 이순신 함대와 왜 수군 대장 도도 다카토라와 가토 요시아키의 왜선 함대가 또렷하게 드러났다. 송여종의 복병선들은 이순신 함대 쪽으로 재빨리 붙었다. 이순신이 미소를 지었다. 왜적의 선봉 함대는 송여종의 복병선 기습 공격에 타격을 입고 대오가 뒤죽박죽이었다. 뒤에 오던 백여 척의 함대 대오도 흐트러지고 있었다.

"학익진으로 공격혀!"

"예, 통제사 나리."

중군장 가리포 첨사 강응표가 복창했다. 명량 해전 때 전공을 세워 김억추 후임으로 전라 우수사가 된 안위가 말했다.

"통제사 나리, 진린 도독은 뭣 할라고 여그 왔는게라우?"

"우덜 도와줄라구 왔지."

"시방 싸울 생각이 읎는지 코빼기도 비치지 않그만요."

"전투를 앞에서만 허는 겨? 후방에서 적덜이 도망가지 못하게 막는 것두 필요헌 겨."

충청 수사에서 고령진 첨사로 좌천을 당해 육지로만 돌던 전위장 이순신이 싸움에 목말랐던지 비호처럼 앞으로 치고 나갔다. 그러자 순식간에 칠십여 척이나 되는 이순신 함대의 전선들이 학익진 대오를 만들었다. 1진, 2진이 이열 종대가 되고 그 뒤 중앙에는 중군선이 서고 또 그 뒤에는 대장선이 중심에 섰다. 마치 학이 날개를 활짝 펴고 다리를 편 듯한 모습의 공격대형이었다.

"적선이 이백 보 이내에 들기 전까지는 화포를 쏘지 말어."

왜선 함대도 일전을 각오한 듯 물러서지 않고 전진하고 있었다. 북을 치고 괴성을 지르며 절이도 바다 가운데로 들어왔다. 이윽고 대장선에서 나발 소리가 났다.

"지자총통 한 발 방포혀!"

화포 소리에 맞추어 여러 깃발들이 올라갔다. 일자진으로 선 1열의 전선들이 왜선 함대를 향해 일제히 화포 사격을 했다. 취타수가 나발을 입에서 떼지 않고 길게 불며 천아성을 냈다. 화포 공격을 계속하라는 신호였다. 대장선에서 징이 울리자 이번에는 2열에 선 전선들이 앞으로 나가 화포 공격을 했다. 그사이에 뒤로 물러난 1열의 전선들은 뜨거워진 총통의 포신을 식혔다. 나발과 징으로 신호를 보낼 때마다 1열 전선과 2열 전선이 교대로 들락거리며 화포 공격을 했다. 드디어 왜 수군 함대 대오가 이순신의 당파전술에 와해되고 왜선들이 갈팡질팡했다. 왜적들의 장기인 접근전, 백병전을 펴보지도 못하고 왜선들이 한 척 두 척 불에 타 가라앉았다. 절이도 앞바다는 불붙은 왜선들의 연기로 컴컴해졌다. 왜선 오십여 척이 화포 공격에 불타버렸고, 오십여 척은 순천 바다 쪽으로 도망쳤다. 흥양 현감 최희량이 탄 전선은 장졸들 사이에 '무시좆 배'라고 불렸다. 흥양 수군들이 명량 해전 때 사타구니에 무를 대고 왜적들을 향해 약을 올렸던 것이다. 이번에도 마찬가지였다. 흥양 수군들은 덜 자란 여름 무를 가지고 나와 왜적들을 놀렸다.

"할딱바구덜아! 무시좆 맛을 봐야 쓰겄다. 근디 디지게 달아나부네잉. 으째야 쓰까!"

이순신 함대 전선들이 일제히 돌격했다. 마지막 전술이었다. 저항하는 왜선들을 제압했고, 장졸들은 아직 가라앉지 않은 왜선에 올라 수색했다. 선실 바닥까지 샅샅이 수색한 뒤에는 불을 질러 분멸시켜버렸다.

절이도 앞바다는 왜선 함대에서 뛰어내린 왜적들과 시체들로 가득했다. 순천 쪽으로 달아나는 왜선을 붙잡아야 하기 때문에 바다에 뜬 시체를 다 끌어 올리지는 못했다. 아직 숨이 붙어 있는 왜적을 각진 방망이나 쇠도리깨로 내리쳐 죽일 여유도 없었다. 도망치는 왜선을 놓치는 것이 분할 뿐이었다.

"과연, 천하제일의 조선 수군이로구나!"

진린은 눈을 떼지 않고 이순신의 학익진과 당파전술, 돌격 전술을 보고는 감탄했다. 제후국의 군사라고 해서 조선 수군을 얕보았다가는 큰일 날 것 같았다. 이순신은 명나라에서 듣던 명성과 한 치도 다르지 않았다.

그런데 이순신의 전선들은 도망치는 왜선을 따라잡지 못했다. 안택선이나 관선이 판옥선보다 빨랐다. 이순신은 사시가 되어 장졸들에게 공격을 중지시켰다. 그런 뒤 절이도 앞바다에서 간밤에 결진했던 금당도로 돌아갔다. 진린이 누구보다도 이순신을 반겼다. 그러나 진린은 명나라 함대의 선봉장인 유격 계금季金을 보고는 실망하는 빛이 역력했다.

"계 유격은 방금 싸움에서 무엇을 했는가?"

"우리 전선 삼십 척으로 왜선이 도망치지 못하게 후방을 지켰습니다."

"그뿐인가? 바다에 떠다니는 적들의 목을 베어 와야지!"

"앞에서 싸움을 치른 이순신 대장에게 받아 오면 됩니다."

"우리가 베어 오면 되지 조선 대장에게 적의 수급이나 빌리려고 원정 온 줄 아는가!"

진린이 분노했다. 뱃전에 발길질을 하며 소리쳤다. 진린의 포악한 성격이 순식간에 드러났다.

"황제께서 보고 싶어 하시는 것은 적의 수급이란 말이다! 바다에 둥둥 떠 있는 시체의 목을 베어 가져오는 것도 계 유격은 힘들다는 말인가!"

진린이 분기탱천하여 부들부들 떨고 있자 이순신이 나섰다. 진린의 노기를 풀어주기 위해서였다.

"도독께서는 명나라 대장으로 와서 적들을 무찌르고 있지유.

그러니 이곳 진중의 모든 승첩은 도독의 승첩인 거지유. 우덜이 베어온 적의 수급을 도독께 모두 드릴 티니께 황제께 도독의 공로로 아뢰믄 워쩌겄습니까유."

"내 염치없이 어찌 다 가져가겠소."

"그러믄 도독께 사십 급을, 유격 계금께 다섯 급을 드리구 나머지 스물여섯 급은 조선 수군이 벤 것으루 하겄습니다유."

그제야 진린이 미안한 듯 정색을 했다. 진린이 이순신의 손을 잡으며 말했다.

"내가 본국에서부터 장군의 이름을 많이 들었는데 과연 허명이 아니오."

"과찬이구먼유."

대장선으로 돌아오자마자 송여종이 이순신에게 말했다.

"우리덜이 벤 왜적의 머리통 마흔다섯 개를 명나라 대장에게 빼앗겨부렀그만요."

"어허! 함부루 그렇게 말허는 것이 아녀. 큰 효과가 있을 것이니께 두구 봐바. 그래두 송 만호가 세운 전공은 강탈당허지 않았으니께 다행이여."

송여종의 전공이란 선의경과 함께 복병전을 펼치면서 분멸시킨 왜선 여섯 척과 왜적 육십구 명의 머리를 벤 것을 두고 하는 말이었다. 그날 조명연합 수군은 고금도 덕동진으로 돌아갔고 이순신의 조카이자 종사관인 분은 절이도 해전의 전과를 기록했다. 녹도 만호 송여종은 절이도 바다에서 조명연합 수군이 보이지 않을 때까지 뒤처리를 한 뒤 녹도진으로 귀진했다.

광양만 노량해전

조명연합 수군은 나로도에서 삼 일을 머문 뒤 9월 18일 방답진으로 이진했다. 그리고 다음 날은 전라 좌수영 앞바다로 가서 정박했다. 밤중에 출진하기 위해서였다. 야간에 출진하는 것은 이순신의 철칙이었다. 탐망 군사를 제외한 장졸들 모두가 토막잠을 잤지만 이순신은 잠시도 눈을 붙이지 못했다. 폐허가 되다시피 한 좌수영을 보고는 눈물이 났다. 저곳이 돌아가신 어머니께 마지막 축수 잔치를 해드리고 남양 아저씨 생일상을 차려드렸던 데란 말인가. 저 사라져버린 본영 선소에서 거북선을 만들고 바다에 띄워 화포 사격 훈련을 했단 말인가. 저 진해루 마당에 장졸들을 세우고 무운 장구를 빌며 둑제를 지냈단 말인가. 저 사장射場에서 장졸들이 활을 쏘고, 저 모래밭에서 각력을 겨뤘단 말인가. 저 객사 터에서 장졸들과 함께 막걸리를 마시고 취했단 말인가. 이순신은 폐허가 된 좌수영을 보고는 도리질을 했다. 작전 회의를 했던 진해루나 망궐례를 지냈던 진남관 등 성안의 건물들이 모두 불타버리고 없었다. 송희립이 분통을 터트렸다.

"왜놈덜만 생각하믄 치가 떨리그만요."

"나두 그려."

이순신이 고개를 돌리며 허공을 쳐다보자 송희립이 큰 손으로 두 눈을 문질렀다.

"눈물이 나불라고 허그만요."

"왜적덜을 워치게 단죄헐지 그 생각뿐이여. 그러니께 잠이 오지 않는 겨."

"빗자루로 쓸드끼 모다 바다에 처넣어부러야지라우."

"나는 인자 내 이름 석 자를 걸구 신명을 다 바칠 겨."

"통제사 나리, 근디 명군이 증말 우리를 도울께라우? 사로병진 작전을 헐께라우?"

"그려, 사로병진 작전이 시작됐으니께 단 한 놈두 살아서 바다를 건너가지 못헐 겨."

사로병진 작전이란 조명연합 육군인 동로군, 서로군, 중로군과 조명연합 수군인 수로군이 왜장 고니시가 만 오천 명의 왜군을 거느리고 있는 순천 왜성을 포위, 공격해서 함락시키는 작전을 뜻했다. 순천 왜성에는 왜장 고니시와 그의 부하 만 오천여 명이 주둔하고 있었다.

조명연합 수륙군의 사로병진 작전은 히데요시가 8월 18일 사망하자, 그의 유훈을 받은 다섯 명의 대로大老가 철군을 결정하고 조선에 있던 왜장들에게 '화의和議를 성립시키고 11월 11일까지 귀국하라'는 명령이 전달된 이후부터 개시된 작전이었다. 조명연합 수륙군의 총사령관은 명나라 장수 군문 형개였다. 서로군은 제독 유정이, 동로군은 제독 마귀가, 중로군은 제독 동일원이 지휘했다.

서로군의 제독 유정 밑에는 부총병 이방춘, 조희빈, 오광, 유격 부양교가 있었다. 유정은 대군을 거느리고 전주에서 출발해 곡성현을 거쳐 9월 19일 순천 왜성 북단의 부유에 진출한다는 공문을 진린에게 보내왔다. 서로군과 수로군이 순천 왜성을 수륙으로 합공하기 위해서였다.

이윽고 이순신과 진린의 함대는 한밤중에 전라 좌수영 앞바다를 떠났다. 수로군의 전선들이 밤하늘의 기러기 떼처럼 바다를 점점이 수놓았다. 하현달 달빛은 금물을 뿌리듯 바다에 시나브로 쏟아졌다. 달빛을 탄 수로군은 순천 왜성 쪽으로 바로 올라가지 않고 남해 하개도로 동진해 갔다. 왜군의 복병군이 잠복해 있을지도 몰랐으므로 탐망선과 척후선을 교대로 보내 더욱 철저하게 정찰하기 위해서였다. 전선이 출진할 때 수색과 정찰은 이순신의 기본 철칙이었다. 하개도에서 볼 때 북서쪽에 솟아 있는 순천 왜성은 긴 자루 속에 감춘 물건처럼 보이지 않았다. 그러나 왜성까지의 거리는 지척이었으므로 탐망 군관은 곧 돌아와 보고했다.

"통제사 나리, 묘도에서 송도까정은 왜적이 읎습니다요."

"송도 우에 있는 장도는 워쩌구?"

"왜성이 가차운 거그는 위험헙니다요. 군량 창고를 지키는 왜적덜이 늘 있습니다요."

"탐망을 더 철저히 혀. 탐망 군관헌티 장졸덜 귀중헌 목심이 달린 겨."

이순신은 진린에게 즉시 알리고 꼭두새벽에 하개도에서 묘도로 출진했다. 이번에도 절이도 해전 때처럼 진린의 함대는 순천 왜성 쪽에서 볼 때 후방인 묘도, 이순신의 함대는 전방인 장도에 결진하기로 했다. 진린은 무공에 집착하는 것 말고는 이순신의 의견을 잘 따라주었다. 나로도에서 삼 일을 머무르면서 이순신은 이틀 동안이나 술과 안주를 들고 진린을 찾아가 의기투합하는 술벗이 돼주었던 것이다.

조명연합 수군은 진시(오전 8시쯤)가 되어 묘도에 닿았다. 수륙 합공 작전을 개시하기 위해 진린 함대는 묘도에, 이순신 함대는 다시 북진하여 송도에 결진했다. 제독 유정이 이끄는 서로군이 먼저 순천 왜성을 공격했다. 유정이 계책을 냈지만 실패한 결과였다. 마지못해 벌인 어설픈 공격이었다. 왜장 고니시를 사로잡고자 부하 두 사람 중에 한 사람은 자신인 양 행세하게 하고, 다른 한 명은 도원수로 분장시켜 만나기로 한 장소에 보냈던 것인데, 그때 명나라 화포장이 대포를 잘못 쏘는 바람에 왜장 고니시가 놀라 왜성으로 들어가버렸던 것이다. 이후 서로군은 대포를 쏘며 왜성 밖 칠팔 리까지 쫓아갔지만 왜군이 응하지 않고 퇴각하는 바람에 싸움은 싱겁게 끝나버렸다.

서로군이 쏘는 대포 소리는 이순신 함대가 있는 송도와 진린 함대가 결진한 묘도까지 들렸다. 조명연합 수군인 수로군은 제독 유정이 보내는 수륙 합공 작전의 신호로 알고 왜성의 인후咽喉인 장도로 올라가 섬의 동쪽을 공격했다. 장도는 왜장 고니시 부대의 전방 해상 군수 기지였다. 수로군은 번개 같은 작전으로 장도에 주둔한 왜군 경계병을 사살하는 등 첫 전과를 올렸다. 송희립이 이순신에게 전과를 보고했다.

"군량미 삼백 석과 우마를 탈취했그만요."

"그뿐이여?"

"포로가 된 우리 백성 삼백 멩도 구출했지라우."

"광양 바다에서 거둔 첫 전과구먼."

이순신은 진린에게 보고하고 장도에서 가까운 왜군의 소굴인 삼일포를 습격했다. 왜성을 공격하려면 후방에 적이 없어야 했기 때문이었다. 이순신이 진린에게 말했다.

"삼일포 왜적을 소탕혔으니께 인자 마음 놓구 왜성을 공격혀두 되겠시유."

"우리 수군이 먼저 대포를 쏘아 성을 무너뜨리겠소."

순천 왜성은 삼면이 바다였다. 그러나 진린의 의도와 달리 조명연합 수군은 왜성으로 접근했다가 마침 바닷물이 급히 빠지는 사시(오전 10시쯤)가 되는 바람에 수심이 얕아져 접근하지 못하고 돌아섰다. 남해 왜군 부대에서 올라온 정탐선을 군관 허사인 등이 추격하여 배를 빼앗았는데 배 안의 물건들을 진린에게 바친 것이 이날의 전과라면 전과였다. 남해에는 사천 왜성의 대장 시마즈 요시히로島津義弘 부장이 팔구백 명의 왜군을 거느리고 있었던 것이다.

다음 날은 수로군이 크게 피해를 본 날이 되고 말았다. 제독 유정의 서로군이 왜성의 북쪽을 공격하지 않았으므로 성안의 모든 왜군이 수로군만 상대하여 집중 공격했기 때문이었다. 수로군은 밀물이 드는 정오 이후에 왜성 밑까지 접근해서 함포사격을 했지만 비 오듯 쏟아지는 조총 사격을 받고는 물러서고 말았는데, 이때 진린 부하인 유격 계금은 왼쪽 어깨에 가벼운 총상을 입었고 명군 열한 명은 왜적의 탄환을 맞고 전사했다. 해남 현감 유형이 이순신에게 보고했다.

"지세포 만호와 옥포 만호가 적탄을 맞아 부상당했습니다요."

"중상인 겨? 경상인 겨?"

"한두 달은 싸움에 나서지 못할 거 같습니다요."

"일전을 앞두구 큰일이구먼."

"걱정 마십시오. 소장이 열 배 스무 배로 싸우겠습니다요."

다음 날 9월 22일은 이순신에게 치욕의 날이 돼버렸다. 자신의 부하 장수들이 묘도로 불려가 진린에게 곤장을 맞았다. 송희립과 유형은 소리가 들릴 정도로 이를 갈았다. 진린이 높은 단에서 내려와 거만하게 말했다.

"우리 군사들이 피해를 입은 것은 조선 수군의 책임이오. 조선 수군은 싸우는 시늉만 했소."

이순신은 진린에게 '서로군이 약속을 어기구 공격허지 않았기 때문이지유. 적덜은 우덜 수로군헌티만 조총 사격을 집중혀서 피해가 났던 거지유'라고 항변하고 싶었지만 참았다. 곤장을 준비해놓고 있는 것을 보니 만류할 수도 없었다. 이윽고 진린이 어제 싸움에 참가했던 서천 만호, 홍주 대장, 한산도 대장을 불러 곤장 일곱 대씩을 쳤다. 그리고 금갑도 만호, 제포 만호, 회령포 만호에게는 곤장 열다섯 대씩을 휘둘렀다. 장도 진영으로 돌아온 유형이 말했다.

"도독께서 무슨 불만이 있는 것 같습니다요."

"동로군과 중로군이 지원 오지 않으니께 그런지두 물러."

동로군은 제독 마귀가 지휘했다. 울산에는 왜장 가토가 만여 명의 왜군을 거느리고 있었는데 마귀는 바닷물을 끌어들인 울산 왜성의 해자 때문에 공격다운 공격을 못 했다. 동로군이 울산 왜성을 함락시키려고 하는 까닭은 순천 왜성의 지원군을 차단하기 위해서였다. 동로군은 성 밖 삼십 리 지점에 쌓아놓은 왜군의 군량미를 찾아 불태웠을 뿐, 9월 22일에는 왜군의 야습을 받아 군사 다섯 명이 피살되고 한 명이 붙잡혀 가는 피해를 입었다. 왜장 가토의 지원군을 차단하기는커녕 자신이 거느리는 동로군의 사기를 걱정하는 처지가 돼버렸다.

제독 동일원이 거느린 중로군은 9월 18일 진주성을 공격하고 그 여세를 몰아 사천 왜성으로 진격했다. 왜장 시마즈 부대는 군사 칠팔천여 명의 규모였다. 중로군은 9월 22일에도 사천 왜성에는 이르지 못한 형편이었다. 그러니 사천 왜성을 함락시키지 못한 중로군이 당장 순천 왜성으로 지원 올 리 만무했다.

9월 30일에야 진린의 얼굴이 밝아졌다. 명군 참장 왕원주, 유격장 복일승, 파총 이천상이 전선 백여 척을 거느리고 와 합류했기 때문이었다. 진린은 힘을 얻은 듯 육지로 올라가 도독 유정을 만나 10월 2일에 수륙 협공 작전으로 총공격을 감행하자고 약속했다. 마침내 서로군은 대포를 쏘아대고, 수로군은 함포사격을 하면서 왜성 아래 육십 보까지 전진했다. 아무런 대응을 하지 않던 왜군이 갑자기 조총 사격으로 맞섰다. 왜군의 탄환이 우박 쏟아지듯 하자 제독 유정은 공격을 포기하고 후퇴를 지시했다. 그러자 왜군은 밧줄을 타고 내려와 오광의 부대를 추격하여 군사 이십여 명을 죽였다.

반면에 수로군은 서로군과 달리 고니시의 왜군과 혈전을 벌였다. 왜성 밑 광양만이 벌건 피로 물들었다. 왜군의 시체들이 바다에 둥둥 떴다. 수로군 역시 묘도와 장도에 결진한 이후 가장 많은 사상자를 냈다. 조선 수군은 스물아홉 명, 명군은 다섯 명이 전사했다. 부상자도 다수 발생했다.

그래도 진린은 전과에 들떠서 잠을 이루지 못했다. 꼭두새벽에 대장선으로 올라와 이순신을 위로하듯 말했다.

"이 대장, 조선 수군이 잘 싸우니 명군의 사기가 덩달아 올랐소. 내일 총공격을 해서 왜성을 무너뜨립시다."

"우덜 군사두 사기가 올랐구먼유. 조수를 잘 이용해 공격허믄 적장의 간담이 서늘해질 거구먼유."

"공격은 언제 하는 것이 좋겠소?"

"군사덜에게 아침을 든든허게 멕이구 개시허는 것이 좋을 거구먼유."

"이번에는 이 대장이 공격 개시 신호를 보내시오."

"화포 한 발을 쏘구 조선 수군이 먼저 나아가겄습니다유."

이순신은 꼭두새벽에 모든 장수들을 대장선으로 불러들여 작전 회의를 했다. 부상당한 지세포 만호와 옥포 만호는 불참했다.

"두 만호덜 부상이 심헌 겨?"

"좋아지고 있습니다요."

"공격은 조수가 멈추는 묘시를 이용해야 헐 겨. 성 밑까정 접근혔다가 사시(오전 10시쯤)에 빠져서 전선을 정비헌 뒤 다시 정오에 공격혀야 혀. 오늘은 하루 종일 싸울 겨."

장수들은 이순신의 말을 바로 이해했다. 명량 해전 때 왜적과 공방을 벌이면서 조수의 흐름이 얼마나 중요한지 숙지하고 있었다. 조수의 흐름을 알고 공격했으므로 싸움에서 대승할 수 있었던 것이다.

"그러니께 물이 빠지기 시작허믄 무조건 공격을 중지허고 물러서야 혀. 배가 뻘에 얹히니께."

"명심허겄습니다요."

"나두 부산포에서 배가 뻘에 얹혀 혼구녁이 난 겨. 그때 우수 만호가 달려와 구원혔는디 여적 잊혀지지가 않는구먼."

안골포 만호 우수가 말했다.

"싸울 때는 적덜만 보이지 사실 조수 흐름은 잊아뿝니더. 안 그럽니꺼."

"인자는 명군덜이 나서서 싸울라고 허는그만요."

유형도 작전 회의가 끝나갈 무렵에 자신의 계책을 말했다.

"화포 사격으로 성을 무너뜨리는 것도 중요하지만 총을 쏘아 적장의 막사를 공격하는 것도 필요합니다. 적장의 사기를 떨어뜨리는 데 이보다 더 좋은 계책은 없을 것입니다."

"해남 현감의 계책대루 행장의 누각에 화포와 대총大銃을 쏘아 공격혀."

작전 회의는 보리주먹밥으로 아침을 먹는 동안에도 멈추지 않았다. 장수들이 돌아가면서 한마디씩 계책을 내놓고 전의를 다지는 말을 했기 때문이었다.

이윽고 조명연합 수군의 장졸들이 묘시(아침 6시쯤)에 공격을 시작했다. 조수의 흐름이 멈추는 시각을 이용해 조선 수군이 먼저 왜성 밑을 파고들었다. 1차 목표는 왜장 고니시가 머무는 누각 모양의 5층 천수각이었다. 작전 회의 때 짠 전략이 맞아떨어졌다. 천수각을 향해 화포와 대총을 쏘아대자 왜군들이 바다에서 더 먼 동쪽 언덕으로 물러갔다. 광양만과 장도가 보이는 망대를 비우는 셈이었다. 수로군이 바닷가 서쪽 성문을 부수고 진입했다면 성을 함락시킬 수도 있는 기회였다.

진린은 유정의 태도와 상관없이 이순신과 약속한 대로 하루 종일 맹렬하게 왜성을 공격했다. 명군이 자랑하는 대포를 쏘아 왜성 일부를 무너뜨렸다. 그러나 성문 안으로는 진입하지 않았다. 진입로가 미로 같아 사상자를 많이 낼 수 있기 때문이었다. 초저녁에 조수가 썰물로 바뀌면서 수심이 얕아졌는데도 수로군은 공격을 멈추지 않았다. 송희립이 빠져나가는 바닷물을 보며 걱정했다.

"통제사 나리, 이러다가는 배덜이 뻘에 얹혀불 것 같습니다요."

"유정 제독이 싸울 거멩키루 혔다가는 안 싸우니께 진 도독이 화가 나 저런 겨."

"유 제독은 남의 나라 싸움에 내가 으째서 끼어들어부냐는 심뽀그만요."

"기여."

진린의 태도는 요지부동이었다. 왜성 밑 바다에서 물러날 줄 모르고 대포 공격을 했다. 그러니 이순신 함대도 조수의 흐름과 상관없이 후퇴하지 않고 진린의 함대 뒤에서 엄호했다. 명군과 조선 수군들 중에 사상자가 속출했다. 사도 첨사 황세득과 이청일이 적탄을 맞아 전사했고, 제포 만호 주의수, 사량 만호 김성옥, 해남 현감 유형, 진도 군수 선의경, 강진 현감 송상보 등은 유탄이 스쳐 경상을 입었다.

잠시 후에는 바닷물이 더욱 얕아졌다. 진린의 배들이 한 척 두 척 개펄에 얹혀 움직이지 못했다. 왜군들이 기다렸다는 듯 성 위에서 조총 사격을 접고 화공을 했다. 왜군의 불화살이 성 밑으로 일제히 날았다. 그러자 판옥선보다 작은 명군의 사선沙船 열아홉 척과 호선虎船 스무 척에 불길이 치솟았다.

"뭐 허는 겨! 쫓아가 구출허지 않구!"

이순신의 명령에 조선 수군 전선 십여 척이 개펄 사이에 고인 바닷물을 이용해서 달려갔다. 바닷물이 점점 빠지고 있는데도 조선 수군 전선들이 명군을 지원하러 나갔다. 그러나 불길에 휩싸인 명군의 전선 스물세 척은 어쩔 수 없었다. 겨우 명군 전선 열여섯 척과 명군 군사 백사십여 명만 구출해냈다. 그 와중에 조선 수군의 전선 일곱 척이 개펄에 얹혀 나오지 못했다. 초승달마저 일찍 지고 없는 초사흘 캄캄한 밤이었다. 왜군은 불화살이 떨어졌는지 화공을 멈추었다. 천만다행이었다. 개펄에 걸린 전선들을 다음 날 꼭두새벽에 조수를 타고 들어가 무사히 구원했던 것이다.

한편, 천주교 신자인 왜장 고니시는 한밤중에 지붕 한쪽이 무너진 천수각으로 올라가 '오, 하느님!' 하고 눈물을 흘렸다. 이제는 조명연합군과 싸워서 이긴다는 것이 불가능한 일 같았다. 살아서 돌아갈 수 있을지 자신의 처지가 암담했다. 남쪽으로는 조명연합 수군이, 북쪽으로는 서로군이 퇴로를 틀어막고 있으니 진퇴양난이었다. 그래도 고니시는 무릎 꿇고 기도를 했다. 왜장 시마즈가 사천 왜성을 공격하던 명의 중로군을 물리쳤다는 소식을 듣고 난 뒤부터 십자가의 힘으로 도망칠 생각만 했다.

중로군의 제독 동일원은 10월 2일 사천 왜성을 포위한 뒤 하루 만에 총공격을 감행하려고 했지만 포기했다. 유격 모국기 진영의 화포장 실수로 화약에 불이 붙어 소란이 일어나버렸던 것이다. 중로군의 대오가 흐트러지자 왜군이 성문을 열고 나와 공격했다. 매복해 있던 왜의 복병군까지 사방에서 덮치자 중로군은 순식간에 칠천 명 이상의 전사자를 내며 참패했다. 제독 동일원은 패잔병을 이끌고 진주로 퇴각했다. 이 소식은 곧 제독 마귀에게도 전해져 동로군마저 전의를 상실해버렸다. 제독 유정이 싸움을 피해 달아나려 한다는 도원수 권율의 편지 내용대로 서로군은 10월 7일 순천으로 물러났고, 군문 형개의 명령으로 9월

20일에 시작한 사로병진 작전은 끝내 수포로 돌아갔다. 조명연합 수군은 임시 통제영인 나로도로 바로 귀진하지 않고 서풍이 거칠게 부는 삼 일 동안 광양만에 머물렀다.

송한련이 쌀 넉 섬, 조 한 섬과 기름 다섯 되, 꿀 석 되를 가져오고 김태정이 쌀 두 섬을 바쳤지만 군량미는 이미 바닥이 난 상태였다. 광양 양민과 백운산 자락 절의 승려들이 너도 나도 포작선에 한두 말씩 쌀이나 콩, 보리 등을 싣고 와 이순신에게 바쳤지만 군량미는 턱없이 모자랐다. 이순신은 진린에게 군량의 사정을 보고하고 다시 나로도로 귀진할 것을 건의했다. 나로도 포구는 동서남북 섬으로 둘러싸여 한겨울에도 파도가 높지 않았다. 또 사면에 바닷길이 트여 방비하기에 유리했고, 흥양 땅이 가까우므로 군량미도 쉽게 지원받을 수 있는 섬이었다.

11월 11일.

조명연합 수군은 순천 왜성에 있는 왜장 고니시 부대의 퇴로를 끊어버리기 위해 나로도에서 백 리나 떨어진 묘도와 송도로 돌아와 다시 결진했다. 제독 유정도 마지못해 11월 1일 자신의 군사를 출발시켜 현재는 순천 왜성 북단의 부유에 주둔하고 있었다. 그러나 그의 속셈은 싸우지 않고 유리하게 왜군과 강화하는 것이었다. 조명연합 수군은 이틀 후 왜성의 해상 기지였던 장도로 올라가 진을 쳤다.

그때, 왜장 고니시는 흰 깃발을 단 왜선 두 척을 진린에게 보냈다. 진린의 군관이 바다로 나가 만났더니 고니시의 부하가 진린에게 붉은 기와와 환도를 바치며 강화하자는 뜻을 전했다.

"우리 대장께서는 유정 제독께도 사람을 보내 알렸습니다. 진린 도독께도 알립니다. 강화를 받아주신다면 제독께는 수급 이천 급을, 도독께는 수급 천 급을 보내줄 것입니다. 그러니 강화를 원하는 우리 대장과 군사를 돌아가게 해주시기를 바랍니다."

"유 제독의 입장은 뭔가?"

"도독의 비위를 잘 맞추어보라고 하셨습니다."

"내 비위를 맞추라고?"

초저녁에는 왜장 고니시가 돼지 두 마리와 술 두 통을 또 보냈다. 그제야 진린은 고니시의 부하를 은밀한 장소로 데리고 가 말했다.

"나에게도 유 제독과 같이 수급 이천 급을 준다면 너희 대장과 군사를 보내줄 수 있다."

"대장께서 마땅히 받아들일 것입니다."

왜장 고니시는 진린에게 환심을 사려고 날마다 왜선을 보내 군마와 칼, 창을 선물로 보냈다. 진린도 16일에는 부하 진문동을 왜성으로 들여보내 고니시의 의중을 살펴보도록 했다. 그런데 진린이 고니시에게 한 말들은 왜어 통역관에 의해 곧 이순신에게 알려졌다. 이순신은 조선 백성들을 수없이 죽이고 히데요시에게 조선 백성의 코와 귀를 잘라 바친 왜장 고니시의 약삭빠르고 교활한 태도에 몹시 분개했다. 진린도 조선 백성을 구하러 온 장수인지, 강화를 하러 온 장수인지 이해할 수 없었다.

진린의 환심을 산 고니시는 부하를 보내 대담한 부탁을 했다.

'남해에 사위가 있는데 그와 만나 의논해야 하므로 사람을 보내 불러오려고 하니 이곳의 배를 보내주기 바란다'는 부탁이었다. 이는 고니시가 변복을 하고 탈출할 수도 있고 남해 왜군을 지원군으로 불러들이는 계책일 수도 있었다. 그러나 이순신이 묘도 서쪽을 틀어막고 있기 때문에 이순신의 허락 없이는 왜선은 단 한 척도 움직일 수 없었다. 진린은 이순신에게 양해를 구했다.

"이 대장, 행장이 남해에 있는 사위를 불러오고 싶다니 배를 가게 허락해주는 것이 어떻겠소?"

"속임수의 말이구먼유. 사위를 불러온다는 것은 그가 도망치거나 구원병을 청하려는 것이니께 결코 허락해서는 안 될 거구먼유."

"그렇다면 나는 잠시 이곳을 놔두고 남해로 적들을 토벌하러 가겠소."

"남해에는 적도 있지만 대부분 포로로 잡혀간 우리 백성덜이니께 토벌은 불가허구만유."

그러자 진린이 이순신을 위협했다.

"우리 황제께서 내게 긴 칼을 내려주셨소."

"한 번 죽는 것은 아까울 것이 읎지유. 나는 대장으로서 결코 적을 놓아주거나 우덜 백성을 죽이도록 할 수는 읎구먼유."

이순신이 완강하게 나오자 진린은 이순신의 의견을 무시해버렸다. 왜장 고니시에게 왜선 한 척이 남해로 가는 것을 허락했다. 왜선에는 왜군 여덟 명이 타고 있었다. 그날 밤이었다. 진린은 이순신에게 미안하기도 하여 편지를 써서 부하 편에 보냈다.

'내가 밤이면 천문을 보고 낮이면 사람의 일을 살펴왔는데, 동방에 대장별이 희미해져가니 머지않아 공에게 화가 미칠 것이오. 공이 어찌 이를 모를 리 있겠소. 그런데도 어찌하여 무후武侯(제갈량)의 예방법을 쓰지 않으시오.'

싸움이란 여러 가지 계책이 있는데, 왜장들과 정면 승부를 벌여 그들을 죽이겠다는 계책만 염두에 둔 이순신이 걱정스러워 보낸 편지였다. 이순신도 이틀 뒤 군관을 시켜 답신을 보냈다.

'저는 충성이 무후만 못하고, 덕망이 무후만 못하고, 재주가 무후만 못합니다. 세 가지 모두 무후만 못하므로 비록 무후의 법을 쓴다 한들 어찌 하늘이 들어줄 리 있겠습니까?'

진린의 말대로 긴 꼬리를 단 별 하나가 노량 바다로 떨어졌다. 그러나 이순신에게 왜군과의 타협이나 강화는 없었다. 된서리가 허옇게 내린 18일 새벽이었다. 이순신은 작전 회의를 하기 위해 대장선으로 올라온 장졸들 앞에 서서 한탄했다. 그러면서도 엄하게 방비를 지시했다.

"나를 무시허구 진 도독이 허락해 왜선이 나간 지 이미 나흘이 됐구먼. 인자 구원병이 반다시 올 겨. 그러니께 우덜 군사는 묘도 등지루 나가 파수해 적덜을 차단시켜야 혀."

송희립과 유형 등에게 왜선을 막도록 지시했다. 이러한 전술까지도 이순신은 진린에게 보고했다. 조명연합 수군의 총사령관은 진린이기 때문이었다. 이순신이 보고하자 진린이 놀랐다.

"왜선이 나간 지 벌써 나흘이 됐다는 말이오? 그런데도 보낸 왜선이 돌아오지 않고 있다니 놀랍소."

진린이 자신의 실수를 뒤늦게 자책했다.

"이 대장, 내가 왜장을 너무 믿었던 것 같소."

"왜장덜은 속임수가 많구 원숭이멩키루 잔꾀가 많으니께 믿을 만헌 사람이 못 되지유."

"미안하오. 내가 왜장을 잘못 보았소."

한편, 경상우도의 여러 왜군 부대는 11월 11일을 기해 왜성을 버리고 왜선들이 집결, 대기하고 있는 섬으로 철수했다. 왜장 시마즈와 소 요시토시의 군사는 창선도로, 왜장 다치바나 무네시게의 군사는 거제도로 집결했다. 그런데 고니시의 부대가 퇴로를 차단당해 오지 못하고 있는 것을 안 왜장들은 놀랍게도 선수를 순천 왜성 쪽으로 틀었다. 고니시 부대의 철수를 돕기 위해서였다. 시마즈, 소 요시토시, 다치바나, 데라자와 마사나리, 다카하시 무네마스 등의 전선은 총 오백 척이었다. 시마즈 부대는 남해 왜군까지 합쳐서 팔천여 명, 소 요시토시 부대는 천여 명, 다치바나 부대는 오천여 명, 데라자와 부대는 천여 명, 다카하시 부대는 오백여 명으로 총 만 오천오백여 명의 군사였다. 왜군 연합함대는 남해도에서 야음을 이용해 노량 해협을 지나서 순천 왜성 앞바다인 광양만으로 가 고니시 군사를 구원하려고 했다.

왜군들의 적정은 이미 조명연합 수군의 지휘부에 알려졌다. 탐망 군관들이 끊임없이 보고를 올리고 있었다. 진린과 이순신은 노량 바다에서 왜적 함대를 맞아 싸우기로 했다. 진린과 이순신의 부하들은 조식朝食의 맹세로 짐승의 붉은 피를 마시는 대신 술잔을 돌렸다. 출진 전에는 늘 네발 달린 짐승의 피를, 구할 수 없으면 닭의 피라도 장수들끼리 입술에 묻혔던 것이다.

"칠천량에서 패한 치욕을 반다시 갚으야 혀."

"예, 통제사 나리."

"장수덜은 싸움터에서 신명이 나는 벱이여. 목심을 아끼지 않구 싸우다 죽는 것이 장수의 운명이란 말여."

"단 한 놈의 왜적도 살아 돌아가지 못할 것입니다요."

"하늘과 신령님께서 매서운 바람을 보내 우덜을 돕고 겨신겨."

"바람이 우리들을 돕다니요?"

"오늘 밤에는 화공 작전이 승부를 가를 겨. 모든 장수덜은 불화살을 많이 준비혀야 혀."

이순신 휘하 장수들이 미처 생각해내지 못했던 작전이었다. 날마다 북서풍이 불자 이순신이 구상한 작전이었다. 이순신은 부산 왜군 진영을 불태울 때 북풍을 이용한 화공 작전으로 전과를 올렸던 것이다. 때마침 북서풍이 장수들의 무거운 투구까지 벗겨버릴 듯 매섭게 불었다. 투구 대신 갓을 쓴 장수들은 갓끈을 목살이 패이도록 조여 맸다. 해남 현감 유형도 투구 대신 갓을 쓰고 있었다. 적탄을 무서워하지 않고 싸우겠다는 결기가 유형의 눈에 가득했다. 군관 송희립, 전라 우수사 안위, 낙안 군수 방덕룡, 순천 부사 우치적, 흥양 현감 고득장, 사도 첨사 이섬, 발포 만호 소계남, 진도 군수 선의경, 장흥 부사 전봉, 강진 현감 송상보, 금갑도 만호 이정표, 사도 가장假將 이언량, 보성 군수 조계종, 광양 가장 나대용, 군관 최희량, 충청 수사 오응태, 당진포 만호 조효열, 경상 우수사 입부 이순신, 경상우도 조방장 배흥립, 가리포 첨사 이영남, 안골포 만호 우수, 제포 만호 주의수, 조라포 만호 정공청, 당포 만호 안이명, 미조항 첨사 김응함 등도 목숨을 아끼지 않겠다는 각오를 보였다.

조명연합 수군 총사령관 진린은 이순신과 부총병 등자룡의 함대를 선봉 함대로 삼고, 진린 자신은 부총병 진잠, 유격 계금, 심무, 허국위, 복일승, 왕원주, 심무, 파총 이천상, 심리 등의 전선 삼백 척을 거느리고 선봉 함대 뒤를 따랐다. 조선 수군 칠천여 명과 명군 만 팔천여 명은 승선해 기립한 채 숨을 죽였다. 이순신의 함대 육십여 척과 등자룡의 함대를 합친 선봉 함대는 노량 바다를 첨자진 대오로 나아갔다. 노량 바다는 열여드레 달빛이 비추어 어둡지 않았다. 몇 십 걸음 앞의 물체를 또렷하게 분간할 수 있었다.

왜 수군 연합함대는 오백여 척이었지만 그중에서 왜장 시마즈가 지휘하는 선봉 함대 삼백 척만 노량 바다로 은밀하게 향했다. 함대에 승선한 왜군은 총 만 오천오백여 명이었다. 조명연합 수군 함대도 최대한 은폐하면서 느린 속도로 이동했다. 북서풍의 거친 바람 소리 때문에 격군들의 노 젓는 소리는 멀리 가지 못했다. 조명연합 수군 함대는 자정쯤 노량 바다 좌측으로 붙었다. 이순신은 살얼음이 낀 물통에 손을 넣고 씻었다. 차가운 얼음물의 냉기가 온몸에 퍼졌다. 짜릿하게 진저리를 치고 나자 정신이 홀연히 맑아졌다. 이순신은 갑판에 무릎을 꿇고 '만일 이 원수덜만 읎앨 수 있다믄 죽어두 여한이 읎겄구먼유' 하고 하늘과 신령께 빌었다. 그때 복병장으로 나가 있던 경상 우수사 입부 이순신이 군관을 보내 급보를 전했다.

"적선 함대가 노량 수로를 향해 오고 있십니더. 노량까지 접근할라믄 서너 식경은 걸리겠십니더."

조명연합 수군은 즉시 노량 해협 안쪽 광양만에서 남해 쪽으로 일자진 대오로 늘어섰다. 조선 수군 전선들은 명량 쪽에서 관음포 앞바다까지, 명 수군 전선들은 관음포에서 죽도까지 횡렬을 만들었다. 조명연합 수군 함대는 소등을 하고 북도 뉘이고 나발도 내려놓았다. 왜선들이 알지 못하게 모든 소리를 죽였다. 순찰을 도는 전선의 장수들은 화포와 불화살을 거듭 점고했다. 오늘 싸움에서 승부를 가려줄 조선 수군의 병기는 화포와 불화살이었다.

"바다 가운디루 나가믄 우덜 피해두 크니께 적덜을 처음 접전했을 때 함포사격을 가하거나 포구에다가 몰아넣구 당파전술을 써야 혀."

"예, 통제사 나리."

조방장 배흥립은 이순신의 전술을 지시받을 때마다 탄복했다. 접근전과 백병전에 능한 왜 수군과 바다 가운데서 싸운다면 피아간에 피해가 클 것이었다. 그러나 전술은 그때그때 상황에 따라 바뀌게 되므로 미리 약속한 대로 실행되는 것은 아니었다.

꼭두새벽이 가까운 축시(새벽 2시쯤)가 되자 달빛이 흐려졌다. 구름장들이 북서풍을 타고 날아온 듯 하늘을 덮기 시작했다. 이지러진 달이 구름장을 피해 이리저리 피하고 있는 것처럼 보였다. 검은 파도가 바람을 타고 뱃전을 세차게 쳤다. 이순신은 긴장하여 방광이 팽팽해짐을 느꼈다. 갑자기 요의가 찾아왔다. 장수들도 마찬가지였다. 송희립은 간판 위에 서서 바다를 향해 오줌발을 갈겼다.

마침내 왜선 선봉 함대가 노량 좌단에 도착했다. 진린의 전선에서 바로 한밤중의 정적을 가르는 대포 소리가 났다. 공격 개시 신호였다. 이순신이 대장선을 끌고 적진으로 돌진하자 휘하의 여러 장수들이 뒤따랐다. 왜선 선봉 함대도 밀리지 않으려고 돌진해 왔다. 맨 앞에 선 복병장 입부 이순신의 전선 화포들이 먼저 공격했다.

"화포를 쏴라!"

"선봉 함대를 부숴라!"

입부 이순신의 전선 화포 공격에 일격을 당한 왜 수군 선봉 함대는 남해 관음포 쪽으로 밀렸다. 통제사 이순신이 원하던 바였다. 왜선 함대가 우왕좌왕하자 진린의 함대 대포도 위력을 발휘했다. 명군 대포의 위력은 조선 수군의 총통보다 한 급 위였다. 평양성 탈환 때 이미 성능을 보인 바 있는 대포였다. 호준포, 위원포, 벽력포 등이 왜선들을 종잇장 찢듯 부쉈다. 북서풍이 더 세지기를 기다리고 있던 이순신이 불화살 공격을 명했다.

"화전火箭을 쏴라!"

경상 우수사 입부 이순신의 목소리가 크게 들렸다.

"북서풍이 분다. 화전을 날려라!"

"예, 수사 나리."

입부 이순신이 탄 전선에서 불화살이 북서풍을 타고 왜선까지 날았다. 불덩이 같은 불화살이 날아가 왜선들을 한 척 두 척 불태웠다. 입부 이순신의 전선에서 쏜 불화살 공격에 왜선 십여 척이 불길에 휩싸이더니 바닷속으로 가라앉았다. 불화살 공격은 가리포 첨사 이영남도 입부 이순신에게 뒤지지 않았다. 불화살을 든 사부들을 목이 쉴 만큼 독려했다. 사부들이 불화살에 화상을 입기도 했다. 이영남은 침몰 직전의 왜선에 뛰어올라 여러 명의 왜적을 닥치는 대로 찔러 죽였다. 그러다가 유탄에 맞아 쓰러졌다. 수졸들은 그를 둘러업고 겨우 구해냈다. 안골포 만호 우수와 사도 첨사 이섬은 서로 합세해서 왜선 한 척을 가운데로 몰아 불화살을 쏘았지만 적의 탄약이 폭발하는 바람에 배에 오르지 못했다.

반파된 왜선에 뛰어올라 삼지창을 휘두르며 적을 찔러 죽이는 사람은 낙안 군수 방덕룡이었다. 그는 왜적을 죽일 때마다 '하나' '둘' 하고 큰 소리를 질렀다. 가슴에 부상을 입었지만 분전하며 왜선을 빼앗기도 했다. 그러나 흥양 현감 고득장과 군관 이언량은 화포를 맞은 왜선을 수색하다가 난투 끝에 죽었다.

그때 순천 부사 우치적은 왜장 한 사람이 층각선 위에 앉아 한 손으로 대궁을 잡고 지휘하는 것을 보고는 장전을 날려 죽였다. 왜장이 거꾸러지자 왜선들은 남해 쪽으로 더욱 밀려났다.

이순신과 진린의 대장선은 왜적의 공격 목표가 되어 몇 번이나 위기에 빠졌다. 이순신의 대장선이 왜 수군 함대 깊숙이 돌진했을 때 왜선이 좌우로 포위했다. 그러자 진린의 대장선이 급히 달려와 대포와 화살 공격으로 물리쳤다. 진린도 판옥선을 빌려 타고 있었으므로 공격의 표적이 돼 있었다. 진린의 대장선에 왜선들이 붙었다. 그리고 왜적들이 배에 오르려 하자 이번에는 이순신의 대장선이 왜선에 화포 공격을 하며 달려갔다. 이때 한 조로 움직이던 우수와 이섬의 전선이 왜선에 불화살 공격을 하여 진린의 대장선을 구원했다.

진린의 활약에 고무된 명군 장수들도 목숨을 아끼지 않고 싸웠다. 순천 왜성 싸움에서 왼팔을 다친 유격 계금은 부상당한 팔을 동여맨 채 한 손에 든 칼로 왜적을 일곱 명이나 죽였다. 부총병 진잠은 진린의 대장선을 호위하며 호준포와 위원포로 왜선들을 명중시켰다.

칠십 세의 노장인 부총병 등자룡도 판옥선을 빌려 타고 싸웠다. 그러나 명군이 쏜 포탄의 불발로 배에 불이 붙었고, 그의 군사들이 한쪽으로 몰렸을 때 왜적들이 뛰어올라 백병전을 벌였다. 그때 등자룡은 많은 왜적을 죽였으나 불이 난 배가 침몰하면서 전사하고 말았다.

마침내 왜선들이 도망치기 시작했다. 왜 수군 선봉 함대 대장 시마즈는 소 요시토시와 다치바나, 다카하시 등이 분전하고 있을 때 반파된 배를 타고 창선도를 거쳐 달아났다. 처음부터 싸울 생각 없이 관망만 하던 데라자와도 줄행랑을 놓았다. 그 밖의 왜군 함대는 이순신 함대의 공격에 밀리다가 관음포를 앞이 트인

바다로 잘못 알고 들어갔다. 포구와 바다를 분간하지 못할 만큼 정신이 없었다.

동이 트기 전이었다. 하늘에 핏빛 같은 붉은 기운이 한 자락 번지고 있었다. 대장선 갑판은 밤새 된서리가 내려 미끄러웠다. 이순신은 대장선을 거느리고 관음포로 먼저 들어갔다. 그러자 해남 현감 유형, 당진포 만호 조효열, 진도 군수 선의경, 사량 만호 김성옥의 전선들이 뒤따랐다. 그제야 왜선들이 관음포로 잘못 들어왔다는 것을 알고는 선수를 돌려 이순신의 대장선을 공격했다. 마치 고양이에게 쫓기던 쥐가 막다른 곳에 이르러 앙칼지게 대드는 격이었다. 이순신이 몇 십 보 물러서면서 화포 공격을 명했다.

"방포혀! 단 한 척두 놓쳐서는 안 될 겨!"

"모다 수장시켜불것습니다요!"

화포 소리가 관음포를 뒤흔들었다. 매캐한 화약 냄새가 코를 찔렀다. 어느새 날이 새고 있었다. 부서진 왜선의 널판자와 시체가 바다 가득 떠다녔다. 장졸들의 코밑은 콧수염이 난 것처럼 시커멓게 그을려 있었다. 불화살을 쏘면서 묻은 검댕이었다. 해남 현감 유형이 대장선으로 다가와 소리쳤다.

"통제사 나리, 우리들 뒤쪽에 왜적들 지원군이 오고 있습니다요."

"걱정헐 거 읎어. 우덜 전선을 둘로다가 나누믄 돼. 관음포에 있는 적선은 내게 맡기구 유 현감은 뒤에서 공격허는 적선을 상대혀."

이순신이 목쉰 소리를 내자 옆에 있던 송희립이 소리쳤다.

"화포장덜은 적선덜이 깔앉아불고 있응께 계속 쏴, 쏴부러!"

천둥 치는 듯한 화포 소리가 관음포를 또다시 흔들었다. 응전하려던 왜선의 왜적들이 화포를 정통으로 맞고 나뒹굴었다. 그러나 그 순간 해남 현감 유형도 조총의 탄환을 맞고 옆으로 거꾸러졌다. 그것도 여섯 발을 동시에 맞고 의식을 잃었다. 이순신의 대장선을 등지고 여러 장수들과 함께 후미에서 공격해 오는 왜선들을 막다가 쓰러진 것이었다. 세 발은 유형의 갓을 뚫었고, 두 발은 바지를 스쳤고, 한 발은 오른쪽 갈비를 쳤던지 가슴에 피가 엉겨 있었다. 이순신이 쓰러진 유형을 보고 탄식했다.

"살릴 수 읎는 겨? 큰일이여."

"통제사 나리, 적탄이 쏟아집니더! 북 치는 자리가 위험합니데이!"

안골포 만호 우수가 이순신을 향해 소리치며 다가왔다. 그런데 그때였다. 적탄이 이순신의 오른쪽 가슴을 뚫고 지나갔다. 이순신은 들고 있던 북채를 떨어뜨렸다. 독전 중에 북채를 떨어뜨리기는 장수가 된 이후 처음이었다. 오른쪽 가슴에서 피가 솟구쳤다. 북채를 잡았던 손바닥까지 붉은 피가 줄줄 흘러내렸다. 갑판에 떨어진 북채가 피로 물들었다. 이순신은 피가 솟구치는 가슴을 한 손으로 막았다. 또 한 손으로는 쓰러지지 않으려고 무언가를 잡으려고 했다. 북을 매단 고대鼓臺를 겨우 붙든 이순신은 머리를 힘없이 흔들었다. 붉은 피가 갑옷을 타고 흘러 북까지 적셨다. 이순신은 미간을 찌푸리며 주먹을 쥐었다. 그 주먹으로 북을 서너 번 쳤다. 북이 비명처럼 둥둥둥 작은 소리를 냈다. 독전을 위해 마지막 치는 북이었다. 그런 뒤 이순신은 피투성이가 된 북 옆으로 맥없이 쓰러졌다. 놀란 맏아들 회와 조카 완이 달려와 이순신을 부축했다.

"아버님. 아버님."

"싸움이 한창 급허니께 내가 죽었다는 말을 당최 허지 말으야 혀[戰方急 愼勿言我死]."

이순신이 가슴을 움켜쥐며 중얼거렸다. 이순신을 안은 두 사람의 손과 무릎도 피로 물들었다. 이순신이 거친 숨을 쉬면서 회에게 기어들어가는 목소리로 당부했다.

"내 죽음을 숨겨야 써."

"예, 아버님!"

"……."

이순신의 가슴에서 흐르던 피가 멈추고 거친 숨소리마저 차츰 잦아들었다. 동공이 풀어지자 번득이던 안광도 사라졌다. 어느새 이순신은 맏아들 회도, 조카 완도 쳐다보지 않고 있었다. 그래도 완은 차가워지고 있는 이순신의 사지를 주물렀다. 이순신을 바라보던 회가 이순신의 눈을 감겼다. 회가 울음을 참으며 완에게 말했다.

"기가 맥혀 곡두 못 허는 난 불효잔 겨."

"그렇지만 시방 만일에 성님과 지가 곡을 했다가는 온 군중이 놀라고 적덜이 기세를 올릴지 모르지유."

"아버님을 보전혀 돌아갈 수 읎을지두 모르구 말여."

"성님, 싸움이 끝날 때까정 참는 수배끼유."

회와 완은 이순신의 전사를 아무도 눈치채지 못하게 선실로 안치했다. 시신은 종 금이가 지켰다. 갑판으로 나온 회는 이순신이 들고 쳤던 피 묻은 북채를 잡았다. 회가 북을 미친 듯이 둥둥 둥둥 쳤다. 장졸들의 전의와 사기를 북돋우기 위해서였다. 완은 독전기를 흔들었다. 투구에 유탄을 맞고 잠시 쓰러져 있던 송희립이 북소리를 듣고 깨어났다. 송희립은 일어나자마자 완에게 이순신을 찾았다.

"통제사 나리는 으디 겨신가?"

"선실에 누워 겨시구먼유."

송희립은 선실로 뛰어 내려갔다. 종 금이가 울고 있는 것을 보고는 송희립이 무릎을 꿇었다. 그래도 송희립은 이순신의 전사를 믿지 못했다. 믿고 싶지도 않았다. 이순신의 손을 잡아보니 아직 체온이 남아 있었다. 송희립에게 무언가 더 말하고 싶은 듯 이순신의 입술이 움직이는 것도 같았다. 평소에 늘 말했던 것처럼 '장수는 싸우다 죽는 것이 운명인 겨'라고 말하는 듯했다. '희립아, 니 같은 장졸들을 만난 것이 행운인 겨'라고도 말하는 듯했다. 그러더니 아주 잠깐 이순신의 얼굴에 희미한 미소가 감도는 것처럼 보였다.

송희립은 눈알이 튀어나올 것처럼 굵은 눈물을 흘리며 분노했다. 선실 밖으로 뛰어나와 왜선을 향해서 소리쳤다. 사자가 으르렁대듯 외쳤다.

"마지막 한 놈까정 내 손으로 죽일 것잉께 두고 봐라, 왜적 놈덜아! 내 손으로 통제사 나리 원을 풀어드릴 것잉께 두고 봐라, 왜적 놈덜아!"

잠시 후에는 의식을 잃었던 유형도 깨어났다. 유형은 이순신이 적탄에 맞아 전사한 사실을 송희립에게 듣고는 소리를 죽여 울었다. 그러나 송희립과 유형은 각자 자기 위치로 돌아가 큰 소리로 사납게 수졸들을 독전했다. 회는 아버지의 피 묻은 북채를 놓지 않고 북을 쳤다. 완은 손에 물집이 생겼다가 터질 정도로 독전기를 흔들었다. 사시가 되어서야 회는 북채를 놓았고 완은 독전기를 세웠다. 싸움은 이미 조명연합군 쪽으로 기울어진 상황이었다. 사시까지만 해도 총소리가 이따금 나더니 정오 무렵에는 뚝 끊어졌다. 싸움이 끝나자 바다는 다시 조용해졌다. 바다를 할퀴는 북서풍의 매서운 바람 소리만 오락가락 들려왔다.

해전은 조명연합 수군의 대승이었다. 조명연합 수군의 전사자는 이순신을 포함하여 팔백여 명이었지만 왜 수군은 헤아리기조차 힘들었다. 왜선 삼백 척 중에 이백 척이 크게 부서지고 분멸했다. 왜장 시마즈의 부장 오코히라 다카시게大河平隆重와 마치다 히사마사町田久政가 죽고, 다치바나 무네시게의 부장 이케베 사다마사池邊貞政가 죽었다. 부서진 왜선의 판자와 무기와 수천 명의 시체, 옷가지들이 바다를 뒤덮었다. 대승을 자축하기 위해 진린이 조선 수군 함대 쪽으로 찾아와 이순신을 불렀다.

"이 통제사! 속히 나오시오, 속히 나오시오!"

선실 안에서 회, 송희립, 유형 등과 함께 쭈그리고 앉아서 곡을 하고 있던 완이 나와 울면서 말했다.

"숙부님께서는 돌아가셨시유."

진린은 이순신이 탔던 대장선으로 건너왔다. 그런 뒤 선실로 내려가 세 번이나 바닥에 주저앉아 큰 소리로 통곡했다. 상주가 된 회가 말했다.

"아버님께서는 죽음을 알리지 말으야 헌다구 그랬습니다유. 그래서 지가 아버님 대신 북채를 들었구먼유."

"공은 죽은 뒤에도 나와 우리 수로군을 구원해주셨소!"

진린은 죽음을 숨기라는 이순신의 유언 한마디가 노량 싸움에서 대승을 유도했다고 판단했다. 그런 생각이 들자 이순신에게 무례하게 굴고 자신이 실수했던 일이 떠올라 또다시 큰 소리로 통곡했다. 선실을 나서면서 진린이 회의 손을 맞잡고 말했다.

"앞일을 알 수 없지만 공의 제사를 지내러 가겠네."

명나라로 돌아가기 전에 아산을 들르겠다는 약속이었다. 그날 진린은 고기를 먹지 않았다. 그러자 진린의 부장들도 바다에 고기를 내던졌다. 망자가 된 이순신에게 예를 갖추기 위해서였다.

이순신이 전사한 날 풍원 부원군 유성룡도 파직을 당했다. 두 사람 모두 11월 19일의 운명은 무심하고 짓궂었다. 모함받아온 이순신의 처지를 늘 옹호해왔던 유일무이한 친구 유성룡도 조정의 바람 잘 날 없는 자리에서 내려와야 했다. 이순신과 유성룡은 운명을 같이한 셈이었다. 사헌부가 선조에게 건의했다.

'풍원 부원군 유성룡은 그 바탕이 간사한 데다 재주로 앞가림을 해서 이름을 도적질하고 벼슬을 가로챘기 때문에 사람들을 해쳐도 사람들은 알지 못하였고, 세상을 속여도 세상은 깨닫지 못하였던 것입니다. 이것이 평생 그의 마음 기술心術이었습니다. 권세를 잡은 이후 당파를 지어 나라 일을 망치고 사사로운 행위를 하여 백성들에게 고통을 준 죄가 한두 가지가 아닙니다. (하략)'

탄핵을 받은 유성룡은 미련 없이 한양 집을 떠났다. 편협한 선조와 사욕을 앞세운 대신들을 찾아가 변명하고 호소하여 벼슬을 붙잡고 싶지 않았다. 거꾸로 돌아가는 세상이었다. 합류하기보다는 7년의 전쟁이 끝났으니 홀로 은거하면서 올곧게 살고 싶었다. 그동안 자신을 모함했던 대신과 간원들을 떠올려보니 오만정이 떨어졌다. 유성룡은 망설이지 않고 안동으로 내려갔다.

진린은 싸움이 끝난 이틀 뒤, 군사들을 거느리고 순천 왜성을 수색했다. 예견했던 것처럼 왜장 고니시와 군사는 보이지 않았다. 조명연합 수군이 관음포에서 왜전과 격전을 벌일 때 묘도 서쪽 해상을 통해 남해로 도망쳐버렸던 것이다. 임진년(1592) 4월 15일 절영도 바다에 만 팔천여 명의 선봉 부대를 이끌고 침략한 왜군 대장이 보여준 무술년(1598) 11월 19일의 말로는 초라하고 비굴했다. 이순신이 장졸들에게 말해온 장수의 길이 아니었다.

그러나 더 구차한 처신이 있었으니 장수로서 체통을 버리고 수급을 줍는 데 급급한 제독 유정의 태도였다. 그는 왜장 고니시가 미처 가져가지 못한 수급을 찾아내는 데 혈안이 됐고, 왜군의 포로가 된 조선 사람들과 고니시가 보낸 인질 여섯 명의 목까지 베어 수급의 숫자를 늘렸다. 목숨을 아끼지 않고 싸우기보다 전공에 집착했던 원균의 비루한 짓과 흡사했다.

그렇다고 명군 장수들이 모두 다 유정 같은 것은 아니었다. 다른 장수들은 이순신의 전사 소식을 듣고는 고개를 숙여 애도했다. 동로군 사령관 제독 마귀는 자신을 위로하러 찾아온 선조에게 말했다.

"이순신이 혈전을 벌이다 전사했는데 저는 그를 직접 만나보지는 못했으나 탄복할 뿐입니다. 그의 자손에게 포상하고 충렬을 정표하는 것이 좋겠습니다."

서로군 부총병 이방춘도 자신의 군막에 들른 선조 앞에서 이순신의 죽음을 애석해했다.

"이순신은 충신입니다. 이순신 같은 인물이 십여 명만 있었어도 왜적에 대해 무슨 걱정을 했겠습니까?"

사로병진 작전의 총사령관 군문 형개도 이순신이 전사했다는 소식을 듣고는 중국에 군신軍神 관우가 있다면 조선에는 이순신이 있다는 생각으로 선조에게 요청했다.

"바다 위에 사당을 세워 충혼을 권장해야 마땅할 것입니다[謂當立祠海上 以奬忠魂]."

해상 사당을 세워 충의를 위해 죽은 이순신의 혼이 조선 바다를 지키는 신神이 되게 하자는 건의였다. 명나라 총사령관으로서 이순신을 흠모하는 발상이었다. 그러나 선조는 조선 바다를 지키는 해신海神이 되게 하자는 군문 형개의 요청을 받아들이지 않았다. 늘 폄하하고 죽이려고까지 했던 장수를 신이 되게 할 수는 없었다. 전공이 분명하니 사당에 제사를 지내는 것 정도는 허락했다. 암군暗君 선조는 끝내 이순신의 충의를 받아들이지 못했다. 명군 장수들의 찬탄처럼 이순신이 차갑고 따뜻한 인간인지 범접할 수 없는 신인지 알 수 없었기 때문이었다.

일찍이 이순신을 알아본 조선 사람이 있다면 오직 유성룡뿐이라고 해도 과언이 아니었다. 유성룡은 이순신이 전사했다는 소식을 듣고는 '명운命運이 없어서 백 가지의 재간 중에서 단 한 가지도 시행 못 하고 죽었으니, 아아 애석한 일이다'라고 슬퍼했다. 또, 유성룡은 이순신의 영구靈柩가 고금도를 거쳐 아산으로 올라갈 때의 모습을 자신의 감정을 절제한 뒤 다음과 같이 기록으로 남겼다.

'영구가 지나는 곳마다 백성들이 곳곳에서 제사를 차리고서 상여를 붙잡고 통곡하기를, 공께서 진실로 우리를 살리셨는데 지금 공은 우리를 버리고 어디로 가십니까? 하며 길을 막아 상여가 가지 못하였으며 길 가는 사람들도 눈물을 흘리지 않는 이가 없었다.'

이는 백성들의 마음이기도 했지만 사실은 유성룡의 마음이었다. 이순신과 유성룡은 임금의 신하가 되기보다는 백성들의 신하가 되자고 풋풋한 청년 시절에 서로 굳게 약속했던 것이다.

〈끝〉

역사소설의 재현과 방언

홍기삼(문학평론가, 전 동국대 총장)

1

정찬주의 『이순신의 7년』(전 7권)은 임진왜란 일 년 전부터 정유재란까지의 역사를 다룬 대하소설이다. 한국의 근현대 역사소설은 이광수, 홍명희, 김동인, 한설야, 안수길, 유주현, 황석영, 김주영 등으로 이어지면서, 장강대하 같은 문학사의 한 맥을 이루고 있다. 『이순신의 7년』은 그 계보를 잇는 대작이다. 역사소설의 유형론으로 나누어보자면 이들의 소설은 역사소설이라는 하나의 범주로 묶어서 생각하기는 어렵다. 소재와 역사의식도 각양각색이고 서사의 목적과 의도가 판이하기 때문이다. 복잡하기 짝이 없는 역사소설의 유형을 크게 나누어보면 설화적 역사소설(전설, 신화, 민담 같은 것에서 소재를 구한 것)과 사실적史實的 역사소설로 나누어볼 수 있다. 『이순신의 7년』은 역사적 사실에서 이야기를 취했다는 점에서 후자에 속한다고 할 수 있다. 홍명희의 『임꺽정』, 안수길의 『북간도』, 황석영의 『장길산』 등과 같이 역사적 사건을 다룬 작품들의 경우 한 비평가의 분류처럼 이념형 역사소설로 규정할 수 있다면 『이순신의 7년』은 지배계층과 백성을 함께 아우르고 있다는 점에서 중간형 역사소설쯤으로 구분할 수 있겠다(김윤식, 「역사소설의 네 가지 형식」, 『한국근대소설사 연구』, 을유문화사, 1986). 그러나 지배 계층과 피지배 계층을 한데 묶어 다루었다 하더라도 가령 단재 신채호의 『이순신전』의 경우는 그런 종류의 유형론에 부합하기 어렵다. 정찬주의 경우는 지극히 냉엄할 정도로 이순신의 신격화를 거부한다. 사실에 부합하지 않는, 과장된 자료를 배제하면서, 백성과 함께 호흡하는 실제적 인간상을 재현하기 위해 이 작품은 몇 가지 서사적 장치를 마련하고 있다. 가령 사건의 전 과정을 통해서 초능력을 행사하거나 초월적 신비주의 같은 것을 보여주는 일이 없다. 이를테면 리얼리즘의 냉철한 정신에서 일탈하지 않으려는 단단한 작가 정신이 거기에 있는 것으로 느껴진다. 또한 이순신은 상류층 주류 계급이 권위주의적으로 구사하기 마련인 서울 표준어를 사용하지 않고, 어느 정도는 평균 이하의 권위, 지위, 사고 능력 같은 것으로 그 수준이 암묵적으로 정형화된 충청도 방언을 철저하게 구사하고 있다. 방언만이 아니라, 중앙정부의 권력에 대응하는 방식에 있어서도 이순신은 순박하고 상식적이고 정직한 장수의 모습일 뿐, 과장된 영웅의 모습은 별반 보이지 않는다. 그러나 단재의 『이순신전』에서 이순신은 '단군의 신령께서 청구에 인재가 없음을 한탄하시어 대적에게 대항할 간성의 좋은 재목을 내리시니……', 그가 곧 이순신이라는 것이다. 도요토미 히데요시가 일본을 통일하고 조선 정벌을 도모하자 그에 맞서기 위해 단군 신령이 이순신을 이 땅에 보냈다는 것이다. 하늘이 준 이 위대한 영웅의 전과는 넬슨과 비교할 만한 것이라고도 지적한다. 그러나 그 비교는 정찬주의 소설과 역시 차이가 있다. 영국의 넬슨Horatio Nelson 제독은 국가의 총역량을 지원받아 해전에 몰두할 수 있었지만, 『이순신의 7년』에서 이순신은 어리석고 시기심 많은 임금의 견제, 충무공에 대한 중앙정부 권력자들의 질투, 모함을 일삼는 원균과 같은 무리들의 각종 음해, 충무공의 장졸들에 대한 끊임없는 사찰 등으로 괴롭힘을 당한다. 그뿐만 아니라 피난 중인 조정에서는 이순신의 해전을 지원하기는커녕 곡물, 무기 같은 것들을 거두어 가기도 한다. 그런 조건 속에서 그 많은 적과 병선을 격파하며 연전연승, 패배를 모르는 전투를 끝까지 치렀다. 넬슨처럼 콘 월리스나 콜링우드 같은 유능한 장군들과 함께 나폴레옹의 사십만 군대를 격파한 것이 아니라 이순신은 원균과 같은 무리들의 음해 속에서 왜군 수십만을 격파한 것이다(앙드레 모루아 지음, 신용석 옮김, 『영국사』, 홍성사, 1981, 427쪽). 소설 속의 이러한 전 과정은 철저한 리얼리티의 보호를 받으며 구체화되고 있다. 1904년 러일전쟁에서 승리한 일본의 도고 헤이하치로는 자신의 승리가 '넬슨한테는 비교될 수 있어도 이순신한테는 비교될 수 없다'고 말한 바 있는데, 바다 위의 전략과 전투를 아는 사람으로 당연한 판단처럼 보인다(《동아일보》 〈토요기획〉, 잊혀진 전쟁 「정유재란」 〈21〉).

2

『이순신의 7년』은 이 땅에서 벌어진 임진왜란 기간 중의 역사적 사실을 재현하는 데 주력하고 있다. 조선 전역과 남서해안에서 벌어진 전쟁의 전반적인 양상이 매우 세밀하게 재생되어서 마치 다큐멘터리 영상을 문자로 읽는 듯한 느낌을 주기도 한다. 왜적의 조직 편제서부터 전투 준비 상황, 각종 무기, 장졸들의 세세한 행동, 의복과 음식, 병영 생활, 날씨와 관련된 각종 전투 정보 등은 작품의 도처에서 구체적으로 묘사된다. 간결하면서도 스피디한 문체, 날카로운 비유와 치밀한 묘사, 의표를 찌르는 방언과 익살, 이런 문체적 특징이 이 길고 긴 서사에 긴장을 더해줄 뿐 아니라 역사적 사실의 구체적 재현이라는 리얼리즘적 역사소설의 조약원안protocol에 잘 부합한다. 물론 소설에서 재현representation이란, 오랫동안 서양의 서사문학을 지배해온 미메시스의 관념과 긴밀한 연관을 갖는다. 그러나 근자에 와서 문학이 심미적 진실을 가질 수 있을 뿐만 아니라 사실적 재현을 통해 철학과 역사를 모두 가질 수 있다고 언약한 미메시스의 약속은 이룰 수 없는 거짓된 꿈이라고 말하는 이들이 많아졌다. 들뢰즈도 그중 한 사람이다. 문학이란 인지 가능한 사물이나 그런 것들로 가득 찬 세상을 대상으로 삼기보다는 지극히 추상적이고 카오스적인 세계를 대상으로 하려는 욕망의 지배를 받을 수 있다. 그런 경우 재현이라는 문학적 생산 행위는 존재하지 못한다. '재현은, 재현적인 작품마저 부지중에 끌어들이게 되는 저 알 수 없는 힘이나 감지할 수 없는 감각을 재현된 대상이나 스토리로 지워 보이지 않게 한다'(이진경, 「들뢰즈의 예술 이론」, 계간《파란》2016년 가을호, 135쪽)고 지적한 한 연구자의 재현 불가론은 문학이 재현 이상의 세계와 더 긴밀한 생산적 토대를 가지고 있다는 사실을 강조한다. 그러나 문학은 단 하나의 창조적 영역을 통해서 생산되는 제품, 가령 추상적 카오스적 세계만을 관통하는 생산 행위로 제한되는 것은 아니다. 미메시스적 리얼리즘의 광장 역시 분명히 햇빛 속에 존재한다. 물론 작가가 눈앞에서 경험한 사실을 온전히 재현한다는 것조차도 물리적 엄밀성으로 보자면 결코 가능한 일이 아니다. 그런 점에서는 사진 예술까지도 별반 다르지 않을 것이다. 더구나 픽션의 세계에서 부지불식중에 작동하는 상상의 힘은 언제나 소박한 물리적 재현을 불가능하게 만든다. 하지만 문학에서 진정한 재현은 경험과 사건을 복사하는 행위, 그럴듯하게 가장假裝된 대상을 모사模寫하는 행위가 아니다. 재현은 과거에 발생했던 사건과 그것을 기록한 자료들을 충실하게 복원하는 언어의 기술이 아니라 과거의 사건과 경험들이 내포하고 있는 진실에 근접하려는 심미적 도전이다. 그러므로 과거의 일들 중에서 현재적 가치를 여전히 가지고 있거나 폐기할 수 없는 진실을 가지고 있는 것들이 재현의 대상이 되는 것은 당연한 일이다. 그것을 분별하는 이성의 힘이 역사의식이라고 한다면 역사의식은 현재의 구체적 전신으로서 과거의 문제를 다루는 것이다, 라는 백낙청 식의 사회발전론에 굳이 갇혀야 할 이유가 없다. 그와 같은 공식주의적 역사의식을 버리는 대신 좀 더 자유롭고 사실적인 민족사의 진실과 실상을 파악하는 것이 더 중요하다. 왜냐하면 틀에 박힌 사회구성체론은 거기에 맞지 않는 역사적 사건은 모조리 배제하거나 필요에 따라 역사적 대상을 왜곡해야 하는 이념의 폐허로 남기 때문이다.

3

이순신은 임금으로부터 중신에 이르기까지 시기, 질투의 대상이 되어 온갖 모함 속에서 왜군과 싸웠으나 단 한 차례도 패배한 적이 없다. 사람이 이룰 수 있는 전과가 아니었다. 이순신은 경공술로 하늘을 날아다니지도 않았고 도술을 부리거나 분신술을 쓴 적도 없다. 이 작품에서 세밀하게 묘사된 바와 같이 오직 부하들과 사사건건 의논하고 무기를 갖추어 전투를 준비하고, 곡식을 거두어 군량미를 비축하고, 철저히 훈련하고, 각종 무기를 만들어 적소적재에 배치하고, 탁월한 전략을 세우고, 그에 따라 준비된 전투를 치렀다. 이순신은 장졸 한 사람이라도 희생되지 않는 전투를 구상했으므로 전투에서 부하가 죽는 일이 거의 없었으나 어쩌다 사상자가 발생하면 이순신은 통곡하며 깊이 괴로워했다. 그런 모습은 소설뿐 아니라 『난중일기』에서도 확인된다. 도대체 이순신과 같은 장군이 어떻게 탄생될 수 있었을까. 혼군 중의 혼군인 선조, 당파 싸움으로 오직 자신들의 파당만을 위해 싸움질만 하는 고관대작, 함께 왜적과 싸워야 할 장수들에게서 도움을 받기는커녕 끊임없이 모함을 일삼는 원균과 같은 무리들, 그런 조건 속에서 이순신 같은 장군이 태어났다는 것은 불가사의한 일이다. 오죽하면 단재는 단군 성령이 나라를 지키기 위해 이 땅에 보낸 인물로 이순신을 생각했을까.

이순신의 생애 중에서 가장 주목되는 사람은 그의 어머니다. 1594년(갑오년) 정월, 이순신은 왜적 토벌 중에 잠시 짬을 내어 어머니와 만난다. 그날의 일기는 이렇게 기술되어 있다. '十二日 辛卯 晴 朝食後 告辭天只前 則敎以好赴 大雪國辱 再三諭諭 少無以別意爲歎也.'(12일 신묘 맑음, 아침을 먹은 뒤 어머님께 작별 인사를 드리니, 어머니께서 잘 돌아가라 하시며 나라의 치욕을 크게 씻어야만 한다는 말씀을 여러 차례 하셨다. 작별하는 것에는 조금도 슬퍼하는 내색을 하지 않으셨다.)

위험하기 짝이 없는 전쟁터로 아들을 보내며 팔십이 넘은 어머니는 나라의 치욕을 크게 씻어야 한다는 말을 하고 또 한다. 언제 아들을 다시 만날 수 있을지, 과연 전쟁에서 아들이 살아돌아올 수 있을지 알 수 없는 이별을 하면서도, 어머니는 이별의 슬픔을 말하는 대신, 나라의 치욕에 대해서만 말하고 있다. 건강을 조심하라는 얘기도 잘 먹고 잘 견디라는 보통 어머니들의 소망도 그 어머니에겐 해당되지 않았다. 작별의 고통을 감춘 채 오직 나라의 큰 치욕을 씻어야 한다는 강인한 어머니의 말 속에 조선 민족이 갖기엔 너무도 과분했던 위대한 영웅의 탄생은 가능했던 것이 아닐까. '장한 아들 보아라. ……너의 죽음은 한 사람 것이 아닌 조선인 전체의 공분을 짊어진다. 네가 일본 법정에 항소를 한다면 그것은 왜놈들에게 목숨을 구걸하는 것이다. 나라를 위해 죽는 것이 어미에 대한 효도다. ……네 수의를 지어 보내니 이 옷을 입고 잘 가거라…….' 이 가슴 저린 편지는 안중근의 어머니 조 마리아 여사가 아들에게 보낸 마지막 편지다. 일제와 맞서 당당하고 의연하게 죽음을 받아들이라는 이 어머니의 편지는, 아들을 사지로 보내며 나라의 치욕을 씻으라고 당부하는 이순신의 어머니와 함께 어떤 어머니가 어떤 아들을 낳아 가르치고 길러내는지 그 비밀을 밝혀준다.

『이순신의 7년』은 서사 전체에서 어머니에 대한 비중이 매우 크고 모자간의 깊은 사랑이 도처에 서술되고 있다. 어머니를 그리워하고 근심하는 이순신의 효심은 너무도 절절해서 격렬한 전투는커녕 작은 공무 한 가지도 제대로 처리할 수 없을 만큼 심약한 인물로 보여질 정도다.

4

이순신은 그러나 그 많은 적선과 왜군들을 처절하게 무찔러 왜군들에게는 공포의 대상이 되었다. 옥포 해전을 필두로 적진포, 사천, 당포, 율포, 한산도, 안골포, 부산포해전에서 대승을 거두며 제해권을 장악했다. 그러나 원균의 모함과 왜군의 이간책 때문이라고는 하나 이순신의 전과와 백성들의 지지를 탐탁지 않게 생각한 선조의 경계심 때문이었을까(6권, 227쪽), 결국 이순신을 죽이기로 결정하고 고문을 가한다. 만약 이때 이순신의 자리로 옮겨간 원균이 승전을 했거나 소강상태라도 유지했다면 이순신은 결코 살아남지 못했을 것이다. 그런 중에 원균은 이순신이 물려준 무기, 배, 군사를 모두 잃고 그 자신도 육중한 몸을 이끌고 나무 아래로 피신했다가 적의 칼에 맞아 비참하게 죽는다. 백의종군이라는 징계를 받아 죄수의 행색으로 잿더미가 된 옛 싸움터를 찾아가 있던 중 이순신이 다시 제자리로 복귀된 것은 이순신을 대신할 마땅한 장수가 없어서 취한 조치였지 이순신의 가치를 재발견했거나 이순신에 가한 박해를 뉘우쳐서 그런 것은 아니었다. 그가 왜군과 싸우기 위해서 물려받은 것은 저 유명한 열두 척의 배뿐이었다. 그로부터 이순신은 심기일전하며 배를 건조하고 새로 모병을 하고 무기를 만들고 군량미를 비축하기 시작, 석 달쯤 지난 9월 16일 명량(울돌목) 해전에서 왜군을 대파, 제해권을 다시 찾는다.

이순신의 이러한 행적은 그가 백성들을 어떻게 생각하고 나라와 겨레에 대해서 가진 생각은 어떤 것이었는지 궁금하게 한다. 백성의 협력 없이 그런 일들이 가능할 수는 없기 때문이다. 이순신이 스물한 살의 나이로 전남 보성에 있는 처가로 내려가기 전까지 그는 어려서부터 문과 쪽으로 방향을 정하고 있었다.

그의 남다른 인간적 행적은 어려서부터 쌓아온 풍부한 경학과 철학, 문학 등을 공부한 사실과 연관이 있을 것이다. 그러나 보성에서 처가살이를 하면서 바닷가 어민들이 왜구에게 시달리고 고통받는 현장을 목격하며 생각을 바꾼다.

> "장인어른, 지는 임금님의 신하가 되지 않겄슈."
>
> "무신 소린가? 내 앞에서 다시는 고런 불경헌 얘기를 허지 말게."
>
> "불경헌 얘기가 아니지유. 지는 지댈 디 읎는 백성덜의 신하가 되구 싶구먼유. 무장이 되어 변방 백성덜을 지켜주는 신하가 되겄슈."
>
> 보성 군수 방진은 놀란 가슴을 쓸어내렸다.(1권, 241쪽)

임금의 신하가 되는 대신 백성의 신하가 되겠다는 사위의 단호한 주장에 장인은 어쩔 줄을 모른다. 헐벗고 굶주림 속에서 살길을 좀체 찾기 어려웠던 백성들, 입신양명과 명리 대신 이순신은 그들을 위한 헌신을 삶의 목표로 바꾸어버린 것이다. 소설 전편에 백성들의 생명, 재산, 그들의 가족, 식량, 가옥, 의복 등에 이르기까지 이순신의 세심한 관심이 미치지 않는 곳이 없다.

진무 박만덕이 친상親喪을 당했을 때 이순신은 문상을 간 적이 있다. 상가는 움막이었다. 백성들은 자신들을 보호하고 살릴 수 있는 지도자는 오직 이순신 한 사람이라고 생각한다. 이순신이 가는 곳마다 그를 좇아다니는 피난민, 원주민은 물론, 대장장이, 소청어멈, 어부, 목수, 장돌뱅이 등도 마찬가지였다. 박만덕의 상가에 몰려와 있던 거지 떼에게 이순신이 가져온 쌀과 고기로 그들을 먹이고 위로하는 모습은 감동 이상의 것이다. 앉은뱅이 노파가 엉덩이를 끌며 이순신에게 다가와 말했다. '사또, 죽어서도 은혜를 갚을라요잉.'(1권, 133쪽)

작품의 여러 곳에서, 믿을 데라고는 이순신밖에 없다고 생각한 백성들이 이순신이 가는 곳마다 따라다니고 마을을 이루어 살기도 하는 얘기가 등장한다. 심지어 '이야李爺(이순신을 존경해 부르는 호칭)! 이야! 우리덜 아버지시그만잉'(7권, 236쪽)이라고 해서 충무공을 자애심 깊은 아버지처럼 생각한다.

이순신이 단 한 명의 왜적이라도 더 토벌을 하기 위해 불철주야 온 힘을 쏟아붓고, 전쟁을 하더라도 자신의 장졸과 백성 한 사람이라도 더 살리기 위해 목숨을 걸고 치열한 전투를 하고 나면 동행했던 원균과 그 일파는 전투에서 전공을 세우지 못하고 오직 왜군의 수급을 차지해서 선조에게 전공을 자랑하는 짓(3권, 62쪽)을 하려다가 수급이 부족하면 멀쩡하게 살아 있는 조선 백성을 죽여서 앞 머리카락을 밀어 왜병처럼 만든 뒤 목을 잘라 정부에 바치는 일을 하고 있었다(5권, 192쪽).

이순신의 목적이 왜적의 멸살에 있다면 선조가 사랑한 원균은 수급을 억지로라도 확보해서 이순신보다 전공이 뛰어나다는 것을 보여주는 것이 목적이었다. 이순신은 원균으로부터 승전을 축하한다는 인사를 받은 적이 있는데 이순신은 즉시 우리 장졸들이 잘 싸워 이긴 거다, 하고 그 공을 장졸들에게 돌린다(2

권, 186쪽). 왜선을 격파할 때마다 왜선에서 가져온 전리품을 나눌 때는 제일 힘든 노역을 하는 격꾼과 사수 등에게 먼저 나누어 주고 그들을 격려한다(2권, 187쪽). 원균이 내년에 뿌려야 할 씨앗조차 아무 생각 없이 먹어치우는 사람이라면, 이순신은 군량미를 위해서도 농사가 필수이며 그래야 농민들도 굶어죽지 않을 거라는 생각에 백성들의 농사를 장려한다(7권, 122쪽).

왜군의 침략으로 나라가 멸실되기 직전 이순신과 그의 병사들 덕분으로 나라를 끝내 지킬 수 있었던 것은 기적 같은 일이었다. 그러나 더 놀라운 것은 오직 한 사람 이순신만이 백성을 지키려는 마음으로 그들을 보살핀 유일한 인물이었다는 점이었다. 전쟁이 장기화되자 일본군은 식량, 가축, 국가의 보물, 동식물 등 가릴 것 없이 약탈을 일삼았고 사람을 노예로 팔아먹기 위해 납치가 끊이지 않았다. 이 땅의 벼슬아치들은 살육과 능욕이 일상이 되었어도, 심지어 아비가 자식을 잡아먹고 자식이 부모를 잡아먹고, 부부가 서로 잡아먹는 참상에 이르렀어도 동인, 서인으로 나뉘어 정쟁을 일삼았다. 왜군을 물리친다는 명분으로 명나라 원군이 진주해왔으나 백성을 약탈하기는 마찬가지였다. 오죽하면 왜놈은 얼레빗, 명군은 참빗이라는 말까지 유포될 정도였을까(명나라 군대는 왜군보다도 더 수탈이 극심해서 참빗처럼 속속들이 훑어갔다는 뜻이다). 거리와 들판에는 골수와 내장까지 뜯겨 나간 백성들의 시체가 부지기수였다고 한다. 왜군이나 명군은 조선 백성을 잡아 육포를 떠서 술안주로 삼았다. 오직 한 사람, 이순신만이 백성을 진심으로 사랑하고 보호했다. 백성들의 마음을 얻지 못하고 장수가 되려는 것은 모래로 밥을 짓는 격이라고 생각한 사람이 이순신이다(5권, 197쪽).

5

임진왜란은 가도입명假道入明이라는 유치하고도 간교한 명분으로 트집을 잡아 조선을 침략한 일본, 그들과 싸운 조선, 그리고 원군을 보내온 명나라 군대가 함께 싸운 동아시아의 국제전이다. 그야말로 근공원교近攻遠交의 전형적인 양상이었다. 포르투갈 용병을 비롯해서 타타르, 몽골, 남만, 명나라 군대에 귀화한 조선군 등 다국적 군대의 국제전이었고, 무기는 그 당시로 보아 최신형 무기들이 총출동한 국제전이었다. 전쟁의 후유증 또한 매우 심각해서 동북아의 정세를 격변시켰다. 일본은 히데요시가 죽고 에도시대가 열렸으며, 중국은 임란 참전 후유증에 시달리다 이자성의 농민반란을 겪으며 멸망의 길로 들어서서 결국 북방 만주족이 지배하는 청나라로 바뀌고 말았다. 그 큰 치욕의 역사를 겪고 다소라도 뉘우쳐 나라를 재건하려는 이가 한둘이라도 있었을 법하나 조선에서 그런 일은 결코 일어나지 않았다. 임진왜란이 끝난 지 29년 뒤인 1627년 후금의 침략을 받은 정묘호란, 1636년의 병자호란 등을 연속적으로 겪으며 이 나라가 어떤 나라인지 잘 보여준 셈이다.

임진왜란, 특히 정유재란은 이순신의 수군과 왜군 사이의 전쟁, 또는 호남과 왜의 전쟁이라 해도 지나치지 않을 것이다. 이순신과 함께 승전의 역사를 이룬 사람들은 거의 대부분이 호남 출신이고 장졸들을 지원한 벼슬아치나 백성들도 호남인들이다. 왜군이 승승장구하며 영남, 경기, 충청, 황해, 관서, 관북을 휩쓸고 있을 때 오직 이순신의 호남만이 그 거센 풍랑을 막고 있었다. 왜군은 이순신에게 연전연패하면서 오직 호남 정벌을 최우선의 목표로 삼고 화전 양면으로 호남을 흔들었다. 정유재란을 기획한 히데요시의 전투 명령은 호남 정벌과 이순신 제거에 집약되었다. 호남인들의 용기, 단결, 이순신에 대한 존경과 복종심은 호남이라도 지켜 나라를 회복해야겠다는 이순신의 결의와 잘 부합했으며 연달아 왜군을 격파하는 전과를 거둘 수 있었다. 그러나 이순신이 구속되어 고문을 당하는 사태가 벌어지자 호남 역시 초토화되는 불행을 겪는다. 이순신의 백의종군과 원대 복귀에 따라 다시 호남은 조금씩 안정을 찾아간다. 그리고 다시 명량과 노량에서 대승을 거두고 왜군을 쫓아낸다. 이 자랑스러운 호남의 승전 역사는 나라 전체를 살려낸, 실로 위대한, 누구도 부정할 수 없는 역사적 공헌이다. 그러나 작가는 구체적이고도 실제적인 사료에 따라 서사를 구성하면서도 그것이 지역주의에 함몰되는 것을 경계한 듯 다음과 같은 대목을 보여주고 있다.

"으째서 호남을 지키지 않고 영남을 구원해야 헙니까?"

이에 최경회가 화를 내면서 말했다.

"자네덜은 어느 나라 사람인가!"

"여그 모인 모든 의병덜은 내 고장을 지키고자 나선 군사입니다요. 그래서 우리덜은 호남을 지키자고 주장허는 것입니다요."

고득뢰도 목소리를 높였다. 그러나 최경회는 단호하게 잘라 말했다.

"호남도 우리나라 땅이요, 영남도 우리나라 땅이 아닌가! 의를 위해 장수가 된 사람이 어찌 멀고 가차운 것을 따져 싸우려고 허는가!"

(중략)

"대장님 말씸이 지를 부끄럽게 허는그만요."(4권, 274쪽)

의병장 최경회와 그의 용맹한 장수 고득뢰 사이의 대화다. '우덜만이라두 정신을 바짝 채리고 물 샐 틈 읎이 방비'하기를 항상 강조하는 이순신의 주장도(1권, 210쪽) 지역주의와는 무관한 전략적 태도이고 최경회의 영남 지원론도 애국심과 전략적 고려가 함께한 충심의 표현이다. 지역 무차별과 함께 신분 무차별적 서사 역시 주목할 만하다. 근대적 민족국가는 상상도 할 수 없었던 절대 왕조의 신분제도는 극도로 경직되어 있어서 상민, 천민은 목숨을 받고 태어났으나 그것은 언제든 거두어갈 수 있는 가랑잎 같은 존재였다. 전투에 참가해 왜군을 무찌르고자 해도 전투에 참가할 권리조차 없었다.

신분 무차별적인 사회제도와는 거리가 먼 것이지만 이 작품에서 사람이 존중되고 그들의 신분과 상관없이 삶 그 자체를 존중하는 바탕을 이루는 것은 이순신의 덕행과 인간미이다. 이순신은 그가 어떤 계층이냐에 따라 사람을 판단하지 않고 그가 그의 직분에 충실한가, 약속을 지키는 태도는 어떤가, 하는 언행과 몸가짐을 가장 중시한다. 의병장들 역시 이순신의 그런 태도와 흔쾌히 일치한다.

> 사실이었다. 장수들은 신분을 구별하지 않고 통솔했다. 장수가 행군하는 동안 서행을 지시하면 모두가 천천히 걸었고, 걸음을 멈추라면 다 같이 그 자리에 섰다. 양민이나 천민이나 똑같이 장수의 지시를 받았다. 벼슬아치 아들도, 집종도, 백정도, 관노도, 모두 한 식구같이 행동했다. 끼니때 나오는 밥도, 밥그릇도, 반찬까지도 모두 같았다. 봉이와 귀인은 그것만으로도 나라의 진짜 백성이 된 것 같았고, 다른 세상에 와 있는 듯 황홀한 기분마저 들었다.(3권, 188쪽)

집종인 봉이와 귀인이 전투에 참전하게 되자 그들은 '그것만으로도 나라의 진짜 백성이 된 듯이 황홀한 기분마저' 갖게 된다. 까닭 없이 천대받고 살아오던 사람들에게 참전은 오히려 행복한 마음을 안겨준다는 역설을 보여준다. 확정되지 않은 평등이었지만 그들은 의병 생활을 통해 평등의 기쁨을 누리는 것이다.

천민으로 분류되었던 승려들의 활동 또한 눈부시게 그려져 있다. 이순신이 젊은 승려들을 뽑아 승군을 조직하고 그들을 의승이라 칭했다(수군이 될 경우엔 그들의 명칭은 의승 수군이 되었다. 1권, 200쪽).

이순신은 절에 있어야 할 승려들을 차출해 노역에 봉사하게 하는 것이 마음에 걸렸으나 일손이 절대 부족인 형편이라 어쩔 수 없었다. 뒷날 그들은 이순신의 휘하에서 많은 전공을 세우기도 한다. 사명대사와 서산대사 등 불교 지도자들마저 의승군의 지도자로 활동하게 되자 전투, 외교 등 많은 곳에서 값진 공헌을 하기도 하였다. 이 소설의 저자는 작품 전편에 깊이 있는 불교적 소양을 통해 단순한 호국 불교로서가 아니라 불교가 어떤 신앙의 종교인지를 깊이 보여주는 데 크게 성과를 거두고 있다.

이와 함께 이 작품에서 유의해 봐야 할 문제는 이순신의 개방적 사고이다. 그가 가진 생각과 의견은 결코 최종적이고 결정적인 것이 아니다. 언제든 부하들과 논의를 통해 수정되고 보완될 성질의 것이어서 결코 자기주장만을 내세우는 권위의 화신이 아니다(그러나 한번 결정된 사안의 집행은 지극히 단호하고 강경해서 어떤 도전에도 좌고우면하거나 물러서는 법이 없다).

"송 군관이 나헌티 대드는디 겁나드라구."

"지금 생각해본께 수사 나리께서 승질 급헌 우리덜이 나서도록 유도헌 거 아닌게라우?"

"그때 난 쾌재를 불렀으니께 송 군관이 짐작혀."

"아이고메, 우리덜이 아무리 길길이 뛰어도 수사 나리 손바닥서 논당께요."(2권, 254쪽)

이순신과 송희립 사이의 대화다. 이순신은 부하들이 항상 소신껏 자신의 주장을 말할 수 있도록 유도한다. 부하 장졸들의 의견을 억압하거나 일방적으로 자신의 의견대로 밀고 나가는 대부분의 지휘관과는 천양지차이다. 그와 같은 이순신의 성격과 관련되는 것이지만 거북선을 처음 만들 때도, 군사기밀인지라 일체 비밀로 하면서도 동료 부하들과 긴밀하게 협력하여 파괴력이 가장 큰 전선戰船을 만들게 된다. 전선 감조 군관인 나대용, 그리고 나이 많은 정걸 등이 그들이다. 하루는 이순신이 그들을 불러 거북 모양의 전선을 보여주고 몇 가지 난제를 상의한다. 나대용은 그림을 보고 '머리빡이 읎는 모냥도 이상허고요'(1권, 21쪽)라고 솔직히 의견을 말한다. 이순신은 배의 중심 문제는 해결할 수 있으나 거북의 머리가 없는 것이 문제라는 데 동의하자, 나대용은 연곡사에서 승려 삼혜를 만난 적이 있는데 그가 전선을 새로 만들려면 돌거북 모양을 참고하라고 권했다는 것, 돌거북의 목과 머리 모양은 용이었고 몸체는 납작한 거북 모양이라는 것, 삼혜는 또 용과 거북은 파도와 바람을 다스리는 용궁의 신이라서 그렇게 만들면 반드시 바다의 어지간한 재앙은 막을 수 있을 것이라고 말했다는 것 등을 전했다. 이순신은 망설임 없이 즉시, 용머리에 거북 모양의 배를 만드는 데 동의한다. 그들은 논의 끝에 나무판자로 배를 둘러싸 불화살 공격에 견디기 어려운 점을 걱정하다가 배를 온통 철판으로 빈틈없이 두르는 방법을 이순신이 말하자 나대용은 철판에 쇠못을 박아 해적식 접근 전에 능한 왜병들이 기어오르지 못하게 하자고 제안한다. 이순신은 거북선이 철판의 무게를 감당하지 못할 것을 우려하였지만, 백전노장

정걸은 아무 문제 없을 것이다, 쇳덩이는 물에 잠기지만 철판은 판자처럼 부력을 유지할 것이라는 의견이어서 세 사람은 흔쾌히 결론을 내고 거북선을 비밀리에 건조하는 계획을 세운다(1권, 20-24쪽).

최상의 전선을 만드는 것이 목적일 뿐, 누가 그것을 고안했고 제안했는지는 문제가 되지 않았다. 이렇게 어디서나 지혜를 모으고 누구에 대해서든 탈권위적 개방성을 가진 성격으로 이순신이라는 전대미문의 명장이 탄생하게 되는 것이다.

6

『이순신의 7년』에서 가장 주목해야 할 문제는 방언을 비롯한 언어의 문제다. 일반적으로 방언은 계급 방언class dialect과 지역 방언regional dialect으로 나뉘지만 정찬주의 『이순신의 7년』은 공통어, 표준어의 범주와 거의 합치되는 계급 방언이 아니라 철저하게 팔도 방언, 그중에서도 호남 방언이 중심을 이룬다. 이순신의 경우는 충청남도 사투리를 철저하게 구사하는 인물로 그려져 있다. 공적인 문서는 일체 방언을 피하고 있으나, 일상의 대화, 장졸들에 대한 연설 등은 전형적인 충남 지방어이다. 이순신이 지배 계층의 언어인 계급 방언을 사용하지 않고 순수한 고향 사투리로 살아가도록 설정한 작가의 서사 책략은 의미가 깊어 보인다.

아마도 우리나라 역사소설에서 주인공이 권력과 신분의 상징인 계급 언어 대신 어떤 백성과도 어울릴 수 있는 고향 사투리로 시종일관 살아가는 사례는 거의 찾아보기 어려울 것이다. 그것은 단순한 개인의 언어 관습에 머무는 문제가 아니라, 그가 권력 언어를 탐탁해하지 않거나 적어도 주류 권력 사회에 대한 동경 따위를 가지고 살아가지 않는다는 사실을 강하게 암시한다. 임금의 신하가 아니라 백성의 신하로 살기를 결심한 이순신이 그들의 언어로 살아가는 것은 자연스러운 일이기도 하다.

이 작품에는 호남 방언을 중심으로 팔도 지방어가 모두 등장하고 문어와 구어가 공존하고 있다. 한시, 사료, 공문서 등도 사용되지만 작가의 목소리로 읽혀지는, 매우 정제된 시적, 비유적 서술들이 단락을 바꿀 때마다 아름다운 어조로 나타나고 있다. 그의 소설 문체와 다양한 언어의 이질적 양상들은 총체로서의 소설이라는 양식에 서로 다투지 않고 조화를 이루며 상호 보완한다. 이런 이질적 양상들은 서로 다른 언어학적 지위를 갖고 있지만, 결국 소설이라는 문체의 통제 속에 종속되고 통합된다. '다양한 형태의 일상 구어체 서술의 양식화[스카스Skaz(이야기)]'를 소설을 구성하고 있는 문체 구성적 단위체의 기본 유형 중 한 가지로 꼽고 있는 바흐친의 이론(미하일 바흐친 지음, 전승희 외 옮김, 『장편소설과 민중언어』, 창비, 1998, 67쪽)과도 잘 합치된다. 작가의 발언과 작중 화자들의 다양한 발언은 '언어의 다양성'을 이루고 그것은 단 소설 문체의 기본적 특성이 되기도 한다(같은 책, 69쪽). 이것은 소설 속에 실현된 다중언어적 의식과 결부되어 있는 문체상의 삼차원성과도 연관된다.

이 작품의 다양한 층위의 문체적 특성 중에서도 단연 빛나는 점은 방언의 재생이다. 집단의 기억이 잘 수장되어 있는 지방어이자 모국어의 보고인 방언은 재생 그 자체로 가치를 갖는다. 리얼리티와 재미도 첨가된다. 왜군들이 바다에 빠져 허우적대는 것을 보고 '왜선 밖으로 보이넌 왜놈덜 대가리가 물 묻은 바가치에 깨붙드끼 보였습니다요'(1권, 52쪽)라고 이죽거리는 표현이나 '삼베옷에 방구 빠져불드끼 사라지고 읎당께요'(1권, 81쪽)라고 하는 도망자에 대한 비유는 개비, 부룩소, 뿌사리, 참바지, 끄느름하다 등 멸실되다시피한 수많은 방언들의 재생과 함께 이 작품에서 생기를 얻는다. 병사들의 지방어 대화 역시 생동감이 있고 재미있다. 한 가지만 예를 들어보자.

"말이 관군이제 내가 칼이나 한번 지대로 잡어봤간디."

"창 들고 바우멩키로 꿈쩍 않고 서 있는 사람이 문지기 아닌게라우?"

사삿집 종의 물음에 사내가 대답했다.

"들고만 있었제 휘둘러본 적은 읎었네."

"그라믄 잘허는 것이 머시다요?"

"서서 자는 특기가 있어불제. 나가 문지기를 험서 터득한 기술이여."(4권, 179쪽)

7

작가 정찬주는 내 애제자다. 그가 생각이 깊으면서도 패기만만한 학생이었을 때 나는 젊은 문학 교수여서 언어와, 소설 쓰기, 사람 사는 일 같은 것에 엄격한 주문을 많이도 부과했던 것 같다. 작가와의 이 같은 사적 인연이, 엄정한 비평가는 증발하고 노년의 스승으로만 남는 글이 되지 않을까 경계하며 썼다. 최소한 『이순신의 7년』에서 독자들이 취하고 기억할 만한 내용들을 찾아 그것을 알려주고 의견을 보태는 일 역시 비평가의 한 역할임이 분명하므로 그 점에 치중하고자 했다. 그러나 매우 중요한 많은 문제들을 언급하지 못한 아쉬움이 크게 남는다. 이 작품은 호남의 풍물을 재현하고 재구성하는 데 구체적인 성과를 거두고 있으나 그 점을 논의하지 못했다. 호남과 영남의 음식이며 복식, 수군 부대 내의 세세한 생활상, 피난민들과 농민들의 의식주에 대한 세밀한 서술, 세시 풍속과 통과의례 등 16세기 호남의 풍물지라 해도 지나치지 않을 것이다.

이순신을 천거하고 끝까지 보호하였던 충신 유성룡의 활동에 대해서도 전혀 언급하지 못했다. 임진왜란에 대한 상세한 보고서인 유성룡의 『징비록』은 한국인보다 일본인이 더 많이 읽은 책이다. 젊은 독자들에게 『징비록』의 필독을 권하고 싶다.

임금에 저항하거나 역성혁명 같은 것은 추호도 생각한 적이 없는 이순신이지만 명량 해전 전 수군을 파하고 육군에 가담하라는 선조의 명령을 거부한 사정이나 망궐례를 폐한 매우 통쾌

한 결단도 독자와 함께 검토하지 못했다. 왜놈들이 훔쳐간 온갖 보물과 노예시장으로 팔려간 이 땅의 많은 사람들에 대해서도 자세히 살필 기회를 뒤로 미루었다. 정찬주의 빛나는 문장들을 문체론의 시각에서 분석하지 못했고, 금토패문禁討牌文으로 이 년간이나 왜군과 전투를 할 수 없었던 시절의 정황을 언급하는 것도 빠트렸다. 서양의 종군 신부를 대동한 고니시 유키나가의 기독교군 부대와 서산대사 같은 의승장이 거느린 승군과의 종교 전쟁 성격을 띤 전투와, 명군의 참전으로 조선에 노포路鋪(주막)가 생기고 은이 유통되는 등 새로운 경제 환경이 조성됐는데 미처 다루지 못한 것도 아쉽다. 민족국가 이전 백성의 삶을 살아야 했던 그 시대에 과연 '나라'라는 것은 무엇이었을까. 오직 충성과 효도라는 두 가지 삶의 원칙만으로 그토록 강인한 애국은 어떻게 가능했던 것일까. 깊이 생각하고 논의해야 했으나 그 역시 다음 기회로 미루었다. 아쉬운 바가 너무도 크다.

그러나 민족적 재생에의 희망은 부분적으로는 과거의 민족적 위대함을 환기함으로써 그 힘을 얻는다(게오르크 루카치 지음, 이영욱 옮김, 『역사소설론』, 거름, 1987, 380쪽)고 지적한 루카치의 말처럼 이순신의 삶을 기억하는 것만으로도 민족적 재생의 희망을 가질 수 있다는 기대로 아쉬움을 달랜다.

이 글을 끝맺으며 아직도 여전히 억누르기 힘든 분노를 느낀다. 선조에 대한 것이다. 명나라에 대해서는 재조지은再造之恩, 즉 나라를 다시 일으켜 세운 상국이라 굽실댄 것이나, 명량 해전 때 이순신의 전공을 외면하던 자가 왜인 첩자 요시라에게는 은자 팔십 냥과 정3품 벼슬을 주고 이순신에게는 마지못해 스무 냥을 준다. 『선조실록』에는 명량 해전과 이순신을 두고 중국 장수 양호에게 한 말이 다음과 같이 기록되어 있다. '통제사 이순신이 사소한 왜적을 잡은 것은 바로 그의 직분에 마땅한 일이며, 큰 공이 있는 것도 아니다…….' 명량 해전은 사천 명의 왜군이 죽고 배 삼십여 척을 격파한 대승이었다. 선조에게 붙들려 가 고문을 당하고 겨우 살아남아 와 그 많던 배며 무기며 병사며 군량미를 모두 잃은 채 열세 척의 판옥선으로 거둔 대승인데도 선조라는 자는 정신병자 같은 소리만 하고 있었던 것이다. 이순신이 노량해전에서 전사한 것을 뒤늦게 알게 된 진린은 성격이 포악하기로 이름난 장수였지만 세 번이나 뒹굴며 통곡하고 울부짖었다 한다. 또 명나라 장군 형개는 중국에 군신軍神 관우가 있다면 조선에는 이순신이 있다는 생각으로 바다 위에 사당을 세워 그의 충혼을 기려야 할 것이다, 즉 바다를 지키는 해신이 되게 하자는 뜻으로 건의했으나 선조는 그 역시 거절했다. 그런 자가 이순신 장군이 되찾아준 나라를 호령하며 재위 사십일 년간의 집권을 이어갔다. 세습 왕조 국가에서 최고 지도자라는 자의 책임과 의무는 과연 어떤 것인가. 이 작품은 그런 것도 묻고 있다. 독자 역시 같이 묻고 함께 대답해주기를 바란다.

이순신의 7년 7

초판 1쇄 2018년 2월 12일
초판 2쇄 2018년 12월 10일

지은이 / 정찬주
펴낸이 / 박진숙
펴낸곳 / 작가정신
편집 / 김종숙 황민지
디자인 / 용석재
마케팅 / 김미숙
디지털컨텐츠 / 김영란
홍보 / 박중혁
관리 / 윤미경
인쇄 및 제본 / 한영문화사

주소 (10881) 경기도 파주시 문발로 314 2층
대표전화 031-955-6230 팩스 031-944-2858
이메일 editor@jakka.co.kr 블로그 blog.naver.com/jakkapub
페이스북 facebook.com/jakkajungsin 인스타그램 instagram.com/jakkajungsin
출판 등록 제406-2012-000021호

ISBN 978-89-7288-587-0 04810
978-89-7288-580-1 (세트)

이 도서의 국립중앙도서관 출판시도서목록(CIP)은 서지정보유통지원시스템 홈페이지(http://seoji.nl.go.kr)와 국가자료공동목록시스템(http://www.nl.go.kr/kolisnet)에서 이용하실 수 있습니다.
(CIP제어번호 : CIP2018001725)